UN AUTOMNE À RIVER FALLS

Libraire pendant plusieurs années, passionné de littératures de genre, Alexis Aubenque se consacre désormais à l'écriture de thrillers.

Paru dans Le Livre de Poche :

SEPT JOURS À RIVER FALLS

ALEXIS AUBENQUE

Un automne à River Falls

ROMAN

CALMANN-LÉVY

ISBN : 978-2-253-12881-6 – 1re publication LGF

PROLOGUE

Dimanche 30 septembre 2007

Dans un dernier coup de reins, Robert Gordon atteignit l'orgasme si longtemps repoussé. Il poussa un râle caractéristique et s'effondra sur le corps de sa dulcinée.

Cette dernière sourit et lui passa la main dans les cheveux. Elle-même n'avait pas eu le temps d'y parvenir, mais cela n'avait pas d'importance. Elle était si heureuse d'être avec lui. Gordon avait répondu à toutes ses attentes. Elle venait de passer une véritable soirée de rêve. Une table dans l'un des restaurants les plus chic de la ville, une promenade romantique dans Garden State, et, pour couronner le tout, ils avaient terminé la soirée dans sa demeure de Golden Hill, le quartier résidentiel le plus huppé de River Falls.

– C'était merveilleux, murmura-t-elle quand ils eurent repris leur souffle.

Gordon redressa la tête et déposa un long baiser sur les lèvres de Samantha Ridley.

– C'est toi qui es merveilleuse, répondit-il de sa voix chaude qui l'avait rendu célèbre.

Un frisson de plaisir parcourut le corps de Samantha.

L'homme avait trente-cinq ans, elle tout juste vingt. Elle savait qu'ils seraient nombreux à ironiser sur leur différence d'âge, mais elle s'en moquait éperdument. Elle était certaine de tenir enfin l'homme de ses rêves.

Un des ténors du barreau de River Falls.

Il bascula sur le côté, attrapa son paquet de cigarettes et en alluma une. C'était le seul défaut qu'elle lui trouvât, mais elle saurait s'en accommoder, avant de le convaincre d'arrêter, un jour prochain.

Gordon se leva et traversa la chambre nimbée de la lumière opaline que diffusait une lampe posée sur un bureau dessiné par un designer à la mode. Par la baie vitrée, il pouvait contempler la ville qui s'offrait à lui, en contrebas.

Golden Hill, la colline des milliardaires. Même si cette réputation était quelque peu exagérée, Gordon savait néanmoins que de nombreuses fortunes de la ville étaient domiciliées sur cette colline verdoyante à l'abri de la frénésie des quartiers plus populaires.

– Qu'est-ce que tu regardes ? demanda Samantha.

Elle marchait pieds nus sur la moquette, il ne l'avait pas entendue arriver.

– Rien, je me disais juste que j'étais l'homme le plus chanceux du monde.

Il sentit deux bras le ceinturer tendrement par-derrière et un petit menton se poser sur son épaule. Alors qu'il ressentait un début d'excitation, un étrange sentiment s'empara de lui.

Samantha répondait à toutes ses attentes : belle, cultivée, élégante, jeune et ambitieuse. Pourtant, il savait bien qu'il manquait quelque chose.

– À quoi tu penses ? lui souffla-t-elle à l'oreille.

Il prit le temps d'aspirer une bouffée de fumée avant de répondre.

– À nous, fit-il sans mentir.

Il vit un sourire s'élargir sur le visage de Samantha dans le reflet de la baie vitrée. Il sourit à son tour. Malgré les années, il n'avait pas changé. Une fois de plus, il comprenait qu'il n'était pas prêt pour une relation durable. La passion qui avait brûlé dans ses veines ces deux dernières semaines s'éteignait lentement. Et il n'était pas dupe à son propos. Il avait remarqué qu'elle n'avait pas eu d'orgasme, pourtant elle n'avait rien dit. Une marque d'affection, ou bien un manque de caractère…

Comme à chaque nouvelle conquête, une fois le jeu de la séduction terminé et le plaisir des sens atteint, il commençait à trouver des défauts chez sa partenaire.

Il se retourna et lui déposa un affectueux baiser sur les lèvres.

– Je t'aime, dit Samantha, son regard plongé dans le sien.

Il comprit qu'il allait encore devoir briser un cœur.

– Moi aussi, répondit-il sur un ton tout à fait crédible.

Cela prendrait des semaines, quelques mois peut-être, mais il mettrait un terme à leur relation avant qu'une année ne se passe.

Samantha attrapa son sexe revigoré et, un sourire coquin aux lèvres, le tira par cet appendice vers le grand Jacuzzi de la salle de bains.

Gordon se réveilla en sursaut. Son cœur battait à tout rompre. Son corps était trempé de sueur. Le regard perdu dans l'obscurité de la chambre, il resta un long moment immobile dans son lit, le temps de reprendre son souffle, puis passa la main sur son front et essuya les gouttes de sueur qui perlaient à ses tempes.

Toujours le même cauchemar.

Il serra les poings et se redressa. Prenant soin de ne pas réveiller Samantha, il bascula ses jambes hors du lit et sc retrouva debout dans la chambre. À la faible lumière qui perçait à travers les volets métalliques, il sortit de la pièce, referma la porte derrière lui et appuya sur l'interrupteur du couloir. L'esprit toujours perturbé par les vestiges de son cauchemar, il se dirigea vers le grand salon, alluma la petite lampe posée sur une console, se servit un double scotch qu'il avala cul sec, puis un second, et alla s'asseoir dans le large fauteuil en cuir qui faisait face à la véranda.

Il posa le verre sur la table basse et attrapa la télécommande de la chaîne hi-fi. Il prit soin de régler le volume afin de ne pas réveiller Samantha, et enclencha le lecteur.

La voix de la Callas se répandit dans le vaste salon.

Aussitôt un sourire s'épanouit sur ses lèvres. L'alcool commençait à faire son effet, évacuant les derniers relents d'angoisse.

Ce n'était qu'un cauchemar. Un simple cauchemar. Il n'y avait aucune raison d'avoir peur. Il n'y avait qu'une seule réalité : il était l'un des plus brillants avocats de River Falls. Bel homme, séduisant, plein d'humour, sportif, et richissime.

Que pouvait-il attendre de plus de la vie ?

Il poussa un soupir en secouant la tête. Levant son verre, il s'amusa à observer les reflets lumineux qui ondulaient dans le liquide translucide.

Décidément, la vie était sacrément belle.

Il y avait encore tant de choses à découvrir, tant de femmes à conquérir. Ce n'était pas un simple cauchemar qui allait lui faire perdre son optimisme légendaire.

Son sourire se figea soudain. Gordon crut avoir entrevu une forme se mouvoir au-delà de la véranda.

Les sourcils froncés, l'œil aux aguets, il posa son verre et se dirigea lentement vers la baie vitrée. La lampe à l'entrée du salon ne dispensait qu'une faible lumière, et il ne distinguait rien d'autre que la forme des arbres. Il quitta son poste d'observation et, tandis que résonnaient les vocalises de la diva, il trouva la télécommande de l'éclairage et alluma la véranda ainsi que la terrasse. Tout le jardin s'illumina d'un coup et dévoila…

Rien.

Gordon réalisa alors qu'il avait retenu son souffle durant toute l'opération.

Imbécile ! Tu deviens complètement parano !

Il allait détourner le regard quand ses yeux tombèrent sur une feuille de papier posée sur la large table de la terrasse.

Pas de quoi fouetter un chat. Elle avait très bien pu arriver là, portée par le vent. Si ce n'est qu'il n'y avait pas un souffle d'air.

Instinctivement, il jeta un regard rapide vers le mur de droite où trônait son fusil de chasse. Il n'était pas un chasseur émérite mais se savait néanmoins capable de toucher une cible à moins de dix mètres.

– Arrête ta parano, se dit-il à haute voix.

Mais un sentiment d'oppression le taraudait.

Il avait beaucoup d'ennemis et avait reçu de nombreuses menaces à la suite de procès qu'il avait gagnés. Cependant, il était extrêmement rare qu'elles soient mises à exécution. Tuer un homme est la chose la plus difficile qui soit. La nécessaire survie de l'espèce empêchait le plus souvent le passage à l'acte. Du moins était-ce ce qu'il aimait croire.

Il alla décrocher son fusil et s'assura que deux cartouches se trouvaient logées dans le canon. Imaginant un instant Samantha pénétrer dans le salon, il eut un sourire étrange. Que penserait-elle en le voyant ainsi ?

Depuis la terrasse, River Falls brillait de mille feux. Une nuit noire entourait la villa. Pas de voisin à l'horizon. Pas le moindre bruit.

Gordon s'approcha de la table et attrapa la feuille de papier. Il s'agissait d'une page du *Daily River*.

Son visage perdit toute couleur à la lecture de l'article. Cette fois, la peur mais aussi un sentiment de colère envahirent tout son être. Il ne se laisserait pas faire.

– Montrez-vous ! cria-t-il.

Il se moquait de réveiller Samantha, au contraire, il espérait même qu'elle le rejoindrait.

Tenant son fusil en joue, il recula vers l'intérieur de la maison dans l'espoir d'attraper son téléphone portable avant que l'inconnu ne tente quelque chose contre lui.

Mais alors qu'il était presque arrivé à l'abri de la véranda, il surprit un mouvement sur sa gauche, juste derrière la reproduction d'une statue antique.

Avant qu'il n'ait eu le temps de se retourner, une main lui avait posé sur la bouche un mouchoir imbibé de chloroforme. Malgré de violents mouvements pour se libérer, il ne put se détacher de l'emprise de son agresseur et sombra dans l'inconscience.

Samantha sortit lentement d'un sommeil agréable, elle avait encore à l'esprit le souvenir de leurs étreintes de la veille.

Elle se retourna langoureusement et fut déçue de constater que son homme était déjà debout. Elle jeta un regard sur le réveil et fut étonnée de l'heure tardive. 10 h 24. Il faisait jour depuis longtemps.

Sans perdre de temps, elle se leva d'un bond et actionna l'ouverture des rideaux électriques. Un soleil radieux l'accueillit. Une vision paradisiaque s'offrait à elle. Samantha adorait ce panorama : la forêt et, au bas de la colline, toute la ville où les citoyens ordinaires se démenaient pour survivre.

Elle avait une chance folle, et elle aimait ça.

– Robert ? lança-t-elle en prenant sa petite culotte.

Mais elle la reposa dans l'instant. Quoi de mieux pour un homme que de trouver sa belle dans le plus simple appareil, dès le réveil ?

Elle sourit à cette pensée coquine et sortit de la chambre.

En ce lundi matin, ils avaient toute la journée pour eux. Une semaine de vacances qui commençait sous les meilleurs auspices. Ils allaient bien en profiter.

– Robert ? appela-t-elle à nouveau en sortant de la chambre.

Elle huma l'air et fut désappointée de ne pas sentir les effluves odorants du café chaud.

Il n'était tout de même pas sorti ! À moins qu'il ne soit parti acheter un de ces petits déjeuners français que l'on trouvait sur Strutter Street. Mais c'était peu probable : l'aller-retour prenait plus d'une heure. Quel homme serait prêt à perdre autant de temps pour embellir le réveil de sa compagne ?

Elle entra dans le salon et fut éblouie par le soleil déjà haut dans le ciel. Elle plissa les yeux. La baie donnant sur la véranda était ouverte.

Il devait être dans le jardin.

Même si elle savait qu'il n'y avait aucun voisin proche, elle n'allait pas prendre le risque de sortir toute nue, d'autant que le fond de l'air de ce début d'automne était assez frais.

Elle décida finalement d'aller prendre un bain dans le Jacuzzi. Quand il rentrerait, le bruit de l'eau l'attirerait à elle.

Un sourire espiègle aux lèvres, elle retraversa le salon, puis le couloir principal, et enfin un dernier corridor pour arriver devant la porte de la salle de bains. Elle l'ouvrit. Gordon était assis de dos dans le Jacuzzi, dans une obscurité à peine entamée par la lumière de la fenêtre, dont les volets étaient tirés.

Un étrange sentiment la saisit aussitôt.

– Robert ? fit-elle, en avançant dans la salle de bains.

Elle porta la main à l'interrupteur. Pas de lumière.

Les plombs ont sauté, se dit-elle en même temps qu'elle réalisait que Robert restait étrangement immobile.

Son sang se glaça dans ses veines. Son mauvais pressentiment se mua en une terrible certitude. Les jambes flageolantes, elle avança sur le carrelage glacé, serrant les poings, prête à fondre en larmes.

– Robert, réponds-moi, réussit-elle à articuler.

Mais il ne réagit pas. C'est alors qu'elle vit le fil d'un appareil électrique plongé dans l'eau. Elle contourna le Jacuzzi.

Le visage de Robert figé dans la mort la regardait.

Samantha porta la main à sa bouche mais ne put réprimer le cri animal qui s'en échappa.

Lundi 1er octobre 2007

1

La sonnerie du réveil retentit dans la chambre. Logan sortit un bras de sous les draps, l'éteignit et, se tournant sur le côté, découvrit l'heure sur l'écran lumineux. Sept heures. Il alluma la petite lampe posée sur la table de nuit.

Comme à son habitude, Hurley était déjà debout. Il pouvait entendre l'eau de la douche couler. Il s'étira et resta un long moment à se prélasser.

Une nouvelle semaine commençait. Il se sentait dans une forme exceptionnelle.

Ils avaient passé le samedi à faire les boutiques d'ameublement du centre commercial. Hurley avait enfin réussi à convaincre Logan de changer une partie du mobilier du salon. Ils en avaient eu pour trois mille cinq cents dollars, et tout le dimanche avait été occupé à monter, démonter et remonter des meubles.

Logan s'assit dans le lit et regarda le petit pansement entortillé autour de son pouce. Il sourit en repensant à sa façon de manier le tournevis. Décidément, ni l'un ni l'autre n'étaient des experts du bricolage. Cela ne les avait pas empêchés de passer un très agréable après-midi et de savourer, le soir venu, le fruit de leurs efforts.

Pour l'essentiel, le salon avait gardé la même tonalité, mais avec une touche beaucoup plus élégante.

Hurley avait vraiment l'œil d'une décoratrice d'intérieur. Elle pourrait toujours se reconvertir, si jamais elle décidait de ne pas reprendre son poste au FBI !

Sur cette pensée légère, il se leva et ouvrit les volets. La lumière matinale pénétra dans la pièce.

Logan se frotta les joues ; même s'il savait que Hurley aimait bien sa barbe de trois jours, il ne pouvait se permettre de la garder au travail. Il pensait qu'être rasé de près inspirait le respect.

Le bruit de la douche cessa. Logan s'étira une nouvelle fois et sortit de la chambre pour prendre la relève dans la salle de bains.

– Bien dormi ? demanda-t-il en découvrant Hurley en train de se sécher.

– Comme toujours, répondit-elle en lui souriant avant d'enrouler la serviette autour de ses cheveux mouillés.

Il s'approcha d'elle et déposa un baiser furtif sur ses lèvres avant d'entrer dans la douche. En ce début de semaine, il se sentait d'une sérénité à toute épreuve. Tout allait pour le mieux. Et ce n'était pas seulement dû à la vision paradisiaque du corps de Hurley.

Pour Logan, l'automne était la plus belle des saisons. Celle où les arbres prennent des teintes cuivrées, comme si leurs feuilles, sentant leur fin prochaine, tenaient à incendier le ciel avant de se répandre sur les chaussées. Celle où les nuages viennent poser un voile sur cette incandescence, bientôt chassés par des vents chargés des fumées des premiers feux de bois dans les cheminées. Il aimait ce parfum de nostalgie qui se dégageait de toute la nature quand octobre débutait.

Il resta longtemps sous la douche avant de sacrifier sa barbe du week-end. Lavé et habillé, il descendit au rez-de-chaussée, et suivit l'odeur de café chaud jusqu'à la cuisine.

– Tu t'es coupé, fit Hurley.

Instinctivement, Logan passa le doigt sur sa petite entaille.

– Je te jure que tu es bien mieux mal rasé, continua Hurley.

Logan s'assit à la table de la cuisine et secoua la tête sans répondre. Il regarda par la fenêtre, paraissant perdu dans la contemplation des immenses bouleaux plantés le long de l'avenue résidentielle.

– Hé, je suis là ! l'interpella Hurley face à son mutisme matinal. Qu'est-ce qui se passe ?

Logan tourna la tête et plongea son regard dans celui de sa compagne.

– Je n'ai pas envie que tu partes, lâcha-t-il finalement.

Hurley laissa échapper un sourire et posa sa main sur la sienne.

– Il nous reste encore un mois, tu ne crois pas qu'il est trop tôt pour en parler ?

Logan prit sa tasse de café et en but une petite gorgée avant de répondre.

– Je suis bien avec toi. Je n'ai aucune envie que tu retournes à Seattle.

Même si elle savait contrôler ses émotions, Hurley se sentit profondément touchée par cette déclaration.

Quelque temps auparavant, alors qu'une terrible blessure avait failli coûter la vie à son homme, elle avait posé un congé de six mois sans solde pour s'occuper de lui. Même après qu'il avait pu reprendre ses fonctions de shérif.

– Écoute, nous en reparlerons plus tard, il nous reste un mois rien qu'à nous. Ne le gâche pas, je t'en prie.

Logan posa sa main sur celle de Hurley. Ils se regardèrent longuement, amoureusement.

Hurley ne savait plus quoi penser. Jamais elle n'avait été aussi heureuse. Logan était l'homme dont elle rêvait, même avec son fichu caractère. Mais la vie de femme au foyer n'était pas faite pour elle. Elle devait réintégrer le Bureau, retrouver le goût de l'action et de l'investigation. Elle avait ça dans le sang, et aussi amoureuse fût-elle, elle n'était pas prête à tout sacrifier pour Logan. Elle espérait seulement qu'il la comprendrait et accepterait de la partager avec son travail de profileuse au FBI.

D'un trait, Logan finit son café et se leva.

– Il faut que j'y aille, dit-il en regardant ostensiblement la pendule murale. Tu sais ce que c'est, le lundi matin…

Hurley prit un air compréhensif.

– On déjeune ensemble ? proposa-t-elle.

Logan s'approcha d'elle et se pencha pour l'embrasser sur les lèvres.

– Bien sûr.

Quand il fut sorti, Hurley, sa tasse entre les mains, alla se poster à la fenêtre de la cuisine. Elle le vit s'engouffrer dans sa Cherokee, puis démarrer avant de disparaître le long de l'avenue.

Après avoir poussé un profond soupir, elle quitta la cuisine et remonta à l'étage pour s'installer dans le bureau attenant à la chambre. Elle posa sa tasse sur un coin de la table, alluma l'ordinateur et ouvrit sa boîte mail.

Même si son accréditation au FBI était suspendue durant ses six mois de congé, elle n'en continuait pas moins de donner son point de vue d'expert à ses collègues de Seattle, et participait aussi activement aux enquêtes relevant du commissariat de River Falls, selon les bonnes dispositions de Logan.

Il était près de 11 heures et Logan était déjà en train de penser à son déjeuner avec Hurley quand la standardiste l'appela sur la ligne intérieure pour lui passer un appel en urgence. Aussitôt, il fut saisi d'un étrange pressentiment.

– Shérif Logan, que puis-je pour vous ?

Des pleurs se firent entendre, suivis d'une phrase incompréhensible. Logan s'avança dans son fauteuil et posa les coudes sur son bureau.

– Calmez-vous, reprenez votre souffle, je vous en prie, dit-il le plus gentiment possible.

Les pleurs reprirent de plus belle.

Logan coinça le combiné entre sa joue et son épaule et sortit de son paquet une cigarette qu'il alluma alors que la jeune fille reprenait la parole.

– Il est mort, mon Dieu, il est mort ! s'écria une jeune femme, manifestement affolée.

– Qui est mort ? Où êtes-vous ? Je vous en prie, essayez de retrouver votre calme, répondit Logan.

Il n'aimait pas ça du tout. La femme était au bord de la panique, or l'homme qu'elle croyait mort possédait peut-être encore un souffle de vie. Il ne fallait surtout pas qu'elle raccroche.

– Villa Hard Stone, sur Golden Hill, réussit-elle à énoncer.

Logan entendit qu'elle tentait de contrôler son souffle.

– Je suis l'amie de Robert Gordon, il s'est électrocuté dans son bain. Mon Dieu, pourquoi ? ! finit-elle en gémissant.

– Mademoiselle, surtout vous ne touchez à rien. J'envoie une équipe médicale sur place. Malgré votre douleur, essayez de garder votre calme, fit-il en sentant que ces phrases sonnaient creux.

Il n'avait jamais eu le savoir-faire de Hurley et le regrettait particulièrement dans des moments comme celui-ci.

– Il est mort ! Vous ne comprenez pas ? !

Samantha était proche de la crise d'hystérie. Logan pinça les lèvres, cherchant désespérément les mots qui la calmeraient.

– Il ne faut pas que vous restiez seule. Téléphonez à un proche pour qu'il vienne vous rejoindre, trouva-t-il finalement à dire.

Avec un peu de chance, cela l'occuperait et elle ne toucherait pas au corps.

Elle se remit à sangloter. Logan n'avait plus de temps à perdre.

– Je vais devoir raccrocher, surtout ne touchez à rien, c'est très important.

Il perçut un faible « oui » dans l'écouteur.

– Nous arrivons tout de suite, conclut Logan avant de reposer le combiné.

Il écrasa dans le cendrier sa cigarette à moitié consumée et se leva d'un bond.

Sortant de son bureau au pas de charge, il remonta le couloir qui menait dans le grand open space où se trouvaient la plupart de ses agents.

– Quelqu'un connaît bien Golden Hill ?

Des regards interrogateurs se tournèrent vers lui. Portnoy prit la parole.

– Plutôt, répondit-il, avant de se sentir obligé d'ajouter : J'ai une grand-tante qui habite là-bas.

– Très bien, tu vas m'y conduire, on va à la villa de Robert Gordon, tu vois laquelle c'est ?

– Oui, une grande bâtisse sur les hauteurs.

– Il a été tué ? intervint la sergente Martinez, réellement inquiète.

Assise à son poste devant un écran d'ordinateur, elle avait toujours admiré cet avocat et ses manières de gentleman.

– C'est ce qu'on va essayer de savoir, répondit Logan, qui se reprit aussitôt. J'oubliais, appelez vite l'hôpital et faites-y envoyer une ambulance et une équipe d'urgentistes, on ne sait jamais. La fille qui a constaté sa mort est tellement paniquée qu'elle n'a peut-être pas vu qu'il était encore en vie.

Martinez hocha la tête et décrocha aussitôt le téléphone. Sous le regard des autres policiers, Logan et Portnoy sortirent du commissariat.

Un vent chaud et sec les accueillit. Le ciel était d'un bleu intense.

– Qu'est-ce qui s'est passé ? demanda Portnoy.

– La fille a juste dit qu'il s'était électrocuté dans son bain. Plutôt rare, mais pas impossible.

– Vous croyez qu'il pourrait s'agir d'un meurtre ?

Logan s'arrêta devant sa Cherokee et déverrouilla les portes. Comme tout le monde, il connaissait le brillant avocat Robert Gordon, et il savait qu'il était l'un des meilleurs partis de la région. Un célibataire endurci qui papillonnait de conquête en conquête.

– Quand un homme meurt avant d'avoir dépassé la cinquantaine alors qu'il possède un sacré paquet de fric, la mort est *de facto* suspecte, répondit-il avant d'ouvrir la portière et de s'installer dans sa voiture.

Portnoy s'assit à ses côtés, et quand le moteur se mit à vrombir, il entreprit d'indiquer la route au shérif.

2

Stuart marchait les yeux baissés vers le sol parfaitement ciré du couloir principal de l'entrée du bâtiment B.

C'était le premier jour de cours à l'université, et déjà il ne pensait qu'à une seule chose : en partir au plus vite.

Il avait tout de suite remarqué que la plupart des étudiants se connaissaient déjà. Bien sûr, il y avait quelques esseulés ici ou là dans l'amphithéâtre, mais il faudrait du temps pour se faire des amis. Une certaine timidité le contraignait à rester à l'écart, sans compter qu'il se trouvait physiquement peu attirant. Non qu'il fût particulièrement laid, mais son embonpoint indiscutable le complexait et bloquait tous ses élans de socialisation. Il savait qu'il finirait bien par trouver de la compagnie, mais l'idée de devoir se lier à d'autres rebuts dans son genre le déprimait.

Jamais je n'aurais dû venir dans cette ville, se dit-il juste avant de franchir une intersection avec un autre couloir.

C'est à ce moment-là qu'un choc violent le fit tomber à la renverse et lâcher son cartable. Il s'étala de tout son long et atterrit sur les coudes. Une douleur aiguë lui transperça l'épaule.

– Hé, gras du bide, tu peux pas regarder où tu marches ? ! s'irrita un jeune étudiant au visage carré qui avait failli tomber en le percutant.

– Regarde-moi cette larve, vraiment, on accepte n'importe quoi dans cette faculté ! renchérit un autre.

Un petit attroupement s'était constitué autour de Stuart, qui se releva avec difficulté. Il croisa le regard du garçon qu'il avait bousculé et n'y vit que mépris et répugnance. Un sentiment mêlé de honte et de colère l'envahit, mais il garda le silence et s'avança vers son sac tombé à deux mètres de là. Quand il tendit le bras pour le récupérer, d'un coup de pied, un troisième larron le fit glisser un peu plus loin.

– Il va falloir que tu apprennes à être plus rapide, tas de graisse. La faculté tient à sa réputation. On n'a pas besoin de gros lard dans ton genre ici.

Stuart ne répliqua pas. Évitant leurs regards, il s'avança de nouveau vers son sac. Mais avant qu'il n'ait eu le temps de l'atteindre, l'autre, un dénommé Steven, s'en était saisi.

– Allez, on va t'aider à faire ton régime.

Il prit le sac et, tout sourire, se tourna vers le deuxième du trio.

– Tiens, Carl, comme à l'entraînement.

Prenant la pose du lanceur, Steven l'envoya en l'air tandis que Carl fendait le petit attroupement pour le réceptionner à l'arrivée, mais alors qu'il allait s'en saisir, une main émergea de la foule et l'attrapa avant lui.

– Arrêtez, vous êtes pathétiques ! s'exclama une jeune fille. Tous les regards se tournèrent vers elle.

Son physique agréable, ses vêtements seyants et surtout son maintien altier en imposaient.

– Ravi de te connaître, lança Carl en lui adressant son plus beau sourire.

Mais la jeune fille l'ignora et marcha d'un pas assuré vers Stuart.

– Tiens, je crois que ça t'appartient.

Le ton de sa voix avait changé du tout au tout. D'une autorité naturelle, elle s'était faite douce et amicale.

– Allez viens, ne restons pas là.

Sous les yeux médusés des autres étudiants, ils quittèrent les lieux et sortirent à l'air libre.

– Putain, tu as vu ce cul ! apprécia Garth d'un geste de la main très suggestif.

C'était le troisième garçon du trio. Le plus musclé, et le plus vulgaire.

– Ne parle pas d'elle comme ça, c'est une princesse, cette fille, fit Steven.

Il regrettait presque d'avoir cherché des noises au petit gros. Il se sentit soudain bien moins amoureux de Mary, sa copine.

– Elle vient d'où ? demanda Carl à haute voix. Pas possible qu'on ait manqué une telle merveille.

Comme ses deux amis, il entrait en première année d'université. Issus de la classe aisée de River Falls, c'étaient des fils de bonne famille qui avaient tout pour réussir.

– Ça mon vieux, j'en fais mon affaire, reprit Steven en salivant d'avance.

– Hé mon pote, c'est moi qui l'ai vue le premier, répliqua Carl en posant un bras viril sur l'épaule de son meilleur ami.

Steven secoua la tête et le regarda droit dans les yeux. Il se savait bien meilleur dragueur que Carl et ne doutait pas de la mettre le premier dans son lit.

– C'est comme au football : que le meilleur gagne.

Le rire méprisant de Carl résonna, et le majeur de Steven se dressa en réponse.

– Ce n'était pas la peine de te mêler de ça, tu aurais pu prendre des coups, dit Stuart quand ils furent sortis sur le perron du bâtiment.

Un soleil éclatant baignait le parc de la faculté. Les cours de la matinée étaient terminés et de nombreux étudiants en profitaient pour bronzer au soleil ou se reposer sur l'herbe à l'ombre des immenses séquoias.

– Tu plaisantes, ces types sont de minables petits machos, jamais ils ne frapperaient une fille, rétorqua l'étudiante en ajoutant aussitôt sur un ton moins railleur : Du moins pas en public.

Stuart la dévisagea du coin de l'œil. Elle était magnifique. Il avait toujours eu un faible pour les brunes, mais cette blonde-là avait quelque chose de magique.

Arrête de rêver ! Cette fille n'est pas pour toi, comme les autres d'ailleurs, se dit-il en reportant son regard vers le parc.

– Au fait, je m'appelle Judith, mais mes amis m'appellent Jude.

– Moi c'est Stuart. Je suis nouveau ici, fit-il en haussant les épaules. Merci de m'avoir soutenu. Si tu n'avais pas été là, je crois que j'en serais encore à chercher mon sac.

Malgré son ton léger, il était encore sous le choc de son agression. Si seulement il n'était pas venu dans cette foutue ville !

– Tu viens d'où ? demanda Jude.

Stuart s'arrêta et la fixa un instant avant de répondre. Il n'en revenait pas qu'elle lui parle encore. Était-il possible qu'elle s'intéressât vraiment à lui ?

– De Seattle, je suis interne. Mes parents pensent que l'université de River Falls est ce qui se fait de mieux dans l'État de Washington. J'espère qu'ils ont raison.

Judith lui sourit et lui posa avec délicatesse une main sur l'épaule.

– J'en suis sûre. Ma grande sœur y est depuis deux ans, il paraît que c'est l'endroit idéal pour achever son adolescence, le rassura-t-elle avant d'ajouter : Tiens, en parlant du loup…

Sa sœur arrivait en compagnie de deux de ses amies. Elles regardèrent Stuart avec une curiosité qui le mit aussitôt mal à l'aise. D'autant qu'elles étaient plus grandes que lui. Si le premier complexe de Stuart était son embonpoint, le second était sa taille.

– Je te laisse, à plus, dit-il d'une voix éraillée.

Judith oublia un instant l'arrivée de sa sœur et le gratifia d'un sourire enjôleur qui lui fit chaud au cœur. Il sentit le rouge lui monter au visage et se retourna rapidement. Il se doutait bien qu'elle ne lui adresserait plus jamais la parole, mais au moins ce fabuleux sourire resterait gravé au fond de sa mémoire.

3

Logan n'eut pas besoin des indications de Portnoy pour franchir les derniers mètres qui menaient à la villa de Robert Gordon. Un petit attroupement de cinq personnes se tenait devant un immense portail en fer forgé, grand ouvert pour l'occasion. Logan soupira. Il s'en voulait d'avoir conseillé à la jeune femme de prévenir des proches. Pourvu que personne n'ait effacé de traces !

Il gara la voiture sous un des immenses arbres qui bordaient la longue route qui serpentait sur la colline. Comme son subordonné, il coiffa son chapeau et sortit du véhicule.

Du premier coup d'œil, il repéra la jeune femme qui lui avait téléphoné. Une jolie fille de guère plus de vingt ans, qui pleurait toutes les larmes de son corps dans les bras d'une femme ayant le double de son âge. Un homme de forte corpulence mais à la posture virile s'avança vers eux.

– Bonjour, shérif, salua l'homme, puis, se tournant vers Portnoy : Sergent.

Logan connaissait ce visage, mais ne put y mettre un nom tout de suite.

– Je suis Dave Kimble, j'habite la villa située plus haut, continua l'homme en montrant la direction de la main. C'est ma femme qui a entendu le cri de

Samantha alors qu'elle faisait son jogging. Nous avons fait aussi vite que possible, mais je n'ai pas pu ranimer Robert.

Logan fronça les sourcils et garda pour lui le flot d'injures qui lui vint à l'esprit.

– Samantha nous a dit que vous lui aviez conseillé de ne pas toucher au corps, mais je suis médecin, chirurgien pour être plus exact, reprit Kimble d'une voix toujours aussi maîtrisée. S'il y avait une chance pour que Robert ait été victime d'un arrêt cardiaque, je n'avais pas de temps à perdre pour essayer de le ranimer.

– Vous avez bien fait, répondit Logan qui se félicita de ne pas s'être laissé emporter.

Kimble avait tout d'un homme intelligent. Il avait dû faire le strict nécessaire. En tout cas, une chose était désormais sûre : Gordon était bel et bien mort.

À ce moment, la sirène d'une ambulance se fit entendre en contrebas. *Pas la peine de vous presser*, pensa Logan.

– Avez-vous remarqué quelque chose d'inhabituel sur son corps, des traces de violence, des blessures ? demanda Logan.

Kimble prit le temps d'une courte réflexion.

– Je n'ai rien vu de particulier. Si votre question est de savoir si la cause de sa mort peut être imputée à une électrocution, apparemment rien ne prouve le contraire. Une électrocution peut avoir pour conséquence d'arrêter le cœur, et à moins d'un contact particulièrement long, il n'y a pas de raison de trouver de marques sur le corps. À ce que j'ai pu constater, les plombs ont sauté. Il est logique qu'il n'y ait pas de brûlures.

Logan le remercia d'une main portée au bord de son chapeau.

– Vous pouvez m'y conduire ?

– Bien sûr, mais je ne voudrais pas…, dit Kimble en désignant Samantha du menton.

– Henry, tu resteras auprès d'elle le temps que l'ambulance arrive.

– Pas de problème.

Portnoy avait du mal à garder son sang-froid. Il y avait une telle détresse sur le visage de la jeune femme. Il ne put s'empêcher de penser à sa propre épouse : comment réagirait-elle si un jour funeste on venait lui annoncer que son mari s'était fait tuer durant son service ? Les trois hommes se rapprochèrent de l'épouse de Kimble et d'un autre couple du voisinage qui tentait de réconforter la pauvre Samantha.

– Je suis sincèrement navré, fit Logan, guère plus inspiré qu'au téléphone.

Il aurait dû demander au lieutenant Blanchett de lui écrire un discours approprié. Elle n'avait pas son pareil pour lui préparer les allocutions qu'il devait régulièrement prononcer.

La jeune fille lui renvoya un regard éploré qu'il eut du mal à soutenir. Il réussit tout de même à esquisser une mimique compatissante et à hocher la tête gravement, avant de détourner le regard et de passer le portail.

Il s'engagea dans la longue allée gravillonnée et, malgré son mépris des puissants, fut subjugué par l'aspect de la demeure, une immense bâtisse, construite sur trois étages dans un style néoclassique avec une magnifique entrée tout en colonnade agrémentée de petits angelots. Des plantes, dont Logan ignorait jusqu'à l'existence, débordaient d'immenses pots en terre, égayant la façade de leurs feuilles encore vertes en ce début d'automne.

– Robert était un homme de goût, dit Kimble, qui avait perçu le changement d'attitude du shérif.

Logan maugréa son assentiment tandis qu'ils gravissaient le perron. Enfin ils entrèrent dans la demeure du défunt. Dans un grand hall dallé de marbre, deux escaliers latéraux se rejoignaient sur un vaste encorbellement qui dominait l'entrée. Les deux hommes empruntèrent un corridor aux murs tapissés de soie sauvage qui mettait en valeur quelques toiles contemporaines et arrivèrent dans le grand salon.

– C'est par là, indiqua Kimble, qui avait du mal à supporter le silence du shérif. Le bruit strident de l'ambulance qui approchait n'en était que plus pénible.

Ils arrivèrent dans la salle de bains. La fenêtre était désormais grande ouverte et le soleil du matin entrait à flots. Par réflexe, Logan appuya sur l'interrupteur et s'assura que les plombs n'avaient pas été changés. Puis il porta les yeux sur le corps sans vie de Gordon.

Il s'approcha, mit un genou à terre et ôta son chapeau.

Il résista à l'envie de poser ses doigts sur la jugulaire de l'homme. Mais il n'avait aucune raison de mettre en doute le diagnostic de Kimble.

– Si vous n'avez plus besoin de moi, j'aimerais retrouver mon épouse, dit ce dernier.

Logan leva la tête et jaugea son homme avant de répondre. Pourquoi un chirurgien aguerri était-il aussi mal à l'aise en présence d'un cadavre ? À moins que ce ne soit à cause de son étoile de shérif ?

– Bien sûr, allez-y, mais je vous prierais de passer au commissariat dans la journée, pour faire votre déposition.

– Évidemment, répliqua Kimble sans l'ombre d'une hésitation, avant de faire demi-tour.

À supposer qu'il s'agisse d'un crime, Kimble n'avait pas vraiment le profil d'un tueur. Peut-être s'imaginait-il à la place de ce cadavre. Mourir quand on possède tout, une aberration !

Logan se remit debout et posa son chapeau à proximité du lavabo, d'une élégante sobriété.

Il croisa son image dans le grand miroir qui le surmontait. Son visage était loin de masquer toute émotion. Le front ridé, la bouche pincée, le regard soucieux, il n'était guère plus à son aise que ne l'avait été le chirurgien.

Le Jacuzzi était toujours plein d'eau, un sèche-cheveux posé sur le bord. De toute évidence, quelqu'un l'avait débranché. Quel idiot ! S'il y avait eu des empreintes sur la prise, nul doute qu'elles étaient perdues à présent.

La sirène de l'ambulance cessa de gémir et Logan s'en trouva soulagé. Il détestait ce bruit annonciateur de terribles drames.

Il prit alors conscience que son portable sonnait. Un numéro inconnu. Il décrocha aussitôt.

– Allô ?

– Shérif Logan, c'est Nolden, se présenta le maire d'une voix qui cachait mal son impatience. Où êtes-vous ?

– Chez Robert Gordon. Sa petite amie l'a retrouvé électrocuté dans son Jacuzzi ce matin.

– Un accident ? enchaîna Nolden, vraisemblablement au courant.

Logan n'avait aucune idée de la relation d'amitié qui pouvait exister entre les deux hommes, mais une chose était certaine, Nolden n'aurait pas perdu son temps à l'appeler s'il s'était agi d'un citoyen lambda.

– Cela en a tout l'air, fit Logan en masquant ses véritables pensées.

S'il trouvait cette mort suspecte, il n'avait aucune envie d'en faire part à son interlocuteur. Il se devait de le rassurer. Nolden avait l'air affolé, or il n'avait pas envie d'avoir le maire constamment sur le dos.

– Mettez en œuvre tous les moyens dont vous disposez pour éclaircir la question. N'hésitez pas à faire appel à vos amis du FBI, dit Nolden d'une voix plus apaisée.

– Si vous y tenez.

Il aurait bien aimé lui expliquer que pour une simple électrocution, ses hommes sauraient faire le nécessaire, mais l'idée de revoir Blake et ses comparses lui tira un sourire. La dernière fois, c'était à sa sortie de l'hôpital, juste avant les grandes vacances d'été. Aussi triste que soit la mort d'un homme, cela serait toujours l'occasion de faire un bon repas dans un snack de la ville.

– J'ai souvent eu l'honneur de déjeuner en sa compagnie, c'était un homme bon, je vous prierais de ne pas prendre cette affaire à la légère.

Logan n'aimait pas ce voile de menace, mais il mit ce dérapage verbal sur le compte de l'émotion.

– Je ne prends jamais rien à la légère, monsieur le maire, répliqua-t-il néanmoins.

Un silence.

– Je n'en doute pas. Appelez-moi dès que vous en saurez davantage. Vous pouvez me joindre sur ce numéro, c'est mon portable personnel.

– Très bien, dit-il alors que des pas précipités remontaient le couloir. Vous m'excuserez, mais les urgentistes sont arrivés. Je vous tiens au courant.

Et sans laisser le temps à Nolden de proférer une ultime recommandation, il raccrocha.

Hurley avait passé la matinée à faire le ménage. Elle venait juste de terminer et de s'asseoir dans le canapé en cuir du salon pour une pause bien méritée quand son portable sonna. Elle protesta un instant mais retrouva vite le sourire en découvrant le nom de son correspondant.

– Salut, Nathan, que me vaut le plaisir ?

– Salut, Jessica, je viens d'avoir Mike, il a besoin de nous sur une affaire.

Aussitôt, le front de la profileuse se plissa.

– Qu'est-ce qui se passe ?

– Un avocat retrouvé mort dans son bain. Une huile de votre ville. Votre maire tient à ce que les meilleurs soient sur le coup. Mike a aussitôt pensé à nous. Il m'a dit de te prévenir qu'il ne rentrerait pas déjeuner.

– Il est mort comment ? demanda-t-elle en se levant.

– Électrocution, a priori, mais il est vrai que peu de gens se sèchent les cheveux dans leur Jacuzzi.

Hurley quitta le salon et gravit les marches qui menaient à l'étage.

– Tu as son nom ?

– Robert Gordon.

– Très bien, passez me prendre dès que vous arrivez en ville.

– OK, on sera là d'ici deux heures. À tout à l'heure.

Dans le bureau, son ordinateur était encore allumé. Elle se connecta sur le réseau et tapa le nom de Robert Gordon. Un grand nombre de liens apparurent sur l'écran. Page après page, sa conviction qu'un tel homme ne pouvait s'électrocuter dans son bain se renforça.

Elle se tourna vers la fenêtre et repensa aux événements du printemps. Un léger frisson la fit tressaillir. Aussi excitante que soit l'idée de résoudre des énigmes policières, elle n'oubliait jamais que ce n'était pas un jeu et que ses investigations révélaient souvent des horreurs sans nom.

En tout état de cause, la bonne nouvelle, c'était qu'elle allait revoir Nathan et les autres. Ils lui manquaient bien plus qu'elle ne l'aurait cru.

4

Si Stuart possédait de nombreuses compétences, le sens de l'orientation lui faisait totalement défaut. Malgré les renseignements glanés çà et là sur le campus, il arriva vingt minutes en retard à la résidence de la fraternité Delta. Située à l'extrémité de l'endroit réservé aux sièges de confréries, elle était dissimulée par une haie de cyprès qui semblaient avoir été plantés là dans le seul but de l'isoler.

S'approchant de la porte, il éprouva un certain soulagement quand il comprit qu'il avait enfin atteint son but. Des dizaines de stickers de groupes de rock y étaient placardées, et des accords de guitares saturées s'échappaient de l'intérieur.

Il sonna. Après deux minutes d'attente, il essaya à nouveau, sans plus de résultat.

Merde, je suis trop en retard, se dit-il. *Il manquerait plus que je ne sois pas accepté !*

Il prit sur lui d'ouvrir la porte et aussitôt une forte odeur de marijuana l'assaillit.

Il entra dans une pièce minuscule faisant office de réception, vide de tout être humain. Des posters représentant des femmes dans des positions particulièrement excitantes recouvraient tout un mur. Un nouveau morceau de rock succéda au précédent. Il passa la réception et, oubliant l'escalier qui menait à l'étage, se dirigea vers l'origine du vacarme.

Une porte le séparait de ses nouveaux « frères ».

Soudain, il ne fut plus tout à fait certain d'avoir fait le bon choix. De toute façon, la journée ne pouvait pas finir plus mal qu'elle avait commencé. Prenant une grande inspiration, il ouvrit la porte et découvrit une foule d'étudiants, torse nu ou chemise ouverte, une canette de bière à la main, dansant et riant comme des damnés. Une lumière hypnotique réagissait au tempo des basses et de la batterie.

Les membres de la fraternité Delta étaient en pleine débauche.

En dépit des règles qui stipulaient que les fraternités n'étaient pas mixtes, de nombreuses filles se trémoussaient sans complexe.

Stuart reconnut enfin le morceau. « Highway to Hell. »

– Hé ! Qui t'es, toi ? Casse-toi et vire ta graisse de ma vue ! l'interpella une espèce de grand dégingandé aux cheveux longs et au torse trempé de bière.

Le garçon s'approchait de lui d'un air menaçant. Stuart recula, prêt à déguerpir. Une main se posa sur son épaule. Il sursauta violemment.

– Du calme, tout va bien, le rassura un autre jeune homme qui se tourna alors vers le grand chevelu. Il est avec nous. Stuart n'a pas l'air comme ça, mais c'est un vrai rebelle, n'est-ce pas ?

Et sans attendre de réponse, il poussa Stuart devant lui et lui fit traverser toute la salle sous les regards curieux ou amusés des étudiants et les riffs de guitare d'Angus Young. Ils passèrent dans une autre salle, où, vautrés sur des canapés, d'autres garçons et filles fumaient des joints en riant bêtement.

– Salut, Joey, dis donc, tu as viré ta cuti ? se moqua un étudiant au menton orné d'un long bouc et portant un bandeau des Allman Brothers autour de la tête.

– Tout comme toi, Peter, répondit Joey avec un sourire, en désignant la main d'un autre étudiant posée nonchalamment sur sa cuisse.

Peter écarta vivement la main d'un air écœuré.

– Putain, Neil ! Je savais pas que t'étais pédé, eh merde, je le crois pas.

Les rires reprirent de plus belle.

– Je suis pas pédé, je suis juste pété ! se défendit l'étudiant incriminé.

Amusé, Joey secoua la tête, et guida Stuart hors de la pièce, dans un couloir garni d'une enfilade de portes.

– Au fait, je me présente, Joey Maguire. C'est moi le président en chef de Delta. Tout le monde me doit le respect ici. C'est moi qui ai personnellement plaidé pour que tu sois accepté dans la fraternité.

Stuart le regarda d'un nouvel œil. Joey devait avoir dans les vingt-deux ans, soit quatre de plus que lui, comme un grand frère. Il savait que Kyle aurait détesté cette pensée, mais tel était l'effet que lui faisait ce jeune homme. Un physique à faire craquer toutes les filles, du charisme et une voix profonde, il émanait de sa personne une sérénité incroyable. Rien à voir avec les connards de ce matin. Joey était un type bien. Il n'y avait aucun doute là-dessus.

– Merci, mais si t'étais le seul à me vouloir, il fallait peut-être pas, répondit Stuart, piteux.

Il voyait bien que sa petite taille et son embonpoint le mettaient à l'écart.

Même si à Delta les gens semblaient plus tolérants, il se sentait toujours tel le vilain petit canard.

Joey s'approcha de lui et lui asséna une claque virile sur l'épaule en riant.

– T'inquiète pas ! Comme tu l'as sans doute remarqué, on a les idées larges à Delta. S'il y a bien un endroit où personne ne te jugera sur ton apparence, c'est ici, le rassura-t-il.

Stuart esquissa un sourire incertain.

– Allez, détends-toi, je comprends que cela ne doit pas être évident pour toi d'arriver dans une ville où tu ne connais personne, reprit Joey en l'engageant à le suivre dans l'escalier qui menait au premier étage.

Des tableaux abstraits décoraient les murs. Stuart n'y trouva aucun intérêt. Il n'avait jamais rien compris à l'art moderne, une arnaque pour milliardaires en mal de dépenses, à son sens.

– Pas mal, non ? lança Joey en se méprenant sur son regard. Ce sont des Stanley Conrad, des originaux qu'il a peints quand il était étudiant ici. C'est un des plus illustres membres de la fraternité. Il revient de temps en temps dans le coin, avec un peu de chance tu le rencontreras.

– J'adorerais, répondit Stuart, qui n'en avait aucune envie.

Arrivés à l'étage, ils passèrent un couloir et malgré le vacarme produit par les musiques rock qui s'entremêlaient, il entendit clairement les râles de plaisir d'un couple en train de faire l'amour dans une des chambres.

Comme si de rien n'était, Joey le conduisit dans la pièce du fond. Son bureau de grand maître de la fraternité. Une large fenêtre s'ouvrait sur le parc. *Enfin de la vraie lumière*, pensa Stuart.

Quand Joey eut refermé la porte, il l'invita à s'asseoir, avant de prendre place en face de lui et de lui demander :

– Tu sais ce que c'est ?

Il avait pointé son index sur un long texte encadré et accroché en évidence sur sa gauche.

– Non.

– C'est le code de bonne conduite de Delta. Une charte établie il y a plus de cinquante ans par les pères fondateurs de notre fraternité, expliqua Joey avec un ton exagérément solennel. Elle nous impose autant de devoirs que de droits. Nous devons respecter notre prochain, faire en sorte que la ségrégation entre les Noirs et les Blancs cesse dans les États du Sud, que la femme ne soit plus considérée comme inférieure à l'homme, que la pauvreté soit endiguée, etc. Bref, tu vois le topo.

Stuart hocha la tête.

– Alors, es-tu prêt à devenir un des nôtres ?

– Oui.

C'était ridicule, mais il se sentait fier d'être accepté au sein de cette fraternité.

– Alors trinquons à ton intronisation parmi nous.

Sur ces mots, Joey tira d'un tiroir de son bureau une bouteille de Jack Daniel's. Sans prendre la peine de sortir des verres, il porta le goulot à ses lèvres et en but une rasade avant de la tendre à Stuart. Celui-ci ne supportait pas le goût de l'alcool, mais il ne se sentait pas capable de refuser l'offre. De ses trois demandes d'admission dans les multiples fraternités que comptait l'université, c'était la seule qui avait été acceptée.

S'il était rejeté, il irait rejoindre le lot des rebuts de la faculté, qui vivaient isolés, méprisés par les autres étudiants du campus.

Il prit la bouteille et, s'efforçant de se forger un mental d'acier, laissa couler un mince filet de whisky dans sa gorge. Pris d'une violente quinte de toux, il recracha le breuvage, inondant le bureau et la chemise de Joey.

– Pardon, fit-il en s'essuyant les lèvres du revers de la main.

Il se maudit de sa hardiesse. Il savait bien qu'il détestait l'alcool !

Le visage de Joey s'était complètement fermé. Les sourcils froncés, les lèvres serrées, le jeune étudiant se leva, s'approcha de Stuart et lui posa une main autoritaire sur l'épaule.

– Tu te rends compte de ce que tu viens de faire ?

– Pardon, je ne l'ai pas fait exprès, mais à la vérité, je ne bois jamais d'alcool.

Il y avait bien longtemps que Stuart ne s'était pas senti aussi misérable, comme aux plus mauvaises heures de sa courte vie.

– Cracher sur le symbole de l'autorité, tu crois que c'est malin ?

Stuart repensa soudain à Kyle, et à toutes les leçons qu'il tentait de lui inculquer. Il n'était pas un moins que rien. Il n'avait pas toujours besoin de baisser le regard et de courber l'échine. En plus, ce n'était pas vraiment sa faute. Et surtout, il lui semblait lire un brin de malice dans les yeux de Joey.

– Il n'y aurait pas écrit « On emmerde la hiérarchie », là ? osa-t-il en désignant du menton la charte.

La bouche sévère de Joey se détendit soudain dans un large sourire.

– Tu as tout compris, je savais que tu avais de l'esprit. Je me suis renseigné sur toi, j'étais sûr qu'il y en avait là-dedans, dit Joey en lui donnant une tape affectueuse sur le ventre. Tu es dorénavant un membre à part entière de Delta, et j'espère que tu sauras nous faire honneur. Tu sais…

Des pas précipités et des rires se firent entendre. Joey n'eut pas le temps de se retourner que la porte s'ouvrait en grand.

Une petite brune aux yeux hallucinés, accrochée à un garçon aussi défoncé qu'elle, les regarda étonnée.

– Joey, excuse-moi, mais tu ne pourrais pas nous laisser le bureau ? demanda le garçon.

– Tu charries, Terence ! Tu crois vraiment que ça a l'air d'un baisodrome ? rétorqua Joey en désignant la pièce d'un geste circulaire. Va rejoindre les autres à côté, et ne me dis pas que tu es pudique !

Avec ses deux mètres et ses muscles saillant sous son maillot de corps, sa chevelure aussi foncée que ses tatouages, Terence n'était pas habitué à ce qu'on lui parle ainsi, encore moins lorsqu'il était sous l'effet de la marijuana.

– Hé ? À quoi tu joues ? Te prends pas pour un vrai chef. Je t'ai demandé gentiment de dégager, alors m'oblige pas à m'énerver, Joey, tu sais que je t'aime bien.

Stuart s'enfonça dans son fauteuil.

S'il y avait une chose qu'il avait appris à reconnaître, c'était l'imminence des coups.

– C'est bon, Terence, laisse-le tripoter le jeunot, on va ailleurs, lança la fille sur un ton moqueur.

Joey resta debout, le visage fermé, le regard dur.

– Oui, écoute Clara, fit-il, sur le qui-vive.

Terence avança vers Joey d'un pas lent et assuré. La tension monta de plusieurs crans ; leurs regards étaient rivés l'un à l'autre.

Stuart se recroquevilla encore un peu plus dans son fauteuil. Il aurait tout donné pour être ailleurs. Il ne doutait pas de l'issue de la confrontation. Physiquement parlant, Joey ne faisait pas le poids face à cette montagne de muscles de près de deux mètres.

Terence s'arrêta juste devant Joey et rapprocha son visage du sien. Joey pouvait sentir son haleine imbibée de toutes sortes de mixtures. Il vit à ses pupilles dilatées que Terence avait dépassé la dose critique. Pourvu qu'il lui reste un minimum de réflexion.

– Bouh ! éructa soudain Terence, avant de partir d'un grand éclat de rire.

Joey esquissa un vague sourire et, sans bouger d'un pouce, regarda Terence reculer de quelques pas et passer son bras sur les épaules de Clara.

– T'as des couilles, Joey. C'est sûr, t'as des couilles, dit-il avant de se retourner et de sortir.

Clara referma la porte derrière eux.

– Bravo, moi, je me serais écrasé, fit Stuart.

Kyle lui disait toujours de ne pas se rabaisser, mais les mots étaient sortis tout seuls. Besoin de vider la tension accumulée.

Joey haussa les épaules et dit d'un ton désinvolte :

– Je connais bien Terence, que de la frime, nous ne risquions rien, ce n'est pas vraiment un méchant, c'est juste qu'il a trop bu.

Stuart n'en était pas aussi sûr, il connaissait trop ce genre de personnage.

– Bon, j'espère que cet intermède ne t'a pas fait changer d'avis et que tu veux toujours faire partie de notre fraternité.

– Oui ! s'exclama Stuart avec un enthousiasme non feint.

Après tout, il allait peut-être se plaire dans cette ville.

– Dans ce cas, tu peux redescendre, bois un verre, danse, amuse-toi. Tu es ici chez toi, ne l'oublie pas.

Joey avait déjà oublié que Stuart ne buvait pas. Quant à danser, il n'avait jamais essayé de sa vie, même pas tout seul devant une glace.

– Merci, répondit-il en se levant. Mais je vais retourner au dortoir. Je n'ai pas encore eu le temps de ranger toutes mes affaires. Je suis arrivé hier en fin d'après-midi.

– Pas de problème, dit Joey qui se rassit derrière son bureau.

Stuart lui sourit un peu bêtement et se dirigea vers la porte. Il avait déjà un pied à l'extérieur quand Joey l'interpella.

– Au fait, bravo pour ta conquête : Miss Judith Tipper en personne, la plus belle des sœurs Tipper. Bon choix, apprécia-t-il.

Stuart sentit aussitôt le rouge lui monter au visage.

– Je ne la connais pas, elle m'a seulement aidé, bredouilla-t-il. Bon, à plus.

Il remonta le couloir, perdu dans ses pensées. Rien de ce qui concernait les jolies filles ne passait inaperçu dans une université !

Il réussit à passer devant Terence et Clara en train de se caresser dans l'escalier sans s'arrêter et surtout sans les regarder. Arrivé en bas, il traversa toute la maison et se retrouva enfin à l'air libre.

Le soleil n'était pas complètement couché mais une douce pénombre était tombée sur le campus. Une première journée de passée. Une bonne journée, après tout.

Il espérait qu'il en avait été de même pour Kyle.

5

Logan était assis sous un des grands chênes du jardin de l'hôpital. Adossé au tronc, il attendait depuis une dizaine de minutes que Blake vienne lui faire un rapport préliminaire.

L'équipe de Seattle était arrivée à River Falls aussi vite qu'elle l'avait pu. Moore et Freeman aidaient la police locale dans la collecte d'indices à la villa de Gordon, Blake s'était rendu directement à la morgue, où l'ambulance des urgentistes avait amené le corps de l'avocat. Un simple texto avait averti Logan qu'il pouvait l'y rejoindre.

Pour l'heure, rien n'indiquait que Gordon ait pu mourir autrement que d'un accident domestique. Logan espérait vivement que cela était effectivement le cas. Il n'avait aucune envie de plonger dans une sombre histoire, où il savait que chacun de ses mouvements serait épié, par le maire, mais aussi par les journalistes de la ville, qui feraient leurs choux gras d'un tel fait divers.

Un oiseau s'ébroua sur une branche. Logan leva les yeux et aperçut Blake qui venait droit vers lui.

– Salut, Nathan, heureux de te revoir, fit Logan en lui tendant la main.

– Salut, Mike, comment va ta blessure ? s'informa le médecin légiste, dont le crâne luisait sous le soleil.

– Je ne ressens plus aucune douleur, mentit-il. J'ai vraiment eu de la chance.

Blake hocha la tête, peu convaincu.

– Bon, je ne vais pas y aller par quatre chemins. Ton avocat s'est fait tuer.

– Des preuves ou juste une intuition ?

Autour d'eux, des malades déambulaient avec lenteur, profitant de ce bel après-midi.

– Les deux. Je viens tout juste de faire partir les échantillons pour le laboratoire à Seattle, mais ce type a été endormi au chloroforme, et à forte dose. Même si l'odeur était infime, il n'y a pas de doute, c'est comme pour les parfums, mon nez est imparable.

– Au moins, on peut rayer de la liste tous les tueurs à gages. J'imagine que c'était la première fois pour notre meurtrier et qu'il craignait de ne pas mettre une dose suffisante.

– L'analyse de son sang et de ses poumons devrait permettre de confirmer mon intuition, reprit Blake, qui ajouta d'un air désolé : Ne te fais pas trop d'illusions, tu as affaire à un meurtre. D'après ce que j'ai eu le temps d'en apprendre, c'était une huile dans la région.

Logan acquiesça et détourna la tête vers le jardin.

Des gouttes de sueur coulaient sur sa nuque, qui n'étaient pas seulement dues à la chaleur.

– Il sera traité comme toute autre victime d'un meurtre, ni plus ni moins.

Les deux hommes se regardèrent et échangèrent un sourire navré. L'Amérique était peut-être le pays de toutes les libertés, mais certainement pas celui de l'égalité.

– Bon, et si on allait retrouver tes gars, fit Logan, qui mourait d'envie de se griller une cigarette.

Blake prit un air étonné.

– Tu ne me demandes pas pour le deuxième cadavre ?

Logan resta interdit.

– De quoi tu parles ?

– Ne me dis pas que tu n'es pas au courant !

Devant l'air ahuri de Logan, Blake le convia à le suivre jusqu'à la morgue.

Ce n'était pas l'envie qui lui en manquait, mais Hurley avait préféré rester discrète.

Elle n'était aucunement habilitée à enquêter durant son congé, et connaissant les méandres de la machine judiciaire, elle ne voulait en aucun cas prendre le risque de gâcher des preuves ou des témoignages en s'immisçant dans l'enquête officielle.

Elle s'était garée une trentaine de mètres en amont de la villa de Gordon et attendait avec impatience que les agents Moore ou Freeman viennent lui faire part de leurs éventuelles trouvailles, en mordillant un chewing-gum qui avait perdu toute trace de goût depuis longtemps.

Un bruit sourd résonna dans l'habitacle. Hurley eut un sursaut et aperçut un agent de police à sa portière. Elle baissa la vitre.

– Oui ?

– Excusez-moi, mais vous… Agent Hurley ?

Hurley sortit de la voiture.

Un soleil flamboyant déclinait en direction de la forêt.

– Des voisins ont remarqué une voiture avec une femme au volant qui stationnait depuis trop longtemps, s'expliqua Portnoy. Vous savez, les maisons ont des yeux et des oreilles, par ici.

Hurley plissa le front en jetant un regard circulaire. Elle ne remarqua aucun signe de vie dans les jardins des villas alentour, mais elle aurait dû se douter que de nombreuses paires d'yeux scrutaient la scène.

Elle se sentit stupide, et décida de passer outre ses résolutions.

– Comment ça se passe, à l'intérieur ?

– Nous avons collecté un maximum d'indices, mais à vrai dire vos collègues ne sont pas très loquaces.

Hurley ne put s'empêcher de sourire en pensant à la délicatesse de Moore et Freeman face aux services de la police locale. Les agents du FBI avaient toujours un sentiment de supériorité.

– Vous pouvez m'y emmener ?

Portnoy opina du chef, et hésita à lui demander pourquoi elle s'était garée si loin de la villa. Néanmoins, il garda sa réflexion pour lui, préférant ne pas froisser la petite amie du shérif.

Ils remontèrent la route parfaitement entretenue, bordée de hautes clôtures protégeant les villas de la grande bourgeoisie de River Falls. Devant le portail de celle de Robert Gordon, en reconnaissant la Range Rover, Hurley sentit une légère augmentation de son rythme cardiaque. Cela ne faisait que cinq mois qu'elle avait cessé ses fonctions, mais cela lui semblait une éternité. Il n'y avait pas à dire : le terrain lui manquait plus qu'elle ne l'aurait imaginé.

À son soulagement, il n'y avait plus un seul journaliste. Ils étaient partis dès que le cadavre de l'avocat avait été envoyé à la morgue. C'est sous le regard des seuls policiers qu'elle entra dans le domaine.

Portnoy la conduisit jusqu'à Freeman, dans la chambre de Gordon.

– Salut, Hurley, fit-il en se redressant.

Il portait des gants en latex et tenait une paire de ciseaux, mais c'est sa nouvelle coupe de cheveux qui interpella Hurley : il s'était rasé le crâne.

– Tu tiens tant que ça à ressembler à ton patron ? se moqua-t-elle en faisant référence à Blake.

Freeman soupira et se rapprocha d'elle.

– Non, je prépare ma reconversion pour la NBA. Je suis un négro à la mode, *madame*, dit-il en exagérant un accent français.

Gêné, Portnoy toussota.

– Je retourne à l'extérieur, si vous avez besoin de moi.

– Excusez-nous, dit Hurley en se retournant vers lui.

Portnoy s'éclipsa et les laissa seuls.

– Alors, vous avez trouvé quelque chose d'intéressant ?

– Et moi qui croyais que tu avais pris du recul ! Il faut croire que je ne suis toujours pas ton type d'homme, dit Freeman sur un ton faussement désappointé.

– Tu sais bien que je n'en pince que pour les hockeyeurs, et il n'y a pas trop de négros dans ton genre dans la NHL, *monsieur*.

Freeman éclata de rire et, se rapprochant un peu plus d'elle, la serra virilement dans ses bras.

– Tu nous as manqué à tous, heureux de te revoir.

Le menton posé sur son épaule, elle éprouva un sentiment de fraternité qui l'émut au plus haut point.

– Moi aussi, vous m'avez manqué.

Puis se ressaisissant :

– Si nous passions à un sujet d'autre importance.

Freeman retrouva une posture toute professionnelle et se pencha vers le lit.

– J'ai eu Blake à la morgue. Il est certain que notre homme a été endormi au chloroforme. Nous avons trouvé des traces qui indiquent clairement que l'avocat a été traîné du salon jusqu'au Jacuzzi.

Hurley, les bras croisés, se concentrait sur chacun des mots prononcés par son collègue. Chaque détail, aussi insignifiant puisse-t-il paraître, avait son importance.

– Nul doute que le bruit aurait dû réveiller sa petite amie. Alors, soit elle était complice, soit elle a un sommeil de plomb, ou, troisième solution, elle a elle aussi été endormie.

Freeman tira alors délicatement le drap. Une tache nettement visible se dessinait dessus, au niveau du revers.

– Bingo ! se félicita Freeman.

Hurley avait compris, mais savait que tout bon enquêteur aime s'entendre dire :

– Si tu pouvais m'expliquer ?

Freeman sortit un sachet de sa mallette et, après avoir découpé largement le morceau incriminé, l'y enferma.

– Je pense que Gordon a été agressé à l'extérieur. Puis le tueur est entré dans la maison et a posé son chiffon imbibé de chloroforme sur le visage de la dormeuse, afin de s'assurer qu'elle ne se réveillerait pas durant sa petite mise en scène.

– Donc c'est un meurtre, dit-elle, plus pour elle-même que pour énoncer une évidence.

Ce fait changeait tout.

Durant les cinq derniers mois, seulement deux meurtres avaient été répertoriés à River Falls. Le crime passionnel d'un mari éconduit, et un enfant battu à mort par son père. Les meurtriers n'avaient même pas cherché à nier les faits, ni à maquiller leur forfait. Mais cette fois-ci, il en allait tout autrement. Un brillantissime avocat venait d'être assassiné. Un mystère que, par avance, elle savourait de résoudre.

– Tu ne devrais pas sourire, ce pauvre type est mort, dit Freeman, la ramenant à la réalité.

– Pardon, déformation professionnelle, je ne vois plus des victimes, seulement les éléments d'un puzzle.

Mais Freeman avait compris. Tous les agents du FBI fonctionnaient de la même manière.

– Ne t'inquiète pas. Allez, laisse-moi finir mon job. J'ai encore plein d'empreintes à relever, sans compter le passage du luminol.

La recherche du sang. Une seule goutte suspecte et c'était peut-être l'ADN du tueur qui se dévoilait.

– Je vais voir Moore. On se retrouve après.

Elle sortit de la pièce gonflée d'une énergie nouvelle. Cela faisait longtemps qu'elle vivait avec ce paradoxe : prendre plaisir à faire un travail qui impliquait le malheur d'autrui. Elle savait qu'elle n'était pas seulement guidée par l'honorable motif de rétablir la justice, mais aussi par le plaisir de résoudre une énigme, de se montrer plus forte que les tueurs.

Logan et Blake descendirent à la morgue de l'hôpital. *A-t-on jamais vu un cadavre tenter de s'échapper ?* se dit Logan, comme chaque fois, en passant devant l'employé qui gardait les lieux.

– Shérif, le salua Howard Pink.

Logan le salua en retour et ils entrèrent dans la salle où étaient exposés les cadavres. Pink referma la porte derrière les deux hommes et retourna à son poste. Il n'aimait pas du tout les manières du gars du FBI.

– Comme si on était des ploucs ! maugréa-t-il en se rasseyant sur sa chaise.

– Bon, tu peux m'en dire un peu plus ? demanda Logan en découvrant deux corps dénudés, allongés sur les tables de dissection.

Il était heureux que sa voix n'ait pas flanché. C'était bien pire de découvrir un cadavre à la morgue que sur une scène de crime.

Il reconnut aussitôt Gordon. Une large cicatrice en Y barrait son torse. Il ne put s'empêcher de repenser à celui qu'il était de son vivant. Un homme à l'éternel sourire. Une sorte de *golden boy*. Et à présent, un corps déjà en train de se décomposer.

Quant à l'autre, il n'avait aucune idée sur son identité.

– Celui-ci a été amené alors que j'étais en train de découper une partie du poumon de notre client. On m'a expliqué qu'il s'agissait d'un clochard imbibé d'alcool et qui a selon toute vraisemblance basculé par-dessus un pont, avant d'être rejeté sur la rive du fleuve.

Logan s'approcha du corps. L'homme ne devait guère avoir plus de trente ans. Une barbe et de longs cheveux roux. Il lui manquait la moitié des dents de devant, mais pas uniquement à cause d'une mauvaise hygiène dentaire. Sur la peau fripée et bleutée due à l'immersion, Logan releva de nombreuses ecchymoses sur diverses parties du corps. Particulièrement au visage.

– Étonnant, pour une simple chute.

– C'est ce que je me suis dit dès que je l'ai déshabillé. Je sais que cela ne relevait pas des ordres que j'avais reçus, mais j'aime bien faire du zèle, ajouta Blake avec un petit sourire.

Logan aimait Blake aussi pour ça. Un sens aigu du professionnalisme.

– Tu as bien fait.

– Surtout qu'il n'est pas mort noyé. Ses poumons n'étaient pas remplis d'eau. Pas de nuque brisée non plus.

Logan détourna le regard. Il n'aimait pas ça.

– Comment est-il mort ?

– Éclatement de la rate, dû à des coups portés avec insistance, si tu vois ce que je veux dire.

Un tabassage en règle. Logan sentit la colère monter en lui. Alors qu'aucun de ces deux hommes ne méritait de mourir, il ne pouvait s'empêcher d'avoir nettement plus d'empathie pour le pauvre bougre allongé à sa gauche que pour celui de droite.

La police existait avant tout pour aider les faibles, croyait-il.

– De quand date son décès ?

– Hier, dans la nuit. Je te donnerai une heure plus précise dans mon rapport.

– Merci, il va falloir que je diligente une enquête. J'espère qu'ils ont au moins noté l'identité de la personne qui a trouvé le corps, dit Logan.

Que nul n'ait relevé les traces de coups au visage en disait long sur le respect qui était porté à ces hommes et ces femmes qui avaient tout perdu.

– Tu sais si on a son nom ?

Blake eut un signe d'ignorance.

– Pas de portefeuille. Pas d'alliance, ni de collier ou de bracelet. Un « John Doe » de plus, fit Blake en utilisant le nom attribué à tous les morts anonymes. J'ai pris ses empreintes. Il n'y a plus qu'à espérer que nos fichiers pourront l'identifier.

– Bon, je retourne au commissariat, je te laisse finir, et on se retrouve chez moi ce soir. Je vous invite à dîner.

– Il était temps. Ça fait combien de temps que tu es parti ? Presque un an, si je ne m'abuse.

Logan sourit et lui adressa un clin d'œil complice.

– À tout à l'heure.

Il quitta la morgue avec des pensées encore plus sombres que lorsqu'il y était entré.

Il pouvait comprendre le meurtre pour des mobiles tels que la jalousie, l'envie, l'infidélité, l'appât du gain même, mais le simple crime gratuit… Ça le dépassait. Le sadisme à l'état pur. Le plaisir de faire du mal pour faire du mal. Hurley appelait ça des psychopathies, ou des sociopathies… Des noms de maladies qui n'avaient rien à voir avec la vérité. Ces tueurs étaient des monstres irrécupérables, c'est tout. Il ne croyait pas en leur rédemption.

Guérir un serial killer ! Quelle ineptie !

De retour dans les jardins de l'hôpital, la lumière du jour lui fit un bien fou. Il ralluma son portable et vit qu'il avait reçu de nombreux messages, dont un du maire.

Il fit une grimace et remit le cellulaire dans sa poche.

Il marcha en faisant crisser sous ses semelles les petits graviers de l'allée. Quand il eut enfin passé l'enceinte de l'hôpital, il prit une cigarette et savoura avec délice la première bouffée de fumée. L'air était chaud, River Falls était vraiment une belle ville. Mais cette pensée candide s'effilocha en un instant.

– Bonjour, shérif. Vous serait-il possible de m'accorder une petite interview ? demanda Leslie Callwin, qui sortait d'une voiture garée en bordure du trottoir.

– Je n'ai rien à dire, si ce n'est que Robert Gordon est bel et bien mort, répondit-il, laconique.

Qu'est-ce qu'elle faisait là ? Elle n'était pas partie à Seattle après l'histoire des pauvres gamines ?

– Oui, tout porte à croire qu'il s'agit d'un meurtre, enchaîna-t-elle comme si elle n'avait pas senti son mépris.

– Je n'ai rien à déclarer. Pour l'heure, la seule chose que je puisse affirmer est que Robert Gordon est décédé dans la nuit de dimanche à lundi, dans sa villa. Si de nouvelles informations me parviennent, je n'hésiterai pas à vous en faire part, fit-il en se forçant à sourire.

Callwin hocha la tête et baissa le Dictaphone qu'elle avait brandi devant elle.

– Shérif, vous pouvez me parler franchement. Nous ne sommes pas ennemis. Je ne travaille plus pour le *Daily River*.

– Je sais. Et vous travaillez pour qui, à présent ? L'*Enquirer*, ou un torchon du même genre ?

Callwin prit un air chagriné.

– Non, je suis au *Seattle Tribune*.

Voyant le doute sur le visage de Logan, elle s'empressa d'ajouter :

– Je ne suis pas salariée mais pigiste. Ils m'ont pris quelques articles.

Logan se moquait de savoir si c'était la vérité. Il n'aimait pas cette fille et n'avait pas confiance en elle.

– Tant mieux pour vous. Si vous voulez un conseil, retournez à Seattle. Il n'y a rien qui se passe ici qui pourrait intéresser un journal comme le *Tribune*.

Le *Seattle Tribune* était le magazine de référence en matière politique, économique et sociale. Peu de pages de sport et aucune sur les people. Tout juste la météo dans un petit espace en fin de journal. Rien de racoleur. *Rien pour une fouineuse comme Callwin*, se dit Logan, qui prit soin, comme sans faire exprès, de lui cracher une bouffée de fumée au visage.

– Robert Gordon était un avocat important qui a placé une partie de sa fortune dans des sociétés d'investissement basées à Seattle. Qui sait si le tueur n'est pas un homme d'affaires jaloux de son succès ?

Callwin n'y comprenait rien à rien, en matière de mobile. Néanmoins, il se pouvait que cela ait effectivement un lien avec ses placements…

– Arrêtez de croire que c'est un meurtre. Rien ne le prouve, assena-t-il.

Hurley l'aurait-elle mise au parfum ?

– Qui serait assez idiot pour se sécher les cheveux dans son Jacuzzi ? Je ne suis pas aussi stupide que vous semblez le croire.

– Écoutez, je ne vous aime pas, et je ne vous dirai rien. Alors maintenant vous dégagez d'ici. Si vous voulez écrire votre article, ne vous en privez pas, mais à la moindre faute de votre part, je vous chargerai au maximum et je vous jure que vous serez grillée dans tous les États du pays.

– Vous savez, je me demande vraiment ce que Jessica peut bien vous trouver, répliqua Callwin, qui tourna les talons et remonta dans sa voiture.

Pétrifié par une telle audace, Logan resta sans voix. Comment osait-elle faire référence à Hurley et à sa vie privée ?

Comme quoi une garce reste une garce, se dit-il, en sachant que passé un certain âge, les gens ne changeaient jamais.

– Pauvre conne ! lâcha-t-il finalement alors que la Saturn démarrait et se mit à remonter l'avenue.

6

Torse nu, adossé à un mur tapissé d'une tenture rouge, le souffle court, la mâchoire serrée, Kyle attendait que les coups pleuvent.

– Tu crois que tu es un dur ? fit Keith. C'est ce qu'on va voir.

Et, avec une puissance sans retenue, il lui envoya un crochet en plein abdomen. Malgré sa barrière de muscles, Kyle ressentit une vive douleur qui lui arracha un léger râle.

– À vous, Peter.

Un jeune garçon s'approcha. Vêtu comme les autres à la façon d'un personnage de roman du XIXe siècle, il prit soin d'ôter lentement sa redingote, puis balança son poing sans prévenir. Kyle encaissa le coup avec beaucoup moins de tenue. Il poussa un petit cri de douleur, le souffle court. Deux autres garçons l'aidèrent à se maintenir debout. Peter y était allé particulièrement fort.

– À vous, maître, reprit Keith quand Kyle eut recouvré ses esprits.

Une cape jetée sur ses épaules, un haut-de-forme posé sur sa tête, le maître fit face à Kyle. Il le dévisagea, le jaugeant de bas en haut, avant que leurs regards ne se croisent.

À la lumière vacillante de bougies et de lampes à pétrole qui éclairaient les lieux, leurs pupilles semblaient emplies des flammes de l'enfer.

– Voyons si tu es aussi dur que tu le prétends.

Le maître fit volte-face et alla chercher une batte de base-ball. Kyle ne put réprimer un frisson d'effroi quand il découvrit l'objet. Mais il était trop tard pour reculer. Il n'avait plus le choix.

– Tu peux t'éviter ces souffrances, tu le sais, dit le maître avec une intonation machiavélique.

– Allez, Eddy, fous-lui une raclée ! l'enjoignit Carl.

– Tais-toi ! tonna le maître d'une voix de stentor.

Et si imposant fût-il, Carl fit un pas en arrière sans ajouter un mot.

– Eh bien soit, tu l'auras voulu.

Le bras d'Eddy partit en arrière pour prendre de l'élan, puis avec une violence inouïe la batte frappa les abdominaux de Kyle, qui encaissèrent le choc comme ils purent.

Kyle se courba en deux et cracha un épais jet de salive. Heureusement, les deux garçons placés à ses côtés le rattrapèrent et lui évitèrent de s'effondrer.

Le silence était total. Le maître frappait rarement avec autant d'ardeur. Personne n'osa demander pourquoi il agissait ainsi aujourd'hui.

Le silence dura de longues secondes. Kyle était sur le point de s'évanouir, mais il savait qu'il devait garder connaissance, quoi qu'il lui en coûtât. Il devait réussir. Il puisa au plus profond de ses souvenirs et parvint à trouver une étincelle pour ne pas laisser les ténèbres envahir son esprit.

Lentement, il parvint à se redresser et, de nouveau, à faire face au maître.

– Bien des hommes auraient demandé grâce à ta place, admit le maître, alors que tous les regards étaient portés sur lui. Tu as prouvé que tu fais partie de la race des seigneurs, et non de ces larves qui gangrènent les États-Unis d'Amérique.

Keith apporta l'épée de leur ordre et la tendit à Eddy.

– En ma qualité de maître de notre ordre, je te fais chevalier de la nation. De cet instant jusqu'à ta mort, tu devras fidélité à ta nouvelle famille. Sois le bienvenu, Kyle Simmons.

Comme avant lui tous les autres étudiants acceptés dans la fraternité, Kyle baisa le plat de la lame et remercia le grand maître de son intronisation.

À ce moment-là, une salve d'applaudissements et des cris d'allégresse bouillonnèrent dans la grande salle du pavillon de la fraternité Alpha.

Les bouchons des bouteilles de champagne sautèrent et les coupes se remplirent. Les filles qui étaient restées en retrait durant la cérémonie retrouvèrent leur entrain naturel. De la musique pop rugit des enceintes. La cérémonie d'intronisation des nouveaux membres était officiellement terminée. La fête pouvait commencer.

Les étudiants des années supérieures vinrent féliciter les bizuts. Certaines jeunes filles étaient tout émoustillées de faire leur connaissance.

Kyle se tenait à l'écart. Une douleur terrible lui vrillait les tripes. Certainement une côte cassée, ou même une hémorragie interne ! Une main se posa sur son épaule. Par réflexe il l'attrapa, prêt à frapper.

– Hé ! On se détend, c'est fini, fit Eddy.

Kyle lui aurait bien brisé les doigts. Le « maître » n'y était pas allé de main morte. Pourquoi un tel sadisme ? Il avait remarqué la différence d'intensité des coups portés, selon que les étudiants venaient de bonnes familles ou non.

– Pardon, dit-il par-dessus la musique, dont le volume monta d'un cran, les isolant des autres.

– Ne t'excuse pas. J'aime ça. Tu es un vrai guerrier.

De nouveaux bouchons de champagne sautèrent. Des bouteilles d'alcool de toutes sortes firent leur apparition. Alors que l'accès leur en était interdit en temps normal, les filles s'étaient glissées dans le pavillon Alpha et faisaient onduler leur corps au rythme de la musique, pour le plus grand plaisir des garçons, qui se préparaient à l'attaque. La soirée ne faisait que commencer.

– Merci, je suis heureux de faire partie de votre fraternité. Moi aussi je crois en une Amérique pure, et…

Eddy éclata d'un rire moqueur.

– Arrête tes conneries, tu voulais juste faire partie de la haute. Nous avons les meilleurs résultats de toutes les fraternités. Il n'y a pas un seul étudiant qui n'ait eu un parcours exemplaire après sa sortie d'Alpha.

– Disons que l'un n'empêche pas l'autre.

Eddy rit à nouveau de bon cœur.

– Allez, viens boire un verre, je vais te présenter à notre quaterback vedette, il paraît que tu es un super receveur, on en a rudement besoin.

Kyle savait qu'il n'y avait que deux façons d'intégrer cette fraternité élitiste : l'argent ou des capacités en foot. N'étant pas issu d'une famille aisée, sa seule chance avait été le sport. Et surtout la mort de deux footballeurs talentueux au printemps dernier.

Ils traversèrent la piste de danse improvisée. Kyle nota que les nobles valeurs prônées par l'aile droite du parti républicain étaient mises en berne pour cette soirée. Les mains étaient baladeuses, les poses lascives. Des garçons et des filles de si bonnes familles… L'hypocrisie dans toute sa splendeur.

Au son d'un remix d'« Umbrella » de Rihanna, ils retrouvèrent Steven près du bar, une Budweiser à la main, l'autre tenant par l'épaule une ravissante brune, Mary Templeton.

– Steven, je te présente ton futur partenaire.

Les deux étudiants se jaugèrent, tels des félins prêts à se battre.

– Ça va ? J'ai vraiment cru qu'il allait te tuer ! intervint Mary en désignant Eddy du regard.

– Non, c'est un costaud, ce gars-là, la rassura Eddy. Allez, je vous laisse, amusez-vous bien.

Il rebroussa chemin et alla à la rencontre d'autres bizuts. Kyle aurait préféré le suivre. Il n'aimait pas ce Steven. L'air trop sûr de lui. Une arrogance naturelle du fait de sa naissance. Il détestait cela.

– Je te présente Mary, dit Steven. Interdit d'y toucher.

Mary lui tendit la main. Kyle fut étonné de sa fragilité. Elle avait une peau particulièrement douce.

– Moi, c'est Kyle.

– Tu sais que tu as du bol, normalement on n'accepte pas n'importe qui dans l'équipe. Une chance pour toi que Brian et Edward soient morts, ajouta Steven.

Un coup de coude dans les côtes le stoppa net.

– Ne plaisante pas avec ça. Je déteste quand tu fais ça, le rabroua Mary.

– C'est bon, là où ils sont, ils en ont plus rien à foutre, se défendit Steven. Par contre, c'est tout bonus pour toi !

Kyle ne savait comment réagir, si ce n'est en lui brisant le nez. Mais il était trop évident que le garçon cherchait la bagarre. Il ne supportait pas que le rejeton d'une famille modeste ait pu être accepté dans la plus prestigieuse des fraternités.

– J'espère être à la hauteur, répliqua-t-il.

Il tourna les talons sans attendre sa réaction. Il était temps qu'il quitte les lieux. L'alcool aidant, Steven reviendrait à la charge, et Kyle n'était pas certain de pouvoir se maîtriser une seconde fois.

Sans que personne ne prête attention à lui, Kyle ressortit de la résidence. La nuit était tombée sur le campus. Il regarda sa montre. Il n'était que 21 heures.

Il s'alluma une cigarette et reprit en sens inverse la longue allée d'où montait l'odeur des pelouses fraîchement tondues. Alors qu'il passait devant les autres résidences des fraternités, il se fit interpeller par les filles de la fraternité Gamma postées aux fenêtres.

– Hé, beau gosse, viens donc t'amuser !

– Faut pas rester tout seul !

– T'es quand même pas homo !

Les filles tenaient leurs bières comme des trophées.

Sans s'arrêter, Kyle entra dans leur jeu :

– Désolé, mais maman m'attend et elle n'aime pas que je sois en retard.

Les filles explosèrent de rire et le chambrèrent encore plus. Il continua son chemin sous leurs gentils quolibets et se retrouva, après avoir traversé le parc, à proximité des dortoirs des garçons.

La vie semblait tellement simple.

Malgré une douleur persistante aux abdominaux, Kyle ressentit un léger sentiment d'allégresse. Rien n'était inéluctable. Chacun pouvait devenir maître de son destin. C'est ça qu'il aimait en Amérique, la possibilité pour quiconque de partir de zéro et de toucher les étoiles.

Porté par ces pensées angéliques, il entra dans le dortoir abandonné. Tous les étudiants étaient dans les résidences de leur fraternité ou dans les bars de la ville, à fêter la nouvelle année scolaire. Au troisième étage du bâtiment, il s'engagea dans le couloir d'où s'échappaient de derrière quelques rares portes des bribes d'émissions télévisées. C'était la fête pour tout le monde, sauf pour les marginaux et les « sans qualité particulière ».

Il s'arrêta devant la porte 315. Celle de Stuart. Aucun bruit ; il devait déjà dormir. Il décida de le laisser tranquille et monta deux étages au-dessus, jusqu'à la porte 522. Il vivait dans une studette de douze mètres carrés, dont le seul luxe était la fenêtre donnant sur le parc. Muni d'une bière prise dans son petit frigo, il grimpa sur le rebord sans se soucier du risque de chute et s'assit les pieds ballants dans le vide. Il entendait au loin le tumulte des étudiants déchaînés.

Il se sentit lentement revenir à une réalité qu'il connaissait mieux. Cette colère qu'il avait de plus en plus de mal à maîtriser monta en lui. Il but une gorgée de bière et sentit les larmes lui piquer les yeux. Il les ferma, s'obligeant à retrouver son calme. Il prit une cigarette, priant pour qu'on lui laisse le temps…

Elle avait accepté ! Stuart n'y croyait pas, et pourtant, telle était la réalité. Elle avait accepté de le retrouver dans le motel tout proche.

Il se regarda une dernière fois dans la glace et se trouva plus beau que d'habitude. Il n'était pas si petit ni si gros que ça. Non, il était même plutôt beau garçon.

Il regarda sa montre ; quand il leva les yeux, il la vit arriver. Elle était magnifique avec sa petite jupe en jean et son tee-shirt moulant.

– Stuart, je suis si heureuse, dit Judith en s'approchant de lui.

– Je t'aime, Judith, dit-il sans rougir ni bégayer.

Un nouveau Stuart était né. Il n'aurait jamais cru que ses premiers jours à River Falls seraient aussi fantastiques.

– Comment j'ai pu vivre sans toi, continua Judith, qui lui passa une main câline dans les cheveux.

– Judith, je t'aime.

C'était tout bonnement incroyable.

Il lui passa la main dans le dos, descendit jusqu'au creux de ses reins. Leurs bouches se rencontrèrent. Stuart se sentit pousser des ailes ; avec un aplomb qu'il ne se connaissait pas, il glissa sa main sous sa jupe.

À sa stupeur, un bras musclé le tira soudain en arrière.

– Allez, debout feignasse ! rugit une voix.

Stuart sortit de son rêve et, ayant reconnu le visage du type, se mit à hurler en se recroquevillant dans son lit. C'était le grand chevelu qui l'avait traité de gros porc à son entrée à Delta.

– Hé, arrête de hurler, tu me casses les oreilles !

– Ne me frappe pas, me frappe pas ! supplia-t-il, la tête cachée sous ses draps.

– Stuart, calme-toi, c'est une blague, s'inquiéta Joey, qui était derrière Ace.

La voix douce de Joey rassura Stuart, qui sortit la tête de dessous les draps, et sous le regard des adolescents qui commençaient à se masser dans sa chambre, se sentit soudain redevenir ce qu'il était. Un misérable.

– Qu'est-ce que c'est que cette chochotte, sortez-moi ça du lit ! hurla un étudiant particulièrement éméché.

Aussitôt cela fut fait, et il rejoignit dans le couloir les autres nouveaux membres de Delta en caleçon et tee-shirt, les yeux gonflés de sommeil comme lui.

– Par tous les dieux, si vous tenez à devenir de vrais frères de Delta, il va falloir nous prouver que vous êtes dignes de nous rejoindre. En premier lieu, vous avez dix minutes pour retourner à notre QG.

Stuart regarda ses camarades d'infortune. Cela le rassura de les voir aussi stupéfaits que lui.

– Bougez-vous le cul ou on vous retire le caleçon !

La menace proférée par Ace suffit à leur faire oublier toute honte. Au pas de course, ils foncèrent vers l'escalier.

Trois heures plus tard, après avoir dû enfiler un slip sur la tête, se faire peinturlurer le visage de moutarde et de ketchup, ramper comme un asticot sur le parquet de la grande salle du QG, embrasser le buste en bronze de John Belushi, et autres facéties du même genre, Stuart s'effondra dans un fauteuil en riant aussi bêtement que les autres. Lui qui ne buvait jamais d'alcool en avait été pour ses frais. Il n'aurait jamais cru que cela pouvait être aussi bon. La musique de Linkin Park résonnait dans toutes les pièces, de nombreuses filles des autres fraternités avaient rejoint Delta pour y faire la fête.

Stuart vit une grande brune, un sein dénudé, passer devant lui. Ses yeux sortirent de leurs orbites. Mais un soubresaut intempestif de son estomac lui interdit de profiter pleinement du spectacle. Il eut tout juste le temps de se ruer vers une fenêtre pour vomir tout ce qu'il avait ingurgité. Alors qu'il aurait dû se maudire d'avoir trop bu, il était aux anges. Personne ne s'était moqué de lui durant la soirée, du moins pas en tant que petit gros, mais seulement en tant que bizut.

Il allait vraiment se plaire, ici.

Kyle avait eu raison. Il n'aurait pas à regretter son choix. Il avait enfin trouvé une famille.

Mardi 2 octobre 2007

7

Un bol de café dans les mains, Hurley se tenait devant la fenêtre de la cuisine. L'aube pointait. Il était presque 7 heures. Logan n'allait pas tarder à se réveiller.

Elle soupira. Elle savait qu'il n'y avait plus aucune chance pour qu'elle décide de rester à River Falls. La journée passée sur le terrain et la soirée de la veille avaient définitivement fait pencher la balance. Le besoin de reprendre son activité, de retrouver sa place dans la société était impératif. L'amour ne suffisait pas à combler une existence. Du moins pas pour une femme libérée, active et passionnée par son métier.

Elle but une petite gorgée du café brûlant en espérant que Logan comprendrait sa décision.

– Salut, beauté. On est bien matinale.

Freeman se tenait dans l'encadrement de la porte de la cuisine.

Hurley se retourna et ne put s'empêcher de rire en découvrant la tenue de son collègue. Un simple slip kangourou, qui faisait oublier le corps sculptural du jeune Afro-Américain.

– Impressionné ? Je comprends, fit-il l'air de rien.

Il ouvrit le frigo comme s'il était chez lui et en sortit une bouteille de jus d'orange et une boîte d'œufs.

– Si Mike te voit comme ça à côté de moi…

– Vous ne pouvez pas faire moins de bruit ! intervint Moore depuis le salon.

La soirée avait duré jusque tard dans la nuit. Les trois agents du FBI avaient hésité à reprendre la route, Logan leur avait proposé de dormir chez lui. Blake s'était couché dans la chambre d'amis, où il avait tenu à dormir seul dans le lit double. Ce qui avait obligé Freeman et Moore, ses cadets, à dormir ensemble dans le canapé-lit du salon.

– Tu peux parler, tu n'as pas arrêté de ronfler ! rétorqua Freeman, qui cassa un œuf au-dessus de l'évier.

Il sépara le blanc du jaune et versa ce dernier dans son jus d'orange.

– Et ta petite copine, Vanessa ? demanda Hurley.

Ce n'était pas parce qu'elle ne les voyait plus qu'elle ne leur parlait pas sur Internet.

– De l'histoire ancienne. Elle est partie finir ses études en Italie.

– Tu devrais te trouver une fille de ton âge. Tu as presque trente ans, tu ne vas pas tarder à passer pour un vieux satyre si tu continues à faire la sortie des lycées.

– Je ne suis jamais sorti avec une mineure, si c'est ça que tu insinues. Du moins, si je fais confiance à mes conquêtes.

– Toc, toc, je peux entrer et mettre un terme à cette conversation méga intéressante ? fit Moore d'un ton faussement supérieur.

Il portait un long tee-shirt à l'effigie du « boss » que lui avait prêté Logan. Une relique datant de la tournée Born in the USA, qu'il n'avait jamais pu mettre à la poubelle.

– Tu n'as pas l'impression de déranger ? railla Freeman avant d'avaler une rasade de son breuvage.

– Faut voir, je vais demander ça à Mike.

Hurley tira une chaise et s'assit à table.

– De vrais gamins ! soupira-t-elle en souriant.

Des bruits de pas dans l'escalier se firent entendre. Les regards se tournèrent vers l'entrée de la cuisine, mais ce n'était que Blake qui les rejoignait.

– Surtout, ne m'attendez pas pour le petit déjeuner !

– Il faut qu'on surveille ta ligne, mon vieux ! répliqua Freeman.

– Mais c'est quoi cette tenue ? Tu ne pourrais pas mettre au moins un tee-shirt ! Tu penses vraiment que ça nous excite ?

– Ah, la jalousie des quadras ! ironisa Freeman sans se démonter.

Il reprit une gorgée de son nectar.

– Il va faire une journée magnifique, intervint Moore en regardant par la fenêtre les premières lueurs de l'aube.

Trois regards se tournèrent vers lui. S'ensuivirent trois éclats de rire.

Couché dans son lit, Logan savait que s'il descendait les rejoindre, il ne pourrait cacher son humeur exécrable.

Que ces rires lui étaient insupportables !

Il n'était pas dupe de ce qui se passait. Hurley profitait pleinement de ses retrouvailles avec ses collègues. Pourtant, il appréciait tout autant qu'elle Blake et sa petite troupe. Mais pas en cette matinée. Il ne restait plus qu'un mois sans solde à Hurley. Au fil des semaines, il s'était persuadé qu'elle resterait vivre avec lui à River Falls, mais la réalité le rattrapait douloureusement. Hurley ne quitterait pas son job au FBI.

Il attrapa son paquet de cigarettes, même s'il avait promis de ne pas fumer dans la chambre. Il trouva un briquet et s'en alluma une. Un nouvel éclat de rire collectif parvint jusqu'à lui et il sentit une bouffée de colère l'envahir.

Laissez-la tranquille ! eut-il envie de crier. Pensée puérile d'un homme jaloux. Il avait beau en avoir conscience, il ne pouvait s'empêcher d'éprouver un tel sentiment. Arrête d'y penser, s'exhorta-t-il entre ses dents. Il tenta de trouver un autre sujet de préoccupation. L'image des corps de Robert Gordon et de John Doe lui vint à l'esprit.

Une autre sacrée épine dans le pied ! se dit-il en allant ouvrir la fenêtre.

Pour la mort de John Doe, il savait que personne ne lui en tiendrait rigueur si ses investigations n'aboutissaient pas, en revanche, il en serait tout autrement pour Gordon. Le maire Nolden ne le lâcherait pas. On ne pouvait assassiner un membre influent de la communauté de River Falls sans en payer le prix.

Si les trois comiques du dessous ne trouvaient pas d'indice susceptible de démasquer le tueur, Logan serait parti pour une longue enquête, sans certitude de résultat. Une pensée en entraînant une autre, il s'isola dans ses réflexions, et n'entendit pas la porte s'ouvrir derrière lui.

– Mike ? Mais qu'est-ce que tu fais ?

Logan se retourna et jeta sa cigarette presque consumée par la fenêtre, comme un enfant pris en faute.

– Pardon, je réfléchissais à la mort de Gordon, dit-il en savourant la vision de Hurley en peignoir.

Elle fit une moue dubitative.

– Et alors ?

– Alors, ça ne va pas être simple.

Hurley adorait quand il la croquait du regard. Elle se sentait devenir le centre du monde.

– Tu descends ? Tout le monde est réveillé.

– J'ai cru entendre, rétorqua-t-il sans pouvoir cacher son mécontentement.

Mais Hurley fit comme si de rien n'était.

– J'ai préparé le petit déjeuner. Je t'attends.

La voix était douce, mais le ton péremptoire. Logan hocha la tête. Il aurait tout le temps pour s'expliquer avec Hurley.

– Je te suis.

Callwin s'était elle aussi levée aux aurores, avec la ferme intention de montrer ce qu'elle savait faire à ce stupide shérif.

Pourquoi ne voulait-il pas comprendre que la vie nous obligeait parfois à nous rabaisser, à faire des choses qui nous répugnaient juste pour survivre et ne pas nous briser en mille morceaux ? Et que les gens pouvaient changer ? Elle savait qu'elle n'aurait pas dû prendre cette histoire autant à cœur, mais elle venait depuis peu de retrouver l'estime d'elle-même. Elle ne laisserait personne entraver ses efforts pour devenir ce qu'elle avait toujours rêvé d'être : une journaliste d'investigation digne de ce nom.

C'est pour cela qu'en ce mardi matin, elle attendait sagement dans sa Saturn garée non loin de la maison de Logan.

Elle tua le temps en naviguant sur son iPhone. Elle lut de nombreux comptes rendus de procès qu'avait gagnés Robert Gordon. Elle n'avait aucune piste pour le meurtre, mais l'hypothèse d'un condamné qui voulait se venger n'était pas moins plausible qu'une autre.

Elle eut la surprise de voir Logan quitter sa maison en compagnie des enquêteurs du FBI. N'y avait-il plus de chambre d'hôtel à River Falls ? Logan était-il adepte de pratiques douteuses ? Quel scoop ce serait ! Bien sûr, elle n'y croyait pas une seconde.

Quand la Cherokee et la camionnette du FBI se furent éloignées, Callwin descendit de sa voiture, et d'un pas tranquille remonta la rue bordée d'érables. Des pavillons tous semblables la bordaient, séparés par des petits jardins aux pelouses impeccablement tondues. Une zone résidentielle de la *middle class* comme il en existait des milliers aux États-Unis.

Arrivée devant chez Logan, elle prit une grande inspiration et sonna. Personne ne répondit. Callwin attendit une minute et recommença. Toujours pas de réponse. Se pouvait-il qu'elle ne soit pas là ? Que Logan ait réellement organisé une partie fine avec ses amis ?

Elle allait faire le tour de la maison pour regarder à l'intérieur quand elle entendit une voix lui parvenir à travers la porte.

– J'arrive !

Cinq secondes plus tard, enveloppée dans un peignoir de bain, les cheveux enroulés dans une serviette, Hurley vint lui ouvrir.

– Leslie ! Mince alors, si je m'attendais à ça.

D'habitude si maîtresse d'elle-même, Callwin sentit ses joues rosir. Cèla lui faisait un drôle d'effet de la revoir. C'était grâce à elle si elle avait changé de voie. Jamais elle ne pourrait l'oublier.

– Bonjour, Jessica, je peux entrer, ou le chien de garde est toujours là ?

Hurley sourit et lui ouvrit le passage.

– Logan vient de partir, mais je suppose que tu le sais déjà.

Callwin se sentit stupide, et haussa les épaules.

– Je crois qu'il me déteste vraiment.

– Non, c'était sur le moment, maintenant je suis sûre qu'il a oublié.

Callwin jugea plus prudent de ne pas lui parler de l'altercation de la veille.

– En tout cas, c'est un homme de goût, apprécia-t-elle en découvrant l'intérieur de la maison.

De la part d'un type aussi peu sympathique, ça l'étonnait. Les mystères de l'âme humaine !

– Il a quelques qualités, si c'est ce que tu veux dire ! fit Hurley en souriant. Tu prends un café ?

– Volontiers.

Elles passèrent dans la cuisine. Un flot d'émotions submergea la journaliste. Hurley était le symbole d'une certaine réussite. Un boulot passionnant, un homme qui l'aimait et une maison d'enfer. Merde, elle avait vraiment de la chance !

– Je suis contente pour toi. J'ai vu que tu avais sorti trois articles pour le *Tribune*, bravo !

– Tu les as lus ? s'étonna Callwin.

Hurley mit deux tasses dans la machine à Nespresso.

– Bien sûr, plutôt pas mal, et surtout culotté. Ça ne m'étonne pas de toi.

Callwin baissa les yeux par peur de montrer sa fierté. Elle en avait bavé pour les écrire, tout en étant persuadée que personne ne s'en soucierait. Ce n'étaient que des articles mineurs noyés parmi des centaines d'autres.

– Je suis désolée, j'aurais dû te donner des nouvelles, mais tu sais ce que c'est…

– T'inquiète, la rassura Hurley en posant les deux tasses fumantes sur la table avant de s'asseoir. Je suis contente que tout se passe bien pour toi.

– C'est quand même grâce à toi.

Hurley fit un geste de négation de la main. Même si elle lui avait arrangé un rendez-vous avec le rédacteur en chef du *Tribune*, c'est à Callwin que revenait tout le mérite. Si elle n'avait pas eu les qualités et les compétences requises, jamais elle n'aurait pu publier un article.

– Je te devais bien ça. Tu as su être là au moment où j'ai cru que le ciel me tombait sur la tête. Je n'ai pas oublié.

– À l'inverse de ce que peut croire ton gars, je ne suis pas une salope.

Hurley n'en doutait pas, mais il fallait mettre les choses au clair.

– Je suppose que tu n'es pas là pour une simple visite de courtoisie.

On ne la lui faisait pas. Callwin baissa à nouveau les yeux.

– Non, mais ne crois pas que je sois passée uniquement pour avoir des informations.

– J'en suis persuadée. Je ne t'aurais pas fait entrer si j'avais eu le moindre doute sur ton amitié.

Une fois de plus, ses joues s'empourprèrent. Pourquoi les hommes ne pouvaient-ils pas être aussi sympas que cette femme ?

– Merci. Je suis évidemment là pour Gordon. Je connais bien ce type. Et autant que tu le saches, j'ai eu une aventure avec lui. Il me filait des renseignements sur les procès en cours et je rédigeais des papiers bien salaces sur certains présumés coupables. Personne n'a jamais su quelles étaient mes sources, dit Callwin, plongée dans ses souvenirs. Tu sais, c'est une des rares fois où j'ai vraiment couché pour le plaisir. Ce type était un véritable Apollon, et une bête de sexe ! Le problème, c'était qu'il ne pouvait s'afficher avec une fille comme moi. Il faisait partie de la haute. Il ne sortait qu'avec des filles de bonne famille.

Derrière son apparence détendue, Hurley était tout ouïe. Cela correspondait à l'image que les informations glanées sur la Toile lui avaient permis de reconstituer. Gordon était un don Juan qui passait de conquête en conquête sans jamais se poser. Peut-être était-ce aussi simple que ça : une banale histoire de femme éconduite, bafouée dans son honneur de grande bourgeoise, ou dans ses sentiments.

– Bref, je me demandais si ça te dirait de mener l'enquête avec moi.

Hurley s'attendait à tout sauf à une telle proposition.

– Ne fais pas cette tête, je ne te demande pas de me refiler les confidences que pourrait te faire Logan sur l'oreiller, mais de travailler de notre côté, en parallèle, afin de voir qui sont les meilleurs.

– Tu sais bien que c'est impossible. Si Mike apprend un truc pareil, c'est la fin de notre couple. Il ne supportera jamais que je travaille dans son dos, fit Hurley, qui espérait mettre rapidement un terme à cette conversation.

– Mais je n'ai pas dit qu'on devait se cacher ! Tu es en congé du FBI, tu as le droit de faire ce que tu veux de ton temps libre. Tu n'es quand même pas à ses ordres ?

L'argument n'était pas faux, mais fallacieux.

– C'est l'homme que j'aime. Je ne cherche pas à démontrer que je suis plus forte que lui. En revanche, je t'encourage vivement à ne pas lâcher l'affaire. Ça pourrait faire un très bel article, selon ce que tu trouveras.

Callwin n'était pas vraiment surprise. Mais par principe elle ne laissait jamais tomber tant qu'elle n'avait pas au moins essayé.

– Tu sais quelque chose ? rebondit-elle.

– Non, non, mais un riche avocat sans héritier, ça peut attiser la convoitise. Je ne crois pas du tout au crime d'un rôdeur, et pas vraiment à la jalousie. On a retrouvé la copine vivante, n'est-ce pas ?

Pas faux, se dit Callwin.

– Tu penses à quoi ?

Hurley fit semblant de réfléchir en buvant une gorgée de café. Callwin était impayable.

– À rien, mais avant de prendre un chemin, j'élimine en priorité ceux qui ne semblent mener nulle part.

– Un bon principe.

– Et si on parlait d'autre chose, proposa Hurley, coupant court à tout débat. Comment va Seattle ?

Callwin sourit. Elle ne tirerait plus rien de Hurley, et c'était peut-être mieux ainsi. Ne pas mélanger les affaires personnelles et professionnelles. Ça aussi, c'était un bon principe.

– Je vous remercie d'être venue. Je sais que ce n'est pas facile, dit Logan en ouvrant la porte de son bureau. Asseyez-vous. Vous voulez du café ?

Samantha acquiesça de la tête tout en se tamponnant le nez avec un mouchoir en papier. Son maquillage impeccable ne parvenait pas à dissimuler ses yeux rougis et son teint cireux.

– Tenez, fit-il en lui présentant une tasse odorante.

Il tira une chaise vers elle. Samantha s'assit sans avoir encore ouvert la bouche. Logan fit le tour de son bureau et s'installa dans son fauteuil.

– Je suis vraiment navré, mais je vais devoir vous poser un certain nombre de questions. Vous comprenez ?

– Oui, répondit-elle d'un ton détaché.

– Votre amant a été assassiné, lâcha-t-il sans la quitter du regard.

La stupéfaction se peignit sur le visage de Samantha.

– Mais comment ? J'étais là ! Il y aurait eu du bruit, je me serais réveillée ! s'exclama-t-elle, ayant retrouvé toute sa vigueur.

– Nous pensons que le tueur vous a fait respirer du chloroforme durant votre sommeil afin de pouvoir agir en toute tranquillité.

Un frisson glacé fit tressaillir Samantha. Aussi stupide que soit la mort de son amant, elle n'avait pas un seul instant imaginé que ce puisse être un meurtre. Et l'idée que le tueur s'était baladé dans la maison alors qu'elle dormait dans la chambre la terrifia.

– Ce n'est pas possible. Vous devez vous tromper.

Logan secoua la tête.

– Je suis désolé, Samantha. Il n'y a pas de doute possible.

– Mais pourquoi ? Qui ?

Logan s'enfonça dans son fauteuil.

– J'espérais que vous pourriez nous aider.

Il était peut-être un peu tôt pour ce genre d'interrogatoire, mais Nolden avait été clair. Il fallait des résultats, et vite.

– Robert était un avocat, son travail, c'était d'aider les gens. C'était un homme bon.

Logan se garda de lui donner sa définition du métier d'avocat. Il était là pour écouter, et il ne fallait surtout pas froisser le seul témoin potentiel.

– Je n'en doute pas, mais vous paraissait-il inquiet, ces derniers temps ? Ne vous a-t-il pas fait part de menaces ?

Samantha leva les yeux au ciel.

– Bien sûr que non, je vous assure, shérif, Robert n'avait pas d'ennemis. Tout le monde l'aimait.

On ne peut être aimé de tout le monde. Samantha le savait mais préférait l'ignorer.

– Alors il doit s'agir d'un maraudeur, conclut Logan.

Samantha s'était remise à pleurer. Elle ne lui apprendrait rien, en tout cas pas dans cet état. En fait, c'était une mauvaise idée de l'avoir fait venir si tôt.

– Écoutez, rentrez chez vous, prenez un calmant, et surtout ne restez pas seule. Je suis désolé de vous avoir fait venir.

– Vous n'avez pas à vous excuser, dit-elle avant de retrouver une certaine détermination. Shérif, il faut que vous retrouviez l'ordure qui a fait ça. Il faut qu'il paie pour son crime.

– J'y compte bien. Venez, je vais vous raccompagner.

Aucun journaliste n'attendait dehors. Rien à voir avec l'effervescence qui avait entouré le meurtre des deux jeunes filles, quelques mois plus tôt. Aucune télévision n'allait suspendre ses programmes pour parler de cette affaire. C'était un bon point.

– Ma chérie, on rentre à la maison, dit la mère de Samantha qui avait attendu près de leur voiture.

Le père s'approcha de sa fille et lui passa une main réconfortante dans les cheveux avant de la laisser avec sa femme.

– Shérif, ils laissent entendre aux informations que ce pourrait être un meurtre. C'est des conneries, n'est-ce pas ?

Logan n'avait pas encore fait de communiqué officiel, mais cela ne saurait tarder, alors autant dire la vérité.

– Non, malheureusement, lâcha-t-il solennellement.

– Merde alors ! C'est pas Dieu possible, dit le père stupéfait, qui ôta son chapeau et se mit à se gratter la tête. Et vous avez une idée de qui a bien pu faire ça ?

Logan regarda la mère et la fille qui s'installaient dans la limousine. Le père suivit son regard.

– Ne me dites pas que vous pensez que…

– Non, Samantha n'y est pour rien. Je vais mettre toutes mes équipes sur l'affaire. Dès que nous en saurons plus, je vous tiendrai au courant. Si jamais Samantha se souvient du moindre détail étrange, qu'elle n'hésite surtout pas à nous en faire part.

– Bien sûr, shérif, répondit le père en remettant son chapeau. Vous savez, on est contents de vous, en ville. Vous avez beau ne pas être du coin, on apprécie votre travail.

La remarque le toucha plus qu'il ne l'aurait cru. Il savait qu'il avait été élu par défaut, face à un ancien shérif impliqué dans une affaire de mœurs, et grâce à l'appui du maire Nolden. Mais il était heureux d'apprendre qu'il avait réussi à se faire respecter pour ses qualités personnelles.

– Merci, dit-il.

Il n'était décidément pas doué pour les longs discours.

Le père alla retrouver sa famille, et Logan retourna au commissariat. La lieutenant Blanchett l'attrapa au passage.

– On a les résultats des prélèvements : chloroforme dans les poumons de Gordon et sur le drap. S'il restait un doute…

Logan n'avait pas eu le moindre doute quant au meurtre, mais il avait maintenant la certitude que Samantha était innocente.

– Bien, je vais chez Gordon, vous venez avec moi ?

Dorénavant, la villa était officiellement une scène de crime.

– Oui, je prends mon blouson et j'arrive.

Quand elle l'eut rejoint dans la Cherokee, Logan démarra et prit la direction de Golden Hill. Le temps était encore magnifique. L'été indien.

– Vous avez une idée du mobile ? demanda Blanchett. Gordon était très apprécié. Une personne de son cabinet s'occupe exclusivement, et à titre gracieux, d'aider les associations pour tout un tas de problèmes juridiques. Il donnait aussi beaucoup aux galas de charité. Un de ses combats était la guerre contre la drogue…

– Je sais ! Vous ne croyez tout de même pas que je ne me suis pas renseigné sur lui ? dit Logan alors qu'il traversait la grande avenue commerçante de River Falls.

Blanchett se mordit la lèvre inférieure. C'était plus fort qu'elle. Elle aimait beaucoup Logan mais le trouvait parfois… ailleurs. Elle tenait à s'assurer qu'il avait tous les éléments en mains.

– Je me parlais plus à moi-même qu'à vous. Je cherche des personnes qui pourraient lui en vouloir. Un dealer, par exemple.

– Ou un proxénète, ajouta Logan. Gordon a donné beaucoup de son temps pour aider à la reconversion de jeunes prostituées.

Mais il ne croyait en aucune de ces hypothèses.

– Pourquoi prendre le risque de se faire coincer en maquillant la scène du crime ? Pourquoi perdre du temps à traîner le corps dans le Jacuzzi ? Tuer des gens est une fierté pour les gangs, et surtout cela leur permet de donner un avertissement à tous ceux qui voudraient se mettre en travers de leur chemin. Les dealers n'ont aucun intérêt à cacher un meurtre. Tout comme les proxénètes.

Blanchett n'avait pas vu les choses sous cet angle, et pourtant cela paraissait évident.

– Je disais ça comme ça.

– Le seul élément vraiment intéressant est que la mise en scène est grossière. Nous n'avons pas affaire à un professionnel.

– Vous penchez plutôt pour une histoire de jalousie ? Mais dans ce cas, la petite amie en aurait sans doute fait les frais, et en plus, à moins d'être super costaud, aucune fille ne pourrait traîner un type de près de quatre-vingt-dix kilos, non ?

– Ouais, mais peut-être faut-il voir les choses autrement. Qui a dit que la personne était jalouse de Gordon ? Peut-être est-ce un ancien amant de Samantha. Une jolie fille, soit dit en passant, dont j'imagine qu'on ne peut que regretter d'être séparé.

Blanchett lâcha un long « hum » de félicitation.

– Je sais enfin pourquoi vous êtes shérif !

Logan apprécia la remarque.

Dans la lumière matinale, le quartier de Golden Hill offrait son plus beau visage. Ses somptueuses villas, bâties à flanc de colline, surplombant la ville, semblaient se fondre au milieu d'une végétation qui rappelait les forêts toutes proches.

– La seule chose dont je suis certain, c'est que nous allons en baver.

Blanchett n'en doutait pas. Il y avait tant de pistes à explorer, sans aucune certitude d'arriver quelque part.

La Cherokee atteignit la villa de Gordon, et Logan eut la fâcheuse surprise de découvrir une équipe de River's TV.

– Vous voulez que je m'en charge ?

– S'il vous plaît.

Il se gara. Janet Stand s'approcha.

– Shérif, que pouvez-vous nous dire sur la mort de Robert Gordon ? S'agit-il d'un assassinat ?

– La lieutenant Blanchett va répondre à vos questions. Laissez-moi passer.

Les agents postés devant l'entrée saluèrent leur chef et actionnèrent l'ouverture du portail. La camionnette de Blake se trouvait garée au bout de l'allée, au pied du perron. Il avait briefé Blanchett sur ce qu'elle pouvait dire. De toute façon, c'était elle qui écrivait la plupart de ses communiqués officiels.

– On t'attendait, dit Moore.

– Du nouveau ?

– Les caméras de surveillance n'ont rien donné. Elles ne couvraient pas toute la zone.

– Et sur les zones non couvertes ?

– Des agents à toi les inspectent, mais difficile de trouver des traces de pas dans une telle végétation. Par contre, nous avons des traces partielles de chaussures sur la terrasse. Un reste de boue sèche. On verra ce que ça donne.

Ils entrèrent dans la vaste villa et montèrent directement à l'étage. Un large balcon courait le long de la façade. Logan admit que cela devait être sacrément agréable de se réveiller devant un tel panorama tous les matins.

Ils entrèrent dans le bureau de Gordon. Un tableau avait été décroché du mur, dans lequel était encastré un coffre-fort dernier cri.

– C'est bon, je peux l'ouvrir maintenant, fit Jeremy Hilton, l'exécuteur testamentaire de Gordon.

Un homme qui avait dépassé la soixantaine. Grand, sec, les cheveux gris acier, des lèvres fines pincées. Lui seul connaissait le code du coffre. Il s'était manifesté auprès du commissariat dès l'annonce de la mort de son client.

– Calmez-vous, la police sait ce qu'elle a à faire, dit Logan, qui n'avait pas aimé le ton employé par l'homme.

Hilton était le notaire le plus en vue de River Falls. On estimait sa fortune à plusieurs millions de dollars, en grande partie due à des placements fonciers, héritage familial depuis des générations. Quelqu'un à ménager.

– J'y veillerai, répliqua-t-il sèchement.

Hilton était un homme qui n'avait pas pour habitude de recevoir des ordres, ni qu'on le remette à sa place. Néanmoins, il se dirigea vers le coffre et, avec une minutie d'horloger, commença à taper des séries de chiffres sur l'écran tactile. Un léger déclic annonça le déverrouillage. Hilton ouvrit la porte.

– Les empreintes, souffla Logan en réalisant soudain que le tueur avait peut-être touché à ce coffre.

– Déjà prises hier, cela n'a rien donné, si ce n'est celles de Gordon, et de lui seul, le rassura Blake.

L'agent du FBI s'était faufilé silencieusement dans le bureau.

Hilton sortit un épais dossier bleu et le glissa sous son bras.

– Le reste est à vous, faites votre devoir, commanda Hilton d'un ton dédaigneux.

Logan n'en revenait pas. Pour qui se prenait-il ? Se pouvait-il qu'il ait si peu de considération pour les lois de son pays ? Les témoins de la scène partageaient sa stupeur.

– Je peux savoir ce que vous faites ? l'interpella Logan.

– Je retourne travailler. J'ai suffisamment perdu de temps comme cela ! dit-il avec aplomb.

Et d'un pas ferme, il traversa le bureau de Gordon jusqu'à la porte.

– Monsieur Hilton, j'espère que vous plaisantez, lança Logan.

Hilton s'arrêta sur le pas de la porte et se retourna en leur lançant un regard perçant.

– Ai-je vraiment l'air d'un clown, shérif ? rétorqua-t-il avec davantage de morgue.

Le temps semblait comme suspendu. Les deux sergents qui se trouvaient là auraient tout donné pour être ailleurs. Contrairement aux agents du FBI, ils connaissaient l'importance de Hilton et le pouvoir de ses relations. Un homme qu'il valait mieux ne pas trouver sur sa route.

– Vous venez de prendre des éléments capitaux dans une enquête sur un meurtre, et vous croyez que vous pouvez vous en aller comme ça ?

– Pauvre idiot ! s'énerva Hilton. Avez-vous une commission rogatoire ? Non. Alors n'essayez pas de jouer les durs avec moi. Vous êtes sûr de perdre à tous les coups.

Sans attendre de réponse, Hilton sortit du bureau.

Logan regarda Moore, puis Blake et explosa d'un rire nerveux.

– Tracy, Stan, vous allez me le rattraper et lui mettre les menottes, ordonna-t-il à ses sergents.

– Mais il n'a rien fait de mal. S'il n'y a pas de commission rogatoire, nous ne pouvons pas l'interpeller, dit Stan Lumley.

– Il faudrait que vous appeliez le juge, mais ce n'est pas sûr qu'il vous la donne, ajouta Tracy Tackle.

Tout le monde savait que Hilton avait le bras long, en tout cas assez long pour arriver jusqu'au bureau d'un juge.

– Mais je n'ai pas besoin d'un juge. J'ai quatre témoins qui confirmeront que Jeremy Hilton vient de dérober des affaires personnelles de l'avocat Robert Gordon, rétorqua Logan, fier de son astuce. Allez, dépêchez-vous avant qu'il se tire.

Les sergents ne purent que s'exécuter et partirent en courant dans l'escalier suivis de Logan. Ils rattrapèrent Hilton au moment où il allait passer le portail. La journaliste était toujours là. Pour une fois, Logan était heureux d'en voir une.

– Monsieur Jeremy Hilton, je vous arrête. Sergent Tackle, veuillez lui passer les menottes.

La journaliste interrompit aussitôt l'interview d'une voisine.

– Sam, n'arrête pas de filmer, hurla-t-elle en courant vers le portail. Monsieur Hilton, est-ce vous qui avez tué Robert Gordon ?

Logan savoura le moment. Hilton, fulminant, essaya de se débattre, menaçant les sergents de toutes sortes de représailles. Mais Logan leur interdit de céder. Ils représentaient la loi et devaient la faire respecter, quelles que soient les menaces. Ils lui reprirent le dossier bleu et réussirent finalement à le menotter.

– Vous me paierez ça ! hurla Hilton.

– Vous êtes en droit de garder le silence, vous pouvez demander à voir un avocat ou ce dernier vous sera fourni si vous n'êtes pas en mesure de vous le payer. Mais le sergent Lumley va vous lire vos droits, dit Logan très calme.

Ce faisant, il laissa poindre un petit sourire. Il n'avait rien à proprement parler contre les puissants de ce monde, cependant il ne pouvait s'empêcher de penser que l'on n'arrivait jamais au sommet sans avoir magouillé à un moment ou à un autre.

– Vous êtes fini, Logan. Regardez-moi bien dans les yeux. Je m'en souviendrai, je m'en souviendrai, tonna Hilton.

Logan prit son air le plus candide et interpella la journaliste et son cameraman.

– S'il vous plaît, arrêtez de filmer, ce n'est pas un cirque ici, dit-il sans réelle conviction.

Puis, se retournant vers ses sergents :

– Descendez-le en voiture et mettez-le en cellule, le temps qu'on lui signifie sa garde à vue. Je vous rejoins le plus vite possible.

Le visage rouge de colère, Hilton se retint difficilement de dévider tout un chapelet de jurons. Cette pute de journaliste et son foutu cameraman ne cessaient de le filmer. Il n'y avait rien de plus grave que d'insulter les forces de l'ordre. Il devait la fermer, à défaut de montrer un visage innocent.

Il se laissa finalement conduire dans la voiture, sans plus de résistance.

– Shérif, quelles sont les charges retenues contre Hilton ? Cela a-t-il un rapport avec ses investissements dans la Norton Corporation ?

– Je ne peux rien dire pour l'instant, l'enquête suit son cours. Nous vous tiendrons au courant de son avancement au fur et à mesure de nos investigations.

Pour une fois, Logan jouait le jeu. Il savait que cette arrestation allait faire grand bruit parmi les puissants de River Falls. La seule façon de se protéger était de mettre la population de son côté.

– Mais pouvez-vous seulement nous confirmer…

– Je n'ai plus rien à dire, la coupa-t-il. Je vous ferai passer mes communiqués en temps voulu. Maintenant si vous voulez bien nous laisser travailler… Merci.

Il se força à sourire et repassa le portail en direction de la villa, d'un pas faussement tranquille. Son cœur battait à tout rompre. Il savait qu'il venait de ferrer un gros poisson. Nolden allait lui tomber dessus à bras raccourcis. Mais c'était plus fort que lui.

Il ne pouvait pas laisser Hilton fouler impunément les règles de droit. C'était sa crédibilité en tant que shérif qui était en jeu. Il n'avait pas le choix.

– D'après ce que j'ai compris, Hilton est une personnalité importante dans le coin, fit Blake qui l'attendait devant la porte principale.

Logan sortit une cigarette et l'alluma. Il porta son regard sur la ville qui s'étalait plus bas. Tout semblait si calme, vu d'ici !

– Ouais, j'espère que vous appuierez mon retour au FBI, si jamais on me force à démissionner.

Blake ne sourit pas à la plaisanterie.

– Nous sommes tes témoins. Si on te cherche, le FBI a les moyens de les mettre tous à terre. Ne t'inquiète pas, ils vont vite comprendre qu'il vaut mieux te laisser tranquille.

– J'espère que tu as raison.

Blake lui posa une main sur l'épaule.

– Tout le monde a quelque chose à cacher. S'il prenait l'envie au FBI de venir fouiner dans les dossiers de tous ces gens si importants, je peux te jurer que nous trouverions quelque chose.

Logan tira une longue bouffée de fumée, et la rejeta lentement. Cela faisait longtemps qu'il ne s'était pas senti aussi énervé. Même son altercation de la veille avec Callwin lui semblait n'être qu'une banale dispute.

– Merci, dit-il en écrasant sa cigarette par terre. On y retourne ?

Moore était resté dans le bureau de Gordon avec un simple agent comme témoin. Logan revint et tendit aussitôt le dossier bleu à ce dernier.

– Mettez-le sous scellés.

Puis il s'approcha du coffre. Des liasses de billets y étaient entreposées. Logan en prit une. Le visage de Benjamin Franklin y était imprimé. Des liasses de billets de cent dollars !

Il en compta une. Cent billets par liasse.

À vue de nez, il devait y en avoir une cinquantaine, peut-être le double. Entre cinq cent mille et un million de dollars.

– Putain ! De quoi appâter une flopée de voleurs, dit-il en se frottant le menton.

C'était ça le plus déroutant dans cette affaire : Samantha avait affirmé la veille que rien ne semblait avoir été dérobé, et maintenant on trouvait ce coffre plein. Nul doute qu'un maraudeur aurait extorqué le code à Gordon.

Qui viendrait tuer un homme sans tenter de s'emparer d'un pareil magot ? Un homme encore plus riche ? Un type comme Hilton, par exemple ? L'idée lui plut beaucoup, mais Hilton était trop intelligent pour commettre un tel crime lui-même, et surtout il aurait pris soin d'emporter le dossier après son forfait ! Dommage…

– Je crois qu'on est bons pour une petite séance de comptage.

Il répartit les liasses sur le bureau, prit son portable et demanda à Blanchett et à un autre agent, qui étaient dans le jardin à la recherche de traces d'intrusion, de venir les rejoindre.

D'autres objets de valeur se trouvaient dans le coffre. Des bijoux sertis de pierres précieuses, dont une rivière de diamants de toute beauté.

– C'est pour moi ? plaisanta Blanchett en passant la porte.

– Si seulement…, répondit Logan. Allez, on se met au boulot, et surtout comptez bien !

8

Malgré sa gueule de bois, Stuart était aux anges. Il avait passé une soirée incroyable. Lui qui n'avait jamais dansé s'était cette fois complètement lâché. Il avait même eu droit à une ovation de la part de quelques étudiants. Delta était la chance de sa vie.

Un nouveau Stuart allait enfin naître. Tout le monde avait été si chaleureux ! Même si c'était en grande partie grâce à l'alcool et aux joints, peu importait, il avait adoré ça. Se sentir respecté, apprécié.

– Tu es sûr que tu ne veux pas manger avec nous ? demanda Phil.

Les cours de la matinée venaient de se terminer. Stuart avait retrouvé un des bizuts de la veille. Phil Harper. Un grand brun, maigre, qui jouait de la guitare comme un dieu !

– Non, j'ai un rendez-vous, répondit Stuart.

Il était recommandé aux bizuts Delta de déjeuner ensemble afin de créer des liens qui se renforceraient au fil des ans. Stuart espérait ne pas les vexer, mais il ne pouvait annuler son rendez-vous.

Sous un soleil radieux, il foula les pelouses de la faculté, le sourire aux lèvres. De nombreux étudiants déjeunaient sur l'herbe. L'air était chaud et sec, un vrai bonheur. Les derniers effets de sa gueule de bois finirent de se dissiper.

Il passa l'enceinte de l'université et monta dans le bus qui menait au centre commercial. Il s'assit dans le fond près d'une fenêtre. Il avait à peine posé ses fesses que quelqu'un s'assit à ses côtés en le bousculant rudement.

– Hé ? ! gronda-t-il avant de reconnaître Kyle.

– Je me demande parfois où tu as les yeux, petit frère.

Cela faisait longtemps que Stuart avait cessé de le reprendre sur ce qualificatif. Ils étaient faux jumeaux, ils avaient le même âge !

– Je croyais qu'on ne devait pas nous voir ensemble ?

Kyle haussa les épaules.

– Ne t'inquiète pas. Je fais attention pour deux, fit-il en s'efforçant de sourire.

Une douleur terrible lui broyait la poitrine. Il savait qu'il aurait dû consulter un médecin, mais il voulait croire qu'il n'avait rien de cassé. Il ne pouvait oublier le moment où Eddy lui avait donné un coup de batte au bas des côtes.

– Tu sais, j'ai été accepté à Delta. Tu avais raison. Ils sont super cool ! J'ai passé une super soirée.

Kyle prit un air narquois.

– Tu n'aurais pas dû boire. Tu as une tête de déterré.

Stuart rougit et bredouilla une excuse. Kyle lui passa un bras amical autour du cou.

– Je suis content que ça se passe bien pour toi. De toute façon, s'il y en a un qui te cherche, tu n'hésites pas à m'en parler, juré ?

Le bus quitta la voie rapide et s'engagea dans la circulation de River Falls.

– Oui, mais franchement, je ne crois pas que je vais avoir de problèmes, dit Stuart en occultant sa rencontre mouvementée de la veille avec les footballeurs.

– Tant mieux, alors raconte-moi ta première journée.

Stuart entreprit de lui détailler sa soirée. Kyle était complètement subjugué par son récit. Il n'en revenait pas. Après tout, c'était une très bonne idée d'avoir fait venir Stuart aussi.

Ils descendirent à l'arrêt du centre commercial. Stuart continua à raconter les diverses péripéties de la soirée sous le regard attendri de Kyle. Ils prirent des menus à emporter au McDonald et allèrent manger sur un banc dans un parc tout proche.

– Bon et toi, raconte, dit Stuart quand il eut enfin épuisé toutes les anecdotes possibles.

Kyle finit d'avaler une bouchée de son Big Mac et s'essuya la bouche.

– Comme je le pensais, des petits « fils à papa ». Tous en costard, la raie sur le côté et un éternel sourire qui te dit : « Va te faire foutre, sale pauvre ! » Mais bon, il faut croire qu'ils avaient vraiment besoin d'un receveur de génie.

– Cool ! Je suis fier de toi ! J'étais sûr qu'ils te prendraient. Avec Alpha à tes côtés, tu pourras faire ce que tu veux dans la vie, avocat, juge, médecin…

– Stuart, pour faire médecin, faut faire médecine, le coupa Kyle.

La bouche pleine de frites, Stuart réussit à rire.

– Tu vois très bien ce que je veux dire, dit-il après avoir avalé une gorgée de Coca qui fit passer le tout.

Le parc était rempli d'employés qui profitaient de l'été indien. Les cravates étaient passées par-dessus l'épaule, les chemises protégées par des serviettes en papier. Un autre monde pour Stuart et Kyle.

Derrière l'immense haie de cyprès montait la rumeur de la mi-journée.

– Oui, je vois, répondit Kyle. Je savais que c'était une chance pour tous les deux de venir dans cette université.

– Ouais, tu as toujours eu raison. Tu es le génie et moi je suis l'abruti.

Kyle lui ébouriffa les cheveux.

– Arrête tes conneries. Si tu as été accepté ici, c'est parce que tu avais les notes qu'il fallait.

Kyle oublia seulement d'ajouter qu'il avait dû utiliser une grosse partie de l'argent que M. Flanagan leur avait légué pour payer leurs deux entrées dans une des meilleures universités de la région. Et non qu'ils avaient reçu une bourse, comme il l'avait prétendu.

– Et toi parce que t'es le meilleur receveur de tout l'État de Washington. Au fait, c'est quand, ton premier match ?

Kyle attendait ça avec impatience. Aussi loin qu'il se souvienne, il avait toujours eu une passion pour le football. Il suivait tous les championnats d'université, surtout ceux de la Conférence est et ouest. Les meilleures universités de la région avaient essayé de le persuader de rejoindre leurs rangs, en particulier celle de Seattle, mais Kyle avait été intraitable. Il avait choisi River Falls, à la grande stupéfaction de tous.

– Je démarre l'entraînement dès cet après-midi. Le premier match n'aura pas lieu avant trois semaines.

– J'ai hâte d'y être, avec un peu de chance j'y amènerai Judith ! Euh…, s'arrêta Stuart qui se mit à rougir et à suer à grosses gouttes. Merde, j'ai rien dit.

Kyle en resta la bouche grande ouverte, exposant un Fish Burger à moitié mâchouillé.

– J'ai bien entendu ce que tu viens de dire : Judith ?

– Non, non, je déconnais. Disons qu'elle existe vraiment, mais je ne la connais même pas. C'est juste une fille qui est avec moi en cours de chimie, mentit-il. C'est un super canon. Tu verrais la bombe.

– Tu sais ce que je t'ai dit. Il ne faut jamais perdre espoir, mais je suis d'avis de s'éloigner des bombes, ça t'explose toujours à la figure.

Kyle n'avait jamais vu son frère avec une fille, même pas un petit flirt. Ils avaient dix-huit ans, et si Kyle ne comptait plus ses petites amies, Stuart était toujours dans les starting-blocks.

– Je sais, je dois me trouver une grosse comme moi, répondit-il avec fatalisme.

Kyle n'aimait pas voir son frère dans cet état. Il était loin d'être moche, et après tout…

– Tu sais, l'important c'est ce qu'il y a là, dit-il en lui tapant sur le crâne. Le physique, on s'en lasse à la longue, ajouta-t-il tel un vieux séducteur revenu de tout.

Les deux frères se regardèrent dans le blanc des yeux et furent pris d'un fou rire.

C'était la phrase la plus bête qu'il eût jamais prononcée. Le monde était injuste, même sur ce terrain. Croire que les gens ne s'arrêtent pas au physique était illusoire.

Quand ils furent calmés, Kyle ramena le débat sur un terrain plus réaliste.

– Trouve-toi une fille sympa qui ne te prenne pas la tête. Les filles sophistiquées sont d'un ennui !

Stuart en convenait, même s'il fantasmait sur toutes les filles des séries télé. Il savait bien qu'il n'aurait jamais le droit d'y toucher. Il représentait tout ce qu'elles détestaient : un type qui ne prenait pas soin de lui.

– Alors pourquoi tu sors qu'avec ce genre de filles ?

Kyle était bien incapable de répondre. Il finit par lancer :

– Parce qu'elles ont des culs d'enfer.

Stuart partit d'un nouvel éclat de rire. Il adorait son frère. Jamais il ne se vantait, alors qu'il avait tout pour lui. C'était vraiment quelqu'un de bien. Il ne doutait pas qu'un jour Kyle réussirait de grandes choses, et alors il pourrait dire à tout le monde qu'il avait été le premier à croire en lui.

– Au fait, plus que quinze jours avant *Trente jours de nuit* au cinéma.

– Ouais, j'attends ça avec impatience. J'espère que ça sera plus réussi que *V for Vendetta*.

Kyle n'adhérait pas à la passion de son frère pour les comics, mais jamais il ne lui en ferait le reproche. Chacun a droit à ses passions, aussi puériles puissent-elles paraître.

– Moi j'avais bien aimé, répliqua Kyle.

Le soleil était toujours au zénith. Il leur restait encore du temps avant de retourner à l'université.

9

Avec un violent coup de frein et dans un crissement de pneus, Logan gara sa Cherokee devant l'entrée principale du commissariat. Il s'en éjecta aussitôt, grimpa les marches du perron et ouvrit avec force les battants de la double porte. Il tomba nez à nez avec le maire, qui l'attendait de pied ferme.

– Allons parler dans votre bureau, rugit Nolden, dont une veine pulsait sur le cou.

– Oui, avec plaisir.

Tous les agents avaient pris soin de s'éloigner. Blanchett, qui avait suivi Logan, resta en retrait. Les deux hommes empruntèrent le large couloir qui traversait l'open space et entrèrent dans le bureau de Logan. Dès que la porte fut refermée, Nolden explosa :

– Vous êtes complètement cinglé ! Qu'est-ce qui vous a pris de mettre Hilton en détention ? Vous êtes devenu totalement idiot ?

Logan alla s'asseoir dans son fauteuil. Le rouge lui était monté au visage.

– Je n'ai fait que suivre vos instructions.

Refusant de prendre place en face de Logan, Nolden faisait les cent pas devant le bureau.

– Qu'est-ce que vous racontez ? Vous ai-je demandé de mettre un de nos plus éminents citoyens en prison, et devant les caméras des journalistes, par-dessus le marché ?

– Vous m'avez dit d'utiliser tous les moyens à ma disposition pour retrouver au plus vite le meurtrier de votre ami, c'est ce que j'ai fait ! rétorqua Logan en haussant le ton.

Il se retenait à grand-peine d'exploser. Nolden dépassait les bornes. Les lois étaient les mêmes pour tous. Peu importait l'épaisseur du portefeuille du justiciable.

– Ne faites pas le malin, vous savez très bien ce que je veux dire, l'invectiva Nolden en pointant son index vers lui.

Logan, s'enfonçant dans son fauteuil, sortit son paquet de cigarettes.

– Je comprends qu'il vous en coûte de voir un de vos amis inculpés, mais savez-vous au moins ce qu'on lui reproche ? répondit-il en essayant de rester calme.

– Je ne veux pas le savoir, la seule chose que je sais, c'est que Jeremy Hilton est innocent, alors vous allez le relâcher immédiatement.

Logan alluma sa cigarette et inspira un grand coup. Il voyait que Nolden perdait de sa férocité. Encore un peu et ce serait bon.

– Vous devriez vous en préoccuper, pourtant. Il se pourrait que vous le regrettiez amèrement.

Nolden lui jeta un regard noir.

– Vous me menacez ? Moi, le chef de cette ville ? Moi qui vous ai soutenu contre l'ancien shérif en place ? Vous qui n'êtes rien du tout à River Falls !

Logan tira une nouvelle bouffée de fumée et révisa son jugement sur le maire : pas vraiment calmé, finalement.

– Maintenant vous allez la fermer ou je vous jure que je vous mets aussi au trou ! tonna Logan en tapant du poing sur son bureau. J'ai juste jeté un œil sur ce fameux dossier bleu auquel notre cher notaire a l'air si attaché. Beaucoup de documents relatifs à des acquisitions de terrains non constructibles, des ordres de virements, des relevés de banques domiciliées aux Bahamas, vous voyez ce que je veux dire… Il sera intéressant d'éplucher tout ça.

Nolden s'immobilisa et essaya de percer les pensées de Logan. Se pouvait-il que cela soit vrai ?

– Faites très attention à ce que vous dites. Je suis prêt à pardonner tous vos excès, que je mettrai sur le compte de votre jeune expérience en tant que shérif. Mais si vous calomniez les honnêtes habitants de cette ville, je vous jure que vous le paierez très cher.

C'était la deuxième fois de la journée qu'on le menaçait. Il ne faudrait pas que cela devienne une habitude, se dit Logan sans parvenir à sourire.

– C'est vous qui le paierez cher, si vous vous montrez trop avec Hilton et que celui-ci est poursuivi par le FBI, continua Logan. N'oubliez pas que c'est vous qui m'avez demandé d'appeler le FBI à la rescousse, et malheureusement pour Hilton, ils ont été témoins de la scène : un vol en bonne et due forme.

– Ce dossier lui appartenait, répondit Nolden avec de moins en moins de conviction.

Pour quelqu'un qui ignorait tout de l'affaire…, se dit Logan.

– Peut-il le prouver ? Je l'espère vraiment pour lui, car il lui faudra un très bon avocat pour le sortir de là si ce dossier contient des informations compromettantes.

Nolden se décida enfin à s'asseoir.

– Qu'est-ce qui va se passer ?

Logan avait toujours admiré la facilité avec laquelle les politiques retournaient leur veste sitôt que le vent tournait.

– Je n'en sais rien. Plusieurs options se présentent. Soit votre *ami* n'a rien à se reprocher, dans ce cas, je lui ferai des excuses publiques, et vous pourrez à loisir dire tout le mal que vous pensez de moi. Soit il est coupable de délits plus graves que le simple vol d'un dossier, et dans ce cas, vous ne me remercierez jamais assez de vous avoir retenu de le défendre bec et ongles.

La colère de Nolden s'éteignit en peu de temps. Jamais il n'avait imaginé que Hilton pourrait être un jour inculpé. Il se doutait bien que sa fortune familiale reposait sur quelque zone d'ombre, mais pas de quoi intéresser le FBI. Si c'était le cas, il avait effectivement intérêt à s'éloigner au plus vite. La population avait pour les puissants une fascination qui confinait au respect, mais elle détestait les escrocs et les voleurs. S'il apportait son soutien à l'un d'eux, ce serait du pain bénit pour les démocrates, qui depuis la création de la ville n'avaient jamais pu conquérir la mairie.

– J'espère sincèrement que vous avez tort, dit Nolden, mais le ton n'y était plus.

Nolden savait que Logan était tout sauf un imbécile – un homme qui avait su se faire respecter dans cette ville pourtant plutôt hostile aux étrangers.

– Croyez bien que je me serais passé d'une telle histoire, surtout que je n'ai pas un tueur à arrêter, mais deux, assura Logan.

Nolden fronça les sourcils.

– Oui, j'oubliais de vous dire : on a découvert hier matin le cadavre d'un clochard. Roué de coups jusqu'à ce que mort s'ensuive. Son corps a été jeté d'un pont et retrouvé sur la berge du fleuve.

– La presse n'en a pas fait mention.

– Effectivement, tout le monde pensait que c'était un accident, ironisa Logan. Du moins, avant que l'agent Blake l'autopsie.

Nolden ne comprenait pas ce que Blake venait faire dans cette histoire. Logan lui fit un résumé détaillé des événements. Durant le silence qui suivit, il eut tout loisir de savourer la façon dont il avait retourné le maire. Ne jamais sortir ses armes en premier, laisser tirer l'adversaire en proie à la colère, prendre le temps de viser juste et d'atteindre sa cible.

Nolden cherchait à son tour un moyen de retourner la situation à son avantage.

– Je veux que vous mettiez la pédale douce sur l'affaire Gordon, faites passer le dossier à la brigade financière du FBI, et si jamais ils ne trouvent rien d'illégal, alors vous redoublerez d'efforts pour trouver le coupable. Je n'ai pas envie de vous voir arrêter tous les proches de Gordon.

Logan esquissa un sourire. Nolden avait fait le deuil de l'hypothèse du crime de maraudeur. Craignait-il que l'enquête révèle une cascade de secrets inavouables au sein des hautes instances de River Falls ?

– Je n'en ai jamais eu l'intention.

Nolden ne tint pas compte de l'interruption, absorbé par le fil de ses pensées.

– Occupez-vous personnellement du SDF. Je ferai une allocution dans la soirée, après que vous aurez vous-même annoncé aux médias la mort de ce pauvre hère.

Technique classique de détournement d'opinion. Allumer un nouveau feu pour faire oublier le précédent. Nolden n'était pas maire pour rien.

– C'est exactement ce que je comptais faire.

– Heureux de constater que nous nous comprenons si bien, se félicita Nolden en se levant de son siège.

Logan, toujours assis à son bureau, prit le combiné du téléphone d'une main et écrasa sa cigarette de l'autre.

– Je n'en ai jamais douté.

Nolden dut s'avouer que Logan était tout à fait le genre de type qu'il adorait détester. Une espèce d'idéaliste qui avait appris à nager en eaux troubles. Un être très éloigné des lèche-bottes en tout genre qui garnissaient son équipe municipale. Il était toujours bon d'avoir un autre son de cloche que celui que l'on souhaite entendre.

Il le salua brièvement et sortit du bureau sans un mot de plus.

Enfin seul, Logan composa le numéro de Hurley et se laissa enfin aller à sourire.

Sam Pommery sortit du commissariat en même temps que d'autres collègues. Il était 13 heures, le moment de la pause-déjeuner. Assis sur un banc de l'autre côté de la rue, Clark Spike l'observait derrière le journal qu'il faisait mine de lire. La plupart des agents de police se dirigèrent vers Straton Street, où se trouvait la cafétéria, et, comme Spike l'espérait, Pommery leur adressa un bref salut et partit dans une autre direction.

La soixantaine, le visage ridé, Pommery était la mémoire du commissariat. Il avait passé toute sa vie à River Falls et était entré dans la police dès sa majorité. Manque d'ambition et capacités limitées, il était resté simple agent durant toute sa carrière, s'occupant sans regimber des tâches les plus rébarbatives. Avant l'arrivée de l'informatique, c'était lui qui mettait au propre la plupart des dossiers de ses collègues. Maintenant, il n'avait plus grand-chose à faire, si ce n'est assurer l'accueil et surveiller les locaux en attendant la retraite.

– Alors, on ne dit plus bonjour aux anciens collègues ? lança Spike, qui n'avait eu aucun mal à le rattraper.

Pendant une fraction de seconde, Pommery crut que sa dernière heure était venue, avant de le reconnaître.

– Spike ? Qu'est-ce que tu viens faire ici ? Je croyais que tu avais quitté River Falls.

Poussé à la démission par Logan au cours de l'enquête sur les meurtres de Lucy Paich et Amy Barton, le jeune homme avait dû chercher un nouvel emploi où ses qualités seraient reconnues. Il avait intégré le service de sécurité du Wonderland, l'immense centre commercial à la sortie ouest de la ville.

– Pourquoi je serais parti ? Logan n'est qu'un connard qui ne comprend rien aux habitants de cette ville. J'attends juste que cette crapule gicle aux prochaines élections et je postulerai à nouveau.

Il n'y avait pas à dire, l'uniforme de policier faisait tout de même bien plus mouiller les filles que celui d'agent de sécurité.

– Eh bien, je suis heureux pour toi, mais tu m'excuseras, il faut que j'aille déjeuner. Content de t'avoir revu.

Spike regarda le vieil agent et le gratifia de son plus beau sourire.

– Sam, on ne va pas se quitter comme ça. J'ai plein de trucs à te dire, fit-il en lui passant une main dans le dos. Allez, viens, je t'invite à déjeuner.

Aussi peu futé soit-il, Pommery n'ignorait rien de la réputation de Spike.

– Non, c'est gentil, mais je vais prendre un sandwich.

Spike passa son bras dans le dos de Pommery et le serra contre lui.

– Tu ne m'as pas bien compris, ce n'était pas une question, lui glissa-t-il à l'oreille.

Le ton était sans équivoque. Pommery sentit la peur monter en lui. Il n'avait jamais été très courageux, encore moins depuis que ses tempes étaient devenues grises.

– Mais qu'est-ce que tu me veux ? demanda-t-il en essayant de maîtriser sa voix.

Spike sentit aussitôt la peur de l'agent. Il jubilait. Rien de tel que de percevoir le pouvoir qu'on a sur quelqu'un. Comme elles lui manquaient, ces arrestations musclées dans les bas quartiers…

– Rien, juste un petit service. Ne fais pas l'imbécile, suis-moi.

Pommery jeta un regard alentour, espérant apercevoir un collègue, mais il n'y avait que de rares passants totalement indifférents.

– D'accord, mais c'est quoi comme service ?

Spike le relâcha et lui tapota l'épaule.

– Une broutille, répondit-il d'un ton débonnaire.

Ils remontèrent la longue avenue, puis bifurquèrent vers Cracker Street. Spike s'arrêta devant un vieil Hummer.

– Grimpe, on va faire un tour.

Pommery sentit un frisson glacé lui parcourir l'échine. Allait-il le tuer ? Mais pourquoi ?

– Qu'est-ce que tu fais ? Dépêche-toi, il faut qu'on cause. Monte !

Le ton n'était plus du tout amical. Pommery préféra obtempérer. Spike prit la place du conducteur et se mit à rouler en direction de la rocade sud. Il tournait régulièrement la tête vers Pommery, prenant plaisir à observer son malaise croissant. Quand il fut sur la rocade, Spike décida qu'il était temps de presser le citron.

– J'ai besoin que tu me rendes un petit service, un truc entre amis, tu vois.

Pommery le regarda en silence. Spike se rangea derrière un camion et ralentit l'allure.

– Logan a ramené tout un tas de paperasses de la villa de Robert Gordon, il faudrait que tu me récupères un dossier bleu. Un truc que tu peux mettre dans ta sacoche, ni vu ni connu.

Pommery ouvrit la bouche mais il n'en sortit aucun son. C'était du délire. Spike lui lança un sourire amical.

– Je savais que je pouvais compter sur toi. Tu es un type bien, Sam.

– Mais, mais… C'est de la folie, bredouilla-t-il, complètement abasourdi. Je ne peux pas.

Spike lâcha le volant de la main droite et vint la poser sur l'épaule de Pommery.

– Mais si, Sam, tu peux le faire, le rassura-t-il. Personne ne s'attend à ce que quelqu'un ose le faire. Tu connais la maison bien mieux que moi, et tu connais le laxisme de certains. Il n'y a pas de caméra à l'intérieur de Fort Knox. C'est là-bas que je me servais en cocaïne. La moins chère du marché !

Fort Knox, c'était ainsi qu'ils appelaient l'armurerie, qui servait aussi de dépôt pour les prises de toutes sortes et les objets sous scellés, avant qu'ils ne partent au palais de justice.

– Mais c'est impossible. Si quelqu'un me surprend, je suis bon pour la prison. Alors qu'il ne me reste plus que deux ans avant la retraite, se défendit Pommery, qui suait à grosses gouttes.

Spike s'était attendu à cette réaction. Il était temps de dégainer l'arme fatale.

– Reste cool, Sam. Surtout, ne me contrarie pas, on est amis, non ?

Pommery ne répondit pas et braqua son regard sur les voitures qui les doublaient.

– Tu ne voudrais tout de même pas que je diffuse sur le Net tes exploits sexuels avec des mineurs ? Je ne sais pas ce qu'en penserait Logan…

Pommery sentit la terre s'ouvrir en deux. L'enfer n'avait jamais été aussi proche. Il jeta un regard horrifié vers Spike et crut voir le diable danser dans ses yeux.

– C'est faux. Jamais, jamais je n'ai touché à un garçon, dit-il d'une voix de fausset. Ce n'est pas vrai.

Spike buvait du petit-lait. C'était pathétique.

– J'ai le fichier vidéo, vieux pervers, et j'ai même le garçon avec qui tu as couché qui est prêt à témoigner. Vérifie leur âge, la prochaine fois !

Spike n'avait aucune idée de la façon dont ses commanditaires s'étaient débrouillés pour dénicher ça, mais une chose était certaine, ces types étaient vraiment bons.

– Je suis foutu. Quoi que je fasse, je suis foutu, se lamenta Pommery.

– Mais non, arrête de dire des conneries, il n'y a aucune raison pour que quelqu'un apprenne que tu es accro aux petits garçons.

– Je n'ai jamais touché à un petit garçon ! C'est juste des hommes que je rencontre dans des bars. Jeunes, oui, mais je n'aurais jamais cru…

– Stop. Tu n'as pas à te justifier, je ne suis pas ton juge et franchement, j'en ai rien à foutre de tes histoires de cul. Je veux juste que tu me rendes un petit service. Compris ?

Les commanditaires de Spike avaient été très clairs. Il ne fallait surtout pas que Pommery flanche. La peur était certes un bon outil, mais l'appât du gain servait bien mieux leurs intérêts.

– Et puis, si tu réussis ton coup, en plus de pouvoir continuer à tripoter les garçons, tu recevras trente mille dollars. Pas mal, non ?

Pommery s'en moquait éperdument. Il avait l'esprit trop embrumé pour prendre conscience de la somme, mais une fois calmé, Spike était certain que cela le motiverait dans sa mission.

– Bon, je te ramène près du boulot. La moitié des équipes est partie déjeuner, c'est maintenant ou jamais, fit Spike, qui était sorti de la rocade pour revenir en ville.

– Maintenant ? ! s'étrangla Pommery.

Le rire démoniaque de Spike fut sa seule réponse.

10

– Salut, *mio amore*, lança Logan.

À l'autre bout du fil, Hurley leva les yeux au ciel :

– Bonjour, shérif, que me vaut cet enthousiasme ?

– Le maire est venu me passer un savon, mais il est ressorti la queue entre les jambes.

Il entreprit de lui faire le récit de la matinée. Une fois encore, Hurley fut subjuguée par l'aplomb de son homme. S'il lui arrivait parfois de détester son caractère, c'était aussi ce qu'elle appréciait le plus chez lui. Elle aurait payé cher pour être une petite souris et voir le maire se dégonfler comme une baudruche.

– De fait, tout va partir au FBI, et moi je reprends personnellement l'affaire John Doe.

Hurley avait pourtant bien avancé dans ses recherches sur Gordon : un brillant avocat doublé d'un grand philanthrope, s'investissant sans compter auprès d'associations de réinsertion de la ville. Mais ses premières investigations à Seattle lui avaient fourni d'autres informations bien plus intéressantes. Gordon était également, par le biais de sociétés offshore, actionnaire d'un parc immobilier très important (hôtels, résidences de vacances) réparti un peu partout sur la côte californienne.

Dommage de laisser l'affaire à d'autres. Mais bon, elle ne doutait pas que ses collègues de Seattle réussiraient aussi bien qu'elle aurait pu le faire. Il n'était pas dans ses intentions de court-circuiter son homme. Elle allait oublier toute cette histoire pour l'instant, et s'occuper activement du cadavre du SDF.

– Avoue que tout cela t'arrange, dit Hurley.

Toujours un peu parano au téléphone, Logan préféra mentir.

– Mais pas du tout, aucune affaire ne me fait peur.

L'adorable idiot. Il était clair que l'affaire Gordon était un sac de nœuds insondable. Y mettre la main, c'était courir le risque de ne pas pouvoir la retirer.

– Bon, je suppose que tu ne m'appelles pas pour rien.

– Mais non ! J'ai juste envie de déjeuner avec toi et les trois Stooges. Ils repartent cet après-midi et Dieu sait quand on les reverra.

Hurley ne put réprimer un sourire. Logan souhaitait faire oublier sa mauvaise humeur du matin. Même s'il n'avait rien dit de vexant, tout le monde avait ressenti son agacement.

– D'accord, le temps que j'enfile une petite culotte et j'arrive. Je t'aime.

Elle raccrocha, toute contente de sa petite blague. Elle se sentait euphorique. La soirée de la veille lui avait rappelé de si bons moments qu'elle était ravie de voir ses trois collègues une dernière fois, avant qu'ils ne repartent pour Seattle.

Dehors, l'air était doux, presque chaud.

D'un pas décidé, elle se dirigea vers sa voiture garée devant la maison. Il était 13 heures passées de quelques minutes quand elle arriva aux abords du commissariat. Son regard fut aussitôt attiré par une silhouette qu'elle ne pouvait pas avoir oubliée. Clark Spike. L'ex-flic que Logan avait forcé à démissionner. Il était sur le trottoir en train de discuter avec un vieil homme. Puis il le serra dans ses bras. Son père, en conclut Hurley. Comme quoi, même les jeunes blancs-becs pouvaient avoir des sentiments filiaux très forts.

Elle fit un petit mouvement de la tête et continua de rouler jusqu'au commissariat tout proche. Quand elle entra dans le bâtiment, elle avait déjà oublié cette scène. Logan l'attendait à l'accueil, prêt à partir.

– Bonjour, Rudy, dit Hurley en saluant le préposé à la réception.

– Bonjour, Jessica, bon appétit !

Logan n'aimait pas trop qu'on les voie ensemble, lui et Hurley, mais aujourd'hui, il se sentait d'humeur sereine.

Il passa son bras autour de la taille de sa compagne et ils s'échappèrent en amoureux.

– Et les trois Stooges ? demanda Hurley.

– Ils nous attendent déjà au restaurant.

Ils montèrent dans la Cherokee. Logan s'alluma une cigarette.

– Je ne suis pas mécontent de la tournure que prennent les événements, se félicita-t-il en baissant la vitre.

– Moi oui, répliqua Hurley. Ça m'aurait plu de travailler sur cette affaire. La mort de Gordon est une énigme comme je les aime.

– Tu sais, il n'y a guère de mystère. Ce type était un multimillionnaire qui, semble-t-il, possédait des parts dans tout un tas de sociétés. Sans doute a-t-il participé à des montages financiers plus ou moins véreux. Il a peut-être voulu arnaquer un de ses partenaires, et voilà !

– Et voilà quoi ? rétorqua Hurley.

– Eh bien, quelqu'un a mis un contrat sur sa tête et puis fin de la représentation.

Le feu passa au vert, Logan reporta son attention sur la route.

– J'adore ton esprit de synthèse. Tout est toujours si simple avec toi ! se moqua-t-elle. Mais une fois que tu as dit ça, tu n'as rien dit. Quel intérêt auraient eu ses partenaires à le liquider, qu'a-t-il pu faire pour les mettre contre lui ? Et surtout, pourquoi oublier le dossier dans son coffre ?

C'était là que le bât blessait. Logan en était conscient mais il avait réfléchi à la question.

– Parce que personne ne devait être au courant, hormis Hilton, que le dossier se trouvait là. Ce qui l'élimine de la liste des suspects. Mais je suis sûr que le FBI va nous en trouver un tas d'autres.

– Possible. Mais bon, franchement j'aurais bien aimé travailler là-dessus, répéta-t-elle alors qu'ils tournaient dans Spencer Park.

– Écoute, si tu veux, je te mets sur John Doe. Et on ne sera jamais trop nombreux pour trouver le coupable.

Ils en avaient vaguement parlé la veille au soir, mais très vite Logan avait mis le holà aux conversations « boulot » pour revenir à des sujets plus légers et pour tout dire plus intimes.

– Dis-m'en plus.

– Blake est retourné à la morgue prendre des photos du cadavre. Il va les passer au fichier des personnes disparues et *tutti quanti*. On verra ce que ça va donner. En tout cas, si ça te dit de jouer les détectives là-dessus, je suis preneur. Car je crains qu'on ne trouve jamais le tueur.

Hurley savait que la probabilité d'arrêter le meurtrier d'un crime gratuit était proche de zéro. Sans indice matériel ni témoins, c'était comme chercher une aiguille dans une botte de foin.

– OK, je suis partante.

Logan était certain que cela ne mènerait nulle part, mais si ça lui faisait plaisir…

Dix minutes plus tard, ils retrouvèrent Blake, Moore et Freeman au O'Toole's Beef. Ils avaient pris une table devant une porte-fenêtre qui donnait sur un petit jardin.

– Salut, le justicier ! Alors, plus que quelques heures avant qu'on ne te démette de tes fonctions ? plaisanta Freeman.

– Oh, que non ! Je vous refile le bébé. Notre maire est mort de trouille à l'idée de ce qu'il peut y avoir dans le dossier de notre cher avocat. Il ne veut rien avoir à faire avec ça.

– Sympa de voir qu'ici, à River Falls, vous savez estimer les méthodes du FBI, répondit Freeman.

– Tu parles, ils en ont rien à faire, c'est juste qu'ils préfèrent ne pas être dans les parages quand le bébé va exploser. Tu es un petit malin, Mike, fit Moore, pas convaincu que cela soit une idée du maire.

– Pense ce que tu veux, mais en tout cas, je ne cacherai pas que ça m'arrange.

Tout le monde sourit. Une serveuse arriva et prit leurs commandes.

– Au fait, je suis retourné à la morgue, j'ai pris des photos de John Doe, avec et sans sa barbe. Je lui ai même coupé les cheveux, fit Blake.

– Quelle délicatesse ! se moqua Freeman.

– Et tu as réussi à avoir le nom de celui qui a trouvé le corps ? demanda Logan.

– Un coup de téléphone anonyme, indiqua Blake, qui ajouta : Et avant qu'on me pose la question, oui, j'ai fait une demande expresse auprès de l'opérateur téléphonique pour savoir d'où venait l'appel et j'ai eu un nom. Et en parlant de refiler le bébé, c'est avec plaisir que je te rends celui-ci.

Il sortit une carte avec un numéro de portable et le nom de Lens Wagner.

– Voilà une très bonne nouvelle, nous avons notre premier suspect, dit Logan, enchanté.

La serveuse revint avec un plateau et déposa sur la table les apéritifs et un assortiment de biscuits salés.

– Si seulement ça pouvait être aussi simple, dit Hurley d'un ton dubitatif.

Les statistiques montraient que l'auteur d'un crime était souvent la personne qui avait alerté les autorités.

– Ne dis pas n'importe quoi. C'est toi qui espères que ce sera bien plus compliqué. La facilité n'a jamais été ta tasse de thé, affirma Freeman en désignant Logan d'un petit mouvement de tête.

Quelques rires fusèrent.

– Un point pour toi, concéda-t-elle en baissant les yeux sur son verre.

Dehors, il y eut un violent coup de klaxon suivi de cris. Leurs regards se portèrent par-delà le jardin. Ce n'était qu'un jeune skater qui avait failli se faire renverser par une voiture dont le conducteur l'invectivait à présent, le traitant de tous les noms d'oiseaux.

– Alors, pressée de revenir à Seattle ? demanda Blake en mettant volontairement les pieds dans le plat.

Tous les regards se fixèrent sur Hurley.

– C'est compliqué, je préfère ne pas en parler pour le moment, dit-elle.

Blake était persuadé que la place de Hurley était à Seattle. Il avait espéré que cette perche qu'il lui tendait lui donnerait le courage de dévoiler le fond de sa pensée. Non qu'il souhaitât la rupture du couple qu'elle formait avec Logan, mais il la considérait vraiment comme une amie et elle lui manquait plus qu'il ne l'aurait imaginé.

– Nathan, tu as le chic pour casser l'ambiance. Moi qui me faisais un plaisir de déjeuner avec toi ! l'apostropha Logan.

– Pardon, mais va falloir t'y faire. Dans moins d'un mois maintenant, elle revient parmi nous.

Logan sentit une boule se former dans son estomac. Finalement, c'était une très mauvaise idée, ce petit repas.

– Rien n'est décidé, et de toute façon cela ne regarde que Mike et moi, alors si nous pouvions parler d'autre chose…, répliqua Hurley.

Discrètement, elle posa une main câline sur la cuisse de Logan.

– Au fait, si ça intéresse quelqu'un, j'ai reçu une lettre de Sarah Kent il y a un mois. Elle a arrêté ses études et est partie prendre l'air en Angleterre, ajouta-t-elle. Elle avait l'air plutôt apaisée.

Sarah Kent, celle par qui le malheur s'était abattu sur River Falls au printemps dernier.

– Je suis content pour elle. Pauvre gamine, la presse n'a pas été tendre avec elle, reconnut Moore.

– Elle a du caractère, cette petite, ce n'est pas du genre à se laisser écraser par les cons, ajouta Logan.

Il se souvint qu'elle était venue plusieurs fois le voir à l'hôpital après le drame qui l'avait cloué au lit durant de longs jours. Soudain, ses problèmes de couple lui parurent dérisoires en regard de ce qu'avait enduré la jeune fille.

Sacrée Hurley ! Elle était vraiment la plus douée pour le calmer.

– Oh, regardez-moi ça ! On va se régaler, jubila Freeman en voyant arriver leurs assiettes bien garnies.

L'atmosphère se réchauffa aussitôt et la conversation repartit sur des sujets beaucoup plus légers.

Durant la pause-déjeuner, les effectifs étaient réduits à leur minimum. Pommery rentra au commissariat avec un sandwich, sous l'œil amical de Rudy Spencer, le réceptionniste.

– Tu devrais profiter du soleil. Dès que le temps va se couvrir, on sera pas près de le revoir.

Pommery grimaça un sourire.

– Je ne me sens pas en forme, je préfère rester à l'intérieur.

– Tu veux aller voir un médecin ?

– Non, ça va aller, merci, répondit Pommery qui transpirait à grosses gouttes.

Spencer voyait bien que Pommery avait un problème.

– Écoute, j'ai juste un petit coup de pompe. Je vais manger ça peinard à l'intérieur, c'est tout, se dédouana ce dernier en montrant son sandwich. À plus.

Spencer le suivit des yeux, hésita à lui poser une nouvelle question, et retourna finalement à la lecture de son magazine.

Pommery passa devant les bureaux des quelques rares agents encore présents, qui lui adressèrent un salut distrait. Puis il descendit l'escalier central qui menait au sous-sol. C'est là que se trouvait l'armurerie, protégée par une porte blindée dont le code était connu de peu de monde. Pommery faisait partie des heureux élus.

Parmi ses tâches ingrates, il avait pour mission, chaque semaine, de faire l'inventaire des armes et des munitions. Non qu'il y eût un arsenal très important, mais des prises en tout genre récoltées auprès des voyous de la ville.

Il tapa le code d'ouverture de la porte. Sans un bruit, le voyant lumineux passa au vert. Pommery jeta un œil derrière lui mais ne vit personne dans le couloir qui menait à l'escalier. La sueur dégoulinait sur son front, il sentait sa chemise trempée dans son dos. Les mains moites, il s'obligea à fermer les yeux et à reprendre courage.

– Tu peux le faire, tu peux le faire, marmonna-t-il entre ses dents.

Jamais il n'avait eu aussi peur de sa vie.

Il voulait bien admettre qu'il était coupable d'atteinte aux bonnes mœurs et peut-être même d'attouchements sur mineur, si cette crapule de Spike avait raison ; en revanche, on ne pouvait lui enlever le fait qu'il avait toujours été un policier exemplaire et n'avait jamais rien commis de répréhensible. Toujours suivre les procédures sans jamais renâcler, accepter tous les ordres, aussi pénibles soient-ils. Il supportait également les regards attendris, méprisants ou gênés des autres collègues. En plus de quarante ans de maison, il ne s'était jamais plaint.

Et aujourd'hui il allait trahir ce en quoi il avait cru toute sa vie.

Je ne peux pas, je ne peux pas ! se dit-il en gardant la main sur la poignée de la porte blindée. Mais l'image de Spike et ses menaces revinrent comme un coup de fouet. L'idée que ses liaisons pourraient être révélées à toute la ville le tétanisa. Pourquoi ? Pourquoi ? ! Il était à bout de nerfs.

Comme un somnambule, il actionna la poignée et poussa la lourde porte. *Calme-toi, respire, tout va bien se passer.* Il venait d'accomplir le plus difficile.

Il alluma la lumière et entra dans l'armurerie. Tout était en place. Des fusils, des carabines, des pistolets, alignés sur le mur. Les prises du jour se trouvaient dans un coin, sur la gauche. Deux cartons étaient empilés. Les scellés de la villa Gordon. Le souffle court, il s'essuya les mains sur son pantalon et ouvrit le premier. Ses yeux tombèrent tout de suite sur un volumineux dossier bleu. La chance était avec lui. Il resta quelques secondes à le regarder sans pouvoir le toucher.

Il jeta un dernier coup d'œil à l'extérieur.

Toujours personne.

C'était maintenant ou jamais. Il rompit le sac plastique qui contenait le dossier. Sa décision était prise. Il avait fait le seul choix possible. Le moins insupportable. Il ne doutait pas que quoi qu'il arrivât, il ne pourrait pas s'en sortir, mais il préférait être suspecté de détournement de preuves que de pédophilie !

Il mit le dossier dans un sac Wal-Mart qu'il avait sous sa chemise et referma le carton. Avec la sueur qui suintait de la pulpe de ses doigts, ses empreintes seraient très faciles à identifier. De toute façon, il y avait déjà trop de témoins qui l'avaient vu se diriger vers l'escalier menant au sous-sol. Il jeta un coup d'œil circulaire et, avant de quitter l'armurerie, fit un dernier emprunt qui rentra juste dans son sac de courses.

Étonnamment, il se sentait presque serein. La sueur ne coulait plus de son front et ses mains n'étaient plus moites. Il avait passé toute sa vie à craindre que quelqu'un découvre son secret. Une vie à cacher une sexualité atypique, dans une ville conservatrice, attachée aux valeurs chrétiennes. Maintenant, il savait ce qu'il lui restait à faire.

Il remonta l'escalier, un sourire aux lèvres. Il retraversa tout le commissariat avec son sac Wal-Mart à la main.

Personne ne lui posa de questions. Il était comme un élément du décor. Tout le monde aimait bien Pommery, mais personne n'y faisait vraiment attention. Il l'avait souvent regretté, mais c'était sa chance en ce jour mémorable.

À l'accueil, Spencer était toujours plongé dans sa revue.

– Finalement, je vais prendre l'air, ça va me faire du bien, fit Pommery.

Spencer leva les yeux et lui sourit. Il était en train de lire un article sur les dernières frasques de Britney Spears. Il remarqua bien le sac, mais n'y attacha pas d'importance.

– À tout', répondit-il en se replongeant dans son magazine.

Par réaction, l'air chaud et sec de la rue le fit frissonner. Sans s'arrêter, Pommery s'éloigna du commissariat. Il longea Wilson Avenue et aperçut Spike à l'angle de Brown Street, qui l'attendait assis sur un banc. Pommery s'installa à côté de lui, étonné d'être toujours aussi calme.

– Voilà, j'ai ce que tu m'as demandé, dit-il en déposant le sac aux pieds de Spike.

L'ex-flic regarda aux alentours, manifestant quelques signes de nervosité.

– Tu es sûr que personne ne t'a vu ?

Pommery jouit de ce changement de rôle. Spike ne faisait plus autant le fier maintenant que le forfait était accompli.

– Je crois bien, du moins je l'espère, répondit-il alors qu'il n'avait en fait aucun doute.

Spike lui jeta un regard perçant. Il n'aurait su dire à quoi jouait Pommery.

– Si tu essayes de me baiser, je te jure que je te fais la peau comme à ce connard de Larry Brooks.

Pommery ne prit pas la menace au sérieux. Spike n'était qu'une grande gueule. Il n'avait rien d'un tueur.

– Tu crois que j'ai un micro sur moi ?

Spike se passa la main sur le bas du visage. Il n'aimait pas ça du tout. Pommery n'était plus le même homme. Alors qu'il aurait dû trembler de tous ses membres et suer jusqu'à la dernière goutte, il se tenait tranquille comme s'il n'avait rien fait de grave.

– Si c'est le cas, tu es un homme mort.

Cette seconde menace ne fit pas plus d'effet que la première.

– Il n'y a aucune embrouille, Clark. J'ai fait comme tu m'as dit. Maintenant, je veux juste que tu me promettes que tu ne feras jamais diffuser cette vidéo.

Spike ne remarqua aucun signe suspect aux alentours. Le flot de voitures était normal, les conducteurs comme les passants avaient l'air concentrés sur leur but.

– Promis, je suis un homme de parole. J'ai jamais baisé un collègue.

– Je te crois, dit Pommery, qui ne pouvait de toute façon pas faire autrement.

– Pour le fric, je te recontacterai dans quelques jours. Si jamais Logan a des doutes sur toi, ce ne serait pas très malin qu'il découvre un paquet de pognon en liquide ou sur ton compte en banque.

C'était complètement sorti de l'esprit de Pommery. Il s'en moquait éperdument.

– Bien sûr, je comprends.

Spike ne doutait pas qu'il soit assez intelligent pour comprendre, mais il avait presque l'air de s'en foutre. *À quoi joues-tu, vieux pédophile ?* rugit-il en lui-même.

– Bon, maintenant tu retournes au boulot et surtout tu ne parles à personne de ce qui vient de se passer. Si jamais Logan t'interroge et te met la pression, tu nies tout en bloc et tu demandes un avocat. Nos amis ont les moyens de te payer le meilleur. Tu ne risques rien. Tu as bien pris soin de ne pas laisser d'empreintes sur place, j'espère ?

Pommery ne cilla pas.

– Évidemment.

Spike ne trouva aucune trace de fourberie dans sa réponse. Peut-être se faisait-il trop d'idées. Après tout, Pommery avait rempli sa mission, il n'avait plus à avoir peur.

– Je savais qu'on pouvait compter sur toi, fit Spike, qui se décida à prendre le sac.

Il se leva et sentit son cœur battre à tout rompre. La sensation d'être épié était abominable. Si Pommery lui avait tendu un piège, il n'éviterait pas un procès et Logan se ferait un plaisir de le mettre en cellule.

Mais rien ne se passa. Pas de sirènes de voitures, pas d'escadron de flics. *C'est bon, tout est normal*, se dit-il, soulagé. Il remonta Wilson Avenue et se dirigea tranquillement vers son vieil Hummer. Une fois qu'il eut quitté le quartier, il laissa éclater sa joie. Il venait de gagner cinquante mille dollars ! Il n'avait pas idée de ce que recelait ce dossier, mais une chose était certaine, les informations qu'il contenait devaient être d'une importance capitale pour que des types dépensent autant pour le récupérer.

Il se mit à rire bêtement. Il allait enfin pouvoir se payer un 4 × 4 en parfait état ! La vie était vraiment cool !

11

Finalement, le repas s'était déroulé en toute convivialité. Logan avait légèrement forcé sur le vin, mais personne ne l'arrêterait pour conduite en état d'ivresse.

– Tu sais, il faut que tu m'excuses pour mon comportement. J'ai été un peu stressé ces deux derniers jours.

Hurley, assise à la place du passager, regardait défiler les devantures des magasins.

– Oui, très certainement, et le fait que je puisse retourner à Seattle n'a rien à voir avec tout ça, bien sûr.

Logan fit une drôle de moue.

– Peut-être un petit peu, mais je ne crois pas vraiment que tu puisses partir.

Rien de tel que l'autosuggestion. S'illusionner jusqu'à en déformer la réalité.

– Et si je retourne à Seattle, pourquoi voudrais-tu que cela mette fin à notre relation ? Il y a plein de couples qui ne se voient que les week-ends.

Et voilà, elle commençait à argumenter sur son départ. C'était foutu.

– Parce qu'au FBI, « week-end » est un mot qui n'existe pas !

Ce n'était pas tout à fait exact, mais pas faux non plus, admit Hurley en elle-même.

– De toute façon, je n'ai pas pris ma décision. Nous avons encore du temps pour en discuter. Mais il faut que tu saches une chose, je ne resterai définitivement à River Falls que si tu m'expliques enfin pourquoi tu m'as quittée il y a trois ans.

Les mains de Logan se crispèrent sur le volant. Il avait bel et bien cru qu'elle ne lui reposerait jamais la question. Elle n'avait rien demandé durant les jours qui avaient suivi son agression. Quand il avait pu rentrer chez lui, elle avait tout fait pour éviter le moindre clash. Puis les semaines avaient passé, et les mois…

– À quoi ça servira ? C'est le passé, non ? répondit-il, mal à l'aise.

Hurley croisa les bras et secoua la tête.

– On ne construit pas un avenir sur des non-dits. Tu m'as quittée une fois sans que j'en comprenne la raison, je ne prendrai pas le risque que tu recommences.

Logan eut un petit sourire triste. Il lâcha le volant deux secondes, prit une cigarette dans son paquet et la cala entre ses lèvres avant de l'allumer.

– OK, on en parlera le moment venu. Mais j'aimerais juste que tu prennes ta décision avant que je t'explique mes raisons.

– D'accord, mais si tu te défiles, et cela quel que soit mon choix, je te jure que tu le regretteras amèrement.

Logan ne voyait pas ce qu'il pourrait y avoir de pire que son départ.

– Ne t'inquiète pas, une promesse est une promesse.

Hurley soupira et lui passa une main dans les cheveux.

– Je crois que tu n'imagines pas le mal que ça m'a fait quand tu es parti.

Logan n'aimait pas qu'elle lui reparle de cette période. Jusqu'ici, il avait toujours réussi à éviter ce genre de discussion, et ce n'était ni le lieu ni le moment.

– Bon, on est arrivés, dit-il en apercevant le commissariat.

Hurley n'insista pas.

– Au fait, pour John Doe, je pense que le mieux est que je travaille avec un de tes lieutenants.

Logan avait compté s'y mettre personnellement. Le plus tôt possible. Il gara la Cherokee sur le parking et arrêta le moteur.

– Tu ne veux pas bosser avec moi ?

– Je te rappelle que je suis officiellement en vacation, et que tout le monde le sait, ici, fit-elle en désignant le bâtiment. Il y aura toujours des mauvaises langues pour dire que tu n'as pas confiance en leurs capacités.

Il n'avait pas vu les choses sous cet angle, mais une fois de plus, elle avait raison.

– Je vais demander à Blanchett de diriger l'enquête. Elle t'aime bien.

Hurley hocha la tête et dissimula un sourire. De tous ses lieutenants, il avait choisi la seule femme. La jalousie masculine !

Il était 14 h 30. La plupart des agents étaient revenus de déjeuner. Alors que Logan et Hurley pénétraient dans le commissariat, le lieutenant Heldfield fonça vers eux.

– Heureux de vous voir, shérif, Hilton est un vrai fils de pute. J'aurais jamais cru qu'un type aussi exécrable puisse paraître aussi strict et élégant.

Logan avait chargé ses agents de garder l'œil sur Hilton, histoire qu'il ne fasse pas de bêtise durant sa détention.

– Je m'en occupe, j'arrive.

Il aperçut Blanchett assise à son bureau en train de téléphoner.

D'un signe elle lui fit comprendre qu'elle n'en avait pas pour longtemps. Il la rejoignit après être passé par le labyrinthe de bureaux disposés dans la grande salle.

– Oui, madame Delanoy, il n'y a pas de problème, nous allons nous en occuper, au revoir, dit-elle avant de raccrocher.

Elle poussa un bruyant soupir en levant les yeux au ciel.

– Une folle qui pense que son voisin vient l'observer durant son sommeil ! Elle appelle une fois par semaine.

Elle reconnut Hurley derrière Logan.

– Bonjour, Jessica, vous allez bien ?

– Très bien, et vous ?

– Si seulement tous les fous pouvaient être internés, ça irait certainement mieux.

Logan s'assit sur le coin du bureau et remarqua la photo de la fille de Blanchett, une jolie petite poupée souriante.

– Tania, je ne vais pas avoir le temps de m'occuper de John Doe, je te charge de mener les investigations, et si ça ne te gêne pas, l'agent Hurley aimerait collaborer avec nous.

Blanchett trouva touchante la façon dont Logan amenait les choses. L'agent Hurley !

– Aucun problème. Ce n'est pas moi qui me plaindrai du sureffectif. On n'est jamais assez nombreux pour attraper des criminels.

– Très bien, bon, je vous laisse, je vais rendre visite à notre invité de marque.

Laissant là les deux femmes, il traversa l'open space avant de prendre le couloir qui menait au fond du commissariat.

– … rendez compte ! J'ai la mémoire longue, agent Olson. Je peux…

– Oh fermez-la, Hilton, vous nous les brisez ! tonna Logan en entrant dans la pièce où était enfermé Hilton.

Le sergent Brian Olson, assis face aux cellules, devait subir les invectives du notaire.

– Brian, tu peux sortir, je m'en occupe.

Le sergent ne se le fit pas dire deux fois. Il disparut aussitôt.

– Mon avocat va vous démolir, vous n'êtes pas près de remettre un pied à River Falls ! attaqua Hilton en s'approchant des barreaux.

Logan s'assit tranquillement en face de lui et alluma une cigarette.

– Vous vous croyez malin ? continua le prévenu. Mais vous n'êtes rien du tout. Je vais vous écraser comme le misérable insecte que vous êtes.

– Vous ne m'intimidez pas, monsieur Hilton. J'en ai fait plier des bien plus durs que vous, répliqua Logan toujours impassible. L'argent ne peut pas tout acheter. Vous croyez que vos amis vont vous soutenir dans cette épreuve, mais vous vous mettez le doigt dans l'œil jusqu'à l'omoplate. Ils seront les premiers à vous lâcher. Toutes les malversations que nous allons trouver vous seront mises sur le dos. Je suppose que vos amis encore en liberté sont en train d'effacer les traces de leurs méfaits, en prenant soin de laisser les vôtres.

– La ferme ! rugit Hilton en secouant les barreaux comme un dément.

Logan savourait cette vision d'un puissant tombant de son piédestal.

– Quand le FBI veut aller au bout d'une affaire, rien ne peut l'arrêter. Que vous soyez une sommité de River Falls les impressionne autant que le cri d'un moustique.

Logan n'avait jamais entendu un moustique crier, mais il aimait bien l'image.

– Taisez-vous, abruti ! l'injuria Hilton.

Son petit monologue l'avait tout de même ébranlé. Hilton était un prédateur qui ne connaissait qu'une loi, celle du plus fort. La loi de la jungle. Mais dans la jungle, un animal blessé n'est jamais pris en charge, bien au contraire, il est laissé à la meute de charognards, laissant ainsi au clan le temps de s'enfuir.

Si Logan avait eu une propension un tant soit peu plus élevée à l'empathie, peut-être aurait-il eu de la peine pour Hilton. Mais un plaisir intense le parcourait. Il détestait ce genre de connard. Ces types qui s'en mettaient plein les poches et qui prônaient tout un tas de valeurs morales, alors qu'ils étaient la lie de l'humanité.

– Si vous me promettez de ne pas vous suicider, je peux vous épargner l'humiliation de la surveillance.

En vérité, il haïssait tellement cet homme que ça ne le gênait plus qu'il puisse mettre fin à ses jours. Cela ferait mauvaise impression et ce n'était pas très charitable, mais qu'importe.

Si Hurley avait pu lire dans ses pensées, elle aurait été horrifiée. Heureusement, la télépathie restait du domaine de la science-fiction.

– Laissez-moi, allez-vous-en. Prévenez-moi seulement quand mon avocat sera arrivé.

Hilton s'était alloué les services d'un ténor du barreau de Los Angeles, connu pour avoir défendu toutes sortes de crapules en col blanc, dont un bon nombre s'en était sorti sans aucune inculpation.

Logan écrasa sa cigarette sur le sol et jeta le mégot dans la poubelle. Il coula un dernier regard vers Hilton, et jouit sans honte de lire une certaine détresse dans ses yeux.

Blanchett gara la Corvette devant l'une des plus vieilles bâtisses de River Falls : la maison de Lens Wagner, un des derniers patrons de l'industrie du bois dans le secteur, située au nord, en bordure de la ville. Au-delà, la forêt retrouvait ses droits. À cause de la concurrence avec le géant canadien, seules quelques entreprises familiales avaient résisté à la baisse de la demande. Les autres avaient mis la clé sous la porte. De nombreux bâtiments à l'abandon faisaient le grand bonheur de quelques marginaux.

Hurley descendit de voiture et observa la course des nuages apparus à l'est.

– Un tel beau temps ne pouvait durer, dit Blanchett en venant la rejoindre.

– Tant qu'il ne pleut pas.

Comme pour la contredire, une petite rafale de vent aigre la fit frissonner. Les nuages seraient au-dessus de leur tête avant la fin de leur inspection.

La maison de Wagner était bâtie sur trois étages. Elle avait dû être somptueuse à une certaine époque, mais elle avait perdu son éclat d'antan. On pouvait noter une volonté des propriétaires d'entretenir vaille que vaille, mais elle aurait eu besoin de travaux de rénovation importants.

Avant que les deux jeunes femmes aient eu le temps d'actionner la cloche du portail, la porte de la maison s'ouvrit sur un homme d'une cinquantaine d'années. Vêtu d'une salopette en jean, d'une chemise à carreaux et de bottes en caoutchouc, il était la caricature même du bûcheron. Hurley se retint de rire en se mordant l'intérieur de la joue. Elle sentit que l'homme n'était pas du genre à plaisanter.

– Qu'est-ce que vous voulez ? Si c'est pour commander du bois, faut vous adresser au bureau en ville, lança Wagner depuis le perron de sa maison.

– Non, je suis la lieutenant Tania Blanchett, je viens vous poser une ou deux questions au sujet du cadavre que vous avez découvert.

Déjà peu avenant, le visage de Wagner se ferma un peu plus.

– Qu'est-ce que vous voulez savoir ? Je ne croyais pas qu'en faisant mon devoir de citoyen américain, j'aurais les flics sur le dos ! dit-il d'un ton qui cachait mal son mépris.

Tu oublies que tu as passé un coup de téléphone anonyme, se garda de lui répondre Hurley.

– Ne vous inquiétez pas, nous n'en aurons pas pour longtemps, juste une ou deux questions, répéta Blanchett.

Hurley se demanda alors si la couleur de peau de la lieutenant pouvait être la cause du mépris affiché par Wagner.

– Et qui c'est celle-là ? dit-il en la désignant d'un mouvement du menton.

Non. Pas raciste. Simplement misogyne !

– Agent Jessica Hurley, du FBI, répondit-elle.

Le visage de Wagner s'assombrit davantage.

– Ne me dites pas que vous m'accusez de l'avoir tué.

– Nous ne pensons rien de tel. Au contraire, nous espérons que vous pourrez nous aider à trouver son meurtrier, reprit Blanchett.

L'arrogance fit place à la stupéfaction. Hurley n'eut aucun doute quant à son innocence.

Une femme apparut derrière lui.

– Lens, il y a un problème ?

– Non, rentre, c'est rien.

La femme resta un instant à les regarder, indécise, puis retourna à l'intérieur en refermant la porte derrière elle.

– Vous voulez savoir quoi, au juste ? demanda-t-il en s'avançant vers elles.

– À quelle heure exactement avez-vous trouvé le corps, et pourriez-vous nous montrer le lieu ?

Wagner sembla s'abîmer dans une longue réflexion avant d'acquiescer d'un signe de tête. Il fit demi-tour, rentra chez lui et ressortit deux minutes plus tard coiffé d'un chapeau à large bord. Enfilant une vieille parka, il siffla son chien, un superbe labrador.

– Allez, viens, Jumper, ne mords pas ces dames, pas de la bonne viande ! se moqua-t-il en rejoignant les deux enquêtrices.

Hurley adorait les chiens. Elle se pencha vers le labrador :

– Il est magnifique.

Elle approcha doucement sa main et lui caressa le museau. L'animal ne broncha pas et parut même apprécier.

– D'habitude, il n'aime pas les étrangers.

Une femme qui aimait les chiens ne pouvait pas être totalement conne, se dit-il en sortant de sa poche une cigarette roulée. Il l'alluma et désigna son 4 × 4 de la main.

– Montez avec moi. La route est mauvaise. Je voudrais pas que vous m'accusiez d'avoir fait exprès d'esquinter votre caisse.

– On ne vous veut aucun mal, monsieur Wagner, tenta de le rassurer Blanchett en se campant devant lui.

Wagner ne bougea pas d'un pouce. Il se racla la gorge et cracha un jet de salive sur le côté.

– Bien sûr, dit-il, peu convaincu. Vous pensez juste que j'ai tué un de ces clochards qui traînent dans le coin. Pourquoi je m'inquiéterais ?

Blanchett comprit qu'elle ne le ferait pas changer d'avis sur la question. Elle décida de faire profil bas. Pour l'instant, elle avait encore besoin de cet homme.

Ils montèrent dans le 4 × 4, les deux femmes à l'arrière, Wagner au volant et le chien sur le siège du passager.

– C'est à un quart d'heure d'ici. Le lundi matin, je vais me balader dans le coin.

Blanchett remplaça « balader » par « chasser ». Hurley par « braconner ». Elles se regardèrent et sourirent en comprenant qu'elles avaient eu la même pensée.

Ils prirent une petite route de terre qui s'enfonçait dans la forêt en suivant la rivière. Wagner mit la radio et une musique country se déversa dans l'habitacle.

Plus ils avançaient, plus le chemin devenait cahoteux et la visibilité réduite. Les arbres les cernaient de toute part. Il était difficile d'imaginer qu'une ville comme River Falls se trouvait à moins d'une dizaine de miles.

À la faveur d'une clairière, ils découvrirent un ciel qui se peuplait d'épais nuages.

– Pourquoi ne pas avoir prévenu la police ? demanda Hurley.

Wagner baissa la radio.

– Pourquoi j'aurais dû ? Le type a dû tomber du pont. Vous savez, moi je fais pas dans le sentimentalisme. Les clochards sont des putains d'ivrognes, qui vivent du vol et du braconnage. Pourquoi ils viennent nous faire chier ici ? Peuvent pas aller traîner leur sale gueule sur la côte ?

Si Hurley n'avait pas été convaincue de son innocence, elle en aurait fait son suspect n° 1 !

– Son visage est marqué par les coups. Impossible que vous ne vous en soyez pas aperçu.

Wagner éructa un rire sonore.

– Ils passent leur temps à se foutre sur la gueule. Faut pas croire qu'ils se respectent. Vous savez, ce que je pense, c'est qu'il s'est battu avec un autre connard dans son genre et que l'autre l'a fait basculer dans le vide.

Et le meurtre d'un clochard ne mérite pas qu'on appelle la police. Blanchett se retenait très difficilement d'exploser. Heureusement, Hurley l'incitait à garder son sang-froid.

– Ils sont nombreux par ici ?

Wagner haussa les épaules.

– Allez savoir ! Il y en a tout un tas qui squattent les anciennes scieries. Je sais pas de quoi ils vivent. Je suis obligé de faire surveiller mes machines pour pas que ces enfoirés me les volent. Et quand il y en a un qui crève, je vais pas pleurer sur sa tombe.

– Alors pourquoi avoir alerté l'hôpital ? intervint Blanchett.

Wagner perçut la colère rentrée de la lieutenant. Il croisa son regard dans le rétroviseur intérieur et n'aima pas ce qu'il y lut.

– C'est ma femme qui m'a obligé.

– Elle était avec vous ? demanda Hurley.

– Bien sûr que non ! Mais quand je lui ai raconté ce que j'avais vu, elle m'a dit qu'on pouvait pas laisser un homme sans sépulture, fit Wagner. Vous savez, moi aussi je suis un fervent fidèle de l'Église, mais ces types n'ont pas leur place au paradis.

Décidément, Wagner ne faisait pas dans la demi-mesure. Qu'avait-il donc vécu pour avoir autant de haine en lui ? se demanda Hurley.

– Tenez, on y est presque, ajouta-t-il en pointant du doigt un ancien pont de bois qui surplombait la rivière en sa partie la moins large.

Il y eut un silence. Wagner s'arrêta peu après, sur le bord de la route.

– C'est là, indiqua-t-il en désignant un point en aval du pont, sur la berge.

Le vent soufflait fort. Les nuages avaient presque entièrement recouvert le ciel. Autour d'eux, de hauts sapins noirs montaient la garde. L'endroit parfait pour un meurtre.

Hurley nota aussitôt que le pont, bien que suffisamment haut pour que des bateaux de moyen tonnage puissent passer avec leur chargement de bois, ne l'était cependant pas assez pour qu'un homme se tue en basculant par-dessus la rambarde. Elle se souvint alors que Logan lui avait affirmé que John Doe n'avait pas d'eau dans les poumons. Il était déjà mort.

De légères gouttes commencèrent à tomber. Le chien se mit à aboyer vers le ciel.

– Jumper ! tonna Wagner.

Le chien frétilla de la queue et se mit à haleter en se rapprochant de son maître.

– Il était à moitié immergé dans l'eau. Il était bloqué contre ce tronc, expliqua Wagner.

Hurley et Blanchett s'approchèrent de l'esquif naturel. Ils allaient devoir passer le coin au peigne fin. Hurley pensa à appeler Blake, mais réalisa aussitôt que le FBI n'enverrait personne. Cela ne relevait pas de leurs attributions, à moins que Logan ne fasse appel à eux, mais c'était peu probable. Il allait être dessaisi de l'affaire Gordon, il ne pouvait se permettre de laisser croire une nouvelle fois à l'incompétence des services de police locaux.

Des yeux, Blanchett fouilla la zone, puis s'engagea sur le pont. Wagner la suivit, son chien à ses basques.

– Ce pont est-il encore utilisé ? demanda-t-elle.

Elle avait toujours vécu à River Falls et croyait en connaître chaque recoin. Pourtant, elle dut s'avouer que cette partie-là était pour elle *terra incognita*.

– Non, j'y ferais pas passer une voiture pour tout l'or du monde, fit-il en donnant un puissant coup de poing sur la rambarde.

Le bois craqua violemment. Blanchett craignit un instant que le pont ne s'effondre. Mais rien ne se passa. Elle avança précautionneusement, le regard fixé sur l'autre rive.

– On trouve quoi, en face ?

– Des scieries désaffectées.

Hurley arriva à leur hauteur. Elle n'avait rien trouvé sur le tronc, ni sur la berge. Jumper s'approcha, elle lui gratta la nuque.

Un éclair zébra le ciel. Les gouttes de pluie s'intensifièrent.

– On devrait peut-être rentrer, dit Wagner à l'abri sous son chapeau.

– Oui, nous reviendrons demain, approuva Blanchett.

Hurley allait faire demi-tour quand son regard distingua une silhouette cachée derrière des fourrés, de l'autre côté du pont, à une vingtaine de mètres de leur position. Elle se mit à marcher d'un pas vif dans cette direction mais, comprenant qu'elle était repérée, la personne qui les avait observés s'enfuit vers la forêt. Un nouvel éclair illumina le ciel.

– Hé, attendez ! hurla Hurley.

Sa voix fut aussitôt couverte par un coup de tonnerre. La pluie se mit à tomber dru.

– Ça ne sert à rien, il est déjà loin, dit Wagner qui n'avait pas bougé.

Mais Hurley n'entendait pas perdre l'occasion de questionner un éventuel témoin. Elle se mit à courir sur le pont devenu glissant, Jumper sur les talons.

– Vous perdez votre temps ! hurla Wagner, qui n'avait pas la moindre intention d'aider Hurley.

Hésitante, Blanchett se décida finalement à rejoindre Hurley, bien qu'elle sache qu'elle ne pourrait tenir le rythme d'une course en forêt. Hurley avait presque atteint l'autre côté du pont quand dans un craquement terrible son pied traversa le plancher pourri couvert de mousse. Elle partit en avant et s'étala de tout son long. En voulant s'agripper, ses mains raclèrent les planches et une grosse écharde pointue comme une aiguille lui transperça la main droite. Elle cria de douleur autant que de dépit. À la faveur d'un nouvel éclair, elle eut le temps de voir le fugitif s'arrêter un instant et se retourner. L'homme portait une barbe, comme John Doe. Un vagabond à n'en point douter. Un ami de la victime, son assassin ?

Blanchett arriva auprès d'elle et poussa un léger cri quand elle vit la main ensanglantée de Hurley.

Le ciel était noir. La pluie et le vent redoublèrent de violence. Tournant autour de Hurley, Jumper se mit à aboyer et Wagner finit par les rejoindre.

– À quoi vous jouez ? Vous n'avez aucune…

Il s'interrompit quand il vit la blessure.

– Vous vous êtes pas ratée ! Allez, on rentre, il faut soigner ça tout de suite.

Hurley regrettait sa maladresse. Son intuition lui disait que le vagabond n'était pas là par hasard. Les meurtriers reviennent toujours sur le lieu du crime. Elle entendit le crissement d'un tissu. Wagner venait de trancher le bas de sa chemise avec un couteau de chasse.

– Où l'aviez-vous caché ? demanda Blanchett spontanément.

Wagner ne prit pas la peine de répondre et se pencha vers Hurley, toujours assise sur le pont.

– Donnez-moi votre main.

Hurley la lui tendit et, avec une délicatesse étonnante, Wagner la prit entre les siennes.

– Serrez les dents, ça va faire un peu mal, la prévint-il.

Un éclair. Un aboiement, puis un cri bref de Hurley quand Wagner retira la longue écharde.

– Voilà, c'est bon.

Il lui banda la main et l'aida à se relever. Sous une pluie battante et un ciel déchiré par les éclairs, ils retournèrent à la voiture garée près de la berge. Wagner mit le chauffage à fond et prit son portable. Tout en conduisant, il appela sa femme.

– Chérie, je vais être en retard, je dois emmener l'agent du FBI aux urgences, je…

– Ramenez-nous à votre domicile, nous vous avons assez embêté comme ça, le coupa Hurley assise à l'avant.

Wagner avait fait monter Jumper à l'arrière. Il n'était peut-être pas un aussi mauvais bougre qu'il voulait bien le faire paraître.

– Non, ça ne m'embête pas et je voudrais pas que vous m'accusiez de non-assistance à personne en danger.

Malgré une douleur irradiant de la main jusque dans l'avant-bras, Hurley réussit à esquisser un sourire.

– Aucune chance pour ça, je vous remercie.

Wagner sortit une cigarette roulée de la poche intérieure de sa parka.

– Je peux ? demanda-t-il.

– Mon ami est aussi un gros fumeur.

– Le shérif Logan. Je sais, vous êtes la profileuse du FBI. Je vous ai reconnue dès que je vous ai vue. Vous avez fait du bon boulot au printemps.

Assise à l'arrière, Blanchett n'en revenait pas. Comme quoi, il ne fallait jamais se fier aux apparences !

Le chemin de terre se fit boueux, mais le 4 × 4 avançait sans effort. Wagner maîtrisait son véhicule à la perfection. En moins de temps qu'il n'avait fallu pour l'aller, ils arrivèrent devant chez lui.

– Bon. Heureux de vous avoir rencontrées.

Les deux jeunes femmes le remercièrent et sortirent du véhicule sous une pluie battante. Elles coururent se mettre à l'abri dans la Corvette de Blanchett. Celle-ci aida Hurley à mettre sa ceinture de sécurité et démarra à toute allure, le gyrophare en action.

Vingt minutes plus tard, elle se garait devant l'hôpital central de River Falls.

Regardant son bandage ensanglanté, Hurley soupira.

– Je ne suis vraiment pas douée.

– On en parlera plus tard, répondit Blanchett qui lui défit sa ceinture de sécurité.

La pluie s'était calmée. La journée n'allait peut-être pas si mal finir.

Il était près de 16 heures quand David Corval arriva au commissariat.

– Je voudrais voir mon client, dit-il à la réception.

– Bien sûr, répondit Spencer.

Il appela immédiatement Logan sur la ligne intérieure, et moins de deux minutes plus tard, ce dernier arrivait tout sourire.

– Bonjour, maître. J'ai beaucoup entendu parler de vous. Votre réputation de défenseur des malfrats vous précède.

Corval ne parut pas touché par l'attaque. En revanche, il n'avait pas échappé au déluge qui venait de s'abattre sur River Falls.

– Me serait-il possible de m'entretenir avec mon client ?

– Suivez-moi, dit Logan, déçu.

Il avait espéré une confrontation directe pour lui dire sans détour ce qu'il pensait de personnages comme lui, qui vivaient la grande vie grâce aux honoraires faramineux que leur versaient les mafias en tout genre.

Néanmoins, Logan l'accompagna sans un mot jusqu'à la cellule de Hilton. Sans surprise, celui-ci était toujours en vie.

– Je vous laisse discuter tranquillement.

Il les laissa seuls, se demandant ce qu'il pourrait imaginer pour faire sortir l'avocat de ses gonds, sans risquer de lui donner une chance d'invoquer un vice de procédure.

Sans inspiration aucune, il décida d'aller à l'armurerie pour jeter un œil à sa prise.

Il descendit l'escalier qui menait au sous-sol et remonta le couloir jusqu'à la porte blindée, entra le code d'accès, tira sur la poignée et appuya sur l'interrupteur. La lumière se fit dans toute la salle.

Instantanément, il sentit que quelque chose n'allait pas. Pourtant, tout avait l'air en place. *Tu deviens complètement parano !* se moqua-t-il en lui-même en avançant vers le mur du fond. Les armes étaient alignées contre le mur et les deux cartons des scellés toujours posés par terre à gauche. Il n'avait pas à s'en faire. Aussi bon que soit Corval, il ne pourrait rien contre les charges que le FBI allait mettre sur le dos de Hilton.

Cependant, cette désagréable sensation que quelque chose clochait ne se dissipait pas. Il y avait un je-ne-sais-quoi dans l'air. Il le huma, cherchant à l'analyser. Ça ne sentait rien d'autre que le renfermé. Il regarda plus attentivement les cartons. Le couvercle de celui du dessus n'était pas complètement horizontal. Comme s'il était mal fermé.

Logan eut des sueurs froides.

Non, ce n'était pas possible. Surtout pas ça.

Il n'osait pas l'ouvrir. La main sur le couvercle, il sentait la sueur perler à ses tempes. Il le souleva lentement. Le carton partit en arrière comme s'il était trop léger.

– Oh non, pas ça ! jura-t-il entre ses dents.

Il crut que son cœur aller s'arrêter. Le carton était vide ! Il s'efforça de garder son calme. Peut-être s'était-il trompé, après tout. Oui, c'était ça. Il devait se tromper. Il posa la main sur le couvercle du second.

Faites que je me sois trompé, pria-t-il.

Il le souleva et ne trouva malheureusement que des affaires de moindre importance.

Logan eut un vertige. Il crut qu'il allait perdre l'équilibre et alla se coller contre un mur, à bout de nerfs. Il s'obligea à se maîtriser, à ne pas se laisser submerger par une colère noire qu'il sentait monter en lui.

Le dossier devait à tout prix être retrouvé, le plus rapidement possible. Le voleur était forcément quelqu'un de la maison. Aussi bien, le dossier était-il encore entre les murs. Le mieux qu'il avait à faire était de ne pas éveiller les soupçons.

Il remit les cartons en place, referma l'armurerie et remonta à l'étage, l'air de rien. De son bureau, il appela sur leur portable ses lieutenants de confiance présents dans les locaux.

– Asseyez-vous, fit-il quand Heldfield et Morris furent devant lui.

Logan avait un mal fou à se contrôler. Il ne cessait de tripoter le capuchon de ses stylos à bille.

– Quelqu'un a dérobé le dossier bleu récupéré chez Gordon. Vous savez combien je comptais sur son contenu pour éclaircir les trafics de Gordon et compères.

La nouvelle cueillit à froid les deux lieutenants. Une réelle surprise s'afficha sur leur visage.

– Obligatoirement quelqu'un de chez nous, dit Heldfield, la bouche sèche.

Logan apprécia leur sang-froid. Il pouvait compter sur eux et sur leur esprit d'analyse.

– Pas le moindre doute, mais la question est : qui ?

Il y eut un silence embarrassé. Personne n'arrivait à croire qu'un des leurs avait pu commettre un tel forfait. Qui serait assez dingue pour faire ça ?

– Ça s'est passé quand, à votre avis ? demanda Heldfield.

De prime abord, Logan trouva la question stupide, puis voyant que Morris semblait approuver, il en comprit toute la pertinence.

– À l'heure du déjeuner, oui, à tous les coups. C'est là qu'il y a le moins de monde, dit-il en retrouvant espoir.

– C'est ce que je pense aussi, fit Heldfield. Je suis prêt à mettre ma main au feu que ce n'est pas Spencer. En revanche, il pourrait nous dire s'il a vu quelqu'un sortir à ce moment-là, quelqu'un ayant eu un comportement anormal.

– Il y a la caméra extérieure. Il est peut-être intéressant de visionner la bande, ajouta Morris.

L'unique caméra de surveillance du commissariat. Depuis son accession au poste de shérif, Logan n'avait pas cru bon devoir renforcer la sécurité des lieux. Aujourd'hui, il le regrettait amèrement.

– Oui, je suppose que c'est une bonne idée. Tim, tu vas interroger Spencer discrètement. Je ne veux surtout pas qu'on éveille les soupçons tant que nous ne sommes pas certains que le coupable ne se trouve plus dans les murs.

Logan se tourna ensuite vers Morris :

– Et toi, essaie de voir qui est sorti et qui aurait dû être là. Pour ma part, je vais visionner la bande de la caméra extérieure. Si dans un quart d'heure vous n'avez toujours aucune piste, je vais devoir annoncer le vol et faire fouiller tout le monde.

Les deux lieutenants prirent toute la mesure du problème. Les agents n'apprécieraient pas d'être suspectés.

– J'espère que nous n'en arriverons pas là, dit Heldfield.

– Oui, espérons-le, répondit Logan.

En cet instant, les trois hommes ressentirent une espèce d'empathie réciproque. Aussi terrible que soit la situation, ils réalisaient combien ils s'estimaient.

– Allez-y, ne perdez pas de temps, lança Logan, étonné de retrouver un certain calme.

Quand ses deux lieutenants furent sortis, son premier geste fut de téléphoner à Hurley. Mais celle-ci avait éteint son portable. Il ne laissa pas de message et se rendit dans la réserve où se trouvait le magnéto qui enregistrait les allées et venues du commissariat.

Logan était en train de regarder la bande en accéléré, quand Heldfield entra dans la réserve, Spencer sur les talons.

– Oui ?

À leur visage, il comprit qu'ils tenaient quelque chose.

– Dis-lui, dit Heldfield en s'adressant à Spencer.

Le jeune réceptionniste se racla la gorge. Son visage était rougi par l'émotion. Il ne savait pas de quoi il retournait, mais sentait que son témoignage était capital.

– D'habitude, Pommery va toujours manger dehors, mais aujourd'hui il a prétexté un malaise pour déjeuner à l'intérieur. Je lui ai même dit de prendre sa journée. En fait il avait vraiment l'air malade. En tout cas, c'est ce que j'ai cru.

Pommery ! S'il y avait une personne qui manquait de caractère dans ce commissariat, c'était bien lui. Qu'est-ce qui lui était passé par la tête ?

– Mais quand il est ressorti vingt minutes plus tard, il allait beaucoup mieux. J'avoue que ça ne m'a pas paru bizarre. Les gens vont et viennent, vous voyez ce que je veux dire.

Logan regrettait le manque de perspicacité du jeune homme, mais ne pouvait vraiment pas lui en tenir rigueur.

– Ne t'inquiète pas, tu n'y es pour rien, au contraire, tu nous es d'une grande aide.

Quelqu'un frappa à la porte.

– Entrez, dit Logan.

Surexcité, Morris venait les rejoindre, mais découvrant Spencer il lança un regard interrogatif à Logan.

– Tu peux parler, le rassura ce dernier.

– Pommery n'est pas là. Personne ne sait où il est.

Logan hocha la tête. La bonne nouvelle de la journée, c'était qu'il avait deux super lieutenants.

– Bon, toi tu ne parles surtout à personne de ce que tu viens de nous dire. Tu retournes à ton poste comme si de rien n'était. J'expliquerai tout à l'ensemble du personnel une fois que nous aurons réglé cette affaire.

– Bien sûr, shérif, vous pouvez compter sur moi.

Spencer quitta la réserve et Logan éteignit la bande qui défilait sur l'écran.

– Allez prendre votre arme de service. Si Pommery est assez dingue pour oser dévaliser un commissariat, on peut supposer qu'il sera prêt à tout pour ne pas se faire arrêter.

Quelques minutes plus tard, les trois policiers étaient dans la Cherokee de Logan, roulant à tombeau ouvert en direction de Pacific Quarter, où résidait Pommery. Un quartier d'immeubles de bas standing, où vivaient de nombreuses familles aux revenus modestes et de jeunes couples démarrant dans la vie.

– Et s'il n'était pas chez lui ? On devrait peut-être lancer un avis de recherche inter-États, proposa Held-field, assis à l'arrière.

Le lieutenant avait posé la seule question qui les taraudait.

– Je n'arrive pas à comprendre. Je n'arrive pas à imaginer Pommery faisant le coup. Ce n'est pas quelqu'un de courageux, ajouta Morris.

– L'appât du gain. Tout le monde a un prix. Même quelqu'un comme Pommery, dit Logan.

Combien les amis de Hilton avaient-ils payé pour corrompre un fonctionnaire de police ?

– Vous avez récupéré le dossier à midi. Tout a dû être fait dans la précipitation. Je ne peux pas croire que

Pommery ait déjà fait ses bagages. Il ne doit pas s'attendre à ce que l'on découvre le vol avant un certain temps, se rassura Heldfield.

Logan avait le même espoir. Il brûla encore un feu rouge et après avoir pris deux intersections de façon plus que hardie, il se rangea devant le 358, Flower Street, sous un ciel encore lourd de nuages. Pour une fois, la rue portait bien son nom. Sur toute sa longueur, de grands pots débordant de fleurs aux couleurs fanées interdisaient le stationnement sur le trottoir. Les trois policiers se garèrent en épi devant l'entrée de l'immeuble et s'éjectèrent de la voiture. Il n'y avait pas de code. Logan alla frapper à la porte de la concierge.

– J'arrive, j'arrive !

Logan et ses hommes trépignaient.

– Vous êtes qui ? demanda la concierge en ouvrant sa porte.

Les cheveux gris en bataille, sans maquillage, vêtue d'une robe d'un autre âge, portant des chaussons élimés, elle leur jeta un regard soupçonneux.

Logan sortit son étoile de shérif.

– Shérif Logan, j'ai besoin que vous m'indiquiez l'étage et le numéro de l'appartement de Sam Pommery.

– C'est un collègue à vous, vous devriez le savoir si vous êtes flics !

– Justement, on vient l'aider, pouvez-vous nous indiquer où il habite ?

– Attendez, je reviens.

Ces types n'étaient pas des flics. Leurs manières étaient suspectes. Certainement des truands qui voulaient s'en prendre à ce brave Pommery. Elle allait fermer la porte, mais Logan la bloqua de son pied. Il sortit son pistolet et braqua la concierge.

– Pour la dernière fois, je vous demande gentiment son adresse.

Elle blêmit. C'était la première fois de sa vie qu'on la mettait en joue. Elle n'aurait jamais cru que ce pût être aussi impressionnant.

– Ne me tuez pas, je vous en prie.

– Répondez, lui ordonna Logan.

Gênés, Heldfield et Morris faisaient le guet, craignant qu'un résident les surprenne.

– Quatrième étage. Il n'y a pas de numéro à la porte, mais c'est la troisième sur la gauche, côté escalier.

– Merci.

Son arme à la main, Logan partit en courant dans l'escalier, Heldfield et Morris derrière lui.

Arrivés en sueur et essoufflés au troisième étage, ils s'engagèrent dans le couloir menant à l'appartement de Pommery.

– C'est bien là, chuchota Heldfield en voyant le nom sur la sonnette.

– Tenez-vous prêts, fit Logan.

Heldfield et Morris sortirent leur arme et enlevèrent la sécurité. Logan appuya alors sur la sonnette et colla son oreille contre la porte. Il entendit des bruits de déplacement. Il recula et, avec des gestes explicites, fit signe que Pommery était à l'intérieur. Quelques secondes passèrent, personne ne vint ouvrir.

Logan se rapprocha de Morris.

– Descends et positionne-toi de façon à surveiller les fenêtres, regarde s'il n'y a pas d'escalier de service sur son balcon, lui souffla-t-il à l'oreille.

Morris, ayant capté le message, les quitta au pas de course.

Logan sonna une deuxième fois. Toujours des bruits de déplacement, mais pas de réponse.

– Sam, c'est le shérif Logan. Je veux seulement te parler. Si tu rends le dossier, je te promets qu'il ne t'arrivera rien. Sois raisonnable. Si…

Sa phrase fut interrompue par le bruit d'une détonation.

– Merde ! jura-t-il entre ses dents.

Il recula, tira dans la serrure et d'un grand coup de pied ouvrit la porte qui alla claquer contre le mur.

Il entra dans l'appartement et découvrit Pommery affalé sur le sol, sa tête baignant dans une mare de sang.

– Touche pas à l'arme ! tonna Logan.

Heldfield s'arrêta juste à temps. Le fusil à canon scié de Pommery était tombé près du canapé où celui-ci était assis quelques secondes auparavant.

– L'avocat de Hilton est un coriace. Il sera évidemment facile de prouver que tu n'as pas de trace de poudre sur les doigts, mais je préfère éviter de m'engager dans une bataille d'experts qui nous fera perdre du temps à tous, expliqua Logan sans quitter du regard le cadavre de Pommery.

Son visage n'était plus qu'une infâme bouillie. C'est alors que Logan se rendit compte que Pommery n'était pas encore mort. Un râle immonde sortait de sa gorge.

– Tim, appelle les urgences, Sam n'est pas mort ! hurla-t-il.

Il sentit son estomac se retourner. Pommery s'était loupé ! Ce con avait foutu le fusil sous son menton et non dans sa bouche. Avec le recul, il s'était juste arraché le visage.

– Accroche-toi, Sam, tu ne vas pas mourir. Tiens bon, je t'en supplie !

Heldfield avait ouvert la fenêtre et téléphonait du balcon.

Lui aussi était à deux doigts de vomir. Il avait déjà vu des blessés, mais jamais dans un tel état. Pauvre Pommery ! À sa place, il ne pardonnerait jamais à la personne qui lui aurait sauvé la vie. Plutôt mourir qu'être défiguré. Logan lui aussi l'aurait laissé mourir, mais il avait trop besoin de son témoignage. Où était le dossier ? Qui le lui avait demandé ?

Un hurlement féminin les fit sursauter.

C'était une voisine alertée par le bruit de la détonation. Carie Denport avait hésité un moment à entrer chez son voisin policier, puis prenant son courage à deux mains, elle s'était décidée à aller voir ce qui se passait. Elle s'enfuit en criant à tue-tête :

– Au meurtre !

– La conne ! jura Logan qui partit à sa recherche.

Mais dès qu'il mit le pied sur le palier, une balle lui siffla aux oreilles. Logan recula d'un bond dans l'appartement et se mit à hurler.

– Je suis de la police ! Ne tirez pas !

– Qu'est-ce qui le prouve ? lança une voix provenant du couloir.

Logan n'avait vraiment pas de temps à perdre avec des maniaques de la gâchette. Il prit son insigne et le jeta dans le couloir.

– Je suis le shérif Logan ! Regardez mon étoile !

C'est alors qu'il entendit une sommation qui lui arracha un sourire.

– Vous baissez immédiatement votre arme, ou je vous arrête pour tentative de meurtre sur des officiers de police, tonna Morris.

Lorsqu'il avait entendu le tir, il avait d'abord hésité à surveiller l'extérieur. Il s'était finalement résolu à venir donner un coup de main à l'intérieur.

– C'est bien, pas de mouvement brusque, voilà, finit Morris en s'emparant de l'arme.

Logan le rejoignit et jeta un regard méprisant vers l'homme désarmé.

« Un héros sommeille en tout Américain. » Il ne savait plus quel président avait dit cette ânerie, mais il lui aurait bien botté les fesses pour incitation au meurtre.

– Sam a tenté de se suicider. Les secours vont arriver.

Des voisins se tenaient dans l'encadrement de leur porte. L'un d'entre eux reconnut Logan.

– Shérif, qu'est-ce qui s'est passé ?

– Un accident. Je ne peux vous en dire plus. Je suis désolé.

Celui qui s'était pris pour un justicier jeta un regard suppliant vers Morris :

– Vous pouvez me rendre mon arme ?

– Dans l'immédiat, je la garde. Vous viendrez la chercher au commissariat si aucune charge n'est retenue contre vous. Maintenant rentrez chez vous, et que je ne vous voie plus, le sermonna Morris.

La sirène de l'ambulance ne tarda pas à se faire entendre. Logan retourna près de Pommery. L'homme avait perdu pas mal de sang, mais heureusement le coup n'avait pas touché les veines jugulaires. Il ne bougeait plus, mais son pouls battait.

Morris et Heldfield avaient commencé à fouiller. Pas de dossier bleu. Logan les aida, sans conviction. Il doutait de le trouver ici.

– Je retourne au commissariat. Jeff, tu restes là et tu attends les renforts pour une fouille complète de l'appartement, et toi Tim, tu veilles sur Pommery comme sur la prunelle de tes yeux. Je ferai placer des gardes devant sa chambre d'hôpital.

Logan s'arrêta dans la cuisine et but deux verres d'eau avant de s'en aller. Un attroupement de badauds l'attendait au bas de l'immeuble. Il fendit la foule sans un mot et monta dans sa Cherokee. L'ambulance arrivait. Les urgentistes en sortirent avec leur matériel de secours.

Et la journée n'était pas finie…

12

Trempés jusqu'aux os, Kyle et ses camarades poussèrent un cri de guerre quand Harry Flynn, leur entraîneur, siffla la fin de la partie. Vêtus de leur tenue de footballeurs, ils ôtèrent leur casque et se congratulèrent les uns les autres.

Malgré les trombes d'eau qui étaient tombées durant l'entraînement, quelques étudiantes courageuses avaient tenu à assister au retour des guerriers sur le stade construit à l'extrémité sud du campus universitaire.

– C'était quoi ça, les gars ? ! hurla Flynn.

L'homme avait dans la cinquantaine, le cheveu court, un visage carré, et une condition physique à faire pâlir nombre de jeunes gens.

– Vous vous croyez en Conférence féminine !

Tous se turent immédiatement. C'est vrai qu'il avait régné une ambiance bon enfant durant l'entraînement, loin des indications spartiates de Flynn.

– Va falloir changer radicalement votre point de vue sur le football ! Vous êtes à l'université maintenant, vous n'êtes plus des merdeux, et si vous croyez impressionner les filles, vous vous en mordrez les couilles quand vous prendrez votre première raclée lors du premier match !

Les jeunes étudiantes riaient sous cape. C'était touchant de voir ces malabars, à la musculature mise en valeur par leur impressionnant costume, se faire traiter comme des enfants.

Kyle jeta un œil sur les gradins, accrocha un regard et sourit à la fille.

– Hé, toi ! Qu'est-ce qui te fait rire ? l'interpella Flynn. Tu crois que je suis un comique ? J'ai vraiment l'air d'un clown ?

– Non, répondit Kyle en reprenant un air digne.

Flynn fendit le groupe et se posta nez à nez avec Kyle. L'homme mesurait une tête de plus que lui.

– Tu crois que tu vas te taper une de ces petites pisseuses parce que tu es dans le groupe ?

Kyle se garda bien de répondre.

– C'est moi, et moi seul qui décide qui va jouer les matchs, et les petits branleurs dans ton genre ne m'impressionnent pas.

Un rire moqueur accompagna ces derniers mots. Flynn se retourna aussitôt et croisa le regard du fauteur de troubles.

– Ça te fait marrer ? Toi aussi, tu me prends pour un clown ?

Kyle identifia Steven.

– Non, coach !

– Eh bien, on va voir si vous allez avoir envie de rire, reprit Flynn en s'adressant à tous. Trois tours de stade, puis séries de pompes et on recommence jusqu'à ce que l'un de vous se décide à quitter l'équipe.

C'était quoi, ce délire ? Aucun d'eux n'imaginait quitter l'équipe de football. C'était leur rêve à tous d'en faire partie ! Ils connaissaient la réputation de Flynn, mais ils n'auraient jamais cru qu'il fût si dur.

– Allez, et n'oubliez pas de remercier messieurs Simmons et Rattner.

Des regards chargés de colère fusillèrent les deux étudiants. Kyle s'en moquait, il savait qu'il ne craquerait pas. Ce ne serait pas lui qui supplierait Flynn de le laisser partir.

Une heure plus tard, Flynn leur demanda de se regrouper autour de lui.

Après des kilomètres d'une course ponctuée de sprints, de pompes et de tractions, les garçons étaient à bout de force.

– Bon, les gars, je préfère ça. J'ai cru un instant avoir affaire à des tapettes, lança Flynn, de meilleure humeur. River Falls a toujours terminé dans les trois premières places de sa Conférence. Il est hors de question que cette année soit différente des autres. Suis-je clair ?

– Oui, coach ! répondirent les étudiants d'une voix unanime.

Un vrai sourire éclaira le visage de Flynn.

– Allez, les gars, vous pouvez rejoindre les douches.

Un brouhaha de soulagement emplit le stade.

Flynn savoura ce moment. C'était une bande de gamins prétentieux mais terriblement attachants. Comme chaque début d'année scolaire, il adorait le premier contact avec les nouveaux élèves. Il suffisait d'une séance d'entraînement pour détecter les maillons forts – et les faibles.

Regardant Kyle qui s'en retournait tranquillement avec les autres, il ne douta pas d'avoir là une recrue de premier choix.

– Putain, la prochaine fois que tu mates des filles, essaie d'être plus discret, dit Hugh en s'approchant de Kyle.

Un géant de près de deux mètres, tout en muscles, les cheveux coupés au carré.

– Désolé, mais il y a vraiment des canons.

Sur les gradins, seules trois groupies étaient restées à les regarder jusqu'à la fin. La magnifique brune en faisait partie.

– Normal, la crème appelle la crème ! plaisanta Garth en se joignant à la conversation.

À l'inverse de Hugh, il mesurait à peine un mètre soixante-dix, mais était un redoutable receveur. Derrière eux, Steven accéléra le pas pour se porter à leur hauteur.

– Hé, enfoiré, ne t'avise plus de nous foutre tous dans la merde…

– Ta gueule, Steven. Tu es aussi coupable que lui, et en plus je suis sûr que Flynn avait prévu de nous en faire baver quoi qu'il arrive, le coupa Hugh.

– N'empêche que si tu nous refais un coup pareil, je te jure que tu le paieras.

Hugh et Garth éclatèrent d'un rire moqueur.

– Compris, répondit Kyle en cherchant à éviter le conflit.

– Y a intérêt, car tu sais, les types comme toi…

– Steven ! intervint Marie, sa petite amie en lui passant les bras autour du cou. Tu as été génial !

Steven jeta un dernier regard à Kyle et entraîna sa copine à l'écart.

– Tu n'es pas d'ici, n'est-ce pas ? demanda Cheryl, la jeune fille brune qui n'avait cessé de l'observer depuis les gradins.

Hugh se mit sur la pointe des pieds, et, du haut de ses deux mètres, posa son coude sur la tête de Kyle.

– Le nabot est de Seattle, se moqua-t-il. Si tu cherches un vrai mâle, c'est ici qu'il faut s'adresser, ajouta-t-il en désignant son bas-ventre.

– Crois pas ça, la taille du sexe est inversement proportionnelle à la taille du corps, intervint Garth en se faisant encore plus petit qu'il ne l'était.

Mais Cheryl n'avait d'yeux que pour Kyle.

– Arrêtez vos bêtises, vous ne voyez pas que vous l'embarrassez ? Tu t'appelles comment ?

Kyle n'en revenait pas. La fille n'avait vraiment pas froid aux yeux. Il avait déjà connu des allumeuses, mais celle-ci avait quelque chose en plus… un corps de rêve et un visage à damner un saint !

– Kyle, et toi ?

– Cheryl, dit-elle d'une voix enjôleuse.

Des sifflements moqueurs suivirent cet échange verbal.

– Lâche-lui la grappe. Il n'aime pas les filles dans ton genre ! intervint Corey, un autre membre de l'équipe resté en retrait.

– Et quel genre de fille suis-je donc ? demanda Cheryl, vexée, en croisant les bras.

– Du genre, faut pas y toucher ou on perd son âme.

Les rires repartirent de plus belle. Cheryl ignora la remarque et retrouva son sourire.

– Ce soir, si tu t'ennuies, viens faire un tour au Floppy's Bar, et laisse tomber tous ces jaloux, fit-elle en passant une main câline sur la joue de Kyle.

Cheryl repartit avec ses deux copines, en prenant soin d'onduler des hanches.

– Waaouuhh, hurla Garth. Putain, si c'est pas se faire chauffer ça ! Ah, mon vieux, tu es le type le plus chanceux que je connaisse.

– Cheryl Norman ! Des années que je rêve qu'elle me parle ! dit Hugh, sous le charme.

– Mais ce n'est pas à toi qu'elle parlait ! le reprit Garth.

– De toute façon, trop vulgaire pour moi, fit Kyle.

Les rires redoublèrent, et ils reprirent le chemin des vestiaires.

La journée de cours était à présent terminée.

Stuart avait décidé d'aller faire un tour en ville à la recherche d'un magasin de comics digne de ce nom. Malgré le succès des adaptations cinéma, le secteur se portait au plus mal, et même à Seattle les rayonnages diminuaient à vue d'œil. Alors à River Falls… Il espérait cependant que l'adresse qu'il avait trouvée sur Internet saurait faire son bonheur.

Arrivé en vue du 102, Crampton Street, il comprit qu'il venait de trouver les portes du paradis. Le magasin s'étendait sur plusieurs mètres et la devanture était magnifique, illustrée avec des reproductions des plus grands super-héros.

À l'intérieur, des présentoirs bien placés, les DC et les Marvel d'un côté, les indépendants derrière. Un type d'une quarantaine d'années, cheveux longs et barbe courte, lui sourit derrière le comptoir. Stuart se sentit soulagé. Il avait vraiment eu peur de ne pas trouver de magasin à son goût. Il allait pouvoir continuer à vivre pleinement sa passion.

– Vous avez reçu le dernier *X-men* ?

– Non, jeudi.

Stuart le savait déjà, mais il fallait bien qu'il trouve un moyen de briser la glace.

– Et le dernier *Spawn* ?

– Quel numéro ?

De questions en réponses, le vendeur comprit qu'il avait affaire à un expert. Une demi-heure plus tard, Stuart ressortait avec un sac rempli d'une dizaine de comics, dont cinq choisis sur les conseils du vendeur.

La pluie avait cessé. Stuart accéléra le pas pour éviter une nouvelle averse, et surtout, il était impatient de se plonger dans sa lecture.

Il était proche de Lincoln Square quand il aperçut une fille sur le trottoir d'en face. C'était Judith. Stuart sentit son visage rosir. Elle était magnifique. Si seulement il avait le physique de son frère !

– *Laisse tomber, vous n'êtes pas du même monde*, lui dit une petite voix dans sa tête.

– *Et alors ? On n'a pas le droit d'avoir des amis de toutes origines ?* répliqua une deuxième.

– *Si tu ne vas pas lui parler maintenant, tu ne lui parleras jamais*, l'incita une troisième.

Prenant son courage à deux mains, il attendit le feu rouge et traversa la rue pour la rejoindre. Il se tenait maintenant à moins d'une dizaine de mètres d'elle. Comment l'aborder de façon naturelle ? Soudain, il se sentit stupide avec ses comics. Si elle lui demandait ce qu'il avait dans son sac, il est certain qu'il perdrait le peu de crédit qu'il pouvait avoir auprès d'elle. Les filles détestent les comics. Il n'avait surtout pas envie de lui donner l'image d'un *nerd*, un de ces adolescents autistes qui ne vivent que pour leur passion juvénile.

Ce n'était peut-être pas le bon moment. Qu'est-ce qu'il pourrait lui dire, de toute façon ? Sa subite détermination s'évaporait. Il était petit et gros, elle, grande et belle. La belle et la bête ! Aucune chance.

Pourtant il ne put s'empêcher de la suivre.

Même de dos, elle était ravissante. Une démarche de reine. Il avait envie de la connaître, de savoir ce qu'elle aimait… Il se rendit compte qu'il devait donner l'image d'un maniaque traquant sa proie. Mais autour de lui, les passants se désintéressaient totalement de son sort.

– *Arrête tes bêtises et va lire tes comics !* lui souffla la première voix.

– *Oui, je crois que c'est mieux*, fit la deuxième.

Encore un petit moment et je rentre, se dit-il.

Il la suivit dix minutes durant, jusqu'à ce que Judith arrive devant un grand bâtiment à l'architecture victorienne. Elle sonna à l'interphone, puis après un court instant, entra dans l'immeuble.

Intrigué, Stuart se posta devant l'entrée et découvrit une inscription gravée dans la pierre au-dessus de la porte. *Fondation Margareth-Smith.* Il n'avait aucune idée de qui était cette personne et de ce qu'elle avait pu faire. Il était à deux doigts de sonner pour entrer et demander des explications. Mais si Judith le découvrait, c'est sûr qu'elle le prendrait pour un psychopathe ! Non, le mieux était de retourner à l'université, et de se brancher sur le Net pour récolter des informations sur cette Margareth Smith.

Un sourire illumina son visage. Stuart était heureux de reprendre son rôle de détective privé. Il entreprit d'échafauder un tas de théories, plus farfelues les unes que les autres.

Sentant une goutte de pluie sur sa tête, il pressa le pas pour arriver avant que des trombes d'eau ne lui tombent dessus.

13

Logan était en train de se garer sur le parking du commissariat quand son portable se mit à sonner. C'était Blanchett.

– Quoi ? s'étrangla Logan. Ce n'est pas possible ! On ne peut pas la laisser une seconde sans surveillance !

La lieutenant venait de lui annoncer qu'elles étaient à l'hôpital pour soigner la blessure de Hurley.

– Écoutez, je ne vais pas pouvoir vous parler plus longtemps. Est-ce que vous pouvez vous occuper de Hurley, et me retrouver dès que vous aurez terminé ? Je vais avoir besoin de vous pour préparer un petit discours pour la presse.

Logan raccrocha et sortit de sa voiture. Il avait croisé deux véhicules de police sur le trajet du retour – des agents allant prêter main-forte à Heldfield pour la fouille.

Dès qu'il pénétra dans le bâtiment, tous les regards convergèrent vers lui, dont celui, narquois, de Corval, l'avocat de Hilton.

– Vous devez libérer mon client, l'interpella-t-il. Si j'ai bien compris, il n'y a plus de preuve de ce dont vous l'accusez. Si tant est qu'elle ait jamais existé.

L'attaque le prit de court. L'enfoiré allait nier l'existence du dossier !

– Venez avec moi, j'ai deux mots à vous dire.

Les agents, sentant la tension monter entre les deux hommes, s'écartèrent de leur chemin. Logan le conduisit jusqu'à la cellule où Hilton lisait tranquillement un magazine et pointa un doigt accusateur sur le notaire.

– Vous avez corrompu un fonctionnaire de police pour mettre la main sur le dossier de Robert Gordon. Je ne sais pas quel moyen de pression vous avez employé contre lui, mais je vous promets que vous ne l'emporterez pas au paradis.

Hilton replia le journal, toujours assis sur son banc, un léger sourire aux lèvres.

– Mais de quoi parlez-vous, shérif ? Votre accusation est extrêmement grave. Je pourrais vous poursuivre pour diffamation, vous savez.

Corval gloussa. Logan le foudroya du regard avant de se retourner vers Hilton.

– Vous comme moi savons très bien de quoi il retourne. Vous êtes prêt à tout pour contrer la loi. La vie d'un homme est bien peu de chose à vos yeux face aux millions de dollars que vous brassez. Mais sachez que cela ne se passera pas comme ça.

– Et qu'allez-vous donc faire ? Un procès ? Vous m'accusez du vol d'un hypothétique dossier. Quel jury vous croira si vous n'en apportez pas la preuve ?

– J'ai quatre témoins qui vous ont vu, comme moi, le prendre dans le coffre de Gordon.

– Des témoins, vous dites ? Deux amis à vous, et deux de vos subordonnés. Excusez-moi, mais leur témoignage risque de ne pas être très impartial.

– Ce sont tous des hommes de loi assermentés. Ils ne sont pas comme vous. La justice et la vérité ont un sens à leurs yeux.

Hilton se leva enfin et s'approcha des barreaux.

– Vous m'en direz tant ! Eh bien, attendons. Je me délecte par avance des révélations qui seront faites sur les travers de vos policiers, n'est-ce pas, maître Corval ?

– Effectivement, tout le monde a des secrets à cacher, surtout dans les villes de province, répondit l'avocat, comme on récite une réplique de théâtre. Nous trouverons de quoi entacher la réputation de vos hommes. Nous avons les moyens d'employer les meilleurs détectives pour fouiller la moindre zone d'ombre de leur vie. J'espère que vos témoins supporteront l'épreuve. Nous dévoilerons tout, au procès ou à la presse.

L'ordure. Le pire était qu'il ne pouvait rien faire contre ça : un procès sans preuve formelle, c'était la lapidation directe de ses équipes et l'effondrement de son travail. Aussi pénible que ce fût de l'admettre, Corval avait raison. Il fallait libérer Hilton.

– L'agent que vous avez forcé à voler le dossier s'est suicidé. Je suppose que de toute façon, sa mort était programmée.

– Que m'apprenez-vous là ? Un de vos hommes aurait dérobé une preuve ? De deux choses l'une. Soit cette preuve a existé, mais cela donnerait à croire que les agents du commissariat sont corrompus. Soit elle n'a jamais existé et votre homme s'est suicidé pour des raisons personnelles. C'est à vous de voir comment vous allez présenter les choses. Pour ma part, peu m'importe. Procès ou pas procès, vous ne pouvez rien me reprocher de concret.

Logan ferma les yeux et pria pour que Pommery survive à ses blessures. Son témoignage était capital pour retrouver le dossier, ou du moins les hommes qui l'avaient contraint à commettre ce forfait. Il ne pouvait pas croire que cela fût une simple histoire d'argent. Pommery n'était pas comme ça !

La boule au ventre, Logan partit chercher les clés de la cellule et, dans un silence pesant, libéra Hilton.

– Je vais être magnanime avec vous. Je ne porterai pas plainte. Mais que cela ne se reproduise plus jamais à l'avenir, le menaça Hilton.

– Sortez vite d'ici avant que je ne change d'avis, répondit-il sans cacher sa frustration.

Il leur ouvrit la porte et les laissa partir sans les raccompagner. Il s'assit face à la cellule grande ouverte, maudissant le système judiciaire qui donnait tous les droits à ceux qui avaient l'argent.

Une demi-heure plus tard, Blanchett le rejoignit dans son bureau.

– J'ai appris pour Pommery. Morris m'a tout expliqué à l'hôpital. Vous avez bien fait de libérer Hilton.

Logan lui renvoya un regard désabusé.

– Je ne sais pas. Je me demande à quoi je sers si des enfoirés pareils peuvent s'en sortir en toute impunité. C'est tout juste si je n'ai pas dû m'excuser de l'avoir embarqué !

Blanchett n'aimait pas le voir dans cet état-là. Il était un modèle pour elle, un roc que rien ne pouvait briser. Il devait se reprendre.

– Hilton vient de faire une déclaration aux informations. L'homme est doué. Il a retourné la situation à son avantage. Il vous a même excusé pour son arrestation. Il comprend que dans l'urgence de trouver un coupable, les proches soient les premiers suspectés, etc. Vous voyez le genre.

Logan voyait parfaitement. La mobilisation de l'opinion publique faisait partie du jeu. O. J. Simpson s'en était sorti à l'époque en utilisant l'opinion afro-américaine contre les méchants Blancs.

– On doit rebondir tout de suite. Vous m'avez demandé de faire un topo pour la presse. Je crois que le mieux est de ne pas parler du dossier, ni de son vol par Pommery. Tenez.

Elle lui tendit par-dessus le bureau deux feuilles d'un discours écrit à la main. Logan le lut en diagonale et réussit à ébaucher un sourire. Blanchett était vraiment douée.

– Parfait, téléphonez aux médias et dites-leur que je donnerai une conférence de presse sur le perron du commissariat dans une heure.

– C'est ce qu'il y a de mieux à faire.

Logan hésita à appeler Hurley. Il avait peur que toute sa mauvaise humeur accumulée ne se transforme en un torrent de colère contre elle.

À la place, il entreprit de reformuler la note de Blanchett.

– Qu'est-ce qui s'est passé ? l'interrogea Callwin.

– Un accident, rien de grave, éluda Hurley.

La journaliste était tombée par hasard sur l'agent du FBI à la sortie de l'hôpital : elle était venue dans l'espoir d'obtenir des renseignements sur l'étrange tentative de suicide de Sam Pommery. Elle connaissait le bonhomme de réputation et, à vrai dire, il n'avait pas le profil d'un dépressif. Un vieil homme bien tranquille, sans souci.

– Tu as le temps de boire un verre ?

Même si elle savait que Hurley ne lui lâcherait rien sur l'affaire Gordon, elle avait envie de parler avec elle. Ne serait-ce que pour faire le tri dans ses informations.

– Non, je suis désolée. Je crois que je vais aller me reposer, s'excusa Hurley.

– Bon, dans ce cas laisse-moi te raccompagner. Tu ne vas pas conduire avec une main bandée.

C'était pourtant exactement ce qu'elle comptait faire. Mais devant l'insistance de Callwin, elle n'eut pas le courage de batailler. Après tout, elle avait peut-être raison. Il ne manquerait plus qu'elle ait un accident de voiture. Logan la traiterait encore d'irresponsable et tout le toutim.

– D'accord, tu as raison. Où es-tu garée ?

– Juste là, fit-elle en désignant une Saturn grise.

Elles montèrent dans la voiture et Callwin démarra en douceur.

– Bon, je sais que tu ne veux rien me dire sur l'affaire Gordon, mais j'ai vu aux informations l'arrestation ubuesque de Jeremy Hilton, puis j'apprends qu'un vieil agent de police se tire une balle dans la tête. Et toi qui te transperces la main avec je-ne-sais-quoi. Il y a quand même de quoi se poser des questions !

Hurley sourit. À sa place, elle aurait pensé de même.

– Il y a surtout de quoi faire un bon papier. Invente, élabore des théories. C'est ce que font les journalistes, non ?

La voiture dépassa Lincoln Square et tourna dans Convent Road.

– OK, très bien, fit Callwin en se prenant au jeu. Voilà ce que je pense. Logan accuse Hilton d'un vol. Peu après, un flic se suicide. Les deux histoires sont mêlées. Je me trompe ?

– Possible, je t'ai déjà dit que je ne te révélerais rien.

Callwin leva la main droite en signe de paix.

– Très bien. Je continue : ce flic participait à un trafic louche avec Gordon et Hilton. Dans le dossier qu'a dérobé Hilton, il y avait toutes les preuves qui les impliquaient. Hilton est désormais sous les verrous. Pommery, quant à lui, a préféré se suicider plutôt que de subir sa déchéance. Je chauffe là ?

– Pas impossible, répondit Hurley en riant.

– Il n'y a qu'un truc qui me chagrine. Pourquoi Hilton est-il ressorti libre du commissariat ? Avec les preuves du dossier, aucune caution n'aurait pu être demandée. Il devait lui être totalement interdit de parler à quiconque, à moins que…

– Quoi ? Hilton est libre ? s'inquiéta Hurley, dont le visage avait pâli.

– Tu n'étais pas au courant ? Ils viennent de le dire aux informations. Hilton doit d'ailleurs faire une déclaration publique dans cinq minutes.

La radio était en sourdine.

– Monte le son, je veux savoir ce qu'il a à dire.

Callwin ne cacha pas sa satisfaction. Finalement, la persévérance payait toujours. Sûr qu'elle arriverait à lui décrocher une info ou deux.

Deux morceaux du Top 40 plus tard, le journaliste annonça l'allocution du notaire Jeremy Hilton.

À la fin de son monologue, Hilton remercia la presse.

Callwin baissa le son.

– Ça alors, il n'avait rien volé finalement. J'ai du mal à croire que ton homme soit aussi nul que ça, la nargua Callwin. Quoique…

– Impossible ! Fonce au commissariat, s'il te plaît.

Logan n'était pas du genre à faire des erreurs aussi patentes. De plus, Blake et Moore avaient eux aussi vu le dossier. Sortant son portable de son sac, elle vit qu'elle avait un message. C'était Blanchett.

– Le dossier a disparu, dit Hurley après avoir raccroché.

– Tu veux dire : a été volé, la corrigea aussitôt Callwin.

Hurley acquiesça. Ça, c'était une sacrée tuile. Logan devait être fou de rage.

– Et si je te dis que c'est Pommery qui est le responsable, je brûle ? avança Callwin.

C'était la pièce manquante du puzzle.

– Tu tapes en plein dans le mille, mais je crains que cette information ne te serve à rien. Tu as entendu Hilton, il n'y a pas eu de vol, et ce dossier n'a jamais existé. Tout le monde va fermer les yeux, et tant pis pour la vérité, dit Hurley désabusée.

La Saturn passa le long de Garden Park. Malgré le mauvais temps, il y avait quelques promeneurs dans ses allées.

– C'est pour ça qu'on existe. Pour faire éclater la vérité. Je te fais un putain d'article. Il est hors de question que tout soit enterré.

Hurley soupira.

– Si tu n'as rien de concret, aucun magazine ne publiera de telles informations. Tu serais poursuivie pour diffamation et tu pourrais dire adieu à ta carrière.

Callwin fit une moue de frustration. Elle avait raison. Mais bon sang, il devait bien y avoir des preuves !

– Pommery n'est pas encore mort. S'il s'en remet, il pourra nous parler, dit-elle.

– Peut-être. Mais il faut déjà qu'il survive. Le médecin estime qu'il est trop tôt pour se prononcer.

Elles débouchèrent sur Wilson Avenue. Hurley repensa soudain à la scène qu'elle avait aperçue dans la matinée. Clark Spike et son père. Il fut un temps où

Callwin couchait avec Spike en échange d'informations confidentielles.

– À quoi tu penses ?

– J'ai croisé Clark Spike. Il était avec son père, par là, indiqua-t-elle de la main. Il était presque touchant.

Callwin fit une embardée et faillit projeter la voiture sur le trottoir. Un piéton hurla et leur montra le poing.

– Tu plaisantes ? ! Et tu me dis ça que maintenant ! s'étrangla Callwin.

Elle manœuvra pour s'immobiliser près du trottoir, enleva sa ceinture et se tourna vers Hurley.

– Tu as vu Spike traîner près du commissariat ce matin et tu n'as pas fait le rapprochement ? reprit Callwin abasourdie. Spike est le plus bel enfoiré que j'aie jamais rencontré de ma vie. Ce type est une ordure, un putain de misogyne qui ne pense qu'à sa bite et où il va la mettre !

Hurley se sentit la plus stupide des profileuses de tous les États d'Amérique et d'ailleurs.

– Oh, non ! Mais quelle idiote ! Quelle idiote !

Callwin tapa du plat des mains sur son volant.

– Je ne te le fais pas dire. Je rêve de voir ce fils de pute enfermé, et toi tu rates l'occasion de le choper.

Hurley ne cessait de repasser la scène dans sa tête et maintenant qu'elle y repensait avec attention, elle comprenait sa méprise.

– Tu peux me dire à quoi ressemble Pommery ? demanda-t-elle.

– La soixantaine, les cheveux grisonnants, un mètre soixante-quinze environ. Le fameux père de Spike, je parie ?

– C'est fort possible, répondit Hurley.

Callwin explosa d'un rire puissant.

– Fort possible ! Plus que probable, tu veux dire. Il vous a bien eus.

Hurley se souvint de ce qu'elle avait pu percevoir de lui et surtout de ce que lui avait dit Logan à son sujet. Elle aurait dû réagir dès qu'elle l'avait vu. Hurley ne doutait pas qu'en temps normal, elle se serait inquiétée de voir traîner cet homme près du commissariat, mais elle n'avait plus cette pression permanente que subissent tous les agents du FBI. Aussi difficile soit-elle à supporter, c'était une alliée de poids pour trouver des preuves et des indices là où un simple flic n'aurait rien remarqué.

– Sans preuve tangible, Logan n'a aucune raison de le mettre en garde à vue. De toute façon, il doit être assez malin pour ne rien conserver chez lui.

– Surtout, tu peux être sûre que Hilton lui fournira un avocat de la trempe de ce Corval pour le faire libérer, confirma Callwin.

Hurley regrettait d'autant plus son manque de discernement que Logan devait être complètement abattu. Ce n'était pas un hasard s'il ne l'appelait pas. Mais elle se sentait de son côté encore moins disposée à lui téléphoner.

– Ne fais pas cette tête, on ne peut pas gagner à tous les coups, dit Callwin pour tenter de la rassurer.

Ces mots n'eurent aucun écho. Comme Hurley, Callwin aurait vraiment aimé donner une leçon à ce sale type.

– Tu ne le vois plus du tout, je suppose ?

La question prit la journaliste de court.

– Quoi ? Revoir ce minable ? Tu plaisantes !

– Excuse-moi. Je suis désolée.

Callwin n'en revenait pas. Comment avait-elle pu penser une seconde qu'elle avait gardé le moindre contact ?

– Tu peux, ma grande. Je ne suis plus la même. Plus jamais je ne m'abaisserai devant des types pareils. J'ai mieux à faire dans ma vie.

– Je n'en doute pas. Je me disais juste que s'il n'est pas aussi stupide que le pense Logan, il doit avoir fait des copies des documents du dossier avant de les rendre à son commanditaire.

Un éclair se fit dans l'esprit de Callwin, et un grand sourire vint illuminer son visage.

– Il est loin d'être aussi con qu'on le pense. Il sait se protéger. Sa seule erreur a été de croiser Logan sur son chemin, mais il n'est pas du genre à se faire avoir deux fois. S'il y avait des choses compromettantes dans ce dossier, tu as sûrement raison… Je crois que je vais finalement l'appeler, cet enfoiré. Mais cette fois, les règles vont changer.

Hurley doutait que Callwin arrive à un résultat, mais c'était toujours mieux que de ne rien entreprendre et de se morfondre sur son erreur de jugement.

– Tu peux me ramener chez Mike, je préfère lui parler à la maison que devant ses collègues.

– *No problemo*, on y va.

Alors qu'elles passaient devant le commissariat, Callwin vit des confrères agglutinés devant l'entrée. Elle s'en moquait éperdument ; elle avait bien mieux à faire.

Il était 18 h 30 quand Logan sortit sur le perron du commissariat, une estrade improvisée. Cela lui rappelait les événements du printemps dernier. La meute des journalistes attirés par l'odeur du sang. Jamais il ne s'y ferait. Étonnamment, il ne vit pas Callwin. Elle avait peut-être suivi son conseil et était retournée à Seattle. Bon vent !

Le silence se fit et sous une pluie qui tombait sans relâche, il prit la parole :

– Chères concitoyennes, chers concitoyens, j'ai le regret de vous apprendre que Robert Gordon n'a pas été victime d'un accident domestique, mais d'un meurtre. Sachez que nous mettrons en œuvre tous les moyens dont nous disposons pour arrêter et punir le coupable. Robert Gordon était un homme exemplaire, un modèle pour tous, connu pour sa générosité auprès des populations les plus démunies. Nous n'avons malheureusement aucune piste pour l'instant. Je tiens à m'excuser auprès de Jeremy Hilton et de sa famille pour le préjudice que nous lui avons fait subir. Qu'il soit clairement établi que nous ne l'accusons de rien. Il est plus que probable qu'il s'agit d'un meurtre de maraudeur, d'autant qu'un deuxième crime a été commis la même nuit.

Logan s'arrêta un instant. Il avait l'impression que des lames d'acier s'enfonçaient dans sa langue. Jamais il n'aurait cru devoir prononcer un discours aussi inepte, mais Blanchett avait raison, ils devaient faire profil bas. Hilton ne perdait rien pour attendre.

Les journalistes réagirent comme il s'y attendait. Un tumulte de questions l'assaillit.

– Qui a été tué ?

– Pourquoi nous l'avoir caché ?

– Cela a-t-il un rapport avec Gordon ?

– Est-ce une femme ?

Logan demanda le silence et reprit la parole.

– Il s'agit d'un sans domicile fixe retrouvé non loin des anciennes scieries. Son corps a été jeté à la rivière après avoir été roué de coups. Rien n'indique que les deux affaires soient liées, mais rien n'interdit de le penser non plus. Pour l'heure, nous allons faire passer un portrait de lui, et nous prierons toute personne le reconnaissant ou l'ayant aperçu le jour de sa mort de se faire connaître. (Il prit un bol d'air et conclut :) Je vous remercie.

Les questions fusèrent de nouveau mais Logan se détourna pour rentrer dans le commissariat.

– Il paraît qu'un de vos agents a tenté de se suicider ? Pouvez-vous nous en dire plus ? Se pourrait-il qu'on ait essayé de le tuer lui aussi ?

Les chacals ! Tout était bon pour faire du papier. Malgré son envie de leur échapper, il s'obligea à y retourner pour mettre les choses au clair avant que toutes sortes d'affabulations ne prennent corps.

– Sam Pommery a effectivement tenté de se suicider. Il est à présent entre la vie et la mort. Je vous demande au nom de ses proches et de tous ceux qui l'aiment de prier le Seigneur pour qu'il survive. Je n'ai plus rien à ajouter.

Cette fois, les journalistes observèrent une pause. Logan put rentrer et enfin souffler un grand coup. Il était épuisé. Recourir à un Dieu auquel il ne croyait pas pour s'en sortir était d'une terrible ironie. Il retourna dans son bureau et demanda à ne pas être dérangé. Il avait besoin de rester seul et de décompresser.

N'ayant pas la force d'appeler Hurley, il s'installa devant son ordinateur et commença à ouvrir les dizaines de mails qui l'attendaient.

Callwin crut bien qu'il ne viendrait jamais. Elle regarda la pendule accrochée au-dessus du comptoir du Uncle Tom. 19 h 40. Déjà dix minutes de retard.

Assise au fond de la salle, une bière à portée de main, elle se sentait dans un drôle d'état. Cela lui rappelait tant de moments pénibles. Une autre vie. Autour d'elle, peu de clients. Une musique rythm'n blues s'échappait des haut-parleurs.

La porte du bar s'ouvrit et Spike apparut. Leurs regards se croisèrent et un sourire carnassier s'afficha sur les traits de l'ex-policier. Il commanda une bière au comptoir et alla à sa rencontre.

– Salut, trésor. Alors comme ça, ton bon vieux Spike te manque ?

Il s'assit en face d'elle et but une gorgée de bière qui laissa un léger trait de mousse sur sa lèvre supérieure. Tant de souvenirs revenaient à la mémoire de Callwin ! Elle sentit son cœur battre à tout rompre. Elle n'aurait jamais dû l'appeler. Spike appartenait au passé.

– Désolée de te décevoir, mais je suis là pour le travail. Je pense que tu es au courant des événements qui se déroulent en ce moment en ville.

Spike s'enfonça dans son fauteuil, et prit son temps pour répondre.

– Ça chauffe pas mal. Trois en deux jours. Une bonne moyenne !

– Pommery n'est pas mort, le corrigea-t-elle.

Spike ne manifesta aucune émotion particulière.

– Alors, tu accouches ? C'est quoi cette chose si importante que tu as à me dire ?

Rarement Callwin s'était sentie aussi fébrile. Durant ces années passées à River Falls, elle n'avait eu que du mépris pour cet homme. À le revoir ici, elle se détestait de s'être rabaissée tant de fois en couchant avec lui pour obtenir des informations.

– Comme d'habitude, je viens à la pêche aux nouvelles.

Spikc reprit une gorgée de bière et garda le silence.

– J'ai besoin de savoir si tu as fait des copies des documents du dossier que Pommery t'a donné, lâcha-t-elle.

Instantanément, le visage de Spike perdit toute couleur. Elle vit nettement que sa main était prise d'un tic nerveux.

– Je crains que nous n'ayons plus rien à nous dire, Leslie, dit-il en se levant.

– Clark, rassieds-toi. Je n'ai absolument pas l'intention de te dénoncer aux flics. Ni à quiconque.

Spike regarda autour de lui et se rassit.

– Écoute, Leslie, je ne sais pas à quoi tu joues, mais je te conseille de faire très attention.

– Je t'ai vu sur Wilson Avenue, vers midi. Tu étais avec Pommery. Je pensais que tu étais venu dire bonjour à un ancien collègue. Mais son suicide et la disparition du dossier me font voir les choses différemment.

– Ce dossier n'a jamais existé. Personne ne peut prouver le contraire, fit Spike, qui commençait à paniquer.

Callwin se pencha vers lui et posa une main affectueuse sur son épaule.

– On est du même bord, Clark. Tu me vois te livrer aux flics ? Tu crois vraiment que je pourrais t'envoyer en prison ?

Il ne lut aucune fourberie dans son regard. Cette conasse était vraiment bandante. Même s'il n'avait pas trop de mal avec les filles, Callwin avait toujours eu un effet particulier sur lui.

– Tu ne sais pas où tu mets les pieds, Leslie. Il vaut mieux que tu oublies tout ça. Mes amis ne sont pas des gens qu'on s'amuse à titiller, si tu vois ce que je veux dire.

Callwin n'avait pas de doute là-dessus, mais de là à tuer une journaliste ? Non, trop risqué.

– Je suis loin d'être stupide, tu peux au moins me concéder ça ?

Spike jeta d'autres coups d'œil furtifs autour de lui.

– Qu'est-ce que tu me veux ?

– Je te l'ai dit. Tu es trop malin pour ne pas avoir fait des copies du dossier. Une sorte d'assurance-vie.

Spike ne fit aucun commentaire.

– Je suis prête à te payer une forte somme pour les avoir.

Soudain, un élément revint à sa mémoire.

– Tu n'étais pas copine avec la femme du shérif ?

Il se mit à ricaner et se leva de table.

– Bien joué, Leslie, mais tu peux dire à ce connard de shérif qu'il ne m'aura pas aujourd'hui.

Callwin se leva à son tour et, tout en se détestant d'agir ainsi, se colla à lui.

– Tu crois que j'ai un micro sur moi, que je suis envoyée par le FBI ? ! Eh bien vas-y, fouille-moi ! Stupide paranoïaque !

Spike sentit son sexe se durcir. Elle était si proche de lui. Avec sa peau, son odeur… Une de ses mains glissa sur ses fesses, mais le regard outré d'un client l'obligea à la retirer.

– Allons discuter ailleurs.

Ils payèrent leur consommation et sortirent du bar. En ce début d'automne, l'air devenait subitement frais dès que le soleil se couchait. Callwin resserra le col de son manteau. Du regard, Spike fouilla les alentours mais ne nota aucune camionnette suspecte, ni sniper aux fenêtres. Callwin disait sûrement la vérité. Elle n'était pas assez fine pour monter un plan pareil.

– Clark, j'ai besoin de ces informations. Je dois faire mes preuves au *Seattle Tribune*. Avec un scoop pareil, je suis certaine qu'ils me garderont.

Pauvre petite ! se dit-il. Il la reconnaissait bien là. Elle n'était pas aussi forte qu'elle voulait le faire croire. Ça lui faisait plaisir de la sentir à sa botte.

– Combien tu es prête à payer ?

Callwin n'avait aucune idée de la somme que pourrait débourser son journal, mais elle se lança quand même.

– Dix mille dollars.

Spike la regarda droit dans les yeux.

– Trente mille, pas un dollar de moins. C'est de la bombe que je t'offre.

Une voiture passa au ralenti. Le sixième sens de Spike se mit en alerte, mais à la vue du conducteur, un vieux papi, il comprit sa méprise.

– Écoute, je ne sais pas s'ils seront prêts à payer. Il faut que je voie ça avec mon boss.

– Pas de problème, j'ai tout mon temps.

Spike regarda le ciel et se dit que son karma venait enfin de tourner. Cinquante mille dollars d'un côté, plus trente de l'autre. C'était la belle vie. Il était doublement gagnant. Ça avait vraiment du bon de ne pas toujours suivre les règles.

– Bon, on va chez moi ou tu pionces à l'hôtel ? fit-il en la prenant par la taille.

Callwin posa sa main sur la sienne et la retira lentement.

– C'est fini, ce temps-là, dit-elle d'un ton amical. C'est boulot-boulot maintenant.

Spike se figea. À quoi jouait-elle ? Elle le chauffait comme un dingue et elle osait se retirer si près du but ?

– Tu déconnes ? Tu n'es pas mariée tout de même ? Et même si c'était le cas, tu ne me feras jamais croire que tu es fidèle.

Et que je n'aie aucune envie de coucher avec toi ne te traverse pas l'esprit ! se retint-elle de lui hurler aux oreilles.

– Ne me dis pas que tu n'aimais pas nos parties de jambes en l'air. Allez, cesse de faire ta mijaurée.

Il tenta de nouveau de la prendre dans ses bras, mais Callwin parvint à le tenir à distance sans le brusquer.

– Clark, je t'en prie. Oublie ça. Je te propose un sacré paquet de fric, et évidemment l'anonymat de ma source. C'est déjà pas mal, non ?

Jamais il n'aurait cru ça d'elle. Depuis quand se refuse-t-elle à lui ? !

– Écoute, Leslie, ça va être très simple. Soit on baise, soit tu te casses.

Je suis dingue. Prêt à perdre trente mille dollars pour un simple coup de bite ! La pute la plus chère du monde.

– Je ne rigole pas, Leslie, décide-toi et vite.

Son sexe était raide comme une barre de fer. La garce se jouait de lui.

– OK, mais une fois la transaction faite, accepta Callwin.

Elle n'aurait jamais cru dire ça. Pourtant les mots étaient sortis tout seuls. Elle avait vraiment besoin de ces informations.

Spike sentit qu'il n'obtiendrait pas plus. C'était mieux que rien. Il crevait d'envie de la baiser sur place.

– OK, mais tu as intérêt à tenir ta promesse. Je peux être très méchant si je veux.

Un frisson de peur glaça Callwin. Elle haïssait ce type, un psychopathe qui s'ignorait.

– Il n'y aura pas de problème. Je tiens toujours mes promesses.

Spike lui passa une main sur les fesses. Callwin se laissa faire.

– Tu es vraiment une belle salope, lui souffla-t-il à l'oreille.

Callwin refréna l'envie de lui envoyer son genou dans les parties.

– Si tu tiens ta parole, je tiendrai la mienne.

Spike lui attrapa fermement les fesses et la serra contre lui.

– J'imagine notre torride nuit d'amour.

Il l'embrassa sur les lèvres et tenta d'y passer la langue. Callwin le repoussa tout d'abord mais devant son insistance, elle se laissa faire. Une fois rassasié de ce baiser, il s'écarta d'elle, fier de lui.

– Ne me dis pas que tu n'as pas aimé ?

Callwin baissa les yeux de honte et de colère. Spike prit ça pour un consentement. Il se mit à rire et sortit une cigarette.

– Je savais que tu en pinçais encore pour moi. Allez, appelle-moi très vite, bébé.

Spike alluma sa cigarette et, le cœur léger, remonta la rue. Glacée d'effroi, Callwin le regarda s'en aller, les larmes aux yeux.

Logan gara sa Cherokee dans l'allée de sa maison.

La nuit était tombée sur River Falls. Les lampadaires avaient pris le relais du soleil. Tout était calme.

Il sortit de sa voiture et resta un moment à regarder la longue avenue de pavillons. La vie serait tellement plus simple s'il avait choisi un autre travail. Les gens normaux oublient les incidents de la journée dès qu'ils mettent un pied chez eux. Mais cette tranquillité était impossible pour lui. Trop de pression, trop de stress, trop d'implication. Il connaissait la rengaine.

La porte d'entrée s'ouvrit. Hurley se tenait dans l'encadrement.

– Entre, j'ai fait livrer des pizzas. Elles vont être froides.

Logan sourit et remonta l'allée. Heureusement que Hurley était à ses côtés. Elle avait le don de lui faire oublier tous ses problèmes. Il la rejoignit, la serra tendrement dans ses bras et lui déposa un baiser sur les lèvres.

– Une seule chose, mon amour. On ne parle pas boulot. J'en ai ma claque pour aujourd'hui.

Il était épuisé. Il avait envie de s'endormir dans un bain bien chaud.

– Ça tombe bien, je n'en avais aucune envie. Soirée télé, ça te dit ?

– C'est parfait !

Il referma la porte derrière lui et vit la main bandée de Hurley.

– Blanchett m'a raconté. Tu es incorrigible.

La stupeur passée, il n'avait plus envie de lui chercher querelle. Après tout, c'était un simple accident. Rien de bien méchant.

– On avait dit pas le boulot.

– Mais ça n'a rien à voir. Je…

Hurley déposa un doigt sur sa bouche.

– Chuuttt.

Logan se tut et la suivit dans la cuisine.

Ils mangèrent leurs pizzas accompagnées d'une bouteille de vin californien en silence, puis se jetèrent sur leur nouveau canapé et regardèrent une énième rediffusion de *Blade Runner*. Le film et la présence de Hurley à ses côtés firent un bien fou à Logan. Rarement il s'était senti aussi vidé. La journée avait été terrible. Il était passé par toutes les émotions possibles. Euphorie et bonne humeur durant la matinée, inquiétude, panique, colère plus tard, et enfin déception, humiliation et résignation. Beaucoup trop pour une seule journée.

Quand le générique final apparut sur l'écran, il éteignit la télévision et passa sa main sous le pull de Hurley. En silence et à la seule lumière d'une lampe posée sur le bahut, ils se déshabillèrent mutuellement et firent l'amour sur le nouveau tapis en haute laine beige.

– Je t'aime, lui souffla-t-il à l'oreille après un dernier soubresaut orgasmique.

– Je t'aime, Mike, dit Hurley en le serrant de toutes ses forces contre elle.

14

Le Floppy's Bar était situé dans le quartier chaud de River Falls. Kyle adora aussitôt le lieu. Il était seulement étonné qu'une fille de bonne famille comme Cheryl lui donne rendez-vous dans un tel repaire.

« All of you », un vieux standard de Don Felder, s'échappait des enceintes. Le comptoir était tenu par une espèce de hippie sorti tout droit d'*Easy Rider* et une forte odeur de marijuana imprégnait l'atmosphère.

Des *rednecks* buvaient leur bière en jouant au billard. D'autres s'esclaffaient autour d'une table recouverte de cadavres de bières. Les filles portaient des vêtements provocants, short en jean ou minijupe en cuir.

Cheryl se tenait dans une des alvéoles de la salle principale. Elle était assise en compagnie d'une autre fille et d'un type qui devait avoir dans la trentaine et portait une barbe à la ZZ Top.

Dès qu'elle aperçut Kyle, elle lui fit signe de les rejoindre.

– Heureuse de te voir.

Ses yeux pétillaient d'une étrange lueur. Elle ne l'avait pas attendu pour abuser de substances illicites.

– Je te présente Gibley, mon cousin, et sa copine Masha.

Kyle leur serra la main et s'assit à leurs côtés.

– Sympa comme bar. Un repaire de Sudistes perdu dans le Nord américain !

– Tu l'as dit, fit Gibley en lui tendant son joint.

C'était de la bonne. Il souffla lentement un nuage de fumée.

– Je ne sais pas où tu l'as dénichée, mais elle est d'enfer.

Gibley et Masha se jetèrent un regard de connivence. De l'herbe tout droit sortie de leur plantation personnelle.

– Tu peux le dire. La meilleure.

Kyle tira une deuxième taf et repassa le joint à Cheryl.

– Je n'aurais jamais cru que tu aimais ce genre d'endroit.

– C'est pour lui faire plaisir, répondit-elle en désignant son cousin. Il vient tellement rarement par ici que c'est un minimum pour ne pas trop le dépayser.

– Je ne comprendrai jamais qu'on puisse vouloir passer sa vie dans le coin. Il faut venir au Texas. L'âme de l'Amérique est là-bas, affirma Gibley.

Kyle n'était pas d'accord, mais il s'en fichait royalement.

Un morceau de Patti Smith prit le relais de Felder. Une serveuse au décolleté plongeant venue prendre leur nouvelle commande repartit en tortillant des fesses – voilà d'où Cheryl tenait son art, se dit Kyle.

La conversation aborda des sujets aussi divers que la musique, le sens de la vie, les meilleures bières américaines, et les endroits où trouver les plus belles filles et les plus beaux mecs du monde ! Il était près de minuit quand Cheryl lança le signal du départ. Kyle regarda sa montre. Déjà deux heures qu'il était là à picoler et à fumer.

Incroyable que les flics laissent un tel endroit ouvert. Le patron doit avoir de sacrées entrées à la mairie, se dit-il en se levant.

Cheryl titubait. Kyle l'aida à se tenir droite et Gibley prit Masha par la taille. Ils se retrouvèrent tous les quatre dehors. Malgré leurs manteaux, le froid de la nuit les tétanisa.

– Putain, je ne m'y ferai jamais. Et il y a des cons qui parlent de réchauffement de la planète ! Mon cul ! grogna Gibley.

Sa voix résonna dans la rue. Le videur leur fit signe de parler moins fort.

– OK, OK, concéda Gibley en signe d'apaisement.

Puis, se tournant vers Kyle :

– Bon, je te confie ma cousine préférée. Si jamais j'apprends que tu n'as pas été correct avec elle, je te tue.

Sur ce, il grimpa sur sa Harley, son amie fit de même et, sans casque, ils s'enfoncèrent dans la nuit.

– Je l'adore, dit Cheryl accrochée au bras de Kyle.

– Très sympa, pour un Texan.

Cheryl partit d'un rire aigu. Elle avait bien trop forcé sur l'alcool. Kyle espérait que le froid la revigorerait.

– Où tu habites ?

– Chez mes parents, sur Golden Hill, mais s'ils me surprennent comme ça, je suis morte. On est bons pour l'hôtel.

Ah, la jeunesse dorée ! pensa Kyle amusé.

À cause du froid et de l'état de Cheryl, ils ne firent pas les difficiles. Ils entrèrent dans le premier hôtel venu. Dans le quartier, la plupart étaient des hôtels de passe. Le réceptionniste ne s'inquiéta ni de leur état ni de leur âge. Il prit l'argent et leur donna une clé.

Cheryl ne parlait plus et titubait vraiment. Kyle la porta dans ses bras jusqu'au troisième étage. Il parvint à ouvrir la porte de la chambre en se contorsionnant pour ne pas lâcher Cheryl. Une odeur de moisi le prit à la gorge. Il alluma seulement la salle de bains et revint auprès de Cheryl.

– Tu dors ?

– Non, murmura-t-elle doucement.

– Aie confiance, d'accord ?

Un autre murmure aussi doux lui répondit.

Il lui enleva délicatement ses vêtements, lui laissant seulement son soutien-gorge et son string avant de la glisser dans le lit.

Il se déshabilla lui aussi et alla éteindre la lumière. Enfin, il s'enfouit avec volupté dans des draps à l'odeur douteuse. Il avait passé une excellente soirée. Il n'aurait pas cru que Cheryl était une fille aussi sympa et cool. Au départ il pensait simplement tirer un coup avec un canon. Mais pour une petite-bourgeoise provocante, elle était plutôt ouverte d'esprit, et pas aussi bête qu'elle en avait l'air.

Cheryl se tourna vers lui, posa une main sur son torse et se colla à lui.

– Tu es un mec bien, Kyle. Je l'ai su dès que je t'ai vu, murmura-t-elle d'une voix presque inaudible.

Kyle sourit et se retourna vers elle. Il la prit dans ses bras et l'embrassa goulûment. Cheryl mit sa main dans son slip et attrapa son sexe entre ses doigts, mais elle n'avait guère la force de l'exciter. Mais Kyle n'avait pas vraiment besoin de ça. Il tenait l'alcool bien mieux qu'elle. Il déplaça doucement sa main, lui enleva sa petite culotte et se posta sur elle, prêt à la pénétrer, quand un doute l'arrêta en pleine manœuvre.

– Cheryl ?

Aucune réponse.

– Cheryl ?

Toujours pas de réponse. Cette idiote s'était endormie. Kyle partit d'un petit rire. C'était la première fois de sa vie que pareille mésaventure lui arrivait. Il s'efforça de calmer son désir, et pria pour que Cheryl soit plus en forme au réveil.

Il était minuit quand Stuart rentra au dortoir.

Il n'avait pas eu une seconde à lui. À son retour à l'université, il avait suivi les cours de l'après-midi, ensuite il avait rejoint la résidence Delta pour une deuxième soirée consécutive. Il n'avait bu que très peu d'alcool, ce qui lui avait permis d'apprécier d'autant mieux l'ambiance. La musique était bonne, les étudiants sympas. Tout le monde lui parlait normalement. Pas de discrimination physique. La fraternité Delta était vraiment le rêve.

Néanmoins, dès qu'il put s'éclipser sans paraître suspect, il rejoignit sa chambre et se brancha à Internet. Allongé sur son lit, son PC portable devant lui, il entra dans la barre de recherche de Google « Fondation Margareth-Smith ».

C'était un centre de soins pour patientes atteintes d'anorexie.

Si Judith était mince et élancée, elle ne lui avait pas paru anorexique. Peut-être était-elle une ancienne malade ? Stuart se rongea l'ongle du pouce. Il sentait que ce n'était pas ça. Les anciens malades fuient les hôpitaux et ce genre de centres comme la peste. Trop de mauvais souvenirs. Il se décida à faire ce qu'il savait le mieux : pirater l'ordinateur de la fondation.

Cela ne lui prit pas plus de cinq minutes. Trop facile. Les pare-feu étaient pourtant installés, mais pas très compliqués à trouer. Personne ne devait s'imaginer qu'un crack en informatique s'intéresserait à une telle fondation. Il fouilla la mémoire de la base de données et tomba sur le fichier des malades. La fondation en comptait actuellement une quarantaine.

Il supposa que Judith devait avoir une amie dans la liste. Il fit défiler rapidement les fiches. Uniquement des filles entre quinze et trente ans. Mais laquelle était l'amie de Judith ? Il les reprit une à une, plus lentement. Soudain, il eut une idée. Quel était le nom de famille de Judith ?

Il s'assit sur le lit et chercha dans sa mémoire. Joey lui avait dit la veille : « Judith, la plus belle des sœurs… » Ah ! Ce n'est pas vrai ! s'impatienta-t-il en serrant les poings de frustration.

Mais s'il voyait le nom, il s'en souviendrait certainement. Il reprit la liste et l'éplucha avec attention : Rebecca Campbell, Alanis Cook, Suzie Edwards, Madison Morgan, Myranda Grey, Shannon Tipper ! Bingo ! « Judith, la plus belle des sœurs Tipper. »

Ainsi, Judith avait deux sœurs. Une plus âgée, et une de seize ans qui était enfermée dans un centre de soins. Il éteignit son ordinateur et se mit à la fenêtre de sa chambre. Il comprenait mieux pourquoi Judith avait été émue quand les footballeurs l'avaient agressé la veille. Elle n'avait pas supporté qu'on se moque de lui à cause de son poids.

Ce ne devait pas être facile d'avoir une petite sœur anorexique.

Au moins, il n'aurait pas à se faire d'illusions. Elle n'avait pas flashé sur son corps de petit gros ! Malgré tout, il ne put s'empêcher de ressentir de la tristesse. Si seulement il avait été beau ! Il détestait toutes ces jolies filles qui passaient leur temps à dire que le physique n'était pas essentiel. La beauté intérieure. *Mon œil !* soupira-t-il.

Le cœur gros, il regarda l'heure et réalisa qu'il valait mieux qu'il se couche s'il ne voulait pas être en retard aux cours du lendemain. Il reposa son ordinateur sur le bureau et se mit en pyjama avant de se fourrer au lit.

Ce fut plus fort que lui : il se mit en tête d'élaborer un plan pour la revoir. À défaut de sortir avec elle, il pourrait devenir son ami. C'était toujours mieux que rien.

Stuart, l'éternel confident.

15

Heather finit de colorier le ciel avec un crayon bleu. Elle prit du recul pour regarder son œuvre. Ce n'était pas ça. Il manquait quelque chose. Elle se remit à son dessin avec un crayon vert.

Âgée de six ans, Heather était une petite fille spécialement dégourdie. Elle avait l'habitude de rester seule de longs moments. Maman travaillait beaucoup et n'était pas souvent à la maison. Même si Tommy, le petit copain de maman, ou encore Mme Klein, la voisine du dessus, la gardaient certains soirs, elle était habituée à passer les soirées toute seule.

Mais ce soir, maman était rentrée tôt. Elle avait l'air particulièrement fatiguée et était allée se reposer dans sa chambre.

– Je fais un petit dodo et je reviens, mon amour. Dessine pendant ce temps, lui avait-elle chuchoté en lui ébouriffant les cheveux.

En petite fille modèle, Heather s'était enfermée dans sa chambre avec l'ambition de faire le plus beau des tableaux pour sa maman. Une demi-heure plus tard, elle avait presque terminé. Une maison, une petite fille, une maman, un chat et un magnifique soleil dans le ciel.

Elle entreprit de refaire la queue du chat, et cette fois elle sut que c'était fini. Elle se leva, son dessin à la main, sortit de sa chambre en courant et alla frapper à la porte de sa mère.

– Maman, maman, j'ai fini ! Je peux entrer ?

Aucune réponse.

– Maman, j'ai fini ! répéta-t-elle au bout d'une minute.

Toujours pas de réponse.

Heather n'entrait jamais dans la chambre sans autorisation. Une fois, elle avait oublié cette règle et avait aperçu maman et Tommy tout nus en train de hurler. Elle s'était fait gronder comme jamais. Elle n'était pas près de recommencer. Mais peut-être s'était-elle endormie ? En plus, elle n'entendait pas hurler. Elle prit son courage à deux mains et ouvrit lentement la porte.

– Maman ?

Heather la découvrit allongée sur le lit. Elle n'avait pas quitté ses vêtements, mais elle avait un élastique serré autour du bras droit. Jamais Heather n'avait vu les bras de sa mère totalement dénudés. Des bleus partout. Une seringue traînait par terre à côté du lit.

– Maman ?

Heather sentit que quelque chose n'allait pas. Pourquoi ne se réveillait-elle pas ?

– Maman ? pleurnicha-t-elle, prise de panique.

Elle attrapa le bras de sa mère et la secoua lentement, puis de toutes ses forces.

– Maman ? Maman ? Pourquoi tu ne bouges pas ?

Un jour plus tard, la police forçait la porte.

– Mon Dieu, pauvre gamine, soupira l'inspecteur principal en découvrant la fillette au pied du lit en train de dessiner.

– Maman dort, vous allez la réveiller, chut ! fit Heather en mettant un doigt sur sa bouche.

Lundi 15 octobre 2007

16

La pluie tombait sans interruption depuis une dizaine de jours. Ce n'étaient pas de fortes précipitations, mais une fine pluie lancinante qui incitait à rentrer chez soi et à abandonner toute recherche.

Les pieds dans l'humus de la forêt, Hurley n'avait pourtant pas l'intention de se laisser abattre par les intempéries. Même si Logan lui avait suggéré de chercher une autre piste, Hurley était certaine que la solution se trouvait ici, près du pont où le corps de John Doe avait été retrouvé.

Cela faisait deux semaines qu'ils avaient commencé à interroger tous les clochards, marginaux et SDF des anciennes scieries. Rien n'en était sorti. Ils n'avaient rien vu, rien entendu. Et pire encore, personne n'avait reconnu la photo de John Doe. Sa publication dans la presse n'avait pas donné de meilleurs résultats.

De son côté, le FBI n'avait rien trouvé sur le corps de cet homme permettant de suivre la piste d'un coupable éventuel. Ses fichiers étaient restés aussi muets que les SDF de River Falls. Le cadavre n'avait toujours pas d'identité.

En ce treizième jour d'enquête, Hurley n'avait pas plus d'indices que le lendemain du crime.

– Vous êtes certaine que ça sert à quelquc chose ? demanda le sergent Portnoy.

Logan avait décidé d'arrêter les frais et avait retiré la lieutenant Blanchett de cette affaire, qu'il aurait enterrée si Hurley n'avait pas insisté pour la laisser ouverte. Il avait dès lors réservé les services du sergent Portnoy.

– Vous n'êtes pas obligé de rester. Je peux très bien me débrouiller toute seule, répondit-elle sèchement.

Hurley n'avait pas voulu être désagréable, mais elle se sentait tellement frustrée !

– Je ne pensais pas à mal, s'excusa Portnoy.

Le jeune sergent regarda ses bottes, et se remit à la recherche du moindre signe suspect.

C'était la quatrième fois que Hurley revenait près de cet ancien pont. Mais c'était la première qu'elle devait se contenter d'un effectif aussi réduit : le sergent et elle-même. Elle n'arrivait pas à oublier l'homme qui les avait observés lors de sa première venue dans ce coin. Elle devait à tout prix le retrouver et lui parler. Même si elle savait qu'il y avait une forte probabilité pour qu'il ne fût qu'un simple SDF curieux de leur présence, elle devait en avoir le cœur net.

– Je peux vous poser une question ? reprit Portnoy.

Hurley leva les yeux et lui sourit.

– Bien sûr.

De leur position, ils pouvaient voir le pont et la rivière à travers les fourrés.

– Pourquoi les meurtriers reviennent-ils toujours sur le lieu de leur crime ?

Il connaissait évidemment la réponse, mais il en avait assez du silence. Ils perdaient leur temps ici !

– Il n'y a pas de réponse évidente. Primo, tous les meurtriers ne reviennent pas sur les lieux de leur crime. Loin de là, commença Hurley d'un ton professoral.

Elle alla s'asseoir sur une souche d'arbre. Elle espérait seulement que son pantalon K-way était bien aussi imperméable que l'affirmait la notice.

– Mais pour les autres, il y a deux raisons principales. La première est évidemment pour s'assurer de n'avoir laissé aucun indice. Je parle là dans le cadre d'un meurtre « normal », fit-elle en mimant des guillemets avec ses doigts.

Portnoy fronça les sourcils. Sous l'ombre de son chapeau, il avait l'air bien plus vieux que ses vingt-cinq ans, nota Hurley.

– Par meurtre normal, j'entends une personne qui ne tue qu'une fois. Par vengeance, jalousie, argent, etc. Pas un serial killer, si vous voulez.

Portnoy hocha la tête. Elle lui parlait comme à un élève, mais cela ne le dérangeait pas.

– Un amateur, en somme.

– Oui, on peut dire les choses comme ça, admit-elle avant de reprendre : Ces meurtriers sont peu habitués à ce genre de stress, même si leur crime a été prémédité, ils perdent souvent leur sang-froid au moment du passage à l'acte et commettent de nombreuses erreurs. C'est comme cela que nous les retrouvons, la plupart du temps.

Portnoy se racla la gorge.

– Je sais cela, évidemment. Je voulais simplement dire que je ne comprendrai jamais ceux qui ne viennent que pour retrouver les sensations que leur crime leur a procurées.

Hurley eut un rire désolé.

– Pardon, mais c'est mon côté pédagogue. Je ne doute pas de vos compétences, mais au FBI, nous sommes tellement imbus de nous-mêmes, vous savez…

Portnoy sourit à son tour. Avant ce jour, il n'avait fait que la croiser. Il ne la connaissait que par ouï-dire. Il pensait que si le shérif Logan en était amoureux, c'est qu'elle devait être une fille bien. Il était heureux de ne pas s'être trompé.

– Oui, je sais que passée la frontière est de Seattle, tous les habitants sont des ploucs. Mais bon, c'est seulement une légende qu'on entretient. Si les gens savaient combien la vie est agréable ici, on serait envahis, et adieu notre petit confort !

– Pas faux ! Et pour répondre à votre interrogation, l'autre raison du retour des meurtriers est avant tout une espèce de rituel. Un besoin irrépressible de revivre à l'identique leur crime. La vie humaine est ce qu'il y a de plus précieux au monde. Transgresser un tel interdit peut procurer un sentiment de toute-puissance quasi mystique. Revenir sur les lieux, c'est revivre ce moment où ils sont devenus l'égal des dieux.

Hurley se releva, s'essuya le visage et conclut :

– Les souvenirs s'émoussent au fil du temps. Il est important pour ce genre de psychopathes de les garder intacts le plus longtemps possible, en se raccrochant à des objets bien réels. C'est pour cela que très souvent ils gardent des trophées de leur acte. Des vêtements, des objets personnels, ou même le corps ou des parties du corps qu'ils ont martyrisé, dit-elle en repensant à certaines affaires impliquant des serial killers.

Portnoy la regarda avec respect.

– Vous avez une façon de parler qui est très agréable. Vous devriez être professeur !

Hurley ne sentit aucune trace d'ironie dans le ton du sergent. Elle savait qu'elle pouvait paraître pédante quand elle exposait ainsi ses connaissances. Mais jamais elle ne le faisait par complexe de supériorité.

Elle essayait simplement d'être le plus clair et le plus précis possible.

– Je m'ennuierais loin du terrain. J'ai besoin de ce contact avec l'extérieur. Franchement, même si nous ne trouvons rien, n'est-ce pas une vision fantastique ? demanda-t-elle en se relevant.

Les nuages qui obscurcissaient le ciel, les immenses sapins aux aiguilles scintillantes sous les gouttes de pluie, formant un écrin naturel à la rivière dont le débit se faisait plus tumultueux en cet endroit, créaient un fascinant spectacle qui forçait le respect. On se sentait soi-même insignifiant. Le jour où l'homme aura disparu, la nature reprendra ses droits.

Portnoy ne partageait pas cette vision poético-philosophique. Il aurait bien aimé rentrer. Voilà deux heures qu'ils marchaient le long de la berge et dans la forêt avoisinante. Deux heures sans rien trouver.

Il entendit un craquement et se retourna. Son regard s'ancra aussitôt dans celui d'un inconnu qui les épiait, à moins d'une vingtaine de mètres de leur position.

– Hé, toi ! Qu'est-ce que tu regardes ? cria-t-il.

L'inconnu l'observa encore une seconde, puis fit volte-face et prit ses jambes à son cou. Hurley eut juste le temps d'apercevoir son visage. Elle était quasi certaine de l'avoir reconnu. C'était le même homme qui l'avait surprise lors de sa première venue.

Portnoy n'avait pas attendu son ordre pour courir à sa poursuite. La terre était boueuse sous ses pieds, mais le sergent avait pour lui un excellent entraînement physique. Malgré les innombrables embûches qui gênaient sa progression, il gardait le fuyard en ligne de mire. L'homme courait comme un dératé, donnant l'impression de voler dans la forêt, tel un lutin. Portnoy avait gravé dans sa mémoire les traits de l'homme. Un visage de fou ! Vêtu de haillons, il portait une épaisse barbe noire et des cheveux longs qui lui tombaient bien en dessous des épaules.

– Arrête-toi ! hurla-t-il.

Mais l'homme ne parut pas l'entendre. Portnoy faillit déraper sur le sol humide. Il se reprit in extremis. L'inconnu venait de regagner les mètres qu'il avait perdus.

Merde ! jura Portnoy en lui-même.

Il était hors de question qu'il lui échappe. Ils avaient eu beaucoup de chance que le tueur soit revenu encore une fois sur les lieux. Cela ne se reproduirait certainement pas.

Courant toujours à un bon rythme dans cette végétation hostile, il se décida à sortir son arme et ôta la sécurité.

– Arrête-toi, ou je tire ! hurla-t-il.

Le fuyard ne perdit pas de temps à se retourner, se faufilant avec toujours autant d'adresse à travers les divers obstacles végétaux. Portnoy leva son pistolet vers le ciel et tira une balle. Le bruit de la détonation se répercuta dans la forêt. Le fuyard dérapa et se retint à un tronc avant de repartir.

Bon sang, comment un SDF pouvait-il avoir autant de souffle ? Portnoy sentait ses propres poumons commencer à brûler.

Il tira un deuxième coup de semonce, mais cette fois, le fuyard ne se laissa pas distraire, et retrouva même un peu de vigueur. Portnoy décida de se concentrer sur sa course et rangea son arme. Il était hors de question qu'il lui tire une balle dans le dos.

Jamais il n'oublierait ce qu'avait fait Spike au printemps dernier.

À ce souvenir, une rage vivifiante s'insinua en lui. Son souffle ressemblait à un grognement. Foulée après foulée, il commençait à regagner du terrain. Les mètres fondirent les uns après les autres, jusqu'à ce qu'il soit à moins de trois mètres du fuyard.

Celui-ci l'avait entendu et jetait ses dernières forces dans sa course désespérée. Il était beaucoup moins habile qu'au début et prenait régulièrement des branches en travers du visage. Portnoy gagna encore deux mètres et, sans prévenir, fit un bond en avant, lançant ses pieds de toutes ses forces dans le dos de l'homme, qui perdit l'équilibre et s'effondra en avant.

Portnoy lui tomba dessus.

Une seconde plus tard, il lui pointait son arme sur le front.

– Tente quoi que ce soit et je te tire une balle en pleine tête ! rugit-il.

Le fuyard le regarda, glacé d'effroi. Il haletait, peinant pour retrouver son souffle. Portnoy craignit qu'il ne fasse un arrêt cardiaque. Il pouvait voir les jugulaires battre à tout rompre sous la peau du cou. La bave lui coulait de la bouche. Il entendit Hurley arriver enfin, essoufflée à en perdre connaissance.

Elle s'arrêta près des deux hommes. Portnoy n'avait pas changé de position, le canon de son pistolet était toujours posé sur le front du fuyard.

– Prenez mes menottes, dit Portnoy.

Hurley les trouva accrochées à son ceinturon.

– Je vais me lever, je te conseille de ne pas faire de bêtise, compris ?

L'homme n'avait pas dit un mot et cherchait toujours son souffle. Néanmoins, il battit des paupières en signe d'acquiescement. Portnoy se dégagea.

Très attentive, Hurley parvint à passer les menottes aux poignets du fugitif.

– C'est bien. On veut seulement vous parler, d'accord ?

L'homme hocha la tête.

– Comment vous appelez-vous ? reprit Hurley d'une voix douce.

L'homme ne dit pas un mot. Un regard chargé de souffrance croisa celui de Hurley. L'agent du FBI sentit son cœur se serrer. Rarement elle avait pu lire autant de terreur dans les yeux d'un être humain.

– Nous ne vous voulons pas de mal, continua Hurley.

L'homme ne devait pas avoir plus de vingt ans. Sa barbe était plus longue que fournie. À croire qu'il ne s'était jamais rasé de sa vie. Malgré sa carrure d'athlète, il n'effrayait pas Hurley. Il avait l'air d'un petit enfant ayant eu une terrible frayeur.

– Vous devez avoir confiance. Nous sommes de la police. Vous n'avez rien à craindre de nous.

Portnoy fronça les sourcils. Qu'est-ce qu'elle racontait ? Ils tenaient leur tueur. Ils allaient le mettre en prison jusqu'à la fin de ses jours, ou pire encore.

Les paroles, ou le ton de la voix, semblèrent rassurer l'homme. Il hocha une nouvelle fois la tête et, son souffle maîtrisé, referma la bouche. Son visage se détendit un peu.

– Je vais m'occuper de vous, faites-moi confiance, continua Hurley en lui prenant le bras.

– Attendez, la stoppa Portnoy.

Tenant toujours son arme, il se rapprocha du clochard et palpa, du plat de la main, le bas du dos et les hanches, puis descendit jusqu'aux jambes. Là il trouva ce qu'il redoutait.

Hurley vit la panique renaître dans les yeux de l'homme.

– Regardez-moi, ayez confiance, répéta-t-elle en le fixant droit dans les yeux.

Portnoy retira le couteau de chasse de son étui attaché au mollet.

– Il faudrait qu'ils arrêtent de se prendre pour Rambo ! Ni lui ni moi n'étions nés que le Vietnam était déjà fini, ironisa-t-il en confisquant l'arme blanche.

– On ne va pas vous le voler. On vous le rendra dès que possible, d'accord ? dit Hurley, qui n'avait pas lâché l'homme du regard.

Le fugitif secoua une nouvelle fois la tête. Peut-être était-il sourd-muet et lisait-il seulement sur les lèvres ? Mais dans ce cas, la détonation de l'arme n'aurait pas dû lui faire peur. Hurley oublia cette hypothèse et préféra celle du simple d'esprit.

– Venez avec nous. Nous allons nous occuper de vous.

Sous une pluie persistante, ils retournèrent vers leur véhicule garé près du pont.

L'homme ne manifesta aucune résistance et monta à l'arrière sans regimber. Hurley s'assit à ses côtés tandis que Portnoy prenait le volant.

17

Stuart y avait pensé tout le week-end. Il devait à tout prix reprendre contact avec Judith, ou c'était définitivement cuit entre elle et lui. Ils entamaient leur troisième semaine de cours et ne s'étaient pas revus. Du moins, *elle* ne l'avait pas revu. Stuart, lui, s'était débrouillé pour l'espionner. Au réfectoire, à la bibliothèque, ou encore dans la rue quand elle allait voir sa sœur. Il avait échafaudé toutes sortes de plans plus ridicules les uns que les autres pour l'aborder de nouveau, mais il se sentait incapable de les mettre en pratique.

Pourtant, plus il la regardait, plus il était amoureux.

C'était complètement stupide. La belle et la bête. Il n'avait pas la moindre chance. Mais il s'en moquait. Il deviendrait son confident et qui sait, avec le temps…

– Et n'oubliez pas de faire vos exercices ! tonna M. Headley, le professeur de mathématiques.

La cloche venait de sonner. Tous les étudiants rangeaient leurs affaires dans leur sac. Un brouhaha libérateur envahit l'amphithéâtre.

– Qu'est-ce qu'il est chiant, ce Headley ! se plaignit Alastair.

Le jeune étudiant était devenu son ami. Lui aussi était un bizut de Delta. Doté d'un physique dans la norme, il ne savait pas se mettre en valeur. Il était aussi coincé avec les filles que l'était Stuart.

– Le jour où tu verras un professeur de mathématiques pédagogue, tu m'appelleras ! ironisa Stuart qui finissait de ranger son sac.

Ils sortirent de l'amphithéâtre en continuant à discuter, mais Stuart était ailleurs. Il devait profiter de la pause de midi pour retrouver Judith et mettre en action le plan F.

– Je ne vais pas manger aujourd'hui, dit Stuart. J'ai mal au bide. Je ne sais pas ce que j'ai.

– C'est sûr que vu la bouffe…, rétorqua Alastair.

Longeant les couloirs du bâtiment B, ils tombèrent sur d'autres étudiants de Delta. Alastair se joignit à eux et Stuart en profita pour s'éclipser.

Le temps était affreux. Il n'arrêtait pas de pleuvoir. Il avait espéré que le déluge s'achèverait, lui permettant d'aborder Judith dans le parc, mais il avait dû se faire une raison : River Falls était pire que Seattle. De la pluie, toujours de la pluie !

Il se dirigea vers l'amphithéâtre Tennessee Williams. Trop tard : tous les étudiants du cours d'histoire de la littérature étaient déjà partis. D'un pas vif, il descendit l'escalier qui menait au rez-de-chaussée de l'immense bâtiment, espérant retrouver Judith. La main dans sa poche, il s'assura qu'il avait toujours la lettre qu'il lui avait écrite. C'était le mieux à faire. Il ne pourrait jamais lui parler face à face. Il avait trop peur de perdre tous ses moyens et de passer pour un psychopathe !

De nombreux étudiants discutaient dans les couloirs. Stuart pesta contre ce contretemps. Soudain, il reconnut la silhouette de Judith non loin de la sortie. Il s'arrêta et se baissa, faisant mine de renouer ses lacets.

Les étudiants allaient et venaient dans le grand hall de l'entrée, ne pensant qu'à aller manger.

Tu peux le faire, tu dois le faire ! se motiva Stuart qui sentit des bouffées de chaleur lui rougir les joues.

Judith discutait avec deux de ses amies. Elle riait aux éclats. L'innocence faite femme. Vas-y, Stuart.

Il se redressa et, se promettant de se suicider si la situation devenait insupportable, marcha d'un pas ferme vers Judith.

Elle lui tournait le dos. Il pouvait encore faire marche arrière.

Non, tu dois le faire !

Les amies de Judith le regardèrent s'approcher d'elles avec méfiance. Judith se retourna. Un grand sourire illumina son visage quand elle le reconnut.

– Stuart ! Salut, tu vas bien ?

Elle n'avait pas oublié son nom. Et Kyle qui ne croyait pas en Dieu !

– Ça va pas mal, et toi ? répondit-il sans bafouiller.

Il sentait ses jambes trembler et la sueur lui couler dans le dos, mais il avait réussi à donner le change.

– Plutôt bien. Je te présente Lindsay et Cindy.

Il leur serra la main. Il y eut un léger blanc.

– Bon, on va manger, dit Cindy, sans cacher son ennui.

Elle n'avait aucune envie de s'attarder avec ce rebut. Comment Judith pouvait-elle parler à un nullard pareil ? Stuart se sentit aussitôt de trop et perdit ses moyens. Ses joues rosirent et sa bouche s'assécha. Il n'aurait pas besoin de se faire hara-kiri dans sa chambre, il allait mourir de honte sur place !

– Hé, Stuart ! cria quelqu'un dans son dos.

Les regards des étudiantes convergèrent sur le nouveau venu.

– Comment tu vas ? Je vois que tu es en très bonne compagnie, le félicita Joey.

L'attitude des deux amies de Judith changea du tout au tout : le grand maître de Delta s'intéressait à elles !

– Tu es Joey, c'est ça ? demanda Lindsay en prenant son air le plus candide.

Elle enroula une boucle de ses cheveux autour de son doigt, plissant les yeux pour le séduire.

– L'unique et le seul, se vanta le bel étudiant.

Il prit Stuart par l'épaule.

– Je vois que vous avez fait connaissance avec notre meilleure recrue de première année, enchaîna-t-il, puis, se tournant vers lui : Tu me présentes tes nouvelles amies ?

– Judith, fit-il en ayant l'impression que le poids du monde lui était soudain retiré des épaules.

Joey venait tout bonnement de lui sauver la vie ! Jamais il ne l'en remercierait assez.

– Lindsay, s'avança l'amie blonde en prenant soin de mettre sa poitrine en avant.

– Moi, c'est Cindy, s'imposa alors la deuxième amie. J'ai toujours pensé que les mecs de Delta étaient les meilleurs. Ce serait possible de venir à une soirée ?

Joey laissa sa main sur l'épaule de Stuart.

– Bien sûr, mais il y a des règles à respecter. Il faut que vous ayez une invitation d'un des membres. Stuart, à toi de choisir.

Le visage des deux amies pâlit d'un coup. Lindsay tenta un vague sourire. Stuart la trouva pathétique et éclata de rire.

– Judith, si tu es d'accord, je compte sur toi.

– Avec grand plaisir. À quand la prochaine soirée ?

– Samedi soir au pavillon Delta.

Lindsay et Cindy, la mine contrite, s'adressèrent à Joey.

– Grand maître, nous vous en supplions, invitez-nous !

Joey se tourna vers Stuart.

– Qu'est-ce que tu en penses ?

Il en pensait qu'elles méritaient une bonne leçon, néanmoins il n'était pas comme elles. Peut-être lui montreraient-elles plus de considération après sa décision.

– Très bien, vous pouvez venir.

– Dans ce cas, tout est parfait. À samedi ! lança Joey, qui repartit aussi vite qu'il était arrivé.

Profitant de cet état de grâce, Stuart s'approcha de Judith. Il n'avait plus besoin de la lettre. Il se sentait empli d'une force étrange.

– Judith, je pourrais te dire quelque chose ?

– Bien sûr.

Stuart jeta un regard vers les deux amies, qui firent comme si de rien n'était.

– C'est bon, vous pouvez nous laisser. Je vous rejoins au réfectoire. Allez, du balai ! fit Judith avec un grand geste de la main.

Lindsay et Cindy levèrent les yeux au ciel et quittèrent le hall. Stuart et Judith s'éloignèrent du reste des étudiants et s'installèrent au pied d'une colonne.

– Pardonne-leur, elles peuvent être stupides parfois.

Tout le temps, tu veux dire ! pensa Stuart.

– Y a pas de problème, j'ai l'habitude, préféra-t-il répondre.

Judith lui adressa un sourire réconfortant.

– Alors, tu voulais me dire quelque chose en particulier ?

Il commençait à ne plus être aussi sûr de lui.

Fonce ou tu vas finir par te dégonfler !

– Je t'ai vue entrer à la Fondation Margareth-Smith, lâcha-t-il d'une traite.

Ça y est, c'était dit. Le sort en était jeté.

Le visage de Judith se ferma et elle prit un ton accusateur.

– Tu m'espionnes ? Je ne le crois pas ! Pourquoi…

– Arrête, la coupa-t-il, sentant la panique l'envahir. Je venais de m'acheter des comics chez World of Comics. Je rentrais prendre un bus quand je t'ai vue dans la rue. Le temps que je vienne te dire bonjour, tu avais disparu dans un grand bâtiment.

– Et alors ? En quoi ça te regarde ! continua Judith d'un ton toujours aussi agressif. Excuse-moi, mais je crois que je me suis trompée sur ton compte.

Stuart aurait voulu creuser un trou et s'y enterrer vivant. Il n'aurait jamais imaginé qu'elle puisse avoir une réaction aussi violente. L'anorexie de sa sœur devait la toucher bien plus qu'il ne le pensait.

– Je t'en prie, Judith, je voulais juste te dire que si tu avais besoin d'aide, j'étais là, fit-il d'un ton penaud.

Judith ne sut quoi penser. Elle le scruta d'un regard empli de méfiance.

– Je n'ai pas pu m'empêcher d'aller voir ce qu'était cette fondation. Judith, il faut que tu me croies si je te dis que je peux t'aider à vaincre ton anorexie.

Jamais il ne pourrait lui avouer qu'il avait piraté les services informatiques et découvert que c'était sa sœur qui était malade. Déjà qu'elle était à deux doigts de le prendre pour un maniaque !

– Je ne suis pas anorexique, Stuart. Ne me dis pas que tu l'as pensé ? Je suis mince, c'est tout. De toute façon, qu'est-ce que tu pourrais faire ?

– Je crois que je m'y connais en problème de poids et de regard des autres. On aurait pu en parler, mais bon, pardon de t'avoir embêtée. Je suis désolé, dit-il piteusement.

N'osant plus affronter son regard, il baissa les yeux et allait partir quand il se sentit obliger d'ajouter :

– Au fait, tu peux quand même aller à la soirée, samedi. Je n'irai pas.

Judith ne répondit rien.

Rentré dans sa chambre, Stuart se jeta sur son lit et, pour la première fois depuis longtemps, se mit à pleurer.

18

Blanchett frappa à la porte et, sans attendre de réponse, entra dans la chambre d'hôtel pour retrouver Hurley qui finissait de raser le suspect dans la salle de bains.

– J'espère que ça va lui aller, dit Blanchett en sortant de son sac des vêtements propres.

Hurley la remercia du regard et continua à tailler la barbe.

L'homme n'avait pas dit un seul mot depuis son arrestation. Il répondait aux diverses questions par des regards incompréhensifs. Il n'avait pas non plus réagi quand Hurley avait décidé de le prendre en main. Elle lui avait clairement expliqué qu'elle comptait le laver, l'habiller et le loger.

– Il n'a toujours pas dit son nom ? demanda Blanchett.

Hurley secoua négativement la tête.

– Ça vous ennuie, si je vous demande d'aller lui chercher à manger ?

Blanchett n'aimait pas savoir Hurley seule avec ce type. Même si Portnoy faisait le guet devant la chambre, elle n'était pas rassurée.

– Non. Des hamburgers et des frites, ça lui ira ?

– Parfait, répondit Hurley par le truchement d'un miroir.

Blanchett hésita un instant avant de ressortir. Portnoy était assis sur une chaise dans le couloir.

– Je vais lui chercher à manger, dit Blanchett.

– Si le shérif apprend que je l'ai laissée seule avec ce dingue, je suis bon pour la circulation *ad vitam aeternam* ! tenta d'en rire Portnoy.

– Elle ne croit plus à sa culpabilité. Il n'a montré aucun signe de violence. Comme elle dit, s'il s'était battu avec John Doe, il devrait lui rester des traces de coups, mais il n'a rien.

Portnoy inspira un grand coup.

– En tout cas, je ne me sens pas à l'aise en sa présence. Je n'aime pas sa façon de me regarder. Et pourquoi ne parle-t-il pas ? On sait qu'il n'est pas sourd. Peut-être qu'il ne comprend pas l'américain ? se hasarda-t-il avant d'ajouter : Ce type est cinglé. Qui sait de quoi il est capable ?

Blanchett ne sut quoi lui répondre.

– Tu veux que je te rapporte un truc à manger ?

Portnoy prit commande et espéra qu'il avait fait le bon choix en se fiant à l'instinct de Hurley.

– Voilà, ce n'est pas mieux comme ça ? se félicita Hurley.

L'homme s'était laissé laver le corps, puis les cheveux, et enfin couper la barbe sans montrer aucune gêne.

Hurley avait l'impression qu'il ne devait pas avoir plus de dix ans d'âge mental. Comment avait-il pu survivre dans la forêt sans l'aide de quiconque ? Il devait avoir un protecteur.

– Allez viens, tu vas essayer ça.

Elle lui donna les vêtements que Blanchett venait d'acheter. L'air de rien, la lieutenant avait pris de la qualité et la taille était parfaite. Quand il fut habillé, Hurley fut stupéfaite du changement. Personne n'aurait pu reconnaître l'homme qu'il était seulement une heure auparavant. Il était plutôt beau garçon, malgré sa dentition abîmée.

– Ça te plaît ? lui demanda-t-elle en le postant devant la glace de la chambre.

Le jeune homme se mira de longues secondes sans réagir. Puis des larmes roulèrent sur ses joues.

Hurley se mordit la lèvre pour ne pas pleurer avec lui. Avec tendresse, elle passa sa main dans ses cheveux mouillés.

– Tu es un vrai gentleman. Tu dois bien avoir un nom. Tu peux me le dire, je ne le répéterai à personne.

Le jeune homme se détourna du miroir et lui lança un regard empli de dévotion.

– Tom, répondit-il avec un fort défaut de prononciation.

Hurley lui sourit. Au moins, il comprenait l'anglais.

– C'est bien, Tom. La lieutenant Blanchett est partie t'acheter à manger. Tu as besoin de retrouver un peu de forces. Tu n'auras plus besoin de vivre dehors. Je vais m'occuper de toi.

Elle avait déjà pris contact avec un centre d'hébergement. Ils étaient d'accord pour le prendre mais il devrait impérativement respecter certaines règles, l'hygiène étant la plus importante.

– Tu ne veux toujours pas parler ? Tu sais que je suis ton amie.

Tom hocha la tête et se regarda à nouveau dans la glace.

– Je être content ! dit-il en souriant.

Il exposait ainsi ses chicots jaunis, mais Hurley n'en avait cure. Elle était à la fois émue par cet enfant dans le corps d'un homme, et en colère contre ceux qui l'avaient abandonné à son sort.

« Il n'y a pas plus généreux et gentil qu'un enfant attardé », avait dit un psychologue de grand renom. Hurley n'avait jamais eu d'idée claire sur le sujet, mais face à Tom, elle se dit que c'était tout à fait probable.

– Il va falloir qu'on t'achète aussi des chaussures, dit-elle quand Tom entreprit de s'asseoir sur le lit pour enfiler ses vieilles baskets.

Deux heures plus tard, ils retournaient au commissariat.

Hurley traversa l'open space en compagnie de Tom, sous les regards interrogatifs des agents. Portnoy les suivait, accompagné de Blanchett, soulagée de n'avoir aucun incident à déplorer. Ils s'enfermèrent dans une des salles du fond.

Hurley fit asseoir Tom dans un fauteuil près de la fenêtre et elle prit place à côté de lui.

– Vous pouvez nous laisser, s'il vous plaît ?

Portnoy se retira.

– Si je peux me permettre, j'aimerais participer à l'interrogatoire, intervint Blanchett.

Elle avait beaucoup de respect pour la profileuse, mais c'était tout de même son enquête. Hurley comprit qu'elle n'avait pas intérêt à la froisser.

– Bien sûr, dit-elle d'un ton naturel et amical.

Blanchett prit place en face d'eux. Elle n'était pas convaincue que Hurley ait pris la bonne décision. Si, pour l'heure, rien ne prouvait qu'il fût le meurtrier de John Doe, rien ne prouvait non plus le contraire. Il y avait un minimum de règles à suivre. Mais bon, elle la laisserait mener l'interrogatoire et aviserait ensuite.

– Tom, nous avons trouvé le corps d'un homme près de l'endroit d'où tu nous observais. Je suis certaine que tu n'y es pour rien, mais je pense également que tu sais quelque chose. Je me trompe ?

Hurley avait pris la main de Tom dans la sienne et lui avait parlé de la façon la plus douce possible. Tom ne bougea pas et garda le silence. Hurley ne montra aucun signe d'impatience, et durant près d'une minute soutint son regard implorant.

– Tu peux tout me dire, Tom. Je suis ton amie. Tu ne risques rien. Au contraire, tant que le tueur est en liberté, il se peut qu'il recommence. As-tu envie qu'il tue à nouveau ?

Tom regarda Blanchett, puis Hurley, et secoua lentement la tête en signe de dénégation. C'était la première fois qu'il répondait à une question sur l'affaire. Hurley sentit les battements de son cœur s'accélérer.

Il ne fallait surtout pas qu'il se referme maintenant. Il venait d'avouer implicitement qu'il avait assisté au meurtre.

Était-il le meurtrier ? Une bagarre avait-elle dégénéré ? Hurley se souvint de son corps. Pas de traces de coups, mais ça ne prouvait rien. Si Tom était bien le meurtrier, ce n'était sûrement pas un cas de légitime défense.

– Tom, tu n'as pas à avoir peur de qui que ce soit. Je suis certaine que tu ne veux pas que celui qui a fait ça recommence, n'est-ce pas ?

Une fois de plus, Tom regarda fixement Blanchett avant de tourner son regard vers Hurley et de hocher de nouveau la tête.

– C'est bien, Tom. C'est bien, dit-elle en lui posant une main sur l'épaule.

Blanchett avait senti l'animosité de l'homme à son égard. Il était clair qu'il voulait qu'elle les laisse seuls. Mais pouvait-elle prendre ce risque ? Et si le suspect n'attendait que ce moment pour sauter sur Hurley ? Cet homme lui faisait peur. Il n'était pas normal. Pourtant, elle devait reconnaître qu'il avait eu mille fois l'occasion de s'attaquer à Hurley dans la chambre d'hôtel. Était-il assez fou pour le faire maintenant, dans un commissariat ?

Non. Aussi inquiétant qu'il puisse paraître, Tom ne représentait pas un danger imminent.

– Je dois téléphoner à ma fille, je vous laisse, fit-elle en se levant.

Hurley la remercia du regard.

– Allez-y, je reste avec Tom.

Hurley attendit que la porte soit refermée pour reprendre ses questions.

– Tu as assisté au meurtre ? Tu as vu le tueur ? Il te fait peur ?

Hurley vit que l'indécision imprégnait le visage de Tom. Il regarda plusieurs fois par la fenêtre, comme s'il cherchait le moyen d'échapper à quelque chose. Il se mit à trembler puis à pleurer.

– Pas ma faute. Pas pu sauver. Je pas savoir nager.

Hurley tira sa chaise encore plus près de celle du jeune homme et le prit dans ses bras. Tom colla sa tête contre sa poitrine et pleura en silence.

– Tom, tu es un gentil garçon. Tu n'as rien à te reprocher. L'homme était déjà mort avant de tomber à l'eau. Tu n'es coupable de rien.

Hurley le laissa pleurer un long moment. Elle était heureuse de ne pas s'être trompée. Si la vie était difficile pour les attardés, en prison elle était infernale.

– Est-ce que tu te souviens du meurtrier ? Est-ce que tu l'as vu ? demanda-t-elle quand la crise de larmes fut passée.

Dans cette grande pièce remplie de tables et de chaises, Tom se sentait totalement perdu. Après s'être décollé de Hurley, il garda fermement sa main dans la sienne.

– Faire nuit. Pas bien vu. Mais lumière voiture éclairer visage.

– Tu crois que tu pourrais nous aider à faire un portrait ? C'est important si on veut mettre ce tueur en prison.

– Oui, peux faire. Je aimer dessin.

Hurley lui sourit avec tendresse et lui passa la main sur la joue.

– Non, ce n'est pas la peine. On va faire un portrait-robot sur un ordinateur. Tu verras, c'est comme un jeu. On choisit toutes les parties du visage les unes après les autres.

Tom ne parut pas bien comprendre mais sourit tout de même.

– On va passer dans une autre salle. Tu me fais toujours confiance ?

– Oui, m'dame.

C'était touchant. Un grand gaillard qui parlait comme un petit enfant. Toujours main dans la main, ils sortirent de la pièce et retrouvèrent Blanchett qui attendait non loin de là.

– Nous allons essayer de faire un portrait-robot. Appelez Logan.

– Bien sûr, dit Blanchett.

La lieutenant n'en revenait pas. Hurley avait réussi à tirer quelque chose de ce garçon ! Décidément, cette profileuse méritait toutes les louanges que lui décernait le shérif.

Sans tarder, elle alla chercher celui-ci dans son bureau. Logan était au téléphone, mais il lui fit signe d'entrer. Blanchett attendit qu'il raccroche.

– Hurley est toujours avec son débile ? demanda-t-il dès qu'il eut fini sa conversation téléphonique.

– Elle veut que vous la rejoigniez. Il est prêt à faire un portrait-robot du tueur.

Logan fronça les sourcils. À son sens, ça ne faisait pas un pli que le tueur, c'était lui. Il avait d'ailleurs passé un sacré savon au sergent Portnoy pour avoir laissé Hurley seule en compagnie de ce demeuré dans la chambre d'hôtel.

Remontant le couloir qui menait à la pièce informatique, il ne put s'empêcher d'imaginer Hurley victime de sa folie meurtrière. Il frissonna quand il le vit assis à côté d'elle. Le sergent Brooks était également dans la pièce, en train d'ouvrir le logiciel de portraits-robots.

– Jessica, je peux te parler ?

Du regard, elle lui signifia que ce n'était pas possible.

– Dès qu'on a fini, dit-elle d'un ton péremptoire.

Logan fit une grimace de contrariété. Il mit machinalement la main dans sa poche et tripota son paquet de cigarettes.

– Tout de suite. Je n'en ai pas pour longtemps.

Hurley comprit qu'il ne la lâcherait pas. Elle se tourna vers Tom et s'adressa à lui d'un ton apaisant.

– Je suis juste derrière la porte. Je parle au shérif et je reviens, d'accord ?

Tom secoua la tête mais se mit à trembler. Hurley put voir la panique s'immiscer en lui. Logan était une vraie tête de lard quand il s'y mettait !

– Je te laisse avec Tania. Tu la connais. C'est elle qui t'a acheté les habits et à manger. Je te l'ai dit, nous sommes tous tes amis.

– Je ne vais pas te faire de mal, dit Blanchett qui entrait dans la pièce.

Une boule au ventre, Hurley sortit et referma la porte derrière elle.

– Qu'as-tu de si important à me dire qui ne puisse attendre ? attaqua-t-elle aussitôt.

Logan eut un petit rire.

– Tu t'es conduite comme une idiote, et encore, le terme est faible.

Hurley le tira par la manche. Un des problèmes de ce commissariat, c'est qu'il était très mal insonorisé.

– J'ai trouvé un témoin capital dans le meurtre de John Doe et tu te permets de m'insulter ? fit-elle en tapant le torse de Logan de son index.

– Le sergent Portnoy m'a décrit ce type. C'est un débile. Il lui manque une case et toi, tu lui fais la toilette. T'es-tu seulement demandé ce qu'il se serait passé s'il avait tenté de te violer ?

– Le sergent Portnoy était dans le couloir.

– Parce qu'il a insisté pour rester devant la porte. Tu lui avais demandé de rentrer au commissariat. Vrai ou faux ?

Hurley soupira et croisa les bras.

– Je suis profileuse. Je sais quand j'ai un criminel en face de moi. Ce type est aussi innocent que l'oisillon tombé du nid. Il a peur, il est terrorisé, mais il n'est pas fou !

– Tu n'es pas une experte en psychiatrie. C'est à la justice de statuer sur son cas.

– Tu ne comptes pas le mettre en détention tout de même ?

– J'aimerais bien l'interroger une fois que tu auras fini ce simulacre. Tu sais très bien à quoi ressemblent les portraits-robots. À dix pour cent des habitants d'une ville. Ça ne sert à rien !

– Sans moi, nous n'aurions jamais trouvé ce témoin. Je te promets que si tu lui fais du mal, tu le regretteras.

Hurley était vraiment en colère. Il dépassait les bornes ! Elle lui tourna le dos et s'efforça de retrouver le sourire avant de rentrer dans la pièce.

Ils avaient commencé sans elle. Un visage plutôt ovale et une bouche. Pas d'yeux, ni encore de nez et d'oreille.

– Non, dit Tom.

Brooks mit une autre bouche, puis encore une autre et une autre encore. Hurley vint s'asseoir à côté de Tom et lui reprit la main. Au bout d'une trentaine d'essais, Brooks arrêta le défilé et se tourna vers Tom.

– Tu veux qu'on commence par les yeux, peut-être ?

Hurley sentit l'animosité latente. Brooks ne croyait plus en la pertinence de l'exercice. Elle n'était pas loin d'être d'accord avec lui. Tom avait l'air ailleurs. Comme s'il ne comprenait pas vraiment ce qu'on lui demandait.

– Oui, répondit Tom.

Brooks jeta un regard peu convaincu à Hurley mais se remit au travail. Ils firent défiler des dizaines de paires d'yeux. En vain. Tom fut incapable de choisir. Hurley sentit le stress monter chez le jeune homme.

– Tom, tu veux qu'on arrête et qu'on essaie plus tard ? Tu veux te reposer ? lui demanda-t-elle.

– Tu peux nous le décrire ? intervint Blanchett. Son âge, est-ce qu'il avait des lunettes, il était chauve, barbu, gros, maigre, petit, tu comprends ?

– Je avoir crayons.

Blanchett le regarda et ne sut plus quoi penser. Elle commençait vraiment à croire que Hurley avait raison et qu'il était innocent, mais qu'ils n'en tireraient rien de valable. Un portrait-robot dessiné par un attardé mental !

– D'accord, ne bouge pas, je vais te trouver ça.

Hurley quitta la salle et revint quelques instants plus tard avec un cahier à spirale, des feutres et des crayons.

– Tiens, c'est à toi, je te les offre.

Hurley vit le sourire moqueur de Brooks et se promit de lui dire deux mots en privé. Elle détestait cette suffisance.

Tom prit les crayons avec une délicatesse extrême et mit près de deux minutes avant d'arrêter son choix sur un crayon noir à pointe fine. Il prit le cahier et, lentement, avec une étonnante précision, commença à dessiner le contour d'un visage.

Brooks et Blanchett restèrent sans voix. Hurley jubilait. La nature est souvent capricieuse. Ce qu'elle enlève à une personne, elle le lui rend sous une autre forme. Si Tom ne savait pas parler, il était doté d'un don évident pour le dessin. Très vite, le visage s'affina. Par petites touches extrêmement précises, il dessina le nez, la bouche, les oreilles, la barbe.

– Ça alors, si j'avais pu imaginer ! s'exclama Blanchett.

Elle était émerveillée par le talent du jeune homme.

– Que Dieu m'en soit témoin, ce gamin est un putain de génie ! lança Brooks, sous le charme.

Hurley ne put s'empêcher de lui faire une réflexion.

– On ne juge jamais un livre à sa couverture.

Mais, trop absorbé par la contemplation de l'artiste, Brooks ne saisit pas le message.

La porte s'ouvrit sur Logan.

– Redis-moi encore que je suis une idiote, dit Hurley sur un ton chargé de sous-entendus.

Logan fronça les sourcils et comprit à l'attitude de Blanchett et de Brooks que quelque chose se passait. Il vit Tom griffonner sur son cahier, puis écarquilla les yeux en découvrant le visage.

– Pas croyable !

C'était le meilleur portrait-robot qu'il ait jamais vu. Il regarda Hurley avec un air contrit.

Tom s'arrêta et posa son crayon.

– Lui ! fit-il en pointant du doigt son dessin. Jeter homme du pont.

Son ton était assuré. Pas le moindre doute. Logan dut s'en remettre à l'avis de Hurley. Il ferait diffuser au plus vite ce portrait à la télévision et dans la presse.

– Et tu n'as rien vu d'autre ? demanda-t-il.

Tom le regarda et répondit sereinement :

– Voiture, dit-il avant de reprendre son crayon.

19

Stuart avait décidé de passer la soirée dans sa chambre. Il n'avait pas le cœur à sortir avec ses amis de Delta. L'après-midi lui avait semblé interminable. À présent, il lisait ses comics confortablement allongé sur son lit. Un morceau de Fergie passait à la radio.

Il entendit frapper à sa porte. Il regarda sa montre. 21 h 12. Certainement un étudiant de Delta venu le chercher pour une sortie en ville. Il n'en avait aucune envie, mais peut-être que cela lui changerait les idées.

Il se leva et ouvrit la porte.

– Je peux te parler ? demanda Judith.

Stuart s'attendait à tout, sauf à ça.

– Oui, bien sûr.

– Je voulais m'excuser pour ce midi. J'ai été injuste avec toi.

Elle s'était assise sur le lit. Debout devant elle, Stuart n'en revenait toujours pas. Judith dans sa chambre !

– Je ne t'en veux pas. Je te comprends.

– Au contraire, tu dois m'en vouloir. J'ai agi comme une imbécile. Mais tu ne pouvais pas savoir. C'est ma petite sœur qui souffre de cette maladie. C'est terrible de la voir dépérir de jour en jour. Je n'arrive pas à comprendre ce qui se passe dans sa tête.

Stuart ne sut quoi répondre et resta sans rien dire tandis que le nouveau single de Britney Spears remplissait la pièce.

– J'aimerais tellement qu'elle aille mieux !

Ce ton sincèrement malheureux suffit à faire oublier toute rancœur à Stuart.

– Je me suis renseigné sur cette maladie. On peut en guérir.

Il se doutait qu'elle en savait certainement bien plus long que lui sur ce fléau, mais il n'était jamais inutile de rappeler certaines vérités.

– Je sais, mais Shannon va de plus en plus mal, je ne veux pas qu'elle meure.

Stuart sentit toute sa détresse dans ces paroles. Si seulement il avait été comme Kyle ! Il se serait assis près d'elle et l'aurait prise dans ses bras et réconfortée. Mais il n'était qu'un petit gros timide…

– Il n'y a aucune raison pour qu'elle meure. Tant qu'elle saura qu'il y a des gens qui tiennent à elle, elle vivra. C'est bien que tu ailles la voir.

Judith redressa la tête.

– Merci. Je m'en veux vraiment pour ce midi. Mais si tu savais comme je souffre de savoir ma sœur dans cet état !

– Quel âge elle a ?

– Seize ans. Elle était si belle il y a encore deux ans.

– Je pourrais peut-être lui parler. Moi, j'ai des tonnes de kilos en trop et je ne m'en porte pas plus mal. Peut-être que j'arriverai à la convaincre de manger.

Judith sourit.

– Ce n'est pas si simple. Shannon n'est pas contre l'idée de manger, c'est juste qu'elle n'y arrive pas.

– On peut toujours essayer, à moins que ça te dérange.

Judith se leva du lit.

– Tu es gentil, Stuart, je vais y penser. En tout cas, j'espère que tu ne m'en veux pas trop.

– Il n'y a pas de problème. Juré, dit-il en se sentant un autre homme.

Lui qui s'était toujours trouvé inférieur aux autres avait l'impression qu'elle l'avait regardé comme un grand sage. C'était diablement agréable !

– Bien, dans ce cas j'espère qu'on se verra à la soirée de samedi. Je compte sur toi.

– J'y serai.

Judith ouvrit la porte.

– Bonne nuit, Stuart.

– Bonne nuit, Judith.

Une fois qu'il eut refermé, Stuart laissa éclater sa joie. Il n'en revenait pas. Il avait assuré comme une bête. Pas une fausse note ni une remarque déplacée. Judith était prête à devenir son amie. C'était génial !

Il remonta le son de la radio et s'allongea sur son lit, chamboulé et plein d'espoir.

Kyle remonta à pied la route qui serpentait le long de Golden Hill. La nuit était froide. Dans le ciel étoilé, la pleine lune donnait au paysage une allure spectrale. Les villas disséminées sur le flanc de la colline, éclairées comme des stars par des projecteurs ignorant les économies d'énergie, s'entrevoyaient par-delà de hauts murs et des haies épaisses.

Une voiture arriva derrière lui. Kyle s'arrêta et vit passer une Ferrari. Le ronronnement du moteur était fabuleux, un bijou de technique et d'élégance. Il croisa le regard d'un homme dans la quarantaine qui le scruta avec attention, mais continua sa route vers d'autres cieux en faisant rugir son moteur.

Que d'argent, alors que des millions d'Américains vivaient dans une pauvreté extrême ! Kyle savait qu'ainsi tournait le monde. Il ne croyait guère en l'homme en général et encore moins aux politiques. Démocrates, républicains, ils étaient tous les produits d'une riche élite. L'argent comme seul critère de réussite.

Reprenant sa marche vers la villa Paradise, Kyle se replongea dans ses réflexions. Il était plus de minuit, mais il n'avait pu se libérer avant. Ses frères d'Alpha l'avaient convié à une soirée en ville qu'il ne pouvait se permettre de manquer s'il voulait que ses relations avec les membres de la fraternité restent au beau fixe. Il détestait la plupart d'entre eux. Des fils de bonnes familles qui méprisaient tous ceux qui ne faisaient pas partie de leur cercle. Si Kyle n'avait pas été un excellent joueur de football, nul doute qu'il aurait eu à subir ce mépris.

Il marcha encore près de trois cents mètres avant d'arriver à une portion de la route qui formait un coude. Un somptueux portail en fer forgé délimitait l'entrée de la villa Paradise, située au bout d'une longue allée gravillonnée et entourée d'une végétation soigneusement entretenue. Il la devina grâce à l'éclairage prodigué par le réverbère de la rue : aucun son, aucune lumière ne parvenaient de la maison.

Il vit la caméra de surveillance, mais s'en moquait éperdument. Il était certain que le dispositif était débranché.

Il entreprit d'escalader le portail à ouverture électronique, en espérant qu'aucune voiture ne passerait à ce moment-là. Mais il ne perçut rien à l'horizon, aucun bruit de moteur. Il bascula de l'autre côté et d'un saut atterrit dans la propriété. D'un pas nonchalant, il remonta l'allée, puis contourna la façade principale, pour longer le mur de droite. Il entendait le souffle du vent dans les arbres, et apprécia la vue de River Falls en contrebas. Il se retrouva devant l'immense baie vitrée du salon, qu'il fit lentement coulisser. Une fois à l'intérieur, il referma derrière lui.

La chaleur ambiante lui provoqua un frisson de plaisir. Il ouvrit son blouson et, utilisant la lumière de l'écran de son téléphone portable, traversa le salon jusqu'à un escalier.

Le silence était total.

Il gravit l'escalier jusqu'au premier l'étage. Le sol recouvert de moquette absorbait le bruit de ses pas. Lentement mais certain de son but, il se dirigea vers la chambre du fond. La porte était fermée. Il rangea son portable dans sa poche et ouvrit la porte.

Une jeune fille dormait dans un lit. Elle n'avait pas baissé le store et la lumière de la lune donnait à son visage un éclat irréel. Kyle s'approcha sans faire de bruit. Il était terriblement excité. Il se débarrassa de son blouson, puis de tous ses vêtements en prenant soin de faire le moins de bruit possible. Il souleva la couette et se glissa contre la jeune fille.

À ce contact, elle se réveilla et poussa un cri.

Kyle explosa de rire en se détachant d'elle.

– Espèce dc crétin, tu m'as fait peur ! le gronda Cheryl.

Mais le ton n'y était pas. Elle se rapprocha de lui et se lova contre son corps.

– Viens là que je te réchauffe, dit-elle.

Kyle l'enserra dans ses bras et la couvrit de baisers, avant de lui faire l'amour. Leur étreinte finie, ils restèrent un long moment l'un contre l'autre à se regarder à la lumière de la lampe de chevet.

Cheryl se redressa enfin dans le lit et, s'adossant au mur, s'alluma une cigarette. Elle se sentait bien. Elle n'aurait jamais cru pouvoir tomber amoureuse aussi rapidement. Ses amants étaient toujours superbes, des beaux gosses de bonnes familles. Des jeunes gens qui avaient suffisamment de temps et d'argent pour se sculpter un corps d'Apollon sans pour autant délaisser leurs études.

Mais Kyle était différent. Même s'il refusait de lui parler de sa vie, elle était certaine qu'il ne roulait pas sur l'or. Il y avait quelque chose en lui qui l'attirait furieusement.

– Tu es le mec le plus bizarre avec qui j'aie jamais couché.

– C'est parce que c'est la première fois que tu sors avec un type de Seattle, répliqua-t-il.

– Détrompe-toi. Je suis sortie avec bien plus de mecs que tu ne le crois. D'ailleurs, tu es loin d'être dans les meilleurs.

Kyle lui sourit et lui attrapa le bout d'un sein entre le pouce et l'index.

– Redis ça pour voir ? fit-il en pinçant légèrement.

Cheryl poussa un petit cri.

– OK, je plaisante, t'es plutôt un bon coup, dit-elle.

Elle tira sur sa cigarette et rajouta d'une voix douce :

– Un super coup, en vérité.

Kyle mit ses mains derrière la tête et s'allongea sur le dos. Cette Cheryl était un don du ciel. Tout ce dont il avait besoin pour se changer les idées. Mignonne, pleine d'humour, un caractère bien trempé, et un appétit pour le sexe remarquable. Que demander de plus ?

– Si seulement tes parents pouvaient mourir dans un accident. Tu te rends compte ? Tout serait à toi. Je t'épouse de suite !

Les parents de Cheryl étaient partis trois jours plus tôt pour un voyage d'une semaine aux Bahamas. Ils lui avaient laissé la villa, à condition de ne pas organiser de soirée et de ne pas inviter n'importe qui. Elle avait tenu sa promesse ; c'était la troisième nuit que Kyle la rejoignait.

– Ne plaisante pas avec ça, s'offusqua-t-elle.

Kyle sentit que sa plaisanterie était tombée à plat. Il se redressa et rapprocha sa tête de celle de Cheryl.

– Je me fous de l'argent. De toute façon, d'ici trois ou quatre ans, j'intégrerai une des meilleures équipes de la Conférence ouest et je gagnerai suffisamment d'argent pour m'acheter n'importe quoi : voiture, villa, peut-être même un yacht, qui sait… Mais il y a une seule chose qui ne s'achètera jamais, c'est ça, dit-il en lui déposant un baiser sur les lèvres. Le cœur d'une femme.

Cheryl lui pardonna aussitôt sa maladresse. Elle tira sur sa cigarette et l'écrasa sans l'achever.

– Espèce de gros menteur. Tu ne vois en moi qu'un objet sexuel. Tu as vraiment de la chance d'avoir une gueule d'ange.

S'il ne doutait pas que la fin de la phrase fût exacte, ils savaient tous les deux que la première partie était un pur mensonge. Il ressentait vraiment quelque chose pour Cheryl. Peut-être pas de l'amour, mais une véritable affection. Depuis leur première nuit à l'hôtel, ils s'étaient revus presque tous les jours. Plus ils passaient de temps ensemble, plus ils s'appréciaient. Ils n'avaient pas tant de points communs, mais une même façon de voir la vie.

Et Cheryl aimait le regard qu'il posait sur elle. Elle voyait bien qu'elle n'était pas un trophée qu'il aurait ajouté à sa liste de conquêtes. C'était un amant passionné et délicat. Pas un de ces coups foireux qui ne pensaient qu'à leur propre plaisir ou qui voulaient filmer leurs ébats ! Sous ses airs de mauvais garçon, Kyle était le plus tendre des amants.

– Tu sais que je t'aime, toi, dit-elle en se serrant très fort contre lui.

Kyle sentit son désir revenir au galop et ils replongèrent avec fougue dans une longue nuit de passion.

20

Il était près de 20 heures quand Logan rentra à la maison. Hurley l'avait averti qu'elle ne dînerait pas avec lui ; il y avait des restes de la veille dans le réfrigérateur. Logan mit un gratin de pommes de terre au micro-ondes et entama la salade de tomates à même le plat, debout, le saladier à la main, une bière ouverte posée près de l'évier.

Il s'en voulait terriblement de son erreur de jugement : ce Tom était un brave petit gars. Il avait été injuste, et pire, il n'avait montré aucune compassion envers ce pauvre bougre.

Il comprenait que Hurley lui fasse la tête, il l'avait bien mérité, mais espérait qu'elle lui pardonnerait une fois qu'il lui aurait présenté ses excuses.

La sonnerie du micro-ondes retentit ; des phares illuminèrent la rue.

Logan se posta à la fenêtre et vit la Ford Escort de Hurley qui se rangeait au bord du trottoir. Il jeta un œil sur le saladier, dans lequel ne restaient que deux misérables rondelles de tomate. Pourvu qu'elle ait envie du gratin ! se dit-il sans réussir à sourire.

Hurley sortit de la voiture, le visage fermé. Ça n'annonçait rien de bon. Il reposa le saladier et but une gorgée de bière. Il entendit la porte s'ouvrir, mais resta dans la cuisine. Le bruit de talons sur le parquet, un manteau accroché dans le placard de l'entrée, puis Hurley apparut dans l'encadrement de la porte.

– Je suis désolé. J'ai eu tort à plus d'un titre.

Hurley s'adossa au chambranle sans rien dire.

– J'ai eu peur pour toi. J'étais inquiet à l'idée que tu restes avec un possible meurtrier. Portnoy ne m'a pas fait un portrait très flatteur de ce Tom. J'ai préféré suivre l'avis de mon sergent plutôt que le tien. Voilà, fit-il en haussant les épaules.

– C'est tout ? Et maintenant il faut que je te dise que j'accepte tes excuses et qu'on fasse comme si de rien n'était ?

Le ton était implacable. Logan détestait cela. Il ne la reconnaissait pas.

– Qu'est-ce que tu veux que je te dise de plus ? Tu veux que je te supplie de me pardonner ? Que je m'agenouille à tes pieds ?

Hurley poussa un profond soupir et s'avança dans la cuisine pour se servir un whisky.

– Je suis très en colère contre toi, lança-t-elle d'une voix difficilement maîtrisée. Tu as de la chance de prendre conscience de ta bêtise ! Si tu avais essayé de te dédouaner… (Elle leva les yeux au ciel et but une lampée d'alcool.) La vie d'un jeune homme était en jeu. Tu te rends compte que tu étais prêt à en faire le coupable idéal juste parce qu'il est différent !

Logan soutint son regard, mais il se sentait tout petit.

– Tom aurait été bien incapable de se défendre, il t'aurait signé tous les aveux du monde. Le meurtre de John Doe, celui de Robert Gordon et même ceux de Martin Luther King et de Kennedy si tu le lui avais demandé !

– Je ne suis pas si stupide.

Mais peut-être l'était-il ? Aurait-il vraiment poussé Tom à faire des aveux sans aucune preuve circonstancielle ?

– Parfois, je me le demande ! répliqua Hurley.

Elle but une gorgée de whisky et sortit de la cuisine d'un pas volontaire.

Logan ne pouvait pas lui en vouloir. Il prit le temps de finir sa bière avant d'oser retrouver Hurley dans le salon.

Elle avait mis un CD de Schubert et baissé les lumières. Assise sur le canapé, les yeux fermés, elle essayait de se calmer. L'alcool aidant, elle était en train d'y parvenir.

– J'ai fait envoyer le portrait-robot aux médias. J'espère que ça donnera des résultats, dit-il en s'asseyant face à Hurley. Tu as emmené Tom au centre ?

Hurley rouvrit les yeux. Elle n'avait aucune envie de lui parler maintenant, néanmoins, elle ne voulait pas envenimer davantage la situation.

– Oui, ils ont accepté de le garder pour la semaine. Ils lui ont donné d'autres vêtements propres. Il va falloir qu'il remplisse un tas de documents, qu'il justifie de son identité. Tu te rends compte qu'il n'a pas de papiers ? On ne connaît pas son nom de famille. Je suis à peu près certaine qu'il n'est inscrit dans aucun registre d'état civil. Il faudra lancer un avis de recherche. Tom n'a pas pu survivre dans la forêt sans aide. Il devait vivre avec d'autres SDF. Ça vaudrait la peine de les interroger pour savoir qui s'occupe de lui.

C'étaient effectivement les bonnes choses à faire. Pourquoi avait-il fallu qu'il le comprenne avec retard ?

– Ce garçon n'a pas dû avoir la vie facile. Quand je vois ça, je ne peux m'empêcher de crier à l'injustice. Un pays aussi riche que le nôtre…

Logan acquiesça. Il retourna dans la cuisine et revint un verre dans une main, la bouteille de whisky dans l'autre.

– Je t'en ressers un ?

Hurley lui tendit son verre vide. L'alcool et la musique de Schubert avaient achevé de la calmer. Elle se sentait désormais plus abattue qu'en colère.

– Un jour, il faudra que ça change. Ce pays marche sur la tête.

Logan était tout à fait d'accord, mais il n'y croyait pas un seul instant. Chacun pour soi et Dieu pour tous ! Tel était le credo de l'Amérique.

– Heureusement qu'il y a des personnes comme toi, Jessica, dit-il simplement.

Hurley soupira : c'était tellement dérisoire… Trop d'égoïsme, d'individualisme et de jalousie. À quoi bon se battre contre un tel système…

Logan, comprenant qu'elle broyait du noir, alla s'installer à côté d'elle. Il la prit dans ses bras, et dans un silence quasi religieux, ils burent leur whisky en écoutant dans sa totalité le quatuor à cordes de Schubert.

Samedi 20 octobre 2007

21

– Tom, il y a quelqu'un qui désire te voir, dit Mme Winter.

Le jeune homme se leva de sa couche.

– Oui, m'dame.

Il espérait que ce serait la dame du FBI. Elle était déjà venue mardi et jeudi et lui avait promis de repasser dans le week-end. Même si Mme Winter était aussi une gentille dame, Jessica Hurley était bien plus jolie, pensa-t-il en rougissant. Il s'habilla rapidement et suivit la directrice du centre le long des corridors du bâtiment.

Il était à peine 7 heures. De nombreux pensionnaires dormaient encore.

Ils descendirent l'escalier menant à l'accueil et l'enthousiasme de Tom fondit aussitôt qu'il eut reconnu le nouveau venu : Ritchie, son père adoptif – du moins c'est ainsi qu'il se définissait lui-même depuis qu'il avait pris Tom sous son aile.

– Tom, viens dans mes bras, mon fils ! lança Ritchie en s'élançant vers le garçon avec un grand sourire.

Mme Winter resta en retrait, émue par ces retrouvailles.

Elle voyait bien que l'homme, d'une cinquantaine d'années, avait fait un effort pour venir en ville. Même si ses vêtements étaient élimés, ils lui allaient bien, et surtout il s'était lavé et ne dégageait pas cette terrible odeur dont étaient imprégnés les SDF qui vivaient depuis trop longtemps dans la rue. Il avait peigné sa longue tignasse, et même sa barbe.

– Tu n'imagines pas le souci que tu m'as causé ! Ça fait des jours que je te cherche partout, reprit Ritchie.

Il avait posé ses deux grosses mains sur les épaules de Tom, et l'admirait comme s'il était la huitième merveille du monde.

– Dis donc, ils se sont pas moqués de toi, tu es beau comme un prince, dit-il avant de se retourner vers Mme Winter. Vous avez été très gentille. Combien je vous dois pour les vêtements ?

Mme Winter avait bien compris que l'homme n'avait pas plus d'argent que Tom, mais elle trouva l'attention délicate et ne douta plus de ses bonnes intentions.

– Rien du tout, répondit-elle avec bienveillance. Alors Tom, tu es content de revoir ton père ?

Il avait gardé un visage fermé et n'avait pas prononcé un seul mot.

– Oui, m'dame.

Le ton manquait terriblement de chaleur.

– Il y a un problème, Tom ? demanda-t-elle.

Même si l'homme semblait honnête, elle ne voulait pas laisser partir un de ses pensionnaires avec n'importe qui. Mme Winter n'était pas si candide que certains pouvaient le penser à River Falls. Elle n'avait plus d'illusions sur l'âme humaine.

– Non, je être content. Rentrer maison.

Malgré tout, la phrase sonna faux aux oreilles de Mme Winter. Mais que pouvait-elle faire d'autre que de le laisser partir ? Tom était majeur, et même si les conditions de vie étaient certainement meilleures au sein du centre que dans les abris de fortune construits dans les anciennes scieries, il devait retrouver les siens. Le centre était un lieu de passage, pas d'hébergement à vie.

Elle lui caressa la joue.

– Je compte sur toi pour revenir me voir dès lundi. Tu dois reprendre les cours de diction et d'écriture, tu promets ?

– Bien sûr qu'il viendra, hein, fiston ? fit Ritchie sans rien perdre de sa bonne humeur.

– Peux prendre crayons ? demanda Tom.

Mme Winter sentit son cœur se serrer d'émotion ; il était si touchant !

– Bien sûr, Tom, et des feuilles à dessin aussi. N'oublie pas que je dois te faire rencontrer des gens. Un talent comme le tien ne doit pas être perdu.

– C'est ce que je lui ai toujours dit. Un jour, il deviendra célèbre !

– Allez, on va préparer tes affaires, reprit Mme Winter, vous nous excuserez un instant.

Ritchie lui sourit et lui fit signe qu'il attendrait sagement. Un quart d'heure plus tard, une valise au bout du bras, vêtu de ses plus beaux habits, Tom le retrouva à l'accueil.

– Viens là que je t'embrasse, dit Mme Winter qui lui appliqua une grosse bise sur la joue.

Tom ne bougea pas. Il aurait tant aimé rester là. Il aurait adoré voir une dernière fois la dame du FBI.

– On y va, mon Tommy ?

Tom hocha la tête et sortit du centre sans un regard en arrière.

Dehors, il ne faisait pas tout à fait jour, mais l'on pouvait voir que le ciel était nuageux. Tom sentit le froid l'agresser. Il resserra sa longue écharpe mauve. C'était le plus beau cadeau qu'on lui ait fait, après le matériel de dessin. Son prénom avait été brodé dessus par Mme Winter elle-même.

– Dis donc, on s'est pas foutu de ta gueule. Je vois que monsieur veut vivre dans le grand monde ! se moqua Ritchie une fois qu'ils eurent traversé la rue.

Les yeux baissés sur ses chaussures, Tom garda le silence.

– Tu te rends compte que si j'avais pas vu ta tête aux informations, jamais je t'aurais retrouvé ! Tu peux remercier le shérif de se décarcasser pour retrouver ta famille ! ironisa-t-il.

Les deux hommes s'arrêtèrent devant l'arrêt de bus le plus proche. Ritchie s'assit sur le banc et contempla Tom.

– Tu dis rien ? Tu peux m'expliquer maintenant pourquoi tu n'as pas donné de tes nouvelles ? Tu comptais pas t'en aller comme ça ? Après tout ce que j'ai fait pour toi ! reprit-il sur un ton de moins en moins amical.

– Pardon, répondit Tom.

Quel abruti ! se dit Ritchie en secouant la tête. *Pas un homme, ça ! Une pauvre chiffe molle !*

– Ah, mais tu crois t'en sortir avec des excuses ? Tu m'as profondément blessé, Tommy. Tu étais prêt à m'abandonner pour ces gens que tu connais même pas. Mais sais-tu seulement ce qu'ils pensent de toi ?

Quand il ne l'avait pas vu revenir lundi soir à l'abri, il s'était senti trahi. Quinze ans qu'il veillait sur lui. Autant d'années à râler sur sa pute de mère qui lui avait laissé le gamin sur les bras. Un môme qui n'était même pas le sien ! S'il ne s'était jamais considéré comme son père, il s'était néanmoins attaché à lui. Une des rares raisons de vivre cette putain vie de merde ! pensait-il souvent.

– Ils se foutent de ta gueule. Ça les fait bien marrer, un abruti comme toi ! Tu crois vraiment qu'ils t'aiment ? Ils allaient juste te montrer à des docteurs, comme une bête de foire. Tu n'es pas comme eux et tu le seras jamais. Il n'y a qu'une seule personne qui t'aime en ce bas monde et c'est moi !

Tom ne l'écoutait pas. Il ne pouvait s'empêcher de penser à Hurley. Il devait la revoir. Elle avait été la première personne à être gentille avec lui, à le comprendre. Même si Ritchie n'était pas vraiment méchant, ce n'était pas pareil. Ils ne se parlaient jamais. Avec la dame du FBI, pour la première fois de sa vie il s'était senti en confiance. Il avait envie de parler.

– Et Cox ? Tu y as pensé à Cox ? Le pauvre clébard hurle toutes les nuits.

Tom redressa la tête. Évidemment qu'il y avait pensé. C'était la seule chose qui le consolait de retourner à la maison : revoir son chien, un fidèle labrador que Ritchie lui avait offert pour ses douze ans. Dix ans qu'ils formaient une inséparable paire d'amis.

– Je vouloir revenir. Pas partir toujours.

Ritchie le fusilla du regard.

– C'est ce que tu dis maintenant, grommela-t-il. Mais je serais pas venu te chercher, j'ai comme l'impression que tu nous aurais vite oubliés.

Tom ne répondit pas. Cela ne servait à rien de mentir.

Le ronflement du moteur d'un bus annonça son arrivée. Ritchie se leva du banc et donna une petite tape affectueuse dans le dos de Tom.

– Tu me refais jamais plus un coup pareil. J'ai bien cru que t'étais mort, grand benêt !

Un homme au volant d'une Mercedes de location attendit que le bus redémarre pour le suivre. Cela ne pouvait plus durer. Il devait à tout prix neutraliser cet élément perturbateur. Alors que le soleil commençait à peine son ascension, l'homme sut que la journée allait être particulièrement longue.

Logan sentit une pression. Il ouvrit les yeux et découvrit Hurley qui se blottissait contre lui.

Cela faisait cinq nuits qu'ils n'avaient pas fait l'amour. Même si la hache de guerre avait été enterrée le soir même de leur dispute, Logan voyait bien que Hurley avait encore de la rancœur. Elle évitait ses caresses nocturnes et se couchait en chien de fusil, tournée vers le mur. Durant les journées, elle ne venait plus déjeuner avec lui. Elle l'évitait au maximum.

Il savait qu'elle s'était occupée de l'avenir de Tom. Mais cela ne lui avait pris que deux jours. Que faisait-elle le reste du temps ?

Le soir, ils ne se parlaient que pour aborder des sujets d'une platitude extrême, aucun d'eux n'ayant le courage ou l'envie d'aller au fond des choses. Logan avait trop peur de ses propres sautes d'humeur. Il savait que c'était son pire défaut. Un comportement sanguin qui lui faisait parfois dire n'importe quoi.

En cette première matinée du week-end, sentir la paume chaude de Hurley sur son ventre fut une bénédiction. Il se retourna vers elle et savoura le regard qu'elle lui offrait.

– Je ne veux plus jamais qu'on se dispute. Promets-le-moi, dit-elle.

– Je te le promets. Tu es la personne la plus chère à mes yeux. S'il t'arrivait quelque chose, je n'y survivrais pas.

Il le pensait sincèrement. La mort était bien plus souhaitable qu'une vie sans Hurley.

– Personne ne va mourir, espèce de machiste à la noix, se moqua-t-elle tendrement.

Leurs bouches se rapprochèrent, et leurs corps suivirent…

– Je compte passer voir Tom ce matin. Ça ne t'embête pas, si on se retrouve après déjeuner ?

Ils étaient dans la cuisine et prenaient leur petit déjeuner. La pendule murale indiquait 8 heures.

– Vas-y, je passerai au commissariat.

Malgré la justesse du portrait-robot, sa diffusion n'avait mené à rien : une trentaine d'appels, mais vérifications faites, les hommes incriminés avaient surtout le malheur de posséder une longue barbe. Quant à la voiture qu'avait dessinée Tom, c'était une Ford série F, la plus répandue dans tous les États-Unis ! Commencer à interroger tous les propriétaires prendrait des mois – sans compter qu'il s'agissait peut-être d'un véhicule volé.

John Doe n'était pas aussi important qu'une princesse de Galles, et on ne déploierait pas les grands moyens pour lui. À moins d'un miracle, le John Doe de River Falls irait grossir la pile des affaires classées sans suite.

Et qui sait, peut-être que dans une vingtaine d'années, une Lilly Rush viendra rouvrir le dossier ! se dit Logan en finissant son bol de café.

Il était heureux de voir Hurley de meilleure humeur en cette matinée nuageuse. Elle allait reprendre du service dans moins de deux semaines ! Il n'arrivait tout simplement pas à s'y faire. Et pourtant, il ne doutait plus qu'elle allait repartir pour Seattle.

– Tu viendras me voir tous les week-ends ? demanda-t-il.

Perdue dans ses propres pensées, Hurley le regarda sans comprendre.

– Tu comptes bien reprendre ton travail dès le 1er novembre ?

Depuis la promesse de Logan de lui dévoiler la cause de leur première rupture, ils n'avaient plus jamais abordé le sujet – encore moins ces cinq derniers jours.

– Oui, et je viendrai te voir le plus souvent possible. Ça dépendra du travail. Je n'ai aucune envie de te quitter.

Logan hocha la tête et prit une cigarette. Voilà, il avait la confirmation qu'il redoutait. Elle allait partir. Pourrait-il supporter de vivre ainsi ?

– Tu n'as plus envie de savoir ce qui m'a poussé à te quitter à l'époque ?

– Si, mais cela ne changera rien à ma décision.

– Alors une autre fois.

Il tira une bouffée sur sa cigarette et dévia le regard vers la fenêtre. Loin des yeux, loin du cœur. *Ne vas-tu pas m'oublier à Seattle ?* pensa-t-il.

Pourtant, il savait qu'il serait mal placé pour la blâmer si tel était le cas. C'est lui qui l'avait quittée, c'est elle qui était revenue…

– Tu dois me comprendre. Il faut que je retourne à Seattle, dit Hurley. J'ai besoin de travailler. Je ne suis pas une femme au foyer. Je suis désolée.

– Il n'y a pas de quoi. On n'enferme pas un oiseau en cage, aussi délicat que soit son plumage et mélodieux son chant.

Hurley fut touchée par la comparaison. Elle avança la main et la posa sur la sienne.

– C'est comme toi. J'aimerais que tu sois plus réfléchi, moins impulsif, mais bon, ça ne serait plus toi, et finalement je t'aime comme tu es.

Logan se sentit gêné par le compliment. Pourtant, il avait vraiment fait des efforts pour changer, mais c'était plus fort que lui.

– OK, je suis sûr qu'on peut y arriver.

L'autopersuasion. Rien de tel, ironisa-t-il en lui-même.

– Je n'en doute pas un seul instant, répondit Hurley.

22

Stuart se sentait de moins en moins à l'aise. Qu'est-ce qui lui avait pris de dire ça ? Que pouvait-il faire pour aider la sœur de Judith ?

Mais il était trop tard pour renoncer : il était à moins de trois portes de la chambre de Shannon.

– Je suis contente que tu sois là. Je suis sûre que ça va lui faire du bien de te parler, dit Judith.

– J'espère, répondit-il la gorge nouée.

Le bâtiment de la fondation était magnifique. L'architecture et la décoration intérieure manifestaient le souhait de créer un lieu d'harmonie, de sérénité et de beauté. Stuart avait appris sur le Net que Margareth Smith avait bâti ce centre une dizaine d'années auparavant, à la suite du décès de sa fille. Il avait regretté que la charité des riches ne se déclenchât que lorsqu'un drame personnel les atteignait. Mais après tout, c'était mieux que rien. Et si la sœur de Judith pouvait en profiter…

Ils arrivèrent devant la chambre de Shannon. Judith frappa à la porte ; aucune réponse, néanmoins, elle actionna la poignée et entra. Une jeune fille était assise dans un fauteuil placé devant une fenêtre par laquelle on pouvait contempler un jardin clos. Une petite bruine tombant du ciel plombé contribuait à donner un aspect sépulcral à la scène.

– Bonjour, Shannon, dit Judith en s'approchant de sa sœur.

Shannon fit l'effort de se tourner vers elle. Stuart eut du mal à cacher son effroi. L'adolescente était squelettique. Les pommettes saillantes, les yeux enfoncés dans leurs orbites et un teint d'une pâleur cadavérique.

– Bonjour, Judith, dit-elle sans se lever de son fauteuil.

Elle jeta un regard intrigué vers Stuart, qui avait l'impression qu'elle pouvait voir à travers lui, comme un mutant des X-men !

– Bonjour, je m'appelle Stuart.

Shannon se leva lentement, tourna son fauteuil de façon à se retrouver en face de lui, et se rassit.

– Comme la petite souris ! Mais en beaucoup plus gros ! se moqua-t-elle.

Ça commençait bien !

– Ce n'est pas vrai, Stuart Little pèse près de cent kilos, mais pour le film ils l'ont rapetissée, la magie des effets spéciaux, se défendit-il spontanément.

Shannon le regarda avec étonnement avant de se tourner vers sa grande sœur.

– Qui c'est, celui-là ?

– Un ami de mes meilleurs amis, alors je te prierais de bien lui parler.

– Qu'est-ce que j'en ai à faire d'un petit gros ? Qu'est-ce que tu veux me prouver ? ! Tu crois que ça va me donner envie de manger de voir ça !

Judith connaissait les humeurs de sa sœur. Elle pouvait être d'une gentillesse extrême, et parfois la pire des pestes. Malheureusement pour lui, elle était dans un de ses mauvais jours.

– Viens, Stuart, excuse-la, dit Judith qui commençait à s'en vouloir de l'avoir fait venir.

Il devait se sentir terriblement humilié.

– T'as rien compris, ma vieille, je voulais juste voir à quoi ça ressemble, un cadavre ambulant. D'ailleurs, si tu pouvais te lever pour que je voie mieux..., fit-il avec un aplomb qu'il ne se connaissait pas.

Étonnamment, Shannon ne l'intimidait absolument pas. Elle semblait sortie d'un de ses comics. Une de ces créatures cruelles et facétieuses ! Il savait comment les héros devaient leur parler.

– Stuart ! le sermonna Judith, outrée.

Toutes sortes d'émotions passèrent sur le visage décharné de Shannon, et elle se leva d'un bond avec un hurlement de fantôme. Stuart faillit pousser un cri, mais se retint et crut discerner un brin d'espièglerie dans les yeux de la malade.

– C'est tout ce que tu sais faire ? T'es pas près d'être engagée par Wes Craven.

– Un petit gros qui s'y connaît en films d'horreur !

– Le petit gros, il te dit que t'es juste une petite peste de bourgeoise mal éduquée, répliqua Stuart plus sèchement qu'il ne l'avait voulu.

Le visage rouge de colère, il sortit de la chambre et alla s'asseoir sur les premières marches de l'escalier. Judith ne lui adresserait plus jamais la parole ; pourtant, il n'arrivait pas à regretter son accès de colère.

C'était la première fois de sa vie qu'il ne s'écrasait pas. Il avait répondu à son agresseur avec une farouche détermination. Il pouvait être fier de lui !

– *Une pauvre anorexique au seuil de la mort ! Quel acte de bravoure !* ironisa une petite voix dans sa tête.

– *C'est un début, chaque chose en son temps*, le rassura une seconde voix.

Il resta là à attendre que Judith sorte de la chambre, mais à sa surprise c'est Shannon qui le rejoignit et vint s'asseoir sur les marches à côté de lui.

– Ma sœur vient de me faire la morale, mais elle t'en veut quand même à mort de m'avoir insultée. Elle ne t'imaginait pas capable d'être aussi méchant ! L'adorable idiote, commença Shannon sur le ton de la confidence.

– Qu'est-ce qu'elle fait ?

– Je lui ai demandé de rester dans la chambre. Je crois que je me suis trompée sur toi. Tu n'es peut-être pas si différent de moi, après tout. Ton physique te donne l'air d'un gros balourd gentil mais un peu niais, et je suis sûre que personne ne s'intéresse à ce qui se passe vraiment dans ton cerveau. Personne ne te comprend, n'est-ce pas ?

Stuart ne savait quoi penser. Devait-il rire ou pleurer ? Il était venu pour l'aider et maintenant c'était lui qui se faisait psychanalyser ! Et par une espèce de spectre, le comble !

– Ma sœur t'a fait venir dans l'espoir que tu me montres qu'on pouvait très bien s'assumer avec ses problèmes de poids. Mais cette idiote ne se rend pas compte que tu donnerais tout pour ne plus être un petit gros. Je me trompe ? demanda-t-elle avec une perspicacité étonnante. Elle n'a toujours pas compris que ma maladie n'a rien à voir avec la faim. Je ne peux simplement rien manger. Ça me donne envie de vomir. J'ai la phobie de la nourriture, comme d'autres celle des araignées.

Judith sortit de la chambre et s'approcha d'eux.

– Stuart, on y va, dit-elle.

– Non, il reste avec moi. Je l'aime bien finalement, le petit gros. Tu l'as fait venir pour m'aider, oui ou non ?

Judith implora Stuart du regard, mais Shannon s'interposa :

– Tu ne l'auras pas comme ça !

Elle serra fort la main de Stuart dans la sienne.

– Tu sais très bien qu'il est raide dingue de toi. Ça crève les yeux. Il n'est pas venu m'aider, il a seulement trouvé un moyen de se montrer héroïque à tes yeux. Le seul hic, c'est qu'il se leurre complètement. Je t'adore, Judith, mais tu ne comprends pas grand-chose à la nature humaine.

Stuart eut l'impression qu'on venait de lui planter un couteau en plein cœur. Il avait tellement honte… Si seulement la mort pouvait le terrasser dans l'instant !

Shannon resserra ses doigts sur sa main.

– Laisse-nous, s'il te plaît. Fais ça pour moi, conclut-elle d'une voix plus douce.

Judith était rouge de confusion. Elle adorait sa sœur, mais elle était parfois complètement hystérique. Et ce pauvre Stuart… eh bien, qu'il se débrouille ! Après tout, c'était son idée de venir ici.

– Très bien, comme tu veux. Au revoir, Shannon.

Elle descendit l'escalier sans se retourner. Quelques instants plus tard, le bruit d'une porte qui claquait résonna en bas.

Stuart avait envie de pleurer mais aussi d'étrangler Shannon. Celle-ci planta son regard dans le sien et explosa de rire avant de le prendre dans ses bras. Son hilarité lui parut durer une éternité, mais étrangement, le contact du corps décharné de Shannon ne lui répugna pas. Bien au contraire, il eut l'impression qu'elle lui communiquait de l'énergie.

Elle finit par se calmer et relâcha Stuart. D'autres pensionnaires étaient sorties dans le couloir pour voir qui faisait tout ce vacarme.

– Viens, on retourne dans ma chambre. Je suis certaine que tu as des choses intéressantes à dire, mais rien à voir avec ce que pensait ma sœur.

Stuart était totalement déboussolé, mais il accepta la main que lui tendait Shannon et la suivit docilement.

23

Logan rentra en début d'après-midi. La matinée n'avait apporté que quelques nouveaux témoignages, mais rien de valable. Le portrait-robot était diffusé depuis près d'une semaine, les chances qu'une personne reconnaisse le meurtrier diminuaient. Il ne se donnait pas plus d'une dizaine de jours avant de laisser tomber.

Il s'affala dans le grand fauteuil dont il avait fait l'acquisition au début du mois, une bière à la main, et ferma les yeux. Il se sentait épuisé et quelque peu désemparé. Deux enquêtes en moins d'un mois, et il était incapable de les mener à terme. Il avait toujours autant de mal à digérer la mort de Robert Gordon. Il était persuadé que tout cela n'était qu'une histoire de gros sous, que Hilton avait sa part de responsabilité dans le meurtre. Mais comment le prouver sans enfreindre la loi ? Il avait imaginé toutes sortes d'actions, plus ou moins légales : mise sur écoute, filature, interrogatoire des proches… Mais sans le début d'une preuve, rien ne tiendrait face à un avocat.

Même s'il croyait en la justice de son pays, il savait qu'elle ne pouvait être parfaite – comme toute institution humaine. Hilton allait échapper à toute poursuite, et cela quelles que soient les certitudes de Logan.

Il entendit la porte s'ouvrir. Perdu dans ses pensées, il n'avait pas prêté attention à la Ford qui venait de se garer devant la maison.

– Mike ? fit Hurley en avançant dans le couloir de l'entrée.

– Ici ! répondit-il en se redressant dans le fauteuil.

Elle posa son sac et vint s'asseoir en face de lui.

– Le père adoptif de Tom est venu le récupérer au centre, dit-elle. Il l'a vu dans le journal.

C'était Logan qui avait fait passer sa photo dans les médias la veille. « Tom, un jeune homme amnésique, recherche sa famille », indiquait le communiqué. Pas question de SDF, et encore moins du fait qu'il était l'auteur du portrait-robot diffusé quelques jours auparavant. Il ne fallait surtout pas effrayer les proches de Tom et laisser supposer qu'il était lié au meurtre de John Doe. Tom avait besoin de retrouver les siens.

– Je suis heureux pour lui. J'espère juste que c'est bien son père, dit Logan.

Mais sa tentative d'humour tomba à plat.

– Quoi ? rebondit aussitôt Hurley.

– Rien, je plaisante. Bon, qu'est-ce que tu dirais d'une petite sortie en ville ? Faire les magasins…

– Je ne cesse de penser à ça.

Logan fronça les sourcils. Qu'avait-elle derrière la tête ?

– Et si tu avais raison ? Je n'arrête pas de me dire que n'importe qui aurait pu venir le chercher. Tom est comme un enfant sage. Il ne sait pas dire non, et il a peur de l'autorité. Qui peut nous dire si une personne mal intentionnée n'est pas venue le récupérer ?

– Encore faudrait-il qu'elle sache que Tom est un retardé mental. J'ai bien pris soin de ne pas le mentionner. La seule personne qui a pu venir chercher Tom est forcément une connaissance, la rassura Logan, qui ajouta sur un ton plus sévère : C'est quand même toi qui as tenu à ce qu'on publie sa photo, non ?

– Je sais, mais j'aurais aimé être là pour vérifier l'identité du père.

– Qu'a dit la directrice du centre ? Je suppose qu'elle ne l'a pas laissé partir comme ça ?

– Non, elle m'a assuré que Tom l'avait reconnu et qu'il paraissait tout à fait sympathique, mais qu'évidemment c'était un vagabond.

Logan se leva et vint s'asseoir tout près de Hurley.

– Tu sais ce que je vais faire ? (Elle le regarda droit dans les yeux.) On va aller le voir pour s'assurer que tout va bien pour lui, ça te va ?

Hurley prit un air candide.

– Tu ferais ça pour moi ?

– Je crois que je te le dois bien. Même si ce n'est pas très réglementaire. Tom est majeur, et jusqu'à preuve du contraire, il n'est sous la tutelle d'aucune institution et donc libre de ses mouvements et de ses relations.

– Oui, mais tout système est imparfait.

Logan s'étonna d'entendre cet écho à ses pensées. Ils étaient vraiment faits pour vivre ensemble… Il s'obligea aussitôt à ne plus penser à son départ.

Dehors, le ciel était lourd, mais la pluie refusait toujours de tomber.

– Je crois qu'il vaudrait mieux se mettre en tenue. Il risque de pleuvoir d'ici ce soir.

Puis, après un silence :

– Et j'adore quand tu mets tes bottes en cuir.

Il fallait s'y attendre. Un éclair zébra le ciel, instantanément suivi d'un coup de tonnerre et d'une forte averse.

– Putain, faudra qu'un jour je répare ce toit, pesta Ritchie en regardant la pluie qui gouttait du plafond.

Il habitait depuis plus de cinq ans cette ancienne cabane de chasseur perdue dans la forêt. Fabriquée avec du matériel récupéré sur des chantiers, elle était à l'écart de la communauté des clochards qui vivaient dans les anciennes scieries.

Ritchie ne supportait pas la promiscuité. Il aimait bien sa solitude, et ce n'était pas Tom, qui ne parlait quasi jamais, ou Cox qui allaient le déranger.

Sa vie était une vraie saloperie, mais il l'aimait. À cinquante ans, il savait qu'il était trop vieux pour en changer. Il finirait ses jours dans ce coin pourri, et avec un peu de chance, Tom se débrouillerait pour lui payer un enterrement.

Il ouvrit une nouvelle bouteille de vin. Ce soir, c'était la fête. Le retour du fils prodigue ! Outre son don pour le dessin, Tom avait une autre qualité : c'était un excellent chasseur. Avec Cox, ils faisaient la paire. Jamais Ritchie n'aurait pu s'offrir autant de viande sans eux : ils rapportaient du gibier presque chaque jour.

Le braconnage était évidemment interdit, mais était-il normal de laisser crever de faim de bons Américains qui s'étaient battus pour le Vietnam ? pensait-il souvent – en dépit du fait qu'il n'avait que quinze ans quand la guerre s'était arrêtée ! Ritchie en voulait au monde entier. Il ne doutait pas qu'il était quelqu'un d'exceptionnel et que le destin lui avait joué un sale tour, en lui envoyant la salope de mère de l'attardé, pour commencer ! Elle lui avait brisé le cœur. Il s'était consolé comme il l'avait pu, en noyant son chagrin dans l'alcool.

– À la tienne, mon Tommy ! fit Ritchie en levant sa bouteille.

La fin de la journée approchait et il avait dû allumer la lampe à pétrole pour y voir. Il porta le goulot à sa bouche et s'enfila trois rasades cul sec.

– Ahhh ! Putain que ça fait du bien !

Il s'essuya les lèvres du revers de son veston élimé.

Pas une pute ne pouvait vous donner autant de plaisir qu'une bonne bouteille de vin. Ce qui tombait bien, car ça faisait des mois qu'il n'avait pu en grimper une. Trop chères pour lui ! Chienne de vie…

Les éclairs se succédaient, accompagnés du roulement du tonnerre. C'était maintenant des filets d'eau qui tombaient dans la cabane, formant une grosse flaque sur le tapis.

– Vous pouvez pas me foutre la paix ! grogna-t-il en levant le poing vers les éléments déchaînés.

Il but trois nouvelles rasades et se leva pour placer des récipients sous les trous du toit.

Il en profita pour monter le réchaud à gaz et jeter un œil par l'unique fenêtre. La pluie était dense, le crépuscule s'était abattu sur la forêt, si bien qu'il n'y voyait presque plus rien. Et pour ne rien arranger, sa vue avait beaucoup baissé.

– Qu'est-ce que tu fous, Tommy ? Tu choperas rien par un temps pareil, maugréa-t-il.

Il n'aimait pas savoir le petit dehors par ce temps. Une sorte de réflexe paternel, ou bien la peur d'être seul dans la tourmente. L'idée lui vint alors que Tom avait pris le prétexte de la chasse pour lui fausser définitivement compagnie avec Cox. Cette idée le glaça bien plus que le froid.

Il alla se rasseoir et reprit sa bouteille de vin.

– Tu ne me ferais pas ça, Tommy ? Tu laisserais pas ton bon vieux père tout seul à crever comme un chien ? demanda-t-il à haute voix.

Il avala avec une sorte de rage de nouvelles gorgées de vin. Le petit enfoiré avait dû prendre goût à la ville ! L'ingratitude des enfants ! Vous vous saignez aux quatre veines pour eux et ils vous plantent un couteau dans le dos. Il ne lui laisserait même pas le chien !

– Fils de pute ! J'aurais dû te laisser crever quand ta mère est partie. Et dire que tu sors même pas de mes burnes !

L'alcool aidant, il se mit à sangloter tout seul, puis à rire de sa misérable vie. Il finit la bouteille et se leva pour en prendre une autre. Ce faisant, il vit du coin de l'œil une silhouette se faufiler entre les arbres.

Un soulagement intense s'empara de lui. Le con ! Il avait vraiment cru qu'il ne reviendrait pas. Il alla à la porte et malgré le vent et la pluie, l'ouvrit en grand.

– Tommy ! Tommy ? appela-t-il en le cherchant du regard.

Curieusement, il n'entendait pas les jappements de Cox.

Merde, il faudrait qu'un jour il trouve des lunettes !

– Tommy ? cria-t-il à nouveau.

À travers le rideau de pluie, il entendit du bruit sur sa gauche. Quelqu'un venait vers lui. Trop grand pour être Tommy.

– Vous êtes qui, vous ?

Mais quand la lame s'enfonça dans sa gorge, la réponse devint le cadet de ses soucis.

Tommy s'arrêta derrière un buisson. La pluie n'allait pas tarder à tomber. C'était le moment ou jamais.

– Pas parler, Cox, souffla-t-il au labrador.

Sous le couvert des arbres, il faisait presque aussi noir qu'en pleine nuit. Mais contrairement à Ritchie, Tom avait une excellente vue. Un jeune cerf était à l'affût. Ce n'était pas tous les jours qu'il tombait sur une si belle pièce. Il ralentit sa respiration, positionna son fusil et prit le temps de le mettre dans sa ligne de mire. L'animal semblait aux abois. Il avait dû sentir leur odeur.

Tom cessa de respirer et, dans un état second, appuya sur la détente. La balle toucha l'animal en pleine cage thoracique. Le jeune cerf s'écroula instantanément.

Tom releva le canon de son arme et donna une tape sur la tête de Cox.

– Manger viande !

Cox aboya et partit d'un bond vers l'animal.

Tom était content. Même si la vie en ville ne lui avait pas déplu, son élément, c'était la forêt. Il aimait cette vie, loin du tumulte des humains, sans nécessité de parler. Les autres sens étaient bien plus importants. La seule chose qui lui manquait était le visage de la dame du FBI. Elle était tellement belle. Il espérait vraiment qu'il pourrait la revoir.

Il sortit du fourré et rejoignit Cox qui, surexcité, tournait autour de la carcasse du cerf en lançant de brefs aboiements en direction de son maître.

– Bon chien ! fit Tom.

Il sortit son couteau de chasse. Ritchie ne voulait pas qu'il dépèce les animaux trop près de leur cabane.

Tom espérait que la pluie pourrait l'épargner encore quelques minutes.

La Cherokee avançait sur le chemin de terre. Logan se réjouit d'avoir une telle voiture tant le terrain était accidenté. Ils avaient quitté la route depuis plus de dix minutes et s'enfonçaient dans la forêt en direction des anciennes scieries, le refuge des marginaux et des SDF.

Ces pauvres types essayaient de survivre en magouillant comme ils pouvaient. Pas la peine d'aller les coffrer pour des broutilles. Tant qu'ils ne troublaient pas l'ordre public et faisaient leurs petits trafics entre eux, Logan ne voyait pas pourquoi il s'acharnerait sur les oubliés de la prospérité.

– Ça t'embête, n'est-ce pas ? fit Hurley en se méprenant sur ce qu'elle lisait sur le visage de son homme.

Désormais, elle-même doutait de la pertinence d'aller chercher Tom. Il n'était pas aussi immature. Il n'aurait pas suivi un homme contre son gré.

– Non, pas du tout. Je pensais seulement à ces pauvres types qui vivent là. Pour eux, le rêve américain s'est arrêté il y a bien longtemps.

C'était peut-être ça le problème, se dit Hurley. Laisser Tom vivre sa vie. Mais quelle vie ? Celle d'un clochard ? Celle de milliers d'Américains à travers le pays, sans personne pour les prendre en charge. Quelques gestes de charité ici ou là ne remplaçaient pas un organisme de réinsertion à la hauteur de la tâche.

– Le rêve américain, enchaîna-t-elle. Si seulement il existait !

Le silence retomba dans l'habitacle.

Logan aperçut enfin les panneaux rongés par la rouille annonçant les anciennes scieries. Au-delà, on pouvait deviner les bâtiments délabrés à travers une végétation dense.

– On y est presque. J'espère qu'ils seront plus loquaces que la dernière fois.

De nombreux policiers étaient venus dans le coin interroger les résidents après la découverte du corps de John Doe. Personne n'avait rien vu, rien entendu. De toute façon, au ton de leurs réponses, Hurley se doutait que même s'ils avaient vu quelque chose, ils n'en auraient rien dit ! Ces pauvres gens vivaient en communauté. La société les ignorait ; ils faisaient de même en retour.

Logan arriva dans une zone dégagée et se gara devant un imposant bâtiment où, durant des décennies, des sapins de taille impressionnante avaient été régulièrement laminés. Sur les côtés se trouvaient des hangars où était entreposé le bois avant la découpe.

Logan coupa le moteur, alluma une cigarette et sortit de la voiture. Coiffant son chapeau, il jeta un regard peu rassuré vers le ciel. Il lui semblait avoir vu des éclairs dans le lointain.

La lumière des bidons où l'on faisait du feu pour se réchauffer était visible en plusieurs points. Au moment de fermer l'usine, le liquidateur n'avait trouvé aucun repreneur pour le stock de bois qui restait encore à la découpe, quelques centaines de tonnes réparties dans les hangars. Les SDF l'utilisaient comme combustible depuis des années.

– On se sépare ? demanda Hurley.

– Tu plaisantes ?

– À ton avis ! fit-elle en essayant d'alléger l'atmosphère.

Outre la pluie, les bourrasques du vent qui s'était levé, la nuit qui tombait et l'état d'abandon de la scierie, à la pensée des pauvres hères qui vivaient là, le moral du plus aguerri aurait été brisé.

Aucun comité d'accueil. Logan entrouvrit son blouson, prêt à sortir son arme si besoin était. Ils s'avancèrent vers l'immense porte du bâtiment principal, qui s'ouvrit avant que Logan ait eu le temps de poser la main dessus, révélant un homme à la stature d'un champion du WWE, la ligue professionnelle de catch, et à la barbe blonde – Logan lui trouva même une certaine ressemblance avec Hulk Hogan, ce qui ne le rassura en rien.

– Shérif ? Qu'est-ce que vous revenez foutre par ici ? On a déjà dit à vos hommes qu'on connaissait pas le cadavre, vous êtes bouché ou quoi ?

Le ton était donné. Logan tira sur sa cigarette et lui souffla la fumée au visage.

– Fais gaffe à ce que tu dis, mon gros. J'ai comme l'impression que si mes hommes et moi nous revenions fouiner par ici, nous trouverions de quoi vous foutre en cabane jusqu'à la fin de vos jours. Alors ne me cherche pas ou tu vas me trouver, dit-il dans un accès d'autorité.

S'il n'y avait pas eu Hurley à ses côtés, peut-être aurait-il été plus conciliant. Mais il était hors de question de se laisser insulter devant la femme de sa vie. L'homme lui lança un regard mauvais, avant de se détendre.

– Vous en avez une sacrée paire, shérif. Pas comme l'autre connard que vous avez remplacé.

Il lui tendit la main.

– Jacob Petersen. J'étais pas là quand vos hommes sont venus interroger les miens. Sinon, je vous aurais tout de suite dit que vous perdiez votre temps.

Et tu étais où ? Tu trafiquais quoi ? se retint de lui demander Logan.

– Pourquoi ? intervint Hurley.

Le regard qui se posa sur elle déplut profondément à Logan : ce Petersen s'attardait trop longtemps sur les formes de la profileuse.

– Parce qu'on n'a rien à vous dire. Pourquoi le ferions-nous ? Qui se soucie de nous ? Hein ? Vous voyez dans quelles conditions on nous oblige à survivre ?

Derrière Petersen, d'autres sans-abri étaient en train de se regrouper. Ils faisaient peine à voir dans leurs guenilles.

– Quelqu'un a tué l'un des vôtres. Il me semble que vous devriez être intéressés par l'identité du meurtrier.

– Ce sont nos affaires. Qu'est-ce que vous en avez à foutre, de la mort d'un clochard ? C'est juste pour cacher votre incompétence à résoudre le meurtre de Robert Gordon. Ce n'est pas parce qu'on vit loin de tout qu'on n'est pas au courant de ce qui se passe dans la bonne société, shérif !

– Vous vous trompez sur mon compte, toute mort suspecte implique une enquête. Que la victime soit milliardaire ou crève-la-faim.

Un brouhaha de mécontentement monta du petit groupe, puis les invectives fusèrent :

– Mensonge !

– Propagande de merde !

– On veut pas de vous ici.

– Rentrez chez vous !

Logan craignit un instant que la situation ne dégénère, mais Jacob leva la main et imposa le silence.

– Vous voulez parler de justice exemplaire ? Alors expliquez-moi pourquoi personne n'a jamais pris la peine de faire la moindre enquête sur les disparitions.

– Quelles disparitions ?

– Ne faites pas l'innocent, dit Jacob, qui, semblant se souvenir d'une chose, ajouta : C'est vrai que ça fait même pas un an que vous êtes le nouveau shérif. Peut-être que votre connard de prédécesseur ne vous a pas mis au courant.

– Au courant de quoi ?

Les SDF se rapprochèrent un peu plus de Jacob. Certains apparurent sur des échafaudages et les plates-formes intérieures du bâtiment. Logan était prêt à dégainer.

– Il ne se passe pas un mois sans que certains d'entre nous disparaissent, sans laisser de trace. Et ça fait des années. Nous avons alerté les autorités, mais c'est toujours la même réponse : allez vous faire foutre, bande de rebuts !

– C'est vrai !

– Il n'y en a que pour les riches.

– On peut tous se faire tuer, tout le monde il en a rien à foutre ! reprirent d'autres SDF.

Logan leva ses paumes devant lui en signe d'apaisement.

– Écoutez-moi, tout le monde. Je vous fais la promesse que je vais rouvrir tous les dossiers. Si l'un d'entre vous veut venir lundi déposer une plainte pour disparition, je la prendrai personnellement et je vous assure qu'une enquête sera menée, OK ?

Derrière Jacob, les SDF se faisaient de plus en plus nombreux. Combien étaient-ils à vivre là ?

– Laissez tomber, shérif, ça fait bien longtemps qu'on ne croit plus en la justice.

– Vous avez tort, répliqua Logan en le fixant droit dans les yeux.

Jacob soutint son regard, jaugeant son homme.

– Peut-être, mais c'est comme ça qu'on est. On vous demande juste de nous foutre la paix.

Puis, après une pause :

– Votre gars s'appelait Vinnie Lowry.

Logan fronça les sourcils.

– C'est comme ça que s'appelait votre John Doe. Si vous pouviez mettre ce nom sur sa tombe et alerter le reste de sa famille. Il venait de Whitehall dans le Montana. Je crois qu'il avait une petite fille qui est restée avec sa mère.

Le tonnerre retentit au loin et la pluie se mit à tomber.

– Si vous avez encore des questions, dépêchez-vous. Sinon vous allez finir trempé, fit Jacob, qui se tenait toujours dans l'encadrement de la porte du bâtiment.

– Oui, juste une, intervint Hurley.

Jacob la regarda avec un soupçon de lubricité au fond des yeux.

– Je vous écoute.

– Savez-vous où l'on peut trouver Tom et son père ? Vous savez, le jeune homme amnésique.

Jacob poussa un soupir ironique.

– On s'est tous bien marrés quand on a su que vous le recherchiez, mais entrez donc. Vous allez ruiner votre beau brushing.

Jacob s'effaça pour laisser entrer Hurley et Logan.

Le bâtiment était encore plus impressionnant de l'intérieur, un espace immense avec des plates-formes, des échelles et des machines-outils d'une taille incroyable. Les résidents étaient au moins une cinquantaine, des adultes mais aussi quelques enfants. Déscolarisés, à tous les coups, pensa Hurley. Pourquoi personne ne s'en préoccupait ?

– Tom n'est pas amnésique. Il est juste bizarre dans sa tête. Il parle presque pas, mais il sait parler, expliqua Jacob. Son père et lui vivent plus loin dans la forêt. Ils préfèrent rester isolés, c'est leur truc. Nous, on les laisse tranquilles. Des fois, Tom nous apporte…

Jacob s'interrompit brusquement. Ces enfoirés avaient failli lui faire dire que le petit braconnait. Toujours se méfier des flics !

– C'est bon, on dira que j'ai rien entendu. On veut juste savoir si quelqu'un pourrait nous conduire à leur cabane.

Logan se doutait bien que Tom commettait quelques larcins. Quel SDF n'avait pas volé dans sa vie ?

– J'y suis jamais allé, mais peut-être que quelqu'un connaît, dit Jacob en se retournant.

– Moi, je sais ! Je peux vous y emmener mais ça va vous coûter dix billets, fit un jeune homme édenté qui sautillait sur place.

Des rires moqueurs résonnèrent dans tout le bâtiment.

– Je t'en donnerai même vingt, s'ils se trouvent chez eux quand on y arrive, répondit Logan.

Un sourire illumina le visage du garçon.

– Je vous présente Louis, notre meilleur pisteur, dit Jacob.

Les ricanements reprirent. Logan n'aimait pas ça.

– Tu es certain du chemin ? demanda-t-il.

– Bien sûr, pas de problème.

– Très bien, ne perdons pas de temps dans ce cas.

Logan et Hurley saluèrent Jacob et ressortirent sous la pluie pour prendre la torche électrique dans le coffre de la Cherokee.

Après avoir enfilé un imperméable, Louis les rejoignit et les invita à le suivre.

– C'est pas loin, on n'en a pas pour longtemps.

Quand Cox se mit à aboyer sans raison, Tom comprit que quelque chose clochait, même si rien dans le paysage n'était différent des autres jours. La cabane était bien à sa place et de la lumière l'éclairait de l'intérieur. Les volets étaient clos, mais c'était dans les habitudes de Ritchie de les fermer dès la tombée du jour. L'isolation n'était pas le point fort de la cabane.

Tom avait réussi à dépecer sa bête et il la portait fièrement sur ses épaules, les pattes liées deux à deux.

Cox fonça vers la bicoque et se mit à aboyer de plus belle devant la porte.

– Cox ! fit Tom.

Il n'allait pas se laisser contaminer par la peur irrationnelle du chien. Néanmoins, il trouva curieux de ne pas entendre Ritchie pester contre l'animal. Il devait déjà être trop saoul pour crier…

Tom n'aimait pas ça. Ritchie pouvait devenir méchant, et alors les coups se mettaient à pleuvoir. Tom aurait facilement pu le maîtriser et lui rendre ses coups au centuple, mais c'était son père ; il savait qu'on ne bat pas son père. Alors il subissait les coups, sans vraiment souffrir, attendant que la fatigue s'empare du corps imbibé d'alcool.

Les chiens ont un odorat mille fois plus développé que celui des humains. Peut-être Cox sent-il l'odeur du vin ? pensa Tom.

Il déposa la carcasse du jeune cerf près du tas de bois adossé à la cabane. Alentour, tout était normal, pourtant quelque chose clochait. Tom pouvait se fier à son sixième sens, à ce qu'il appelait son instinct animal.

C'est alors qu'une pensée terrible s'imposa à lui : Ritchie était mort ! C'était l'odeur de la mort que Cox avait sentie !

Il se rua vers la maison.

– Bonjour, Tom, surtout, tu ne fais pas de bêtise et tu restes bien calme, l'accueillit un homme en le braquant avec un pistolet.

Tom reconnut immédiatement l'étranger. C'était lui qui avait balancé John Doe dans la rivière.

– C'est encore loin ? demanda Logan.

Même si son chapeau et la voûte sylvestre le protégeaient un peu de la pluie, il en avait plus qu'assez de marcher dans ce fouillis de branches cassées, de feuilles mortes et d'humus spongieux.

– Soyez patient, on y est presque. C'est juste qu'y a pas vraiment de chemin par ici, s'excusa Louis, leur jeune guide à moitié édenté.

– Tu as intérêt à ne pas t'être foutu de nous ou je te jure que tu vas passer tes prochaines nuits en cellule, le menaça Logan.

Il faillit trébucher sur une racine, et ne dut qu'au bras secourable de Hurley de ne pas s'étaler de tout son long.

– Faites attention où vous mettez les pieds. On n'est pas en ville, shérif, le prévint Louis.

En plus, il osait se moquer de lui ! Logan était sur le point d'exploser.

– Il a raison, essaie de te calmer. Si tu ne le fais pas pour toi, fais-le pour moi, le pria Hurley.

Elle non plus n'appréciait pas particulièrement de marcher sous la pluie dans la forêt, elle aurait préféré être à la maison devant un bol de thé bouillant. Mais s'assurer que Tom allait bien était autrement plus important que leur petit confort personnel.

– Oui, d'accord, mais on ne va pas tarder à plus rien y voir.

– N'oublie pas que j'ai la torche, dit Hurley en la brandissant devant son nez.

Elle s'était bien douté que le chemin serait plus long que ne l'avait laissé entendre leur guide. Un grondement d'eau en furie les surprit. Le jeune homme pressa le pas et les devança de quelques mètres.

– Mais qu'est-ce qu'il fout, ce con-là ? grogna Logan.

– Tu peux cesser de râler, ne serait-ce qu'un instant ? répondit Hurley.

Ils rejoignirent le guide qui s'était immobilisé un peu plus loin, sur un promontoire qui surplombait la rivière. Les fortes précipitations avaient gonflé son cours.

– Vous allez rire, je crois que je me suis trompé de route ! fit Louis.

Logan secoua la tête, mais la pression de la main de Hurley sur son bras l'incita à la retenue.

– Mais bon, je crois que je reconnais. Si on remonte un peu plus haut, ça doit pas être bien loin. Je vous promets qu'on va y arriver.

Logan aurait bien aimé le croire, mais le ton de sa voix n'était pas aussi affirmé qu'au début de leur expédition.

– Si vous n'êtes pas certain du chemin, ce n'est pas grave, nous reviendrons demain, dit Hurley qui elle aussi commençait à douter des compétences du jeune guide.

– Si, si, je suis sûr c'est par là. On y est presque.

Il se remit en marche. Logan jeta un regard désespéré vers Hurley, qui haussa les épaules et lui sourit.

– Un peu de patience, essaya-t-elle de le calmer en allumant la lampe torche.

Et dans l'obscurité qui s'épaississait, ils mirent leurs pas dans ceux du jeune homme.

– Tu es plutôt doué pour le dessin. Félicitations, fit l'homme.

Il se tenait debout dans la cabane et tenait Tom en joue. Sur sa gauche, Ritchie était avachi dans son fauteuil, la tête penchée sur son torse, son pull-over souillé par une énorme tache de sang. Du sang qui s'écoulait goutte à goutte sur le plancher.

Tom était trop choqué pour réagir. Il n'arrivait pas à en croire ses yeux. Ritchie était mort !

– Dans la vie, il faut savoir rester à sa place, mon petit. Ne t'a-t-on jamais appris que la curiosité est un vilain défaut ?

Tom ne bougeait pas d'un pouce. Les paroles de l'homme n'avaient aucun sens pour lui. Il ne comprenait pas ce qu'il se passait. Seule une trouille de tous les diables l'avait envahi. Un éclair déchira le ciel, donnant au visage de l'homme un aspect encore plus démoniaque.

– Bien, tu vas faire exactement ce que je te dis, sinon, je vais devoir devenir très méchant, tu comprends ?

Tom ne bougeait toujours pas.

– Tu comprends ou tu tiens vraiment à ce que je m'énerve ? reprit l'homme.

Sa voix avait pris un ton glacial. Tom secoua la tête.

– Comprendre.

– Très bien. Alors, allons faire un petit tour dehors tous les deux. Tu as intérêt à faire exactement ce que je te dis, fit l'homme en relevant son arme de façon explicite.

– Oui.

Les deux hommes sortirent. Cox ne cessait de grogner, prêt à bondir sur l'étranger. La pluie n'était plus aussi forte, mais le ciel s'était assombri. On n'y voyait presque plus rien. L'homme n'aimait pas agir dans la précipitation, mais il n'avait pas eu le choix.

Quand il avait découvert son portrait-robot dans la presse, il s'était félicité de ne jamais sortir sans sa fausse barbe et ses grosses lunettes pour commettre ses forfaits. Certains de ses proches s'étaient tout de même amusés à le chambrer à propos de sa ressemblance avec le portrait.

Ce garçon avait une mémoire visuelle impressionnante. Si leurs routes s'étaient croisées à River Falls, il l'aurait immédiatement repéré.

– Tu n'as vraiment pas eu de chance, tu sais, dit l'homme en forçant Tom à avancer.

À ses côtés, Cox poussait de petits gémissements. Il était aussi déboussolé que son maître.

– Si la police n'avait pas diffusé ton portrait dans la presse, je n'aurais jamais su qui était le type qui m'avait surpris en train de balancer un corps à la flotte !

Si Tom avait aperçu l'homme, la réciproque était vraie, mais il aurait été beaucoup trop risqué de tenter aussitôt de le retrouver, sans aucune préparation. Qui savait combien de SDF se trouvaient dans le coin ?

Désormais, il avait repris la main.

Ça avait été très facile de trouver l'endroit où était hébergé ce Tom, et depuis, il le surveillait.

Quand un homme d'âge mûr était venu le chercher dans la matinée, il avait su qu'il avait une chance de retourner la situation à son avantage, et avait élaboré un nouveau plan – un crime parfait de plus !

– Dire rien. Jurer. Dire rien, pleurnicha Tom sans cesser d'avancer.

Le canon qui le poussait dans le dos le faisait bien plus frissonner que le froid de la nuit.

L'homme avait allumé une lampe torche et indiquait le chemin.

– Je sais.

L'homme venait de réaliser que Tom n'était pas amnésique, comme l'avaient dit les journaux, mais retardé ! Les policiers n'avaient pas su faire la différence. Des incapables, qui faisaient son bonheur…

– Allez, arrête-toi, ordonna-t-il.

Tom s'immobilisa. Ils étaient en bordure d'une petite clairière. Tom connaissait cet endroit par cœur. En plein été, il venait s'y allonger pour se reposer. C'était un bel endroit… quand il faisait beau.

– Regarde l'arbre, dit l'homme en désignant la première branche.

Elle formait un coude perpendiculaire avec le tronc massif. Une corde avec un nœud coulant y était attachée.

Tom jeta un regard terrorisé vers l'homme.

– Pas mourir. Pitié pas mourir.

– Tout le monde doit mourir un jour. Et n'est-ce pas un jour magnifique pour ça ?

Cet homme était le diable en personne.

– Tu vas monter sur cette souche, et te mettre la corde au cou. Et si tu le fais gentiment, je te promets de ne pas tuer ton chien.

– Non. Pas mourir. Pas pouvoir, supplia Tom qui tomba à genoux aux pieds de l'homme.

Tom aurait pu le flanquer par terre s'il avait essayé, mais étrangement, même chez les désespérés le courage est rare. Si les esclaves avaient eu plus de couilles, jamais ils ne se seraient laissé dominer par leurs maîtres, se disait-il souvent.

– Chut, tout doux, le consola l'homme d'une voix calme.

Le chien se mit à hurler à la lune. C'était presque touchant.

– Allons, un peu de courage. La mort n'est rien. La souffrance est bien pire. Tu n'imagines pas combien d'hommes réclament la mort quand la souffrance est insupportable. Et vois-tu, je ne suis pas toujours aussi conciliant.

Tom resta prostré à genoux sur le sol détrempé. L'homme lui posa le canon de son arme sur le front.

– Maintenant tu vas te lever, ou non seulement je vais devoir tuer ton chien, mais quand je commencerai à m'occuper de toi, tu me supplieras pour que je t'achève !

Le ton était sans appel. Tom se remit à pleurer mais trouva la force de se relever.

Il venait de passer à la quatrième étape de la mort. Après la stupeur, le déni, la supplication, voilà enfin le temps de la résignation, se félicita l'homme.

– Je crois qu'il est perdu, cet imbécile ! souffla Logan à l'oreille de Hurley.

Elle ne pouvait que lui donner raison.

Le jeune homme s'était porté volontaire par avidité, mais il n'avait de toute évidence aucun sens de l'orientation. Ses comparses devaient encore en rire à l'heure actuelle.

– On va rentrer, dit-elle.

Puis d'une voix plus forte :

– Louis, ça ne sert plus à rien. La nuit est tombée, on va vraiment finir par se perdre. Ramène-nous à la scierie, nous reviendrons demain.

Ils avaient confié la torche au guide, qui la leur braqua en pleine figure.

– Baisse la torche, espèce d'abruti ! gronda Logan.

Louis s'exécuta et se confondit en excuses avant d'ajouter :

– Je suis sûr qu'on n'est pas vraiment loin. Encore un peu de patience, je vous promets.

– Tu nous promets quoi ? ! hurla Logan. Ça fait presque une heure qu'on marche dans tous les sens. Tu es vraiment…

– Tiens, voilà ton argent, mais je t'en prie, ramène-nous maintenant, intervint Hurley.

Elle espérait seulement qu'il saurait retrouver leur point de départ.

– Je suis vraiment désolé. Je vous jure que s'il y avait pas cette pluie, on serait déjà arrivés.

– Ce n'est pas grave, reconduis-nous simplement jusqu'à notre voiture. On ne t'en veut pas, le rassura Hurley.

Logan bouillait de colère. Depuis combien de temps avait-il conscience d'être perdu sans oser le leur dire ? Et maintenant, qu'est-ce qui prouvait qu'il serait capable de retrouver son chemin ?

– Imbécile, jura-t-il entre ses dents.

Louis entendit l'insulte et fit profil bas.

– Ça doit être par là, fit-il en indiquant le chemin opposé.

Logan et Hurley le suivirent en silence. Tous deux étaient persuadés qu'ils allaient devoir passer la nuit sous la pluie, en pleine forêt, sans un abri. Logan n'allait pas appeler ses troupes en renfort pour qu'elles organisent une battue !

Dix minutes plus tard, Louis stoppa sa marche et poussa un cri de joie.

– Ça y est, on est arrivés ! s'exclama-t-il tout heureux.

– On est arrivés où ? grogna Logan.

– Regardez, il y a de la lumière par là !

Effectivement, Logan crut discerner une lueur dans le lointain. Soulagé, il se mit à rire bêtement et donna une tape sur l'épaule du jeune homme.

– Mon petit Louis, tu ne sais pas la chance que tu as. J'étais prêt à te faire bouffer la torche !

– Bon, et si on accélérait ? Je commence à avoir vraiment froid, dit Hurley.

Elle était complètement trempée et grelottait.

Leur guide pressa le pas, encouragé par la lumière qui grossissait au fur et à mesure qu'ils s'en rapprochaient.

– Il me tarde d'arriver. J'ai une faim de loup, dit Hurley.

Logan lui passa un doigt sur la joue. Il n'avait plus envie de râler. Dans quelque temps, ils riraient de cette mésaventure. Louis était le plus soulagé. Il craignait davantage les quolibets des autres SDF que les réprimandes du shérif, et cette lumière était comme un phare au milieu d'une mer déchaînée.

Mais soudain un doute le saisit, qui se mua en certitude. Il s'immobilisa de nouveau ; Logan faillit le percuter.

– Qu'est-ce qu'il y a encore ? le rudoya le shérif.

– Il y a le feu.

Logan explosa de rire en désignant la pluie qui continuait de tomber.

– Non, il a raison, s'inquiéta Hurley, pour qui le scintillement de la lumière était de mauvais augure.

Ils se mirent à courir derrière leur guide, à leurs risques et périls. Très vite, il n'y eut plus de doute : ils pouvaient voir les flammes danser au loin.

Parvenus sur les lieux, une zone dégagée au-delà du couvert des arbres, ils assistèrent impuissants au terrible spectacle. La pluie n'était pas assez forte pour empêcher la propagation de l'incendie. Le bois, certainement imbibé d'essence, se consumait à toute vitesse.

Logan s'approcha autant qu'il le put. Par la fenêtre grande ouverte, il distingua un corps allongé sur le sol.

– Merde ! jura-t-il entre ses dents.

Il se tourna vers Louis et le saisit par le col de son blouson.

– Espèce de petit connard, si seulement tu ne t'étais pas planté de chemin !

Les larmes vinrent aux yeux du jeune guide, autant à cause de la fumée que d'un fort sentiment de culpabilité.

– Laisse-le ! s'interposa Hurley d'un ton péremptoire. Il n'y est pour rien.

Logan mourait d'envie de laisser éclater sa colère et sa frustration, mais il comprit que le jeune homme était terrorisé. Il détesta l'image qu'il lui renvoya de lui-même : un être impulsif, incapable de se contrôler.

Il le relâcha aussitôt et s'éloigna.

Hurley réconforta rapidement le guide et rejoignit Logan.

– Ce n'est pas le moment de flancher. Il faut retrouver Tom au plus vite.

– Quoi ? fit Logan, croyant que c'était son cadavre qui était en train de brûler sur le sol de la cabane.

– Tom ne voulait sûrement pas rentrer. Il a accepté seulement pour préparer son départ définitif. Il ne devait pas avoir de très bons rapports avec son père.

Elle n'aurait jamais dû le laisser repartir ainsi. Une erreur de débutante. Elle qui se croyait l'une des meilleurs profileurs des États-Unis avait été incapable de percevoir la douleur tapie dans l'âme de ce pauvre garçon. Elle l'avait abandonné alors qu'il avait besoin de son aide.

– Je veux qu'on le retrouve avant qu'il ne fasse d'autres bêtises.

– Une bêtise ? ! faillit s'étrangler Logan. Il a tué son père ! Je savais que c'était un cinglé. J'aurais dû le coffrer et ne pas t'écouter !

Il avait vu la folie dans les yeux de ce jeune homme. Il avait su d'instinct que c'était un malade mental. Pourquoi avait-il écouté son cœur plutôt que sa raison ? Un homme innocent venait de le payer de sa vie.

– On aura tout le temps pour régler nos comptes. L'urgence est de le retrouver au plus vite. Le feu est récent. Tom ne doit pas être bien loin, insista Hurley.

Logan sortit son portable et composa le numéro des pompiers. Elle avait raison, la priorité était d'interpeller Tom pour éviter qu'il ne commette un nouveau forfait.

– Louis, tu restes ici et tu attends du renfort, d'accord ? fit Hurley.

– Je ne reste pas seul, je viens avec vous, répondit le guide sur un ton ferme.

C'était certainement risqué de se lancer sur les traces d'un homme paniqué, mais probablement pire encore de rester seul dans la forêt.

Une question taraudait Hurley : et si Logan avait eu raison depuis le début ? Et si c'était bien Tom qui avait tué John Doe ? Elle s'efforça de chasser cette pensée et se focalisa sur un seul objectif : le retrouver au plus vite.

– J'ai eu les pompiers. Ils envoient un hélico nous chercher. J'espère qu'ils verront le feu quand ils survoleront la zone.

Logan ne savait pas quoi faire. Devait-il alerter tout le commissariat et organiser une battue en pleine nuit ? Même si la pluie s'était calmée, cela ne serait pas une partie de plaisir. La forêt était le domaine de Tom. Il devait connaître tous les endroits où se cacher.

– Hé, y a quelqu'un qui arrive vers nous ! dit Louis.

Logan sortit son pistolet et le braqua aussitôt dans la direction désignée. Il vit une forme qui se mouvait à toute allure à travers l'épaisse forêt. Il faisait trop sombre pour distinguer quoi que ce soit.

– Arrêtez-vous ou je tire !

Première sommation.

La forme se rapprocha. Logan se tenait prêt à tirer. Si Tom était suicidaire, tant pis pour lui. Il ne prendrait pas le risque qu'une deuxième personne soit tuée en cette soirée.

Mais quelques secondes plus tard, ils virent un chien débouler des fourrés, qui se mit à tourner en rond autour d'eux.

– Ne tire pas ! cria Hurley.

Tom lui avait parlé de son chien.

– Cox, calme-toi, fit-elle à l'adresse de l'animal.

Le chien sembla reconnaître son nom et s'approcha de Hurley en gémissant. Il tournait autour d'elle, sa queue battant frénétiquement de droite à gauche. Elle se baissa vers lui, posa sa main sur sa nuque et le caressa.

– Calme-toi, tout va bien, tout va bien.

Logan gardait le pistolet braqué sur l'animal. Si l'envie lui prenait de sauter à la gorge de Hurley, une balle lui perforerait le crâne avant. Cox sembla s'apaiser. Il s'éloigna de Hurley et partit vers la forêt.

– Il veut qu'on le suive, dit l'agent du FBI.

– D'accord, mais je passe devant, dit Logan qui se tourna vers Louis : Donne-moi la torche.

Cinq minutes plus tard, la lampe torche de Logan éclaira une vision d'horreur.

– Non ! hurla Hurley qui se mit à courir vers Tom.

Son corps se balançait à une branche.

Logan fut plus rapide qu'elle et remit la souche d'arbre coupé d'aplomb, ce qui lui permit de grimper dessus et de soulever le corps de Tom. Hurley se souvint d'un détail et, remontant le pantalon au niveau de la jambe droite, elle sentit le couteau de chasse. Elle le passa à Logan qui en un rien de temps découpa la corde qui reliait Tom à l'arbre. En équilibre instable, Logan bascula en arrière, le corps de Tom dans les bras. Hurley les évita de justesse. Elle se pencha aussitôt sur Tom et lui prit le pouls, mais ne sentit aucune pulsation.

Je vous en prie, faites qu'il soit encore en vie, pria-t-elle en elle-même.

Hurley avait fait des stages de secourisme. Elle s'efforça de retrouver un peu de son sang-froid et commença une série de massages cardiaques accompagnés de bouche-à-bouche.

Logan et Louis la regardaient faire en silence. Cox tournait autour d'elle en gémissant de plus belle. Au bout d'un temps suffisamment long, Logan s'approcha d'elle et posa sa main sur son épaule.

– Ça ne sert plus à rien. Il est mort, annonça-t-il d'un ton définitif.

– Un, deux, trois, continua Hurley, les mains sur la poitrine de Tom. Un, deux, trois.

Puis elle lui pinça les narines, colla sa bouche sur la sienne et lui renvoya de l'air dans les poumons.

– Il est mort ! Tu m'entends, Jessica, il est mort !

– Laisse-moi, laisse-moi ! hurla Hurley.

Elle refit une dernière série de massages cardiaques, puis s'effondra en pleurs sur le torse sans vie de Tom. Ému, Louis se mit à pleurer à son tour. Logan n'était pas fait de marbre lui non plus, mais il savait qu'il devait garder son calme. Il y avait un temps pour chaque chose et l'heure n'était pas aux pleurs.

Il entendit alors les pales d'un hélicoptère qui vrombissaient dans le ciel nocturne.

24

En ce samedi soir, la pluie avait enfin cessé de tomber.

Kyle et Cheryl avaient déjà bu quelques verres avant d'arriver devant la résidence Delta. Une grande soirée était organisée, ouverte à toutes les autres fraternités. Cheryl avait insisté pour s'y rendre et Kyle n'avait pas eu le cœur de le lui refuser. D'autant qu'elle aurait bien été capable d'y aller toute seule !

La musique s'entendait à des lieues à la ronde. « Makes me wonder », des Maroon 5. Cheryl serra fort la main de Kyle dans la sienne et lui fit son plus beau sourire.

– J'adore ce morceau, dit-elle.

Kyle, lui, adorait la façon dont elle le regardait. Il se sentait bien, presque euphorique.

De tous les coins du campus universitaire, des étudiants convergeaient vers le plus excentré des pavillons des fraternités. Kyle savait que peu d'étudiants d'Alpha s'y rendraient, ce n'était pas plus mal. À l'exception de quelques-uns, il avait vraiment du mal avec eux. Des fils de bonnes familles imbus d'eux-mêmes, arrogants et puants.

Stuart lui avait dressé un tout autre tableau de Delta. Il était temps de vérifier. Un groupe de membres de Delta faisait office de videurs à l'entrée. Ils laissaient passer toutes les filles, mais rejetaient la plupart des garçons qui arrivaient seuls ou en groupe.

– Hé, mec, tu déconnes, je croyais que c'était ouvert à toutes les fraternités, se plaignit un jeune homme roux habillé à la cool. Son copain qui attendait derrière lui était aussi déçu.

– Écoute, ce n'est pas une soirée homo ce soir. Alors, soit tu reviens avec une meuf, soit tu vas jouer au Scrabble avec ton pote ! se moqua un jeune garçon barbu, particulièrement musclé.

– Laisse-le entrer, il est vraiment trop chou, dit une jeune fille blonde, une bière à la main. Moi, j'aime bien les gays !

Le garçon rougit mais fut tout heureux de pouvoir entrer avec son ami.

Kyle et Cheryl se présentèrent à leur tour.

– Tu ne serais pas d'Alpha par hasard ? l'interrogea le barbu.

– C'est toi le si talentueux receveur de Seattle ? ajouta la blonde. Merde, t'es vraiment un beau mec vu de près !

Le barbu ne vit pas les choses de la même manière.

– Écoute, tu dégages. On se mélange pas avec des connards dans votre genre !

Les deux autres étudiants videurs qui se tenaient légèrement en retrait vinrent vers eux.

– Merde, c'est un de ces cons d'Alpha, fit l'un d'eux. Pour qui il se prend ? Il n'a pas l'air au courant que jamais Delta ne recevra un membre d'Alpha dans ses murs !

Kyle aurait bien montré ce que savait faire un gars d'Alpha, mais avec Cheryl à ses côtés, il n'était pas certain que provoquer une bagarre soit la meilleure chose à faire.

– Et moi qui croyais que Delta était la crème des fraternités ! Dommage, on s'en va, dit Cheryl.

Elle bouillonnait de colère et mourait d'envie de remettre ces connards à leur place. Néanmoins, elle avait trop peur que Kyle se sente obligé de montrer ses muscles pour défendre leur honneur.

Kyle planta son regard dans celui du barbu, qui ne se laissa pas démonter. On sentit l'électricité monter.

– Tu viens, Kyle ? dit Cheryl.

– Ouais, répondit-il en faisant demi-tour.

– Bon vent ! se moqua le barbu en gonflant le torse.

« Rockstar » de Nickleback leur parvint de l'intérieur. Cheryl adorait aussi ce morceau. Vraiment trop dommage.

Ils fendirent le flot des étudiants qui se massaient sur le perron. Dès qu'ils se furent un peu éloignés, Kyle se retourna vers la résidence, leva son poing droit en l'air et fit un somptueux doigt d'honneur. Cheryl éclata de rire et l'imita.

– Allez vous faire foutre ! ajouta-t-elle. Bande de tapettes barbues !

Kyle éclata de rire. Ils ressentaient toujours les effets de l'alcool, et si Delta ne voulait pas d'eux, ils connaissaient bien d'autres endroits où continuer leur soirée de façon mémorable.

– Hé, toi ! fit un garçon que Kyle reconnut sans pouvoir mettre un prénom dessus. Tu n'es pas l'ami de Stuart Simmons ?

Kyle se figea et sentit les battements de son cœur s'accélérer. La règle était claire : ne jamais dire à personne qu'ils étaient frères, et s'ils se croisaient sur le campus, feindre l'indifférence.

– Qu'est-ce que tu me veux ? lui répondit-il avec agressivité.

– Eh ! On se calme, dit Joey. Je suis le président de Delta. Stuart m'a parlé de toi, le receveur de Seattle. Il a dit que tu viendrais avec ta copine. Dis donc, tu as du goût. Stuart m'avait caché ça.

Étrangement, Kyle sentit sa colère s'évanouir en un instant. Ce type avait un charisme évident et ne montrait aucun mépris envers lui.

– Nous nous sommes connus à Seattle avec Stuart. Nous avons le même nom de famille, expliqua-t-il. Je l'aime bien, ce petit gars. Bien moins con que les connards qui gardent votre refuge !

Joey lui sourit et lui tendit la main. Kyle hésita avant de la serrer. Une poigne ferme, mais non agressive.

– Vous allez venir avec moi. Vous êtes mes invités d'honneur. Il ne sera pas dit que Joey Barney a refusé l'entrée à un gars d'Alpha et à une fille aussi belle.

La jalousie aurait dû serrer le cœur de Kyle, mais il n'y avait pas trace de convoitise dans cette phrase. Juste un compliment gratuit.

– OK, mais si je pouvais péter la gueule du grand barbu de l'entrée, je serais ton obligé à jamais.

Joey éclata de rire.

– Tu es tombé sur Neil ! Il prend son rôle de videur trop au sérieux. Je vais lui parler. Je n'ai pas envie de ramasser son dentier, ça ferait désordre.

Kyle et Joey se jaugèrent du regard. Kyle sut aussitôt que le garçon méritait sa confiance. Qui sait s'ils ne deviendraient pas amis ?

Cheryl n'avait rien perdu de l'échange, et avait ressenti toute l'intensité de la rencontre entre ces deux phénomènes. Elle sauta au cou de son amoureux et l'embrassa avec fougue. Jamais de sa vie elle n'avait été aussi éprise.

– Et moi qui croyais avoir mes chances ! plaisanta Joey.

– Tu la touches, tu es mort !

– T'inquiète, je suis déjà sur un coup. Une copine de Stuart. Mais je suppose qu'il t'en a parlé.

Kyle comprit tout de suite le problème.

– Stuart l'aime beaucoup aussi, essaie d'être cool avec lui.

– C'est clair, je l'aime bien, le petit. Pas question que quelqu'un lui fasse du mal. Si Judith me préfère à lui, je ferai ça avec tact.

– Ça m'ennuierait de te briser les dents.

– Ça m'ennuierait de perdre mon sourire ravageur, répliqua Joey.

Kyle apprécia qu'il n'essaie pas de se montrer plus fort que lui. Beaucoup de recul pour un garçon de la bourgeoisie. Un bon point pour lui.

– Vous me suivez ?

– Avec plaisir, répondit Cheryl.

Kyle se sentait pris d'une émotion étrange. L'impression qu'il pouvait enfin laisser Stuart vivre sa vie. S'il venait à disparaître, quelqu'un serait là pour l'aider. Il en était certain.

Tandis qu'ils retournaient sur leurs pas, « Big Girls Don't Cry » de Fergie leur parvint aux oreilles, pour le plus grand plaisir de Cheryl.

25

Blottie dans sa robe de chambre, Hurley était toujours prostrée sur le canapé quand Logan redescendit de l'étage en peignoir de bain. Il venait juste de rentrer et de prendre une douche. Il était plus de 2 heures.

– Tu ne trouves pas le sommeil ? demanda-t-il, ne sachant trouver des mots réconfortants.

– Je me sens tellement coupable.

Elle fixait la cheminée éteinte d'un œil vide. Elle était rentrée avec l'hélicoptère quand celui-ci avait enfin réussi à se poser. Logan était resté sur place dans l'attente du lieutenant Heldfield, le seul qui n'avait ni femme ni enfant, afin de faire les constatations d'usage.

Mais le déroulement des événements était clair comme de l'eau de roche : meurtre suivi d'un suicide.

– Whisky ? proposa Logan.

Les jambes repliées, son menton posé sur ses genoux, Hurley se maudissait de sa bêtise. Comment n'avait-elle pu prévenir ce drame ? Deux hommes étaient morts à cause de son incapacité à comprendre la psychologie de Tom.

– S'il te plaît.

Logan alla au bar et leur en servit un verre, puis il s'assit contre Hurley et lui passa un bras autour des épaules.

– Tu n'y es pour rien. Tout est de ma faute. Je n'aurais pas dû faire paraître sa photo dans le journal. Tu aurais eu plus de temps pour t'occuper de lui et découvrir ses failles.

Elle avala une petite gorgée qui la réchauffa.

– Bien essayé, mais c'est moi qui ai insisté pour que tu la publies, dit-elle, le regard toujours dans le vague. J'ai eu tout faux, sur toute la ligne.

– Personne n'aurait pu prévoir. Il faut que tu arrêtes d'y penser.

Hurley avala une nouvelle gorgée. C'était impossible. Le corps sans vie se balançant au bout de la corde était gravé au premier plan de sa mémoire. Un pauvre garçon au seuil d'une nouvelle vie. Pourquoi n'avait-elle pu voir les démons qui tourmentaient son âme ? Était-elle vraiment encore faite pour ce travail ? Plus qu'une douzaine de jours avant sa réintégration à Seattle… Était-elle toujours aussi efficace ? Ses six mois d'inactivité ne lui avaient-ils pas fait perdre toute capacité de jugement ?

Autant de questions qui la taraudaient.

– C'est la première fois que je commets une telle bévue. Je n'arrive pas à me le pardonner. Tu ne peux pas imaginer ce que je ressens. Je suis responsable de sa mort, dit-elle d'une voix éraillée.

Logan serra les lèvres. Même dans la pire des adversités, il ne savait pas s'exprimer avec finesse. Seules les banalités d'usage emplissaient sa tête.

– Je n'aime pas te voir comme ça, dit-il finalement.

Hurley ne réagit pas et resta en position fœtale. Logan finit d'un trait son verre et se redressa.

– Jessica, il faut qu'on se couche. Demain va être une très longue journée. J'ai donné rendez-vous au lieutenant Ascott et à deux de mes agents à 7 heures devant le commissariat. On va retourner ensemble sur les lieux.

Comme elle ne réagissait toujours pas, il ajouta :

– Je crois que ce serait bien que tu viennes. Tu as besoin d'exorciser ce drame, et surtout, tu n'as pas ton pareil pour étudier une scène de crime.

– Si tu le dis, soupira Hurley, peu convaincue.

Elle reposa son verre de whisky à moitié vide et se décida à se lever. Logan la prit dans ses bras. Hurley posa sa tête sur son épaule. Ils montèrent à l'étage, et en silence se couchèrent l'un contre l'autre.

26

Quand Stuart arriva devant l'entrée du pavillon Delta, la soirée était bien avancée. De nombreux étudiants commençaient déjà à partir en direction des dortoirs. Stuart n'avait pas regardé l'heure, ou plutôt il n'y avait pas prêté attention. Il avait passé toute la fin de journée et le début de la soirée en compagnie de Shannon.

C'était incroyable toutes les choses qu'ils avaient à se dire !

Même si elle était hideuse, avec son teint blafard et sa peau sous laquelle on devinait les os, il y avait quelque chose en elle de magique…

Il venait à peine de rentrer en taxi sur le campus universitaire. Il espérait que Kyle n'avait pas eu de problèmes avec les membres de Delta. Certains avaient nettement fait comprendre qu'aucun Alpha ne serait autorisé à entrer. Il avait demandé à Joey de faire une exception pour Kyle et sa copine, prétextant une amitié établie à Seattle.

Il monta les quelques marches du perron et trouva l'entrée vide ; la musique n'était pas aussi bruyante qu'il s'y attendait.

Ça sent la fin de soirée à plein nez, se dit-il en entrant dans la résidence accompagné du chant de Beyoncé.

Il traversa plusieurs salles avant de tomber sur un de ses plus proches amis de fraternité.

– Alors, où tu étais ? On ne t'a pas vu de la soirée. Ne me dis pas que tu t'es tapé une petite bourgeoise en ville ? dit Phil.

Stuart l'écouta d'une oreille distraite. Il cherchait son frère. Il fallait qu'il lui parle de Shannon. Il devait en parler à quelqu'un de confiance, à tout prix. C'était la première fois de sa vie qu'il s'entendait aussi bien avec une fille. Cela lui faisait tout drôle. Une émotion qui l'emportait plus loin que tout. Peu importait son apparence, elle était d'une beauté d'âme incroyable, avec un humour incisif qu'il adorait. Plusieurs fois, elle s'était moquée de son physique et de sa timidité, mais il voyait bien que c'était pour rire et pour dédramatiser leur situation. « Deux petits laiderons réunis dans une chambre mortuaire ! On fait un beau couple ! » avait-elle plaisanté.

– Hé, tu m'écoutes ? reprit Phil.

– Ouais, mais je cherche un type d'Alpha, il est receveur dans l'équipe…

– Le mec qui sort avec la bombe ? Un peu qu'on les a vus. Sa copine est une putain de nana. Wouah ! Un canon pareil, ça se garde dans un coffre !

Ils étaient donc venus et avaient fait sensation. C'était cool. La journée serait mémorable pour tous les deux.

– Tu sais où ils sont ?

– Je n'en sais rien. Certainement partis. Tiens, tu n'as qu'à demander à Joey, c'est lui qui les a fait entrer. Il a fait tout un éloge sur le premier membre d'Alpha à entrer à Delta. Personne n'a pu rater ça. Du grand Joey ! conclut-il en levant sa bière bien haut.

Stuart aurait aimé voir ça lui aussi. Mais bon, Kyle lui raconterait en détail.

– Il est là-haut ? demanda-t-il.

– Dans son bureau, il bosse sur un truc. Ça va lui faire du bien de faire une pause, répondit Phil.

Sly et Andrew éclatèrent de rire. Les méfaits de l'alcool, se dit Stuart en quittant la salle sous les notes du dernier Timbaland. Il grimpa l'escalier qui menait à l'étage. Des étudiants vautrés sur les marches se bécotaient sans aucune pudeur. Stuart les ignora, et arriva sur le palier. Il fonça droit vers le bureau de Joey. Il avait tant envie de savoir ce qu'il pensait de son frère… de son ami, se reprit-il. Il remonta le couloir d'un pas vif, et passa devant Zachary assis par terre qui fumait tranquillement un joint avec une fille d'une autre fraternité. Stuart ne ralentit pas et posa la main sur la poignée de la porte. Au moment où il l'ouvrait, il entendit Zachary l'interpeller :

– Hé mec, je ne crois pas que c'est…

Stuart n'eut pas le temps d'écouter la fin de la phrase.

Il découvrit avec stupeur Joey et Judith aussi nus que des acteurs de films pornographiques. Judith à genoux faisait une gâterie à Joey.

Leurs deux visages se tournèrent ensemble vers lui.

Stuart referma immédiatement la porte. Durant un instant, il ne sut quoi penser. Mais quand le rire de Zachary lui arriva aux oreilles, il se mit à rire avec lui, et s'approcha des deux fumeurs de joints.

– Tiens, tire une taf, espèce de gros bêta, dit la jeune fille.

Stuart entendit le bruit d'une clé que l'on tournait, et rit de plus belle.

Il se souviendrait toute sa vie de la tête de ces deux-là ! C'était trop drôle.

Étonnamment, Stuart ne ressentait aucune jalousie. Il avait toujours su que Judith n'était pas une fille pour lui. Si elle sortait avec Joey, ce n'était pas plus mal. C'était un gars vraiment sympa…

Et la tête qu'ils avaient faite ! Il explosa à nouveau de rire.

27

Heather redoutait cette journée depuis presque un mois. Depuis le moment où Babeth, Grace et Louise lui avaient assuré qu'elles feraient de son anniversaire une journée inoubliable.

Ce jour-là, le 3 juillet, Heather fêtait ses treize ans.

L'été était installé. Un soleil radieux brillait au-dessus de la ville. Les préparatifs de la commémoration de l'Indépendance occupaient tout le personnel du pensionnat pour jeunes filles.

Après le petit déjeuner, Heather avait demandé l'autorisation de retourner dans sa chambre. Elle ne se sentait pas bien. Elle n'avait qu'un souhait, rester seule dans sa chambre toute la journée.

La surveillante n'avait pas cherché à comprendre et avait accepté en lui faisant promettre d'aller consulter à l'infirmerie si ça n'allait pas mieux. Heather avait promis, mais en vérité, elle n'avait rien d'autre qu'un terrible cafard.

Son anniversaire, comme toutes les autres fêtes familiales, était pour elle jour de souffrance.

Sa mère était morte depuis sept ans. Sept années à réaliser que sa vie serait un long chemin de croix...

Dans l'incapacité de retrouver la trace de son père, on avait placé Heather dans une famille d'accueil.

Malheureusement, malgré tous les efforts de Heather pour se faire accepter, les enfants légitimes des parents Wingin la rejetèrent. Elle dut vite être retirée de cette première famille après qu'elle s'était « accidentellement » cassé une jambe en tombant. Heather n'oublierait jamais le sourire narquois de l'aîné des fils Wingin quand il l'avait poussée de toutes ses forces dans l'escalier.

Elle avait ensuite été placée durant deux ans dans une famille adorable. Mais le père était tombé gravement malade et, à cause d'une assurance-maladie bancale, ils s'étaient retrouvés dans de graves difficultés. Ils durent se séparer de Heather et la rendre à l'assistance publique.

Elle était alors âgée de neuf ans et on ne trouva aucune famille prête à accepter une si grande enfant. Elle fut placée dans un pensionnat de Portland, où elle resta jusqu'au mois précédent. C'est à ce moment-là qu'une rixe éclata entre les filles. On décida que c'était elle la fautive et on la transféra vers un pensionnat disciplinaire dans l'arrière-pays de Seattle.

Dès lors, Heather comprit que le pire était à venir. Les autres pensionnaires l'évitaient comme la peste. Elle était la dernière arrivée, et toutes ses tentatives pour nouer contact s'avérèrent infructueuses. Elle passait son temps toute seule. Bien qu'elle fût d'un caractère solitaire, elle avait du mal à supporter les regards soupçonneux des autres filles.

Qu'avait-elle pu faire pour se retrouver avec elles ?

Heather aurait voulu pouvoir se justifier, leur crier qu'elle n'était pas à l'origine de la bagarre généralisée qui avait envoyé cinq filles à l'hôpital. Mais qui la croirait ? Les adultes avaient décidé qu'elle était la meneuse et l'avaient punie en conséquence.

Trois filles lui adressaient régulièrement la parole. Trois grandes de quinze ans, dont Babeth, au physique patibulaire, qui s'amusait à la menacer à l'abri du regard des surveillantes...

Heather jeta un coup d'œil par la fenêtre de sa chambre. Elle avait une vue imprenable sur la cour. Le personnel était en train d'afficher des drapeaux américains partout où c'était possible.

Quelques fillettes sautaient à la corde, des adolescentes s'exerçaient à la street dance *sous le préau ou bien lézardaient sur le gazon, profitant de cette belle journée d'été.*

Il était presque midi. L'heure d'aller déjeuner.

Heather redoutait les quolibets en ce jour d'anniversaire. Mais si elle ne se montrait pas, nul doute qu'une surveillante viendrait la chercher. Toutes les pensionnaires devaient signer le cahier de présence au réfectoire. Quand les inspecteurs de l'assistance publique venaient leur rendre visite, il était capital qu'ils trouvent des jeunes filles en bonne santé physique. Pour le mental ? Qui s'en souciait !

Heather allait sortir quand on frappa à sa porte. Elle n'attendait personne. Un doute la saisit. Elle resta assise sur son lit sans faire le moindre bruit.

– Heather, ne fais pas ta timide, je sais que tu es là, dit Babeth.

Heather se recroquevilla sur son lit, et garda le silence.

Mon Dieu, je vous en supplie, aidez-moi, *pria-t-elle.*

L'aumônier du pensionnat était l'unique personne qu'elle appréciât. Un vieil homme à l'écoute, qui était le seul à la comprendre. Malheureusement, il ne venait qu'une fois par semaine et ne la voyait pas plus d'une demi-heure. Il avait néanmoins réussi à la persuader qu'un Dieu se trouvait dans le ciel et que pour toutes les souffrances subies sur terre, une joie éternelle nous attendait au paradis. Heather aimait bien l'idée que sa mère s'y trouvait.

– Heather, ouvre cette porte ! S'il te plaît, j'ai un cadeau pour toi.

Un frisson fit trembler le corps de l'adolescente.

La poignée tourna et la porte s'ouvrit.

– Joyeux anniversaire, Heather ! lança Babeth.

Derrière elle, Louise et Grace souriaient de toutes leurs dents.

– Laissez-moi tranquille, bredouilla Heather.

Deux ans seulement la séparaient des trois jeunes filles. Mais pour elle, c'était un fossé. À ses yeux, c'étaient des grandes.

Babeth entra dans la chambre avec ses deux copines qui refermèrent la porte derrière elles.

– On t'avait promis que tu n'oublierais pas ton anniversaire, et tu sais que pour nous, les promesses, c'est sacré.

– Allez-vous-en ! les supplia Heather en se blottissant un peu plus sur son lit.

Babeth se posta tout près d'elle et sortit de son sac un grand couteau de cuisine.

– Si tu essayes de t'enfuir ou si tu pousses le moindre cri, je te jure que je te tranche la gorge, dit Babeth d'un ton qui ne laissait pas de place au doute.

Heather fondit en larmes. Elle avait beau détester sa vie, elle ne voulait pas mourir pour autant. Le révérend Gardner lui avait promis qu'un jour sa vie changerait, qu'elle deviendrait une jolie jeune femme épanouie. Dieu ne pouvait pas l'abandonner en ce moment.

Elle se mit à prier, les yeux embués de larmes.

– Attrapez-la, ordonna Babeth à ses complices.

Grace lui prit un bras, Louise le second, l'immobilisant sur le dos.

– Tu as déjà fait l'amour ? demanda Babeth d'un ton moqueur.

Heather ne répondit pas et tenta vainement de se débattre, mais quand le couteau effleura sa gorge, elle fut tétanisée.

– Nous, on veut que ton plaisir. Tu es une jolie fille, Heather. Tu vas voir comme c'est bon.

Deux heures plus tard, inquiète de ne pas la voir descendre pour le déjeuner, une surveillante frappa à sa porte.

Quand elle entra dans la chambre, elle fut saisie par la vision d'une petite fille au regard atone, dénudée, le corps couvert d'entailles sanglantes.

– Mon Dieu, qui t'a fait ça ? Qui t'a fait ça ! glapit la surveillante révulsée d'horreur.

Mercredi 31 octobre 2007

28

– Quoi, qu'est-ce qu'il y a ? demanda Hurley.

Les yeux gonflés de sommeil, la tête dans le brouillard, elle se redressa dans le lit.

– Il faut que tu entendes ça, viens vite !

Logan ne tenait pas en place.

– Mais qu'est-ce que tu racontes ? Tu veux bien m'expliquer ?

Elle regarda le réveil. 7 h 10. Elle lui avait pourtant demandé de la laisser dormir jusqu'à 8 heures.

– Non, descends, il faut que tu voies ça de tes propres yeux.

– OK, j'arrive. Laisse-moi juste une minute, et éteins la lumière, s'il te plaît.

Logan était aux anges.

Si j'avais imaginé ça un jour ! se dit-il en accédant toutefois à la demande de Hurley.

Il était en peignoir, en train de prendre son café quand les informations avaient annoncé la nouvelle. Il avait failli en renverser son bol. Il venait juste de remonter pour réveiller Hurley.

Trois minutes plus tard, avec son visage des mauvais jours, Hurley descendit en petite tenue jusque dans le salon.

– Je peux enfin savoir ce qui me vaut un réveil aussi brutal ?

Debout devant son écran plasma de cinquante-deux pouces placé sur son meuble bas, Logan était prêt à faire son effet.

– Assieds-toi et apprécie le spectacle.

Il ralluma la télévision sur River's TV. Hurley découvrit Martin Harris, le présentateur de la météo, devant une carte de la région.

– … et plus à l'ouest, le soleil devrait aussi être présent, même si quelques passages nuageux sont à prévoir…

– C'est pour me montrer ça que tu m'as réveillée en sursaut ! Dis-moi que c'est une blague !

Logan lui fit comprendre d'un geste qu'elle n'y était pas du tout.

– Sois pas idiote. Attends, les infos vont reprendre. Assieds-toi, je t'ai dit.

Elle s'assit en tailleur sur le canapé et croisa les bras en signe de protestation.

Harris finit son petit show météorologique, puis il y eut une dizaine de spots publicitaires avant que le plateau du journal réapparaisse à l'antenne.

Janet Stand était à sa place de présentatrice. Un énorme *« Breaking news »* était affiché en permanence en haut à gauche de l'écran. L'intérêt de Hurley grimpa en flèche.

– Chers habitants de River Falls. En cette journée d'Halloween, nous venons d'apprendre une nouvelle de première importance. Selon un article paru dans le *Seattle Tribune* de ce jour, tout porte à croire que de nombreuses personnalités de la ville seraient impliquées dans des transactions immobilières frauduleuses. Le délit porterait sur plusieurs millions de dollars, et ouvre une nouvelle piste pour le meurtre de l'avocat Robert Gordon. Le notaire bien connu Jeremy Hilton fait partie des personnalités le plus souvent mises en cause. L'article du *Seattle Tribune* est accompagné de reproductions de contrats authentifiés. Pour l'heure, aucune déclaration n'a été faite par les parties incriminées. Nous rejoignons tout de suite Alex Kelly en direct du palais de justice de River Falls…

Logan coupa le son et se tourna vers Hurley. Ils se regardèrent et éclatèrent de rire en même temps. Un rire de soulagement et de satisfaction.

Hurley sauta du canapé et s'approcha de Logan.

– C'est incroyable. Tu vas finalement avoir la peau de ce Hilton. Nolden va te cirer les bottes comme jamais.

Il la serra fort dans ses bras. Il avait l'impression que ce terrible mois d'octobre était enfin derrière lui et que novembre allait être un nouveau départ.

– Nolden ! répéta-t-il en écho en pensant au maire. J'espère pour lui qu'il n'est pas impliqué dans ces magouilles, car si le *Tribune* a raison, et je n'ose croire qu'ils n'aient pas les preuves de ce qu'ils avancent, tous ces connards vont se retrouver au trou plus tôt qu'ils ne le pensent !

Hurley lui passa une main affectueuse dans les cheveux. Elle ne regrettait plus d'avoir demandé deux mois supplémentaires sans solde au Bureau. Après le suicide de Tom, elle se sentait totalement incapable de reprendre le travail. Elle devait tout d'abord faire le point sur ce terrible échec. Était-elle toujours opérationnelle ou avait-elle perdu toutes ses facultés de déduction et d'empathie ?

– Je t'aime, dit-il en lui déposant un baiser sur les lèvres.

– Alors tu vas m'aimer encore plus quand je t'aurai livré un petit secret.

Elle lui raconta qu'elle avait aperçu un vieil homme en compagnie de Spike le jour du vol du dossier bleu de Gordon, et que Callwin en avait déduit qu'il s'agissait de Sam Pommery.

– Pommery ? demanda Logan en écho.

Le pauvre homme n'avait pas survécu à ses blessures en dépit des soins prodigués par les équipes médicales. Son témoin nº 1 n'étant plus de ce monde, Logan avait dû enterrer définitivement l'enquête. C'est du moins ce qu'il avait cru jusqu'à ce matin.

– Et tu as vu Callwin ce jour-là ? enchaîna-t-il sans vraiment lui en faire le reproche.

Il n'en revenait pas qu'une fille aussi stupide que Callwin ait pu mettre à jour une affaire d'une telle complexité. Pourtant, même si River's TV taisait le nom de la journaliste responsable de l'article, Logan ne connaissait qu'une fille de River Falls travaillant pour ce journal.

– Non seulement je l'ai vue, mais c'est moi qui lui ai demandé d'aller tirer les vers du nez à Spike. Il faut croire qu'elle a su s'y prendre avec lui.

Hurley n'avait jamais osé la rappeler depuis qu'elle l'avait presque incitée à recoucher avec lui. Elle s'était détestée pour cela. Mais le mal était fait. Elle espérait simplement qu'un jour c'est elle qui ferait le premier pas et qu'elle accepterait ses excuses.

– Vendre son cul pour des infos, ça c'est du grand journalisme, ironisa Logan.

– Je t'interdis de dire ça, et sois surtout content qu'il y ait des gens comme elle pour faire le boulot de la police, répliqua-t-elle vertement.

Logan comprit qu'il était allé trop loin et lui lança son regard désolé.

– Pardon, je retire ce que j'ai dit. Je dois avouer qu'elle a fait du bon boulot. Du très bon boulot.

– Heureuse que tu le reconnaisses enfin.

Le minimum à présent était de téléphoner à Callwin pour la féliciter. Elle espérait sincèrement que Spike n'avait pas abusé de la situation.

– Bon, si tu me préparais un café ? demanda-t-elle pour clore cette discussion.

Assise au trentième étage d'une tour qui donnait sur Elliot Bay, Callwin buvait du petit-lait. Ce 31 octobre 2007 allait être le plus beau jour de sa vie.

Il était presque midi et elle ne cessait de répondre au téléphone. Tout le monde voulait des précisions : les autres médias, mais aussi des personnalités politiques de la région et évidemment des États concernés par les révélations de fraudes immobilières.

Après une semaine de mauvais temps, la météo avait semble-t-il décidé d'être de son côté en ce jour d'Halloween. Un soleil radieux illuminait la baie.

On frappa à sa porte, et sans attendre de réponse Richard Paris entra. Son bureau se trouvait deux étages au-dessus, à côté de ceux de la direction éditoriale.

La quarantaine bien tassée, mais un physique de sportif accompli, il était l'un des journalistes les plus en vue du *Seattle Tribune*.

– Alors comme ça, vous faites des cachotteries, dit-il d'un ton faussement accusateur.

– Golding et Bahier étaient au courant. Moins il y avait de monde dans la confidence, plus nous avions de chances d'être les premiers à dévoiler l'affaire, répondit Callwin.

Paris sortait justement d'un entretien avec les deux codirecteurs du journal. Il avait désormais connaissance de tout le dossier, mais il avait besoin d'en savoir davantage sur cette Callwin. Une pigiste qui sortait un tel scoop demandait à être connue.

– Ça vous dirait que nous déjeunions ensemble ? proposa-t-il d'une voix charmante.

– Bien sûr !

Elle n'en revenait pas. Richard Paris l'invitait à déjeuner ! C'était tout juste s'il lui jetait un regard quand elle passait dans les bureaux.

– Le Rover's, ça vous tente ?

Un des restaurants les plus chics de Seattle. Évidemment qu'elle était partante !

– Parfait, j'adore la cuisine française, ajouta-t-elle, histoire de montrer qu'elle connaissait l'endroit.

Paris eut un petit sourire.

– Très bien, je vous attends à l'accueil à… (Il regarda sa montre puis leva les yeux :) 12 h 30 ?

– J'y serai.

– Parfait.

Et il sortit du bureau.

Quel mec ! La grande classe avec sa mâchoire carrée… il était trop craquant !

Décidément, cet Halloween allait être une journée mémorable.

Son téléphone portable sonna. Le nom de la personne la plus méprisable au monde s'y inscrivit. Elle eut vraiment envie de ne pas décrocher, mais elle savait qu'il ne renoncerait pas pour autant. Elle souffla un grand coup, fit pivoter son fauteuil face à la baie, et répondit.

– Bonjour, Spike, joyeux Halloween.

– Bonjour, ma belle. J'ai lu ton article. Félicitations, je suppose que cela a dû te rapporter un paquet de fric.

L'argent, toujours l'argent !

– Bien moins qu'à toi, si cela peut te rassurer, répondit-elle.

Elle avait réussi à obtenir les trente mille dollars qu'il lui avait demandés, et vu la facilité avec laquelle la direction les lui avait accordés, elle était certaine qu'il aurait pu doubler voire tripler la somme ! Ce genre de scoop n'avait pas de prix pour un journal comme le *Seattle Tribune*. Non seulement il confortait l'image de sérieux et la réputation du journal, mais il permettait aussi de faire sensiblement remonter les ventes.

– Je crois bien que je l'ai mérité. Grâce à moi, tu es devenue une vedette.

« Vedette » était très certainement exagéré, mais elle avait déjà un rendez-vous sur la plus grande radio d'information de la côte Ouest, sans compter CNN et Fox News, qui négociaient argent comptant la primeur de son témoignage en direct.

– Je te remercie, mais je n'ai fait que mon travail. Tu sais, le côté star des médias, très peu pour moi.

Spike éclata de rire. Callwin ne lui en tint pas rigueur. Elle avait tant rêvé de cette situation !

– Bon, je serai à Seattle dans l'après-midi. À quelle heure je peux te voir ?

Un nuage isolé passa devant le soleil.

Callwin se doutait bien qu'il n'appelait pas uniquement pour la féliciter.

– Je crois que cela ne va pas être possible. Je vais avoir un emploi du temps particulièrement chargé ces prochains jours. Je suis désolée.

Elle n'avait pas envie d'être désagréable. Spike ne lui gâcherait pas sa journée.

– À quoi tu joues, ma belle ? Ne me dis pas que tu as déjà oublié ta promesse ?

Le ton était bien moins amical.

– Quelle promesse ? Tu m'as filé les fichiers et nous t'avons payé rubis sur ongle. Affaire conclue. Point final.

Le silence s'installa.

Callwin aurait dû raccrocher mais elle savait que la fuite n'était pas la solution. Il fallait aller jusqu'au bout de cette conversation.

– Tu m'avais promis que nous ferions l'amour, une fois l'affaire révélée. Ne me dis pas que tu m'as menti, fit-il avant de reprendre d'une voix qui se voulait tendre. Je comprends que tu sois surchargée de travail en ce moment, mais tu ne dois pas oublier qui tu es. La Callwin que je connais tenait toujours ses promesses. J'ai vraiment envie de toi, bébé.

Comme ce mot était dégoûtant dans sa bouche. Croyait-il vraiment la séduire ainsi ?

– Arrête, n'insiste pas. C'est définitivement non !

Un nouveau long silence, puis Spike se lâcha.

– Espèce de petite pute. Je te jure qu'on baisera ensemble, que tu le veuilles ou non !

Callwin sentit un frisson lui parcourir le dos, mais elle prit sur elle de garder le contrôle de ses émotions. Ne pas se laisser intimider.

– Mais de quoi te plains-tu, connard ? ! l'attaqua-t-elle, prise d'une inspiration soudaine. Tu ne vois pas que je suis en train de te baiser, en long en large et en travers ? La plus grande baise de ta vie de merde !

Spike en resta muet. Callwin en profita pour rajouter :

– Et sache que si tu me cherches, je n'ai qu'à révéler ton nom à tes chers commanditaires pour que tu te retrouves dans l'océan les deux pieds dans du béton.

– Espèce de pute, je te jure que je vais…

– Va te faire foutre, et joyeux Halloween ! le coupa-t-elle en raccrochant sèchement.

Son cœur battait la chamade. Elle avait les joues en feu et un pressant besoin de détruire quelque chose. Elle serra les poings et contint sa colère. L'ordure ! Il l'avait proprement menacée de viol. Une chance pour lui qu'elle n'ait pas enregistré la conversation. Elle était à deux doigts de porter plainte. Pourquoi fallait-il que les hommes soient tous des malades ? N'y en avait-il pas un qui sache respecter les femmes sur cette planète ?

Elle repensa à Richard Paris. Elle connaissait sa réputation de dragueur invétéré. Elle prit le combiné du téléphone pour annuler son déjeuner. Elle n'avait plus du tout le cœur à ça. Mais avant qu'elle ait eu le temps d'appeler le standard, on frappa à sa porte.

– Entrez ! lança-t-elle d'un ton agressif.

La porte s'ouvrit en grand. Richard Paris entra dans le bureau, l'air inquiet.

– J'ai fait plus vite que prévu. Je venais voir si vous étiez prête, mais je crois que je n'arrive pas au bon moment.

– Oh vous, ne m'énervez pas. Bien sûr qu'on va déjeuner, et plus vite que ça, fit-elle par esprit de contradiction.

Elle se leva et prit sa veste.

– Vous avez intérêt à me changer les idées ou je vous jure que c'est la première et dernière fois qu'on mange ensemble, dit-elle, toujours péremptoire.

Paris resta stupéfait de sa réaction. Il l'avait entendue hurler avant d'ouvrir la porte. Il n'aurait pas cru qu'elle avait autant de caractère. Une sacrée bonne femme. Il avait hésité un moment à lui faire l'honneur de coucher avec elle, désormais c'était son challenge.

– J'ose croire que je serai à la hauteur de vos attentes, susurra-t-il.

Callwin le regarda droit dans les yeux et s’étonna elle-même de son culot et de son insolence. Après tout, Spike n’avait pas tout à fait tort, elle n’avait pas tant changé que ça !

29

Cheryl était confortablement allongée sur un transat dans le jardin de la villa familiale. Le soleil était radieux et la température agréable. Rien à voir avec le froid de la semaine précédente.

Ce serait un grand Halloween cette année – d'autant que c'était Bridget qui organisait la soirée. Ses parents possédaient une des plus belles villas de Golden Hill. Toute la crème des étudiants de River Falls était invitée. Une soirée à ne rater sous aucun prétexte.

Une chance, elle n'avait pas cours cet après-midi. Même si la règle était de venir déguisé en monstre, elle comptait bien prendre son temps pour se faire aussi belle que possible dans son costume d'Elvira, la maîtresse des ténèbres !

Un groupe d'oiseaux passa dans le ciel, survola la propriété avant de disparaître au-delà des sapins.

Cheryl était en train de s'étirer paresseusement quand son portable sonna.

– Allô ?

– Tu veux jouer à un petit jeu avec moi ? demanda une voix qui se voulait troublante.

– Qui êtes-vous ?

– Dis-moi ton nom et je te dirai le mien.

Cheryl se leva et regarda autour d'elle.

– Je ne pense pas, fit-elle en parcourant la vaste étendue de pelouse.

– Qu'est-ce que j'entends ?

– Je fais du pop-corn. J'ai loué un film d'horreur pour ce soir, fit-elle en jouant le jeu de son interlocuteur.

Elle était en bordure de la clôture qui délimitait leur propriété et celle des Preston. Mais elle ne vit personne dans leur jardin.

– Quel est ton film d'horreur préféré ?

– Je ne sais pas, répondit-elle.

– Tu dois en avoir un. Dis-moi le premier qui te vient à l'esprit.

Cheryl traversa la pelouse dans l'autre sens, vers la villa des Robinson.

– *Halloween*, le film avec le gars au masque blanc qui poignarde des baby-sitters.

– Bien, as-tu un petit copain ?

– Pourquoi, vous voulez m'inviter pour un rendez-vous ? répliqua-t-elle sur le même ton candide.

– Pourquoi pas, tu ne m'as toujours pas dit ton nom.

Elle sourit et passa sa main dans ses longs cheveux.

– Pourquoi le savoir ?

– Parce que j'aime toujours connaître le nom de ceux que j'observe, fit-il d'un ton plus inquiétant.

Cheryl accéléra le pas et parvint à la clôture qui les séparait de leurs autres voisins. Elle vit Marcy Robinson qui prenait un bain de soleil avec des rondelles de concombre sur le visage.

– Qu'est-ce que vous avez dit ?

Mais personne ne répondit.

– Allô ? insista-t-elle en revenant vers la terrasse.

Toujours pas de réponse. Elle pressa le pas et dépassa le grand peuplier qui faisait la fierté de son père.

Soudain, Kyle se jeta sur elle par surprise en poussant un cri lugubre. Cheryl ne put réprimer un hurlement de frayeur.

Elle se doutait pourtant depuis le début qu'il était caché quelque part.

– Tu m'as fait une de ces peurs, stupide idiot ! dit-elle avant de lui déposer un affectueux baiser sur la bouche.

– J'espère bien, je me suis donné assez de mal, rétorqua-t-il en reprenant sa voix troublante.

Elle se serra contre lui et apprécia son contact.

– Comment es-tu entré ?

– Aucun voleur ne révèle ses secrets. N'oublie pas que je suis un mauvais garçon.

La tête posée sur son épaule, elle pouvait voir la ville en contrebas. Il y avait tant de choses qui la fascinaient chez lui. En particulier, les failles qu'elle devinait. Il était clair qu'il possédait une force de caractère exceptionnelle, mais également une sensibilité à fleur de peau.

Leurs nuits d'amour n'étaient pas de simples parties de jambes en l'air. Aucun amant ne l'avait comprise comme lui. Il la respectait. Elle adorait son regard quand il jouissait en elle.

– J'aimerais tant que tu me racontes ton passé. Je me rends compte que je ne sais toujours rien de toi. À part que tu es de Seattle et que tu connais un Stuart chez les Delta, déplora-t-elle. Je ne sais même pas si tu as des frères et sœurs et ce que font tes parents.

Kyle se raidit imperceptiblement.

– Tu ne me l'as jamais demandé auparavant.

– Tu aurais pu m'en parler sans que je te le demande. Moi, je ne te cache rien. Tu connais ma vie, ce que fait ma famille… Dis-moi tout sur toi.

Kyle lui sourit tendrement et prit ses mains dans les siennes.

– Ma vie est d'une banalité effrayante. Je ne viens pas des beaux quartiers. Pas de Porsche dans le garage, ni de vacances à Aspen. Un Américain moyen d'une famille américaine moyenne. Que dire de plus ?... Que je tiens à toi ?

Peut-être que tout cela était vrai, mais c'était loin d'être *toute* la vérité, pensa Cheryl.

– Je suppose que je dois me contenter de ça ?

Kyle lui prit le menton.

– Le jour où j'aurai perdu tout mon mystère, tu me quitteras pour le premier trader venu.

– Certainement pas. Je t'aime, Kyle.

Kyle ferma les yeux et la serra très fort dans ses bras.

Il avait tellement de choses à lui dire, mais il savait qu'elle ne pourrait pas les entendre. Leur histoire n'avait pas d'avenir. Pourtant, il l'aimait sincèrement lui aussi. Ils n'étaient pas du même monde ; le jour où elle découvrirait son passé, elle le quitterait sans le moindre regret. Il n'en doutait pas une seconde.

La noblesse ne se mélange pas à la plèbe.

Si Cheryl faisait sa crise d'adolescence en sortant avec lui, la pression sociale saurait vite la remettre sur le droit chemin.

– Souris-moi, je t'en prie. Je n'aime pas quand tu fais cette tête.

Il lui posa une main ferme sur les fesses.

– À quelle heure rentrent tes parents ?

– Tu plaisantes ? ! Tu crois vraiment que je vais venir avec toi ? s'offusqua Shannon.

On était en fin d'après-midi. Stuart avait bondi du banc de l'université et attrapé le premier bus pour retrouver Shannon à la Fondation Margareth-Smith.

Ils s'étaient revus seulement deux fois depuis leur première rencontre, mais ils chattaient tous les soirs sur Internet. Ils discutaient de choses légères, cinéma, musique et derniers potins people, mais également de sujets plus profonds les impliquant davantage, comme leur ressenti sur le regard des gens, l'hypocrisie des bien-pensants ou l'injustice du monde.

– Ce soir, c'est Halloween, ne me dis pas que tu ne l'as jamais fêté ?

Shannon baissa le regard.

– Si, mais tu m'as bien regardée ? Je suis un monstre à moi toute seule. Tout le monde va se moquer de moi et c'est la dernière chose dont j'ai envie.

– Justement, personne ne te remarquera. Ce soir, tous les monstres sont en liberté !

La plaisanterie ne fit pas rire Shannon.

– C'est vraiment comme ça que tu me vois ? Un monstre ? !

– Non, bien sûr que non, dit-il en rougissant.

Ce n'était pas tout à fait vrai. Le premier contact visuel était toujours aussi dérangeant. Elle était si maigre !

– N'essaye pas de mentir. Je lis en toi comme dans un livre ouvert, et c'est pour ça que je t'aime bien. Tu es une des rares personnes honnêtes que je connaisse par ici. Tout le monde fait semblant de se soucier de moi, mais en vérité, ils s'en moquent éperdument. Ils ont seulement honte d'avoir une tarée anorexique dans la famille. Je t'ai déjà dit combien de fois ma grande sœur est venue me voir ?

Stuart fit non de la tête, heureux de changer de sujet.

– Jamais. Même pas pour mon anniversaire. C'est Judith qui m'a apporté son cadeau et encore, si c'est bien elle qui l'a choisi !

Stuart fut outré. Kyle ne l'abandonnerait jamais, quoi qu'il fasse.

– C'est juste une pauvre conne, dit-il spontanément.

– Je t'interdis d'insulter ma sœur, le reprit-elle aussitôt.

Stuart rentra la tête dans les épaules. Il voyait bien que Shannon n'était pas en grande forme. Mais en général, ça ne durait pas. Il suffisait d'attendre que l'orage passe et elle redevenait la chic fille qu'il aimait bien.

– Redresse la tête, et regarde-moi, dit-elle en lui souriant.

Il paraît que le sourire embellit tout le monde, en tout cas pas les anorexiques, se dit Stuart en chassant aussitôt cette pensée tout à fait déplacée.

– Je t'excuse. Tu dis tout haut ce que je n'ose m'avouer. Tu es le garçon le plus gentil, le plus entier que je connaisse. J'ai si peur qu'il t'arrive malheur. Les gens gentils sont toujours les dindons de la farce, il faut à tout prix que tu t'endurcisses.

Stuart n'avait jamais eu autant envie de lui raconter sa vie. Il voulait lui hurler qu'il savait ce que c'était que de souffrir. Mais il avait fait une promesse à Kyle, et tant que celui-ci ne l'en délierait pas, il ne révélerait rien de sa vie. Personne ne devait savoir.

– Bon, si tu ne veux pas sortir, tant pis. On passera la soirée tous les deux devant la télé. Ils repassent plein de films d'horreur ce soir.

– Tu crois vraiment que j'ai envie de passer la soirée en tête à tête avec toi ?

Cette fois-ci le ton n'y était pas et Stuart vit son sourire masqué.

– Ah ! mais tu n'as pas le choix. Tu dois me protéger. Regarde, le soleil est presque couché et les monstres vont sortir de leurs repaires. Tu tiens vraiment à ce que le pauvre Stuart se fasse dévorer ?

– Non, c'est vrai, j'aurais trop peur qu'ils meurent d'une indigestion. Alors tu restes, mais c'est moi qui choisis le film.

Stuart était content. Elle était redevenue l'adorable Shannon, et, à nouveau, il commença à s'habituer à son aspect extérieur.

30

La journée était enfin terminée. La pendule murale indiquait 19 h 33. Assis devant son bureau en chêne massif, Gary Borden en avait plein le dos. À peine trente-cinq ans et il ressentait déjà les affres de la vieillesse !

Directeur de la Borden & Co, une des plus importantes entreprises de construction de l'État de Washington, Borden junior était le fils unique d'une très vieille famille de River Falls. Aussi loin que remontât leur arbre généalogique, la famille avait toujours vécu ici. La ville avait été construite par ses ancêtres, telle était du moins la légende que les Borden se plaisaient à entretenir.

Mais il y avait des jours où Borden aurait souhaité tout balancer et n'être qu'un simple employé, oubliant ses soucis dès qu'il rentrait chez lui.

Tout en tripotant un ridicule bibelot hors de prix que lui avait offert sa femme pour leurs dix ans de mariage, Borden se dit que cette pensée était un leurre. Il était un homme d'action. Il aimait prendre des décisions, mener ses équipes d'une main de fer et monter des projets d'envergure. Dans la vie, il y avait les moutons et les bergers. Borden avait vite fait son choix. Même si c'était parfois particulièrement éreintant.

Il venait de passer tout l'après-midi à éviter les journalistes. Avec le scandale immobilier qui touchait Hilton et consorts, tous les regards s'étaient braqués sur lui. Était-il concevable que le promoteur n° 1 de River Falls n'ait rien à voir avec ces affaires frauduleuses ?

Borden fit pivoter son fauteuil en cuir et ouvrit le tiroir du bas de son bureau. Une bouteille de brandy l'y attendait. Il prit un verre et y versa le liquide ambré. Dès la première gorgée, la tension dans son dos diminua légèrement. À la deuxième, il retrouva une sorte de sérénité.

Il devait tout de même avouer qu'il avait eu une chance de cocu dans cette histoire. La seule raison pour laquelle il n'avait jamais voulu participer au business monté par Robert Gordon, c'est qu'il détestait cordialement l'avocat. S'il n'avait jamais alerté qui que ce soit au sujet de ses magouilles, c'était essentiellement parce que des amis à lui, très proches, en croquaient un max.

Quoi qu'il en fût, Gordon avait trouvé la mort le mois précédent et maintenant le pot aux roses était enfin révélé. Borden sourit à sa chance. Hilton, Sinise, Hillsberg et d'autres personnalités de moindre influence allaient être inculpés par le FBI, qui avait lancé une enquête et commençait déjà à perquisitionner les grands cabinets de la ville. Même avec de bons avocats, Borden ne voyait pas comment ils allaient s'en sortir. Quand le FBI vous avait dans le nez, c'était perdu d'avance.

Il termina d'un trait son verre de brandy et se décida à se lever. La nuit était tombée sur River Falls. Halloween allait débuter. Il espérait que Tenny, neuf ans, et Tyron, sept ans, ne lui tiendraient pas rigueur de ne pas être avec eux en cette soirée de fête. Il adorait plus que tout ses deux fils. Des Borden tout crachés ! Même pas dix ans et déjà de fortes têtes. Il était clair qu'ils tenaient plus de lui que de leur mère. Néanmoins, il avait une autre obligation qu'il ne pouvait annuler.

« Si tu veux continuer à faire ton shopping chez Versace et Gucci, il faut bien que l'un de nous deux travaille ! » C'était sa phrase favorite, celle qu'il se plaisait à répéter à son épouse. Elle lui jetait alors un regard venimeux, mais le laissait tranquille. Cela faisait partie du privilège d'être un berger et non un mouton.

Il se leva de son fauteuil, prit son manteau et éteignit la lumière avant de sortir.

Tout le monde était déjà parti.

En bon républicain paternaliste, Borden avait à cœur de bien traiter ses employés. Du moins ceux qui étaient sous ses ordres directs. Il leur avait permis de quitter leur travail plus tôt qu'à l'accoutumée, pour avoir le temps de s'occuper du Halloween de leurs enfants.

D'ailleurs, enfant ou pas, Borden s'en moquait. Pas de discrimination au siège de sa compagnie. Homme, femme, Noir, Blanc, latino, célibataire ou marié, peu importait, tant que le travail était fait. Tout le monde lui en rendait justice et aucun syndicat n'avait jamais réussi à percer dans la Borden & Co. Une des grandes fiertés des Borden, de père en fils.

Il prit l'ascenseur qui le mena au rez-de-chaussée de ce bâtiment de cinq étages, situé non loin du centre-ville. Il passa devant la réception vide, traversa le hall d'entrée et franchit les portes vitrées. Deux vigiles travaillant pour une société de sécurité privée étaient déjà en poste.

– Bonsoir, monsieur Borden.

Borden les salua en retour sans s'attarder. Il se rendit sur le parking et monta dans sa Maserati Quattroporte, une limousine sport noire qui faisait toujours son effet. Il mit le contact et apprécia le bruit du moteur. Son mal de dos avait fini par se dissiper. Il alluma l'autoradio et y glissa un CD best of de Robert Palmer. « Every Kinda People » résonna dans l'habitacle. Gardant une poigne solide sur le volant, il s'alluma une cigarette et fonça vers la rocade extérieure.

La vie valait vraiment la peine d'être vécue ! Jamais il ne comprendrait ces gens qui s'esquintaient le cerveau à coups d'antidépresseur et autre anxiolytique. Le sport, un mental de gagnant, et la vie devenait un chemin bordé de roses. OK, une petite ligne de coke de temps en temps aidait aussi !

Il sortit de la ville et prit la bretelle qui menait vers l'ouest. La circulation était fluide. Il ne roula pas plus de dix minutes avant de quitter la voie rapide pour une route parallèle qui menait au Pacific Express, un motel de base, sans fioritures ni chichis, mais qui avait le grand avantage d'être suffisamment excentré pour qu'il ne croise personne de sa connaissance.

La forêt encerclait ce petit coin tranquille.

Il se gara devant l'accueil principal. Luke Lamar, un vieil homme de près de soixante-dix ans, portant une éternelle salopette en jean trop grande pour lui, vint à sa rencontre.

– Bonsoir, m'sieur, je vais vous ouvrir le garage.

Borden y fit pénétrer sa berline, puis ressortit en inspirant un grand bol d'air frais.

– Un bel Halloween, cette année, dit-il.

– Ouais, approuva Lamar en actionnant de nouveau la porte du garage pour le refermer.

Il sortit d'une de ses poches la clé de la chambre 12. Borden lui donna les cent cinquante dollars habituels. Lamar roula les billets et les mit dans son portefeuille.

– Bonne soirée, dit-il avant de rentrer dans la guérite d'accueil.

Borden adorait Lamar. Un type qui connaissait son boulot. Discrétion assurée, jamais un mot de trop, un vrai professionnel.

Tout heureux, Borden marcha en faisant rouler les graviers sous ses chaussures et passa devant une série de petits bungalows accolés les uns aux autres.

Trois voitures étaient garées sur le parking extérieur. Pas grand monde ce soir.

Il alluma la lumière de la chambre. Comme d'habitude, le ménage avait été fait à fond. La décoration, quoique sommaire, n'était pas dénuée de goût. Borden appréciait de se retrouver dans ce motel. Rien à voir avec le standing des chambres du Fairmont Olympic, du Monaco et autres grands noms de l'hôtellerie de Seattle. Ici, il devenait un simple Américain moyen et il aimait ça.

Il posa son manteau sur un fauteuil et ouvrit le petit frigo, ravi d'y retrouver l'indispensable bouteille de champagne. Peut-être pas si américain moyen que ça, se dit-il en sortant la bouteille. Sous ses dehors de plouc, Lamar savait choisir ce qu'il y avait de meilleur.

Borden remit la bouteille au frais et alla dans la salle de bains se planter devant la glace. Putain, il avait vraiment la classe ! Il rajusta sa cravate et se recoiffa de la main. Il sourit et se fit un clin d'œil. Trop beau le mec !

On frappa à la porte. Borden regarda sa montre. 20 h 10.

Alysson avait dû se libérer plus tôt que prévu. Cool, se dit Borden qui se pencha vers le miroir pour vérifier qu'aucun point noir ne gâchait le tableau. Non, sa peau était nickel.

Il sortit de la salle de bains satisfait, traversa la chambre et alla ouvrir.

– Joyeux Halloween, dit la Mort en lui envoyant une décharge de Taser dans le ventre.

Vêtue de sa bure noire, sa faux à la main, portant un masque de squelette, la Mort entra rapidement dans la chambre et referma la porte derrière elle.

Borden tenta de reprendre ses esprits mais une seconde décharge lui fit perdre connaissance. Quand il reprit conscience, il comprit immédiatement l'horreur de sa situation. Il était nu, attaché aux barreaux du lit. À côté de lui, Alysson, apparemment inconsciente, dans la même position.

Mais le pire fut la vision de la Mort, assise sur un fauteuil, qui le regardait à travers son masque.

– Qui êtes-vous ? Je vous en supplie, détachez-moi !

Jamais de sa vie, il n'avait ressenti une telle peur.

– Moins fort ou je vous tue, dit la Mort en se levant.

Le déguisement était tout à fait convaincant, et malgré lui, ça lui fichait encore plus la trouille. Il savait très bien ce qui se passait. Sa salope de femme ne supportait plus qu'il la trompe. La garce, ne pouvait-elle pas simplement demander le divorce, comme toute femme de la bonne société qui se respecte ?

– Je vous donnerai de l'argent. Dites-moi combien elle vous a payé et je vous donne le double.

La Mort se rapprocha de lui et pencha son visage vers le sien. Borden put distinguer ses pupilles qui brillaient d'intensité. Un frisson lui parcourut le corps.

– Dites-moi votre prix !

La Mort garda le silence et se rapprocha du lit.

– Il n'est pas question d'argent…

31

– Bonsoir, shérif, je dérange ?

Un saladier rempli de bonbons à la main, Logan s'attendait à recevoir toutes sortes de petits monstres, mais pas le pire d'entre eux.

– Qu'est-ce que vous foutez là ? !

– Hé, Leslie ! dit Hurley qui s'interposa aussitôt.

Les deux femmes se serrèrent dans les bras avec affection.

– Entre, je t'en prie.

Logan leva les yeux au ciel et s'éclipsa.

– J'ai lu ton article. Parfait ! Tout le monde ne parle que de ça aux informations. Bravo.

– Je te dois une fière chandelle sur ce coup-là.

Leslie se débarrassa de son manteau. Hurley s'en saisit et le rangea dans le placard de l'entrée.

– Je suis si contente pour toi. Il me tarde que tu me racontes tout, dit Hurley qui regarda derrière elle pour voir si Logan la surveillait, mais il n'était plus là. Comment ça s'est passé avec Spike ? demanda-t-elle un ton plus bas.

– Tu veux savoir si j'ai couché avec ce minable pour lui soutirer les infos ?

Hurley se mordit la lèvre, mal à l'aise.

– Tu plaisantes ! éclata Callwin sans cacher sa joie. Il faut que je te raconte. J'ai été géniale !

La boule qui s'était logée dans le ventre de Hurley disparut comme par enchantement. Elle se serait détestée si Callwin était retournée à ses vieux démons à cause d'elle.

– Mais je crois que je ne suis pas la bienvenue, ajouta la journaliste en jetant un coup d'œil par-dessus l'épaule de Hurley.

Cette dernière se retourna et vit Logan qui les observait d'un œil inquisiteur du haut de l'escalier.

– Laisse tomber. Je vais aller faire un tour. Je vous laisse pour votre soirée entre filles, lança-t-il d'un ton sarcastique.

C'était plus fort que lui. Il ne la supportait pas. C'était épidermique. Même si grâce à son intervention, de nombreux fruits pourris allaient tomber à River Falls, à ses yeux, elle serait toujours une arriviste prête à tout pour réussir.

Il passa devant elle, prit son blouson et sans un regard en arrière sortit de la maison. Il n'avait aucune idée de l'endroit où il allait passer la soirée. Un petit resto ? Après tout, il était près de 20 heures. Adieu, le bon petit plat qu'ils s'étaient préparé.

Il monta dans sa Cherokee et vit un groupe d'enfants déguisés remonter l'allée pavillonnaire. Il sourit et des souvenirs de sa petite enfance se rappelèrent à lui – un âge où l'on croit encore que les monstres n'existent que dans les contes.

Il démarra le moteur et bondit dans la nuit. Il était presque arrivé au Jonathan's Burger quand une idée lui vint. Il prit son portable, appela le commissariat et demanda qu'on lui passe Heldfield.

– Salut, Tim, tout se passe bien ?

– Ici, ça va. Pourquoi ? Il y a un problème ? s'inquiéta le lieutenant de permanence.

– Non, tout va bien. Je me demandais si ça te dirait qu'on se fasse une ronde dans les quartiers chauds. Tu as déjà mangé ?

Logan arrêta la Cherokee à un feu rouge, et ouvrit de grands yeux quand la réplique parfaite de Jabba le Hutt passa devant lui.

– J'ai commandé du chinois, mais je peux le refiler à quelqu'un. Je m'achèterai un sandwich en ville.

– Je voyais plutôt un bon steak. Tu connais le Jonathan's Burger ?

– Bien sûr.

– Je t'y attends. Tu n'as qu'à laisser la permanence à Dowley, et tu lui dis de ne pas hésiter à nous appeler au moindre problème.

– OK, j'arrive, dit Heldfield.

Ce n'était vraiment pas un soir pour rester seul à broyer du noir. Aussi paradoxal que cela puisse paraître, Halloween était un jour de fête et d'allégresse pour tous les enfants. Une façon de conjurer les cauchemars qui les hantaient la nuit.

Le feu passa au vert. Logan remonta Field Street sur une centaine de mètres avant de se garer.

La façade tout en néons multicolores du Jonathan's Burger se reflétait sur la route et les immeubles avoisinants. Une immense enseigne représentant un cow-boy à cheval sur un hamburger trônait devant le restaurant.

Logan sortit, et remonta la fermeture de son blouson. Un léger vent froid s'était levé. Malgré un ciel plus clément, cette dernière nuit d'octobre avait un avant-goût d'hiver. Il entra dans le restaurant et fut satisfait de constater qu'il y avait peu de clients. Il salua le serveur qui lui donna une table dans une des alcôves du fond. En attendant son lieutenant, il se commanda un petit cocktail maison.

– Ça caille, c’est incroyable. Il faisait si bon cet après-midi, dit Heldfield en enlevant ses gants et son blouson.

À la lumière de l’applique qui éclairait leur table, il avait les joues et le nez tout rouges.

– On entre dans l’hiver. Dès que le soleil s’en va, c’est le retour du grand froid.

Heldfield approuva, prit place et commanda aussitôt une bière. Le restaurant s’était peu à peu rempli depuis l’arrivée de Logan, mais ils étaient suffisamment à l’écart pour parler en toute discrétion.

– Alors, c’est quoi le truc ? demanda Heldfield à brûle-pourpoint.

Logan s’étonna de la question, peu habituelle de la part de Heldfield, plutôt réservé.

– Rien, j’avais envie de m’assurer que tout se passait bien en ville. C’est mon premier Halloween en tant que shérif, je n’aimerais pas qu’il y ait des débordements. Une petite ronde ne fera de mal à personne.

– Vous pouviez passer plus tard. Si débordement il doit y avoir, ça sera en fin de soirée.

Le serveur apporta la bière du lieutenant. Logan en profita pour se commander un second cocktail maison.

– Où tu veux en venir ? demanda Logan sur la défensive.

Il avait seulement eu envie de passer une soirée tranquille et surtout d’oublier que Hurley dînait avec cette abrutie de Callwin.

Heldfield détourna le regard, gêné. Ce n’était pas son genre de parler de ce qui ne le regardait pas, mais pour une fois que le shérif lui tendait la perche…

– On s’inquiète pour vous, lâcha-t-il.

Logan ouvrit de grands yeux stupéfaits.

– Qu’est-ce que tu veux dire ? Tout va très bien ! Tu as lu les journaux. Cet enfoiré de Hilton et ses amis vont être inculpés par le FBI. Ils vont passer un sacré bout de temps sous les verrous. Je peux t'assurer que je ne crains rien.

Puis il percuta sur le pronom personnel.

– C'est qui « on » ?

Toujours aussi gêné, Heldfield avait un regard fuyant. Il commençait à regretter d'avoir trop parlé. Le lendemain, les autres allaient lui passer un sacré savon. Tant pis, il fallait vider l'abcès.

– Blanchett, Ascott, Morris et moi. On a l'impression que vous ne vous plaisez plus à River Falls.

Logan n'en croyait pas ses oreilles. Qu'est-ce que c'était cette histoire ? Ses quatre plus fidèles lieutenants qui doutaient de lui !

– Qu'est-ce qui vous prend de penser des choses pareilles ? Je me sens parfaitement bien et n'ai aucune envie de partir, à moins d'y être obligé.

Heldfield prit sur lui et se força à soutenir son regard.

– C'est bien là tout le problème. Arrêtez-moi si je vais trop loin, mais votre relation avec Hurley semble beaucoup vous préoccuper. On sait qu'elle a rallongé sa période de congé. On se demande si vous ne songez pas à la rejoindre à Seattle. Vous n'êtes pas un provincial, et l'agent Hurley n'est pas du genre à se satisfaire d'une ville comme la nôtre. Ça ne fait même pas un an que vous êtes shérif, et nous pensons que vous commencez à vous ennuyer.

Incroyable, ce qui pouvait se passer dans la tête des gens ! Logan était abasourdi. Il en aurait ri, si ça n'avait pas été aussi grave.

– À qui avez-vous fait part de vos théories ? Tout le commissariat pense-t-il la même chose ?

Heldfield ne put supporter son regard.

– Si Tania a voulu qu'on en parle entre nous, c'est justement parce que votre relation avec Hurley fait beaucoup jaser. Une belle femme, jeune, intelligente et ambitieuse, rester à River Falls par amour…

– Arrête, je ne veux plus rien entendre ! le stoppa net Logan.

C'en était trop. De quoi se mêlaient-ils ? Le respect de la vie privée, ils ne connaissaient pas ? Le Patriot Act n'allait pas encore jusque-là !

– Ma vie personnelle ne regarde que moi ! lança-t-il d'un ton péremptoire.

– OK, pardon, fit Heldfield dépité.

Le serveur apporta le cocktail maison.

– On va commander, dit Logan, histoire de mettre un terme à cette pénible conversation.

Une fois la commande passée, Heldfield se tourna vers la fenêtre.

– Pas grand-monde dans la rue.

Et Logan enchaîna sur ce sujet beaucoup plus consensuel.

Ils avaient terminé leurs desserts et attendaient leurs cafés quand Heldfield s'aventura de nouveau en terrain glissant.

– Vous savez, tout le monde vous apprécie. Je ne rigole pas.

Ils avaient descendu une bouteille d'un excellent vin californien qui avait arrosé un très bon repas. Heldfield se sentait à présent suffisamment d'attaque pour se lancer.

– Merci, tu veux que je t'offre le resto, c'est ça ? rebondit Logan, gêné du compliment.

– Non, mais… Si l'on craint que vous partiez, c'est parce qu'on détestait votre prédécesseur. Vous savez, le shérif Wesley était un véritable abruti.

– Je sais, mais le passé appartient au passé. Cette époque est révolue. Il faut oublier tout ça.

– Oui, vous avez raison, concéda Heldfield.

Il ne savait quoi faire. Devait-il vraiment lui en parler ? Allait-il comprendre ?

Eh puis merde, jette-toi à l'eau !

– Je tenais juste à vous dire que c'est Morris, Blanchett, Ascott et moi qui avons décidé de sortir cette histoire de coucherie du « si puritain » shérif Wesley, lâcha-t-il en mimant des guillemets avec ses doigts.

Sans cela, il était clair que Wesley serait toujours le premier garant de la loi. Heldfield et Logan en avaient conscience autant l'un que l'autre.

– C'est quoi ça ? Tu me demandes une faveur ? dit-il en faisant semblant de ne pas comprendre.

Sans hésitation, Heldfield enfonça son regard dans le sien :

– Oui, je veux que vous restiez en poste, au moins le temps qu'on trouve quelqu'un d'aussi bien que vous pour prendre la relève !

Les cafés leur furent apportés. Un long silence s'installa entre les deux hommes.

Logan savait que cela ne servait plus à rien de nier. Oui, il était prêt à quitter River Falls pour Hurley. Oui, tout le monde devait s'en rendre compte, et non, il ne pouvait en blâmer personne si ce n'est lui-même.

– OK, je te dois des excuses. Je t'ai mal jugé. Vous êtes vraiment une sacrée bande de roublards tous les quatre.

– Je dois prendre ça comme un compliment ? demanda Heldfield le sourire aux lèvres.

– Oui, tu peux.

Le serveur arriva avec l'addition. Chacun sortit sa carte de crédit, mais Logan arrêta Heldfield.

– C'est bon, c'est pour moi.

– Vous n'êtes pas obligé !

– Ça me fait plaisir et…

Le portable de Heldfield sonna.

– Vas-y, réponds, l'invita Logan qui tendit sa carte bleue au serveur.

Heldfield prit un air embarrassé et répondit à l'appel. Très vite son visage changea d'expression.

– Quoi ? ! Non ! Où ça ? fit-il, atterré.

Logan reporta son attention sur son lieutenant. Il venait de comprendre que la soirée était loin d'être terminée.

32

L'alcool coulait à flots. Les étudiants étaient déchaînés ; le D-J passait les derniers morceaux du moment. Un éclairage stroboscopique avait été monté dans le grand salon vidé de tous ses meubles pour l'occasion.

Bridget avait fait les choses en grand. La soirée était une parfaite réussite. Les invités avaient été priés d'endosser leur plus beau costume de monstre. Les grands classiques : Frankenstein, Dracula, Jack o'Lantern. Les filmographiques : Freddy, Jason, Godzilla. Mais aussi des personnalités telles que George Bush Jr. ou Ben Laden.

La bonne humeur était de mise. Pas une seule fausse note.

La véranda était entrouverte, et, malgré le froid, de nombreux invités discutaient tranquillement dans le jardin éclairé par des projecteurs.

Une seule personne n'arrivait pas à être complètement satisfaite de l'ambiance générale.

– Dis donc, tu prends ton rôle au sérieux, dit Cindy.

Cheryl haussa les épaules. Elle n'avait pas envie de parler. Elle était complètement hors du coup. Elle ne souhaitait qu'une chose : quitter son costume d'Elvira et rentrer chez elle.

– C'est ton chéri ? C'est ça ? lui demanda Cindy.

– Je ne sais pas ce qu'il fait. Je n'arrive pas à le joindre. J'espère qu'il ne lui est rien arrivé.

Mais au fond d'elle-même, elle était certaine qu'il allait bien. Non, c'était autre chose. Elle avait perçu un changement d'attitude dans l'après-midi. Quand ils avaient fait l'amour, elle avait bien vu qu'il était absent. C'était la première fois qu'il avait une panne. Il en avait ri, elle aussi. À présent, elle se demandait si cela ne cachait pas quelque chose.

– Tu te prends trop la tête. Il a dû partir fêter ça avec ses potes de l'équipe. À l'heure qu'il est, il est à moitié défoncé dans je ne sais quel jardin public.

Possible, si ce n'était que la moitié de l'équipe de football universitaire était présente à la soirée et que personne n'avait vu Kyle.

– Tu lui as donné la bonne adresse ?

Avec ses faux cils, Cheryl leva les yeux au ciel.

– OK, pardon, mais il faut que tu arrêtes de faire cette tête. Tu fous vraiment la pétoche. Allez, viens t'amuser. Je suis sûre que de son côté, il ne se prive pas.

L'image de Kyle dans les bras d'une autre fille s'imprima dans l'esprit de Cheryl. Elle se sentit fondre sur place. Puis elle chassa cette affreuse pensée. Ce n'était pas du tout son genre.

Elle regarda un moment son verre vide. Elle avait été très raisonnable jusque-là. Elle était arrivée à 20 heures, comme prévu, et il était presque minuit. Il ne viendrait plus à présent.

– Tu as raison, je vais prendre un peu l'air et je reviens.

– Tu ne pars pas ?

– Promis, je reviens, dit-elle d'un ton qui se voulait rassurant.

Debout dans un coin de la salle, King Kong sut que son heure était venue. Il regarda Cheryl sortir et la suivit dans le jardin.

Sans que personne n'y prenne garde, Stuart était resté dans la chambre de Shannon après les heures de visite. Il savait que c'était interdit, mais il s'en moquait éperdument. Que risquait-il ? Qu'on le flanque dehors, c'est tout.

Mais jusqu'à présent personne ne s'était rendu compte de rien. Qui souhaiterait passer une seule nuit dans ce genre d'établissement ?

Le générique de fin de *Hostel* défilait sur l'écran de télévision. Minuit venait juste de sonner, et Stuart avait une faim de loup. Shannon était descendue à l'heure du repas, mais n'avait rien pu lui rapporter du réfectoire, de peur de le faire repérer. De toutes les pensionnaires, elle était celle qui mangeait le moins.

– Je crois que je vais y aller, dit Stuart. Tu es certaine que la porte n'est pas fermée à clé ?

Il était assis sur le lit à côté de Shannon, un coussin leur servant de dossier.

Shannon rentra sa tête dans les épaules.

– Ben, j'en sais rien. Je n'ai jamais essayé de fuguer !

Stuart se sentit blêmir. Alors que le film n'avait pas réussi à lui donner le moindre frisson d'angoisse, l'idée de passer la nuit dans cette chambre le glaça.

– Tu plaisantes, tu m'avais promis ?

– Désolée !

– Oh non ! La tuile !

Stuart la regarda et ne sut quoi penser. Se pourrait-il qu'elle l'ait fait exprès ? Il aurait dû insister pour partir plus tôt. Maintenant, il le regrettait amèrement.

– Si tu veux, tu n'as qu'à dormir ici. Tu as vu le lit, on y rentre largement à deux.

Glacé d'effroi une seconde auparavant, il devint écarlate.

– Je n'ai pas mon pyjama, dit-il en sentant la sueur lui couler le long des joues.

– Pas besoin de pyjama. Ne me dis pas que tu n'as pas de slip sous ton pantalon ! se moqua-t-elle.

Stuart n'avait aucune envie de dormir avec elle. Shannon n'avait que seize ans et lui dix-huit. Il avait entendu tout un tas d'histoires sur les détournements de mineurs. Mais s'il était honnête avec lui-même, il devait avouer qu'il avait surtout peur qu'elle le touche. Que devrait-il faire dans ce cas ?

– Ça va, dis-moi tout de suite que ça te dégoûte de dormir avec moi et ce sera plus simple.

Le ton était acide. Il l'avait vexée.

– Non, bien sûr que non, mais je rentre dans le lit le premier !

La phrase était sortie toute seule. Trop tard pour revenir en arrière.

– Je vais dans la salle de bains. Quand je reviens, si tu n'es pas dans le lit, je te fous à la porte, et je hurle !

Stuart ne prit pas la menace au sérieux, mais comprit qu'il n'avait plus le choix.

Une fois que Shannon se fut enfermée, Stuart s'assura qu'elle ne pouvait pas l'observer par la serrure. Il éteignit la lumière principale, ne laissant que la lampe de chevet allumée. Il s'assit sur le lit et enleva ses chaussures. Aucune odeur nauséabonde. Une chance, car ça faisait trois jours qu'il portait les mêmes chaussettes ! Puis il s'arrêta là. L'idée d'enlever son pantalon le tétanisait.

Fais-le avant qu'elle apparaisse. Stuart, reprends-toi !

Il ferma les yeux et imagina son frère. Kyle serait au lit depuis longtemps.

Comment deux jumeaux pouvaient-ils être si différents ? se demanda-t-il pour la énième fois de sa vie.

Du courage, du courage.

Il se leva et, dans un effort surhumain, défit sa ceinture et déboutonna son jean. Il l'enleva rapidement, puis se débarrassa de son pull-over. En tee-shirt et en slip, il s'engouffra vite sous les draps, et eut le plaisir de les trouver d'une douceur exquise. Rien à voir avec ceux du dortoir.

Il entendit l'eau couler dans le lavabo. Shannon faisait sa toilette ; sans pouvoir contrôler quoi que ce soit, il sentit son sexe durcir. Il tenta de faire diversion. Il se repassa dans sa tête les scènes de torture de *Hostel*. Mais cela ne servit à rien. Il était aussi dur qu'une tige d'acier.

L'eau cessa de couler et la porte de la salle de bains se rouvrit. Shannon en sortit en chemise de nuit, tel un spectre fantomatique. Une vision qui malheureusement ne suffit pas à calmer les ardeurs de Stuart.

Shannon s'approcha du lit.

– Tu me fais une place ?

Stuart était déjà collé contre le mur.

– Je ne suis pas si gros que ça ! répliqua-t-il d'un ton faussement outré.

Shannon entra sous les draps. Leurs deux visages étaient tout proches l'un de l'autre. Shannon lui sourit. Stuart tenta de lui répondre.

– J'ai passé une très bonne soirée, et toi ?

– Super !

Elle éteignit la lampe et, sans prévenir, posa ses lèvres contre les siennes. Surpris, Stuart eut un mouvement de recul, et la turgescence de son sexe disparut aussi vite qu'elle était venue. Il était complètement paniqué. Il n'était jamais sorti avec une fille. Même pas un petit baiser. Il avait tellement peur de ne pas savoir comment s'y prendre ! Sans oublier que, aussi adorable que fût Shannon, elle n'était pas tout à fait le genre de fille qui l'attirait physiquement.

Shannon repartit à l'attaque et se colla contre lui. Une nouvelle fois, sa langue essaya de trouver la sienne et sa main alla directement à la recherche de son sexe.

Stuart était au comble de la honte. Incapable de réagir, il restait immobile, le sexe en berne.

Shannon se décolla de lui.

– Excuse-moi, dit-elle d'une voix chargée d'émotion.

Stuart ne trouva rien à dire. Il se maudissait d'être le puceau le plus coincé de toute l'histoire des États-Unis !

Shannon ralluma la lumière.

– Je t'ai menti, j'ai la clé de la porte d'entrée. Tout le monde en a une.

Stuart n'osa pas affronter son regard. Il sortit du lit et piteusement commença à se rhabiller. Il était dans l'incapacité de prononcer le moindre mot. Il n'avait qu'une envie, fuir cette chambre au plus vite.

Shannon se leva elle aussi et fouilla dans un tiroir à la recherche de la clé de la fondation.

– Tiens, tu n'auras qu'à la rendre à Judith demain.

Le ton se voulait naturel, mais Stuart sentit toute l'émotion contenue.

Il prit la clé et finit de mettre ses chaussures. Toujours incapable de regarder Shannon en face, il se dirigea vers la porte, et posa la main sur la poignée. S'il sortait sans essayer de s'excuser, il était certain que plus jamais il ne la reverrait.

Il s'y était pris comme un manche. Si seulement il pouvait avoir ne serait-ce que le centième de l'assurance de Kyle !

Il referma la porte derrière lui sans un regard. Dans le couloir, son cœur se brisa en mille morceaux quand il entendit Shannon éclater en sanglots.

Cheryl avait discrètement récupéré son long manteau et était partie sans se faire remarquer. Elle prit la longue allée qui menait au portail. La musique et les rires des étudiants résonnaient sur toute la colline.

Avant de passer le portail, elle sortit son portable et refit le numéro de Kyle. Après trois sonneries dans le vide, la messagerie se déclencha. Elle n'eut pas le cœur de laisser un nouveau message.

Une chouette hulula au-dessus d'elle. Elle chercha l'oiseau nocturne mais ne parvint pas à le distinguer. Selon certaines légendes, la chouette était symbole de chance et de prospérité. Cheryl s'accrocha à ce faible espoir et ouvrit la grille.

À cet instant, une main virile se posa sur son épaule. Elle sursauta et poussa un cri.

– Faut pas avoir peur, ma belle ! fit King Kong.

Rien qu'au timbre de sa voix, Cheryl sut que l'horrible gorille était en état d'ébriété avancé.

– Si tu pouvais voir ton masque, tu comprendrais, dit-elle en espérant que cela suffirait.

– Faut pas se moquer des monstres. Tout le monde a droit à l'amour, répondit-il d'un ton qui se voulait solennel et qui confirmait son état lamentable.

Cheryl chercha autour d'elle un quelconque renfort, mais tous les étudiants se trouvaient dans la villa ou de l'autre côté du jardin.

– C'est clair, et je crois qu'il y a tout ce qu'il te faut à l'intérieur. Salut et bonne soirée, dit-elle en essayant de manœuvrer la grille.

Mais King Kong la bloqua de son pied.

– Cheryl, arrête tes bêtises, il faut qu'on parle.

– Je ne crois pas. Laisse-moi passer s'il te plaît.

King Kong enleva son masque. C'était Steven, le quaterback vedette de l'équipe de football.

– Laisse-moi. Tu veux vraiment que j'en parle à Mary ?

– Je l'ai larguée, cette conne. C'est toi que je veux.

Cheryl ne savait vraiment pas comment s'en débarrasser, il puait encore plus l'alcool sans son masque.

– Kyle ne va pas tarder, s'il te voit m'embêter, ça va mal se passer. Laisse-moi, je t'en prie.

Elle regarda derrière elle, mais toujours personne. Steven avait suivi son regard et partit d'un rire ironique.

– Tu cherches de l'aide ? Ton Kyle, il s'est bien foutu de toi. Tu sais qu'il raconte à tout le monde que tu as le feu au cul ?

– Il paraît, dit-elle sans y croire une seconde.

Steven la saisit aux épaules.

– Tu vas m'embrasser ma belle, tu vas voir, tu vas…

Un coup de genou dans les parties le stoppa net. Cheryl se dégagea de son emprise et bondit dans l'espoir de retourner vers la villa.

Mais une main lui attrapa le bras. Steven la fit tomber avec lui sur le sol. Une vive douleur lui coupa le souffle. Steven en profita pour se mettre sur elle et lui poser la main sur la bouche.

– Essaye seulement une fois de crier et je te bousille la tronche, lui souffla-t-il à l'oreille en lui broyant la gorge d'un poing ferme.

Cette conne avait raté ses attributs d'un rien. Elle méritait vraiment une petite leçon. Il glissa sa main sous ses vêtements et lui toucha le ventre. Malgré la douleur à la gorge et la peur qui la tétanisait, elle parvint à pousser un cri.

Steven arma son bras, mais une silhouette s'interposa, lui faisant lever les yeux.

– Hein ? fit-il en reconnaissant Quasimodo.

Dans la seconde qui suivit, un coup de pied l'atteignit au visage, le faisant valser en arrière et perdre deux dents. À moitié dans les vapes, avachi sur le bras droit, Steven, qui se tenait la mâchoire à deux mains, n'eut pas le temps de réagir quand le bossu de Notre-Dame se rua de nouveau sur lui et le roua de coups de pied sur toutes les parties du corps.

– Arrête ! Tu vas le tuer ! dit Cheryl en s'étonnant presque d'avoir pitié pour Steven.

Quasimodo se retourna vers elle, et sans qu'il ait besoin d'ôter son masque, elle reconnut son regard.

– Kyle, dit-elle en se jetant dans ses bras. Pourquoi tu n'étais pas là ? Où étais-tu ?

Elle se mit à pleurer contre lui.

– Viens, on se tire d'ici.

Steven, inconscient, gisait au sol.

– Il faut qu'on appelle la police. Il a essayé de me violer, dit Cheryl sous le choc.

– Non, ne fais pas ça. Je préfère que ça reste entre nous. Je crois qu'il a eu son compte.

– Mais cette ordure a essayé de me violer !

Kyle lui passa sa main dans le dos.

– Si tu portes plainte, l'avocat de Steven te fera passer pour une traînée. Ils énuméreront tous les types avec qui tu as couché. Ils les feront témoigner à la barre pour te salir, du moins les amis de Steven, expliqua-t-il avec un sang-froid étonnant.

Cheryl comprit qu'il avait raison. Mais c'était si injuste. Elle ne l'avait jamais dragué !

– C'est dégueulasse ! Pourquoi tu n'étais pas là ? ajouta-t-elle la voix rauque, au bord des larmes.

– J'étais là, affirma-t-il d'un ton sincère.

C'est vrai, Quasimodo était à la soirée, mais il ne s'était pas approché d'elle. Pourquoi cette attitude ?

Kyle enleva son masque, visiblement gêné.

– Je dois t'avouer quelque chose, et je comprendrais que tu m'en veuilles.

– Quoi ?

– Je t'ai espionnée toute la soirée. J'ai fait gaffe à ce que tu ne me regardes pas trop, je voulais juste savoir si tu étais fidèle. J'ai ma réponse.

– Mais pourquoi l'as-tu laissé me toucher ?

– J'étais aux toilettes quand tu as décidé de partir. Je t'ai cherchée partout, mais pas au bon endroit. Je croyais que tu étais dans une chambre avec quelqu'un.

L'explication était convaincante. Elle se laissa enfin aller.

– Espèce de parano débile ! dit-elle en le serrant très fort dans ses bras. Je ne veux pas rentrer chez moi, je veux qu'on reste ensemble ce soir. Une nuit à l'hôtel comme le premier jour.

– Le même hôtel, la même chambre, et ce sera parfait.

Cheryl lui déposa un léger baiser sur la bouche.

Sous une lune à moitié pleine, ils descendirent la longue rue qui serpentait dans Golden Hill pour récupérer la voiture de Cheryl.

33

Le gravier crissa sous les pneus de la Cherokee quand Logan se gara sur le parking du Pacific Express. Il était 22 h 30. Une quinzaine de personnes se trouvait dehors malgré le froid de la nuit.

Les pensionnaires du motel, songea-t-il en sortant de la voiture.

Il cala son chapeau sur sa tête et alla directement à l'accueil. Un vieil homme en salopette vint vers lui.

– Bonsoir, shérif, dit Lamar.

– Bonsoir. Vous pouvez me conduire à la chambre ?

Lamar acquiesça et passa devant. À la vue du shérif, les clients du motel cessèrent de bavarder. Logan s'arrêta. Les deux pouces glissés dans son ceinturon, il les regarda avec autorité.

– Vous allez tous rentrer dans vos chambres, et je vous demande de ne pas en bouger. Nous allons venir vous interroger. Tâchez de vous rappeler le moindre détail suspect de votre soirée.

Un assentiment général lui répondit et, comme des enfants bien élevés, chacun rentra dans sa chambre.

Le lieutenant Heldfield s'approcha de Logan.

– Je souhaiterais avoir le même pouvoir de persuasion que vous, lui dit-il, épaté.

Logan se reconnaissait de nombreux défauts, mais il était conscient d'avoir les qualités d'un leader naturel. Aussi apprécia-t-il la remarque à sa juste valeur.

– On y va.

Lamar, qui attendait que Logan ait terminé sa petite allocution, les emmena devant la chambre 12.

– C'est là.

– OK, vous pouvez nous laisser.

Logan sortit une paire de gants en latex, les enfila et allait ouvrir la porte quand il nota l'embarras de Lamar.

– Vous l'avez touchée ?

– Oui, désolé, répondit le vieil homme.

Devant son air confus, Logan n'eut pas le courage de lui faire la leçon. De toute façon, c'était trop tard. Il garda néanmoins ses gants et appuya sur la poignée.

Une odeur de sang frais le saisit.

Il alluma la lumière et découvrit le corps dénudé de Gary Borden, le magnat du bâtiment de tout l'État de Washington. Égorgé.

– Pauvre type, souffla-t-il en s'approchant du lit.

Heldfield referma la porte derrière eux. Il avait du mal à regarder le cadavre. Le crime était tout récent. Une heure ou deux grand maximum. Lamar avait juré au téléphone que Borden était arrivé vers 20 heures.

La gorge de Borden avait été nettement ouverte, releva Logan, écœuré.

Ils cherchèrent l'arme du crime en vain. Au bout d'une dizaine de minutes, Logan cessa la fouille.

– Bon, on va passer la relève aux experts du FBI.

Durant le trajet pour venir au motel, il avait téléphoné au bureau de Seattle pour signaler la mort de Borden.

Étant donné son implication dans le domaine de la construction, il semblait évident que ce meurtre était lié à celui de Robert Gordon et aux affaires immobilières suspectes de ce dernier. Un nouveau règlement de comptes.

Quel rôle avait joué Borden dans cette histoire ? Logan n'en avait aucune idée. Son nom n'était pas cité dans l'article de Callwin, mais rien ne disait qu'elle disposait de toutes les informations sur les personnalités impliquées dans ce scandale.

– Vous pensez toujours qu'il s'agit de la même affaire que pour Gordon ? demanda Heldfield maintenant hypnotisé par le cadavre.

– Tu proposes quoi d'autre ?

– L'option la plus classique. Une vengeance de femme. Celle de Borden.

Pendant que Logan était au téléphone avec le FBI, Heldfield avait parlé avec Lamar. Celui-ci lui avait expliqué comment les choses s'étaient passées. Surtout, il lui avait dit que la prostituée s'était enfuie dès qu'il l'avait libérée.

– Ouais, j'y pensais, mais je n'y crois pas trop. Ça sent la magouille financière à plein nez. Le jour de la révélation du scandale, il se fait tuer. Une coïncidence ? Je n'y crois pas.

Heldfield marmonna un « hum » peu convaincu. Il préférait sa théorie. Pourquoi chercher compliqué ? La solution la plus évidente était souvent la meilleure.

– Si on allait se regarder un petit film d'horreur ? essaya de plaisanter Logan.

– Allons-y.

Ils sortirent de la chambre et retournèrent voir Lamar à l'accueil.

– Vous avez récupéré les bandes des caméras de surveillance ?

Lamar prit un air contrit.

– J'ai oublié de les mettre en marche.

Logan soupira et avança lentement vers lui. Heldfield referma la porte de la réception. Quand il fut près du comptoir, Logan attrapa Lamar par le haut de sa salopette et le tira violemment à lui.

– Écoute, mon vieux, ne te crois pas plus malin que tu ne l'es. Tu me sors ces bandes ou je te jure que je te fais coffrer pour complicité de meurtre, lui assena Logan. Que tu aies un problème avec la police, ça te regarde, mais si tu cherches à me mettre des bâtons dans les roues, là, je te jure que tu auras de bonnes raisons de me détester.

Il relâcha Lamar qui lui jeta un regard haineux. Logan garda un sourire sarcastique.

– Je vais les chercher, dit finalement le vieil homme.

– On vient avec vous, fit Logan.

On n'est jamais trop vieux pour faire des bêtises. Il ne laisserait pas une chance à Lamar de se faire la malle. Ils arrivèrent dans un réduit où se trouvaient trois magnétoscopes qui enregistraient les images des caméras de surveillance.

Lamar alluma l'écran de contrôle et rembobina les cassettes. Il mit en marche le premier. Le jour et l'heure étaient affichés dans le coin gauche. C'était une vue depuis le comptoir de la réception.

Sans un mot, Lamar passa la télécommande à Logan et sortit du réduit.

– Tu restes avec lui, ordonna Logan à son lieutenant.

Plus ça allait, moins il le sentait, ce Lamar. Il cachait quelque chose, mais quoi ? Il espérait que le visionnage lui apporterait un début de réponse.

Il éteignit le premier magnétoscope et alluma le deuxième, en souhaitant avoir les images de la caméra placée sur le balcon du premier étage, qui balayait l'allée de bungalows du rez-de-chaussée et l'escalier qui menait à l'étage. Mais c'était la vue du parking. Il alluma le troisième et obtint enfin ce qu'il voulait.

Une bonne dizaine de minutes plus tard, il vit Borden entrer dans sa chambre. Il était exactement 8 h 05. Lamar n'avait pas menti sur ce point. Puis, seulement cinq minutes plus tard, quelqu'un déguisé en « la Mort » apparut dans le champ et se rendit à la porte 12.

Le petit malin ! se dit-il. La voilà, l'arme du crime. La faux de la grande faucheuse.

Le pauvre Borden avait dû souffrir le martyre avant que cet ustensile ne lui taille définitivement la carotide. De plus, sur cette tenue noire, les projections de sang devenaient invisibles et le tueur avait pu quitter le motel sans se soucier des regards. Le meurtrier avait bien calculé son coup. Halloween était le seul jour de l'année où personne ne s'inquiéterait de voir un monstre parcourir les rues une arme ensanglantée à la main ! Bien joué.

La Mort frappa à la porte et donna semble-t-il un coup de couteau à Borden, mais ce dernier se tenait en retrait dans la chambre, à l'écart du champ de la caméra. Un coup de couteau ? Non, pas de marque dans le ventre. Il repassa la scène au ralenti et il eut la solution. Un Taser, à tous les coups.

La Mort pénétra dans la chambre et la porte se referma.

Trépignant sur place, Logan accéléra de nouveau la bande et l'arrêta à 20 h 32. Une femme apparut ; la prostituée, à n'en point douter.

Il ne pouvait distinguer son visage, mais rien qu'à l'allure, il sut que c'était plutôt une call-girl à cinq cents dollars qu'une pute à trente ! Elle s'arrêta devant la porte, révélant son profil.

Logan sentit son cœur s'arrêter. Même si la définition de l'image était loin d'être parfaite, il était certain de connaître ce visage, mais il était incapable d'y mettre un nom, ni de se souvenir d'où il la connaissait. En tout cas, ce n'était ni une prostituée ni une call-girl.

Logan émit un petit rire ironique.

– Enfoiré ! lança-t-il en pensant à Lamar. Je comprends mieux maintenant.

Il remit la bande en marche.

La porte s'ouvrit. Cette fois, il vit le bras noir de la Mort dépasser de l'encadrement et porter un coup de Taser à la femme. Mais le tueur l'avait attrapée dans ses bras avant qu'elle ne tombe et elle disparut dans la chambre. Dix minutes plus tard, la Mort vêtue de son ample costume noir et tenant une faux ensanglantée sortait tranquillement de la chambre.

Chapeau ! se dit Logan en repassant en mode accéléré.

Une heure et demie plus tard, il vit quelqu'un descendre l'escalier et partir d'un pas rageur vers la chambre 12. Lamar lui avait assuré que les deux bungalows mitoyens étaient vides. Le tueur les avait-il réservés par précaution ? Lamar s'était-il débrouillé pour qu'ils soient vides ? Ou était-ce uniquement dû au hasard ? Logan avait de quoi échafauder de multiples hypothèses. Il n'allait pas manquer de travail dans les jours à venir.

Le voisin du dessus frappa à la porte d'un air furieux et entra dans la chambre.

Il ressortit aussitôt et se pencha en avant pour vomir.

Les événements se bousculèrent. Lamar entra dans la chambre. D'autres voisins sortirent de la leur. Puis Logan vit la fille quitter la chambre en catimini, l'air de rien, et éviter l'attroupement.

La garce. *Toi, je t'aurai !* se dit-il en stoppant la bande.

Il prit une cigarette, l'alluma et, après une grosse bouffée, il se leva et retourna à la réception. Il n'y avait personne.

Logan sortit son portable et appela son lieutenant.

– Où tu es ?

Heldfield lui répondit qu'il interrogeait les clients du motel.

– Je ne crois pas que ça nous apporte grand-chose, par contre si tu pouvais revenir avec le vieux à l'accueil, j'ai deux mots à lui dire.

Il raccrocha et attendit en contenant mal son impatience. Lamar et Heldfield ne tardèrent pas à le rejoindre.

– Monsieur Lamar, ça vous amuse vraiment de me prendre pour un con ?

Le vieil homme prit un air surpris, mais garda le silence.

– Vous n'avez rien à me dire avant que je vous foute mon poing dans la tronche ? tonna Logan.

Heldfield trouva le comportement du shérif complètement déplacé. Il espérait qu'il savait ce qu'il faisait. Néanmoins, ce n'était pas bien de s'en prendre à un vieux bonhomme.

– Je connais mes droits. Je suis innocent ! lança Lamar avec assurance.

Logan se rapprocha de lui et lui épousseta les épaules d'un geste méprisant.

– La pute qui était avec Borden. Vous avez trente secondes pour me donner son nom.

– Vous n'avez pas le droit. Si vous me frappez, vous aurez affaire à mon avocat.

– Toi, tu as un avocat ? Tu me fais vraiment marrer, ironisa Logan avant de reprendre : On n'est pas à

New York ici, et les avocats on les emmerde. J'ai été élu pour faire respecter la loi et ce n'est pas un vieux débris comme toi qui va m'en empêcher. Alors, dis-moi son nom.

Il passa un bras familier autour des épaules de Lamar. Heldfield n'aimait pas du tout ces manières. Elles ressemblaient plus à celles d'un caïd de la pègre qu'à celles d'un shérif. Il n'allait pas le frapper, tout de même ?

– Je sais pas son nom. Je vous le jure.

– Combien elle t'a donné pour que tu la fermes ?

Lamar ne répondit pas.

– Je peux te mener une vie d'enfer. Te foutre toutes les inspections possibles. Je peux même faire fermer ce motel pour des milliers de raisons. Je ne crois pas que ton patron en serait très heureux. Tu tiens vraiment à finir dans la rue, privé de ta pension de retraite ?

Lamar baissa les yeux et abdiqua enfin.

– Mille dollars. Elle m'a donné mille dollars, mais je vous jure que je ne connais pas son nom.

– D'accord. Alors on va visionner la bande de l'entrée et tu me diras quelle est sa voiture.

Heldfield fut soulagé, et pour le coup, satisfait du résultat. Ils allaient obtenir le nom de la fille. Le témoin n° 1 du meurtre.

Ils passèrent dans le réduit et Lamar joua le jeu. En un rien de temps, il cala la bande sur une superbe Ferrari Spider rouge. L'angle de la caméra était tel qu'il était impossible de distinguer le visage de l'occupant, mais la plaque d'immatriculation était tout à fait lisible.

Nickel ! se félicita Logan.

Il sortit un calepin et un stylo de la poche intérieure de son blouson et nota le numéro.

– Allez, retourne à ton poste. Tu seras convoqué demain pour faire ta déposition.

Lamar s'en alla sans un mot et laissa les deux policiers entre eux.

– Vous l'auriez frappé s'il n'avait pas parlé ? demanda Heldfield.

Logan haussa les sourcils.

– Tu m'en crois capable ?

Heldfield garda un air inflexible.

– Répondez-moi, s'il vous plaît.

– Non, bien sûr que non. Au-delà du fait que son avocat m'aurait évidemment mis à terre, je n'ai pas pour habitude de frapper plus faible que moi.

Heldfield le crut sur parole et fut rassuré.

– Comment as-tu pu imaginer une chose pareille ? reprit Logan.

Heldfield ne répondit pas.

– Bon, tu vas continuer l'interrogatoire de tous les clients du motel. Moi, je fonce au commissariat retrouver à qui appartient ce numéro.

– Je pourrai interroger la femme avec vous ?

– Si tu y tiens.

– Je suis certain que c'est une histoire de jalousie entre femmes, s'expliqua Heldfield.

Logan émit un rire bref.

– Je crois que tu fais complètement fausse route. On parie un resto que cela n'a rien à voir ?

– Je vous en dois déjà un. Disons deux restos !

Logan tendit sa main et Heldfield claqua sa paume sur la sienne.

Il regarda sa montre. Presque minuit ; il était temps de prévenir Hurley qu'il ne rentrerait pas ce soir.

– C'était Mike, il y a eu un meurtre au Pacific Express. Il m'a fait promettre de ne pas t'en parler, dit Hurley quand elle eut raccroché.

– Je dois dire que je ne l'aime pas trop, mais tu n'es pas en train de le trahir, là ?

Hurley avait invité Callwin à rester dormir dans la chambre d'amis. En pyjama dans le salon, les deux jeunes femmes étaient en train de discuter des hommes et de l'amour quand Logan avait appelé.

– Ça dépend si tu te sers de mon information ou pas.

– C'est qui ?

Hurley hésita à tout lui révéler, mais elle avait confiance :

– Gary Borden.

Callwin en resta bouche bée.

– Borden de la Borden & Co ?

– Lui-même.

– Et tu ne veux pas que je sorte et aille à la pêche aux infos ?

Hurley haussa les épaules.

– Je ne peux t'obliger à rien.

– Tu te rends compte que c'est sûrement lié au meurtre de Robert Gordon ? Même si je n'ai rien sur Borden, c'est le roi de l'immobilier dans la région !

– Fort possible, mais tu as réussi le scoop parfait. Attends d'y voir plus clair avant d'annoncer que sa mort est liée à l'affaire. Si tu te trompes, c'est ton tout nouveau statut de super-journaliste qui sera remis en cause. Réfléchis bien.

Callwin était prête à la supplier de la laisser écrire un article express pour le *Tribune* du lendemain. Le bouclage avait lieu vers 2 heures. C'était serré mais elle avait encore le temps. Mais Hurley avait réussi à refroidir son ardeur. Elle avait tant attendu pour avoir la reconnaissance de ses pairs, ne risquait-elle pas de tout gâcher dans la précipitation ?

– Tu crois qu'il vaut mieux que j'attende ?

Hurley sourit. Elle était certaine que Callwin se rangerait à sa position.

– Franchement et indubitablement : oui !

Logan avait tenu sa promesse et avait attendu le retour de Heldfield pour se rendre à la villa d'Alysson Harper. Trente-deux ans, mariée à un homme de soixante ans, une fillette de six ans. Mère au foyer.

Quand il avait enfin pu consulter sa fiche d'état civil, Logan s'était rappelé où il l'avait déjà vue : à un gala de charité en faveur des orphelinats de la ville. Une très belle femme, très sophistiquée… voire trop.

Ils roulaient dans Golden Hill. Il était un peu plus de minuit. Heldfield n'avait rien tiré des témoignages des clients du motel. Rien vu, rien entendu. Sauf le voisin du dessus, qui en avait par-dessus les oreilles des bruits de meubles qu'on transbahutait et qui résonnaient jusque dans sa chambre.

Logan imagina la tête du pauvre gars quand il avait découvert le cadavre de Borden et Mme Alysson Harper attachée aux barreaux du lit, bondissant comme une diablesse, la bouche entravée d'un bâillon.

– Attention à Esméralda et à Quasimodo, le prévint Heldfield, en apercevant deux jeunes gens près d'une voiture garée en bordure de route.

– Elvira, le corrigea Logan en reconnaissant le costume de la fille.

Ils passèrent à leur hauteur et Heldfield leur sourit. Le couple les ignora totalement.

Quelques virages plus loin, ils se garèrent devant une somptueuse bâtisse, peut-être même la plus luxueuse des villas de River Falls. Ils sortirent et Logan sonna à l'interphone. Personne ne répondit, ils sonnèrent à nouveau et enfin la lumière éclaira l'intérieur de la demeure.

– Foutez le camp ou j'appelle la police ! tonna une voix masculine furibonde.

– Ce ne sera pas la peine, nous sommes la police ! répliqua Logan dans l'interphone. Si vous pouviez nous ouvrir…

La voix ne répondit pas, mais deux minutes plus tard, un homme en pyjama et en chaussons de cuir, emmitouflé dans un manteau, entrouvrit la porte.

Il descendit le perron et s'avança vers eux en les braquant d'un fusil-mitrailleur.

– Surtout vous ne bougez pas, petits merdeux.

Achète-toi des lunettes, pauvre con ! l'injuria Logan en pensée.

Quand John Harper fut près du portail, il reconnut enfin le shérif et baissa son arme.

– Shérif ? ! Qu'est-ce qu'il se passe ?

– Nous voudrions parler à votre épouse. Est-elle là ?

– Bien sûr, elle ne m'a pas quitté de la soirée.

Heldfield regarda Logan et comprit qu'il valait mieux garder leurs cartes en mains. Harper venait de mentir effrontément.

Était-il dans le coup ? Heldfield avait peut-être raison, c'était peut-être juste une histoire de jalousie, après tout.

– Mais qu'est-ce que vous lui voulez ?

– Je ne peux rien vous dire. C'est à elle seule que je dois parler.

Harper lui jeta un mauvais regard.

– Suivez-moi, dit-il néanmoins.

Ils remontèrent l'allée et entrèrent dans la vaste demeure.

Alysson Harper, en robe de chambre, interpella son mari du haut de l'escalier central.

– Chéri, que se passe-t-il ?

Elle paraissait sortir du sommeil.

Sacrée comédienne ! pensa Logan.

– Nous souhaiterions vous poser une ou deux questions. Nous n'en aurons pas pour longtemps.

– Je vous écoute, répliqua-t-elle sans se déplacer.

Logan avança jusqu'au bas des marches.

– Je souhaiterais vous parler en tête à tête.

– Je n'ai rien à cacher à mon mari, dit-elle sans bouger.

Elle aimait les positions de force. Par chance, il ne jouait pas ce jeu-là.

– J'insiste.

– Chérie, fais ce qu'ils te disent. Allez dans le salon du haut, je vais rester en bas regarder la télévision.

– Merci, dit Heldfield qui se tenait près de lui.

Les deux agents rejoignirent Mme Harper, qui les convia à la suivre dans un dédale de couloirs menant à un somptueux salon décoré avec goût.

– Je vous offre à boire, shérif ? dit-elle en se dirigeant vers le bar.

Des tableaux de grands peintres cubistes étaient exposés. Heldfield, qui était un amateur éclairé, crut même reconnaître un Braque.

– Non, nous sommes en service, mais vous pouvez boire si vous le souhaitez.

Mme Harper en avait bien l'intention et se servit un verre de gin.

– Que voulez-vous savoir ?

– Si vous pouviez nous raconter ce qui s'est exactement passé au Pacific Express, on gagnerait du temps.

– Je n'ai pas bougé d'ici, mon mari peut vous le confirmer.

Logan regarda son lieutenant et soupira.

– Qu'est-ce qu'on fait ? On les embarque tous les deux pour entrave à la justice ou seulement la femme ? fit-il en usant de ce terme d'une façon méprisante.

– Laissons-lui une dernière chance, répondit Heldfield. Madame Harper, croyez bien que nous serions peinés d'en arriver là, mais vous avez assisté à un meurtre. Vous devez tout nous dire. Nous avons les bandes d'enregistrement du motel. On vous a identifiée clairement. Vous comprenez ?

Mme Harper but son gin et maudit Lamar. Il lui avait promis d'effacer les bandes. Ce crétin n'avait pas su tenir sa langue !

– OK, mais je veux que vous me promettiez que cette histoire restera confidentielle. Vous n'êtes pas obligés de citer mon nom, n'est-ce pas ?

– Dans la mesure du possible, nous essayerons. Mais si procès il y a et si on nous interroge sur l'identité de la personne qui se trouvait avec Gary Borden ce soir-là, nous n'aurons pas le choix.

Mme Harper alla s'asseoir sur un canapé près de la baie vitrée à flanc de colline. De là, on apercevait toute la ville illuminée.

– Tout d'abord, sachez que j'aime mon mari, dit-elle en préambule. Entre Gary et moi, c'était seulement une histoire de sexe, rien de plus. Mon mari a toujours été au courant de notre liaison. Si jamais vous vous imaginez qu'il peut avoir commis le crime par jalousie, vous n'y êtes pas du tout. John est un mari parfait et moderne. Il savait qu'en épousant une femme de plus de trente ans sa cadette, il risquait de ne pas être à la hauteur, si vous voyez ce que je veux dire.

Logan et Heldfield voyaient tout à fait. Inconsciemment, Logan mit la main à la poche.

– Vous pouvez fumer. J'ai aussi ce défaut, indiqua Mme Harper.

Logan la remercia et s'alluma une cigarette après lui en avoir proposé une.

– C'est John qui m'a presque poussée dans ses bras. Il a beaucoup de respect pour Gary. Il avait..., se reprit-elle.

Logan vit que son masque de glace n'était pas très solide. Elle avait un sacré caractère pour rester si digne malgré ce qu'elle venait de subir.

– John me préfère avec un homme qui me respecte qu'avec un play-boy de foire sans neurones. Au moins, si ma liaison était découverte, il sauverait la face en arguant de la position de Borden. Il est moins déshonorant d'être trompé par un rival d'égale qualité que par un simple jardinier, ajouta-t-elle afin d'être certaine qu'ils saisissent la différence.

Logan comprit surtout pourquoi John Harper était éperdument amoureux de sa femme et prêt à tout pour la garder. Alysson Harper dégageait un charisme renversant.

Il n'avait pas à juger son comportement, bien au contraire, il n'y trouvait rien à redire.

– Nous nous voyions en toute discrétion, deux à trois fois par mois, et ce soir...

Sa voix se brisa et elle fondit en larmes. Heldfield s'avança et s'assit auprès d'elle.

– Ça va aller, madame Harper, prenez votre temps.

Mais elle se ressaisit très vite et narra les faits de façon circonstanciée. Elle termina en disant qu'elle n'avait eu le temps de rien voir et avait repris connaissance attachée au lit, à côté du cadavre sanglant de Borden.

Logan était désolé d'avoir eu à lui faire revivre cette épreuve, mais à présent, il était persuadé qu'elle était innocente.

– C'est sa femme ! J'en suis certaine ! Meredith Borden. C'est elle que vous devriez arrêter. Comment a-t-elle pu faire ça ? !

Alysson Harper se remit à pleurer. Logan n'avait plus de question. Du moins pour l'instant.

– On va vous laisser. Je vous remercie de nous avoir accordé un peu de votre temps, mais si vous voulez mon avis, vous devriez consulter un psy le plus vite possible. Je vous enverrai demain une liste de personnes compétentes. Vous ne pouvez pas garder ça pour vous.

Heldfield fut étonné par tant de sollicitude. Sans doute le fait de vivre avec une profileuse avait-il une bonne influence sur le shérif.

Ils quittèrent le salon, et retrouvèrent leur chemin jusqu'au rez-de-chaussée.

John Harper avait entendu leurs pas et les attendait dans le hall d'entrée.

– Votre femme va avoir grand besoin de vous, dit Logan, persuadé de son innocence à lui aussi.

Harper ne dit rien. Il n'avait aucune idée de ce que leur avait dit son épouse. Il ne se trahirait pas aussi bêtement.

– Bonsoir, vous m'excuserez si je ne vous raccompagne pas jusqu'à votre voiture.

– Pas de problème.

Les deux policiers quittèrent la villa et le froid de la nuit les rattrapa.

– Vous en pensez quoi ? demanda Heldfield.

– Je pense qu'elle nous a dit la vérité.

Heldfield laissa errer son regard sur le jardin éclairé par une demi-lune.

– Je pense comme vous, et je crois qu'il serait intéressant d'interroger la veuve.

Logan regarda l'heure. 0 h 47. Il était fatigué et serait bien rentré se coucher, mais…

– Ça te dit d'enchaîner ?

– Il faut bien prévenir Mme Borden, non ? répondit Heldfield.

– Quoi ? Non ! Ce n'est pas possible !

Meredith Borden s'écroula aux pieds des deux policiers.

Heldfield se baissa pour la secourir, devançant en cela Miss McGregor, la gouvernante des deux jeunes fils Borden.

– Allez, veillez à ce que les enfants ne se réveillent pas, intima Logan à Miss McGregor.

Si cette Meredith Borden avait organisé l'assassinat de son mari, elle était une foutue comédienne. Mais rien que pour prouver à Heldfield qu'il faisait son travail sans se soucier de son intime conviction, il décida d'endosser le rôle du méchant flic. Il se baissa près de Heldfield qui tentait maladroitement d'aider Meredith Borden à se relever, et lui prit le bras.

– Laisse-moi faire.

Il accompagna sa phrase d'un clin d'œil explicite. Heldfield saisit le message et recula.

– Arrêtez vos simagrées, ça ne marche pas avec moi. Vous saviez que votre mari vous trompait avec Alysson Harper. Vous le détestiez pour ce qu'il vous faisait subir, vous ne l'avez plus supporté et vous avez payé quelqu'un pour qu'il le supprime !

– Comment osez-vous ? lança Meredith Borden, stupéfaite par tant d'ignominie.

Elle se redressa et s'adossa contre le mur.

Logan lui fit face et prit un air compatissant.

– Je ne vous en veux pas. En vérité, je vous comprends. Si ma femme me trompait avec un type que je déteste, je crois que moi aussi je serais capable de commettre le pire. Vous savez, je crois que le jury vous accordera des circonstances atténuantes et vous écoperez de cinq ans de prison, et encore, avec un bon avocat…

Meredith Borden n'en revenait pas. Depuis l'affaire du printemps, elle avait une estime immodérée pour ce shérif venu de Seattle. Un homme intègre, juste et droit. Tout le monde le disait, son mari le premier. « Une chance pour notre ville d'avoir enfin un homme de loi au-dessus de tout reproche », s'était souvent félicité Borden auprès de son épouse. S'il avait su quelle crapule il était !

– Allez, je vous promets que je vous comprends, vous allez me faire une déposition, et…, continua Logan.

Une gifle retentissante lui brûla le visage et lui laissa la marque de cinq doigts.

Heldfield mit la main à son ceinturon, mais Logan l'empêcha d'achever son geste, lui signifiant que tout allait bien. La garce n'y était pas allée de main morte.

– Espèce d'immonde crapule, dit Meredith Borden à travers un rideau de larmes. Mon mari vous estimait. Il pensait que vous étiez un homme honnête, mais vous n'êtes qu'un ignoble misogyne qui s'imagine que les femmes sont aussi stupides que peuvent l'être les hommes ! Qu'est-ce que vous connaissez de l'amour ? Rien ! cria-t-elle avant de reprendre du même ton empli d'une colère froide : Si j'avais décidé de tuer quelqu'un, c'est Alysson Harper qui serait morte à l'heure actuelle !

Logan était en tout point d'accord avec elle. Meredith n'aurait pas été assez bête pour tuer son mari en oubliant de faire éliminer sa rivale. Elle était innocente, c'était clair comme de l'eau de roche.

Quant à Alysson Harper, elle ne serait pas allée au rendez-vous du motel si elle avait su que le tueur allait frapper ce soir-là. Le seul coupable potentiel était John Harper, mais Alysson avait l'air tellement sincère quand elle lui avait expliqué le mode de fonctionnement de leur couple… John Harper devait savoir que même s'il éliminait Borden, Alysson trouverait un autre étalon pour satisfaire pleinement ses désirs de jeune femme.

Voilà qui éliminait définitivement la thèse de la jalousie !

– Madame Borden, je vous présente mes plus sincères excuses, j'avais seulement besoin de m'assurer que vous n'y étiez pour rien.

Sa diatribe terminée, Meredith Borden se tint prostrée contre le mur de l'entrée et pleura en silence.

– Taisez-vous ! Et allez en enfer !

Logan aurait dû partir, mais il ne supportait pas l'idée qu'elle le prenne pour un salaud.

– Vous savez ce que c'est… Les gens vont parler. Certains vont vous accuser d'être la responsable. Je tenais à être totalement convaincu de votre innocence pour pouvoir vous défendre si…

– Je vous ai dit d'aller au diable ! hurla-t-elle, au bord de la crise d'hystérie.

Logan se sentait lamentable. Il n'insista pas. Il salua la veuve, qui l'ignora ostensiblement, et sortit en compagnie de Heldfield.

– Tu crois toujours qu'il s'agit d'une histoire de femme trompée et de mari cocu ?

Dans la froideur de la nuit, les deux hommes se dirigèrent vers la Cherokee.

– Je dois dire que j'ai du mal à croire qu'on puisse simuler une telle douleur, dit Heldfield, secoué. Maintenant, peut-être qu'elle pleure parce qu'elle regrette de l'avoir tué ?

Logan soupira et s'alluma une cigarette.

– Je te vois venir, ça te fait mal de devoir me payer le resto.

– Non, s'insurgea Heldfield, qui saisit alors la plaisanterie et reprit d'un ton plus tranquille : Mais je crois qu'il serait bon d'étudier les emplois du temps de chacun, vérifier les comptes en banque, voir s'il n'y a pas eu de virement ou de retrait suspect. La routine, quoi.

– Aucun juge ne nous donnera un tel mandat sans le début d'une preuve. Si nous ne pouvons pas prouver que Meredith Borden ou encore John Harper étaient sur les lieux du crime, nous n'avons absolument rien pour les impliquer, à part les vagues présomptions d'un lieutenant radin !

Heldfield prit un air offensé.

– As-tu vraiment envie d'être cloué au pilori par un as du barreau ? Ces gens ont les moyens d'avoir la meilleure défense possible, sans parler de la presse. Je vois déjà les gros titres : « Incapable de résoudre l'enquête, la police de River Falls s'acharne sur la veuve du défunt ! » dit Logan en mimant la lecture de la première page.

– Vous avez sans doute raison.

– J'ai raison, Tim, insista Logan d'un ton péremptoire. De toute façon, je suis certain depuis le début que c'est lié aux sales affaires de Gordon. Tu verras que le FBI ne va pas tarder à tout faire éclater au grand jour.

– Je l'espère, répondit Heldfield. D'ailleurs en parlant d'eux, ils ne devraient pas tarder à arriver au motel pour relever les indices. Vous avez sommeil ?

Logan aurait pu déposer Heldfield et rentrer. Sa présence au motel n'apporterait rien de plus à l'enquête, mais risquer de trouver Callwin chez lui était pire que de regarder Blake et ses hommes faire les prélèvements dans le motel.

– Non, on y va, mais on va boire un verre avant.

L'air de rien, lui aussi avait été profondément secoué par les deux entretiens qu'il avait eus dans la soirée. Accuser deux femmes innocentes du meurtre de l'homme qu'elles aimaient était une tâche qu'il ne confierait pas à son pire ennemi. Il avait vraiment besoin de décompresser autrement que par l'humour.

– Je vous suis, répondit Heldfield.

34

– Mais tu vas démarrer ! grogna Jack Mitchell en tournant la clé de contact pour la sixième fois consécutive.

Il était 8 h 20. Déjà vingt minutes de retard et il n'avait toujours pas quitté son manoir. Il n'aurait jamais dû rentrer si tard. Il avait désormais une migraine épouvantable, une haleine de bouc malgré un brossage en règle, et un teint à faire peur.

Il avait fêté Halloween au Poney's Club, une boîte de strip-tease pour bourgeois en manque de sensations fortes. Il serait parti bien avant la fermeture, mais Dick et Peter l'avaient supplié de rester avec eux. Il n'aurait jamais dû les écouter…

Mitchell se repositionna dans le siège de sa voiture, ferma les yeux et, avec une douceur extrême, reposa ses doigts sur la clé de contact et la tourna d'un coup sec.

Le miracle survint. Le moteur rugit.

Mitchell appuya deux fois sur l'accélérateur. Satisfait du résultat, il déclencha l'ouverture de la porte du garage.

Il était temps, se dit-il, soulagé. Il détestait être en retard. Chaque geste de sa vie était réglé comme une horloge. La seule façon d'être toujours au top.

Dehors, un magnifique soleil matinal venait de passer au-dessus de la forêt.

La Ford Mustang rouge bondit et effraya une famille d'oiseaux réfugiés dans une des tourelles du manoir Mitchell. Bâti au début du siècle dernier avec l'argent du grand-père de son grand-père, le manoir n'avait jamais quitté la famille, même durant la crise de 1929 qui avait failli causer la ruine des Mitchell. Ils étaient banquiers de père en fils et actionnaires majoritaires de la BBM, Bank of the Big Mountain. Le manoir était leur étendard, vantant fièrement leur passé dans la région, et surtout leur puissance. À présent que ses parents étaient morts, Mitchell en était le seul héritier et dépensait une fortune pour l'entretenir. Mais le jeu en valait la chandelle, se dit-il en voyant rapetisser le manoir dans son rétroviseur intérieur. Il avait été bâti au nord de River Falls, à North Peak, en pleine forêt, à l'abri des scieries qui se trouvaient plus à l'est, avec l'avantage d'être également sur le cours de la rivière. Un emplacement idéal.

À l'époque, tous les bourgeois de River Falls avaient leur demeure à North Peak. C'était avant que la Borden & Co obtienne l'autorisation de construire sur la colline la mieux exposée, à la fin de la Seconde Guerre mondiale. L'argent que Borden avait généreusement versé pour l'effort de guerre allait vite être remboursé au centuple grâce à la mise en chantier d'un tout nouveau quartier : Golden Hill. La fin de North Peak était programmée. La nouvelle bourgeoisie montante avait sollicité des architectes de renom, des paysagistes réputés pour établir les plans de ce quartier moderne, loin de ces vieux manoirs en bois jamais à l'abri d'un incendie. Les manoirs avaient été détruits les uns après les autres. Celui des Mitchell était devenu le dernier temple du passé glorieux de ce coin de River Falls.

Mitchell quitta le chemin cahoteux qui serpentait à travers la forêt de sapins et rejoignit la route qui menait à River Falls. D'une oreille distraite, il écouta une mélodie de Mendelssohn. L'aspirine qu'il venait de prendre commençait à faire son effet, son mal de tête diminuait. La douleur avait totalement disparu quand il arriva en centre-ville. La circulation était bien plus dense qu'à l'heure habituelle à laquelle il se rendait à son travail.

Il s'efforça de rester calme de peur que la migraine ne revienne, mais il détestait plus que tout au monde cette sensation étouffante d'être coincé dans les bouchons matinaux. Dix minutes plus tard, il tournait dans Dixon Street et, d'un clic sur son boîtier, ouvrait les portes du garage de l'immeuble où se trouvaient les bureaux du siège de la BBM. De nombreuses voitures étaient déjà garées. Il regarda une nouvelle fois sa montre. 9 h 12. Il avait douze minutes de retard sur son premier rendez-vous. Une honte !

Il monta dans l'ascenseur et prit soin de vérifier son apparence. Finalement, ce n'était pas si désastreux que ça. Il souffla dans sa main et maudit son haleine. Il devait à tout prix trouver un chewing-gum avant de rencontrer Howard Thuner, le patron d'une chaîne de fast-foods locale qui comptait ouvrir trois restaurants supplémentaires dans River Falls, et qui allait lui demander une importante ligne de crédit. À quel prix ? La négociation s'annonçait serrée. Thuner avait besoin de son prêt, mais de son côté, Mitchell avait besoin de s'assurer de nouveaux clients de cette importance.

La porte de l'ascenseur s'ouvrit sur le dernier étage de l'immeuble qui en comportait sept.

– Bonjour, monsieur Mitchell, dit Mady, la réceptionniste.

Une femme au charme particulier, suffisamment âgée pour qu'il ne soit pas tenté d'avoir une histoire avec elle. *No sex on the job*. Telle était sa devise. Aucune de ses collaboratrices n'était à franchement parler une très belle femme. De la classe et du style sans aucun doute, mais pas de silhouette à faire fantasmer les employés de la banque.

– Votre rendez-vous est arrivé, je l'ai fait patienter dans la Forest Room.

– Bien, fit Mitchell en s'appuyant sur le comptoir. Dites-moi, vous n'auriez pas un chewing-gum à la menthe ou bien un bonbon ?

La réceptionniste sourit et sortit d'un tiroir un spray pour l'haleine. Mitchell le prit et lui rendit son sourire. Mady était vraiment l'employée rêvée. Discrète, elle comprenait tout sans qu'on ait besoin d'insister. Mitchell avait le don pour repérer ce genre de perles.

Malgré les appétits voraces des magnats de la finance de Seattle, de Los Angeles et même de New York, la BBM était restée indépendante des grands groupes financiers américains, grâce à une gestion implacable qui garantissait une loyauté aveugle des investisseurs actuels de la banque à l'égard de Jack Mitchell.

Il remonta le couloir et se rinça la bouche d'un jet de spray. Il se sentit aussitôt mieux. Un deuxième jet, et il fut de nouveau le roi du monde. Sans frapper, il entra dans la Forest Room, un des salons privés de l'étage de la direction.

– Mon cher Howard, comment allez-vous ? l'interpella Mitchell en allant vers lui la main tendue.

Howard Thuner était debout devant l'immense aquarium incrusté dans une des parois de la salle. Il observait le ballet aquatique des poissons multicolores avec apparemment beaucoup d'intérêt. C'était un petit homme corpulent, à la calvitie naissante, moustachu et vêtu comme un Américain moyen.

Ne jamais juger un homme sur son apparence, pensa Mitchell, qui connaissait la fortune de l'homme.

– M'en parlez pas, répondit ce dernier. J'ai passé la soirée à Seattle. Ma femme voulait voir le concert d'Alice Cooper spécial Halloween. J'ai les oreilles en bouillie et le cerveau en compote, s'excusa Thuner. C'est plus de mon âge !

Mitchell détestait le rock en général et le hard rock en particulier. De la musique de sauvages. Rien à voir avec les merveilleuses mélodies des compositeurs classiques d'antan.

– *Billion Dollar Babies*, son meilleur album, dit-il pourtant, comme s'il avait toujours été fan.

La surprise s'afficha sur le visage de Thuner.

– Un banquier qui s'y connaît en bonne musique ! Respect, dit-il, réellement impressionné.

Habituellement, Thuner méprisait cette race. Tous des voleurs ! aimait-il à dire.

– Kiss, Mîtley Crüe, Led Zeppelin, toute ma jeunesse, continua Mitchell en mentant effrontément.

Il avait engagé un détective privé pour tout savoir des goûts de son client potentiel. Manifester les mêmes intérêts était, de son point de vue, le meilleur moyen de remporter un marché.

– Que du bon, le félicita Thuner.

– Je vous offre un café ?

– Volontiers. *Smoooooke on the waaaater*, chantonna Thuner en allant s'asseoir.

– *And fire in the sky*, ajouta Mitchell, qui connaissait comme tout le monde ce classique de base.

Un Nespresso dans la main, il s'assit face à Thuner.

– Au fait, vous avez appris la nouvelle ? demanda Thuner. C'est affreux. Je me demande s'il est bon d'investir dans votre ville.

Mitchell conserva son air serein, mais se maudit de ne pas avoir écouté les informations matinales. De quoi voulait-il donc parler ?

– Je crains de ne pas être dans la confidence.

Thuner prit un air grave.

– On a retrouvé le corps de Gary Borden égorgé dans un motel en bordure de la ville.

– Ça alors, lâcha Mitchell stupéfait.

Pour le coup, il en avait perdu son flegme légendaire. Cependant, à la réflexion…

– Cela doit avoir un rapport avec le scandale Gordon, cette affaire de fraude immobilière dévoilée par le *Seattle Tribune*.

– Ça se pourrait, dit Thuner qui se fichait du motif. Vous vous rendez compte, égorgé comme un porc. On n'en sait pas plus, mais finir comme ça ? Beurk, horrible. Après le grand avocat, le grand chef d'entreprise.

Horrible… il ne fallait pas exagérer. Borden était un sale petit con prétentieux, rectifia Mitchell en son for intérieur.

– Hé, le prochain c'est peut-être vous. Le grand argentier de la ville, ça ferait pas mal sur la liste ! lança Thuner en partant d'un rire gras.

– Borden était un ami, répliqua Mitchell d'un ton sec.

Thuner cessa instantanément de rire et devint rouge comme une pivoine.

– Excusez-moi, c'est tout moi. Je ne peux pas m'empêcher de dire n'importe quoi.

Mitchell regarda le soleil par la fenêtre et réussit à laisser perler une larme qu'il essuya d'une façon qui se voulait discrète.

– Si vous le souhaitez, on peut remettre notre entretien.

– Non, bien au contraire. Si je reste seul, je ne vais penser qu'à ça. Si nous parlions affaires, proposa-t-il d'un ton engageant.

– Bien sûr, monsieur Mitchell.

Thuner était un petit roublard et une grande gueule, mais d'une émotivité juvénile, comme de nombreux self-made-men venus de leur cambrousse. Maintenant qu'il l'avait placé en position d'infériorité, il allait en profiter au maximum. Les affaires étaient les affaires. Il n'y avait pas de mauvais moment pour gagner de l'argent.

– Vous me disiez que vous vouliez ouvrir trois restaurants ?

Jeudi 1er novembre 2007

35

– Quelle heure est-il ? demanda Logan en se réveillant en sursaut.

– Dix heures et quart. Je t'aurais bien laissé encore dormir, mais c'est Nathan. Il veut te parler, dit Hurley en lui tendant le téléphone.

Logan se passa une main dans les cheveux et, sortant les jambes par-dessus les draps, s'assit au bord du lit.

– Salut, Nathan, fit-il d'une voix rocailleuse.

Déjà habillée, Hurley ouvrit les volets et la lumière du jour s'engouffra dans la chambre. Logan plissa les yeux.

– Salut, Mike, j'ai une bonne nouvelle à t'annoncer.

Blake et son équipe étaient en plein travail quand il les avait rejoints dans la nuit. Il était resté deux heures avec Heldfield à les regarder opérer avant de se décider à rentrer se coucher.

– Dis-moi.

– Tu te souviens de l'empreinte de chaussure sur le sol du motel ?

Logan la visualisa. Le sang avait giclé de la carotide de Borden. Ça avait taché le mur, le lit, mais aussi le sol. Le tueur avait marché dedans et laissé une empreinte tout à fait visible.

– Même marque, même pointure que celle retrouvée sur la terrasse de Gordon, constata Blake.

C'était un des rares indices qu'ils avaient dénichés chez l'avocat. Une empreinte de chaussure laissée dans la boue.

– Tu sais combien de types portent des Nike, rien que dans ma ville ?

– Tu vois très bien où je veux en venir.

Logan le savait. C'était juste pour le chambrer.

– Oui. Tu es un as, Nathan, et ça confirme mes doutes. Les deux affaires sont liées.

Il repensa à Heldfield et à sa certitude qu'il s'agissait d'une simple histoire de jalousie. *Je t'en foutrais, des jalousies !* S'ils avaient attendu un peu, il n'aurait pas eu à humilier ces pauvres femmes en deuil.

– Bon, je prends une douche et je te rejoins. Où tu es ?

– À la morgue, avec notre ami.

Logan se serait bien passé de revoir le cadavre de Borden, mais c'était le boulot. Il conclut avec Blake et raccrocha.

– Alors ? demanda Hurley dans l'expectative.

Logan lui fit part de la découverte de l'empreinte.

– Tu crois que c'est lié à l'affaire Gordon ?

– Tu as l'air d'en douter ? ! s'étonna Logan. C'est la même personne qui a fait le coup. Et le jour même où le *Seattle Tribune* sort l'affaire, qu'est-ce que tu veux de plus ?

Hurley savait que Logan n'avait pas tort, mais son sixième sens ne se satisfaisait pas de ces explications. Quelque chose clochait, mais elle n'arrivait pas à mettre le doigt dessus. Elle ne serait tranquille que lorsqu'elle l'aurait trouvé.

– Je suppose que tu as raison.

Logan sentit bien qu'elle n'était pas convaincue, mais ne chercha pas à la persuader. Il n'y a pas plus aveugle que celui qui ne veut pas voir, se dit-il en s'étirant, les bras tendus vers le plafond, et en poussant un cri libérateur.

– Ta copine est encore là ?

– Non, elle est repartie pour Seattle, tôt ce matin.

Logan s'avança vers Hurley et lui passa une main câline le long du dos.

– J'ai passé une soirée particulièrement pénible. Il n'y a rien de pire que d'annoncer la mort de quelqu'un.

Aussi évidente que soit cette réalité, il avait besoin d'en parler. Des images terribles l'avaient hanté un long moment avant qu'il puisse trouver le sommeil.

– La tragédie du porteur de mauvaises nouvelles. À une autre époque, on t'aurait fait assassiner pour ça. Estime-toi heureux d'être encore en vie, dit Hurley en tentant de dédramatiser.

Logan soupira.

– Peut-être.

Il sortit de la chambre. Une bonne douche lui permettrait de retrouver une humeur plus sereine.

À ce moment, grâce à une association d'idées, quelque chose se déclencha dans le cerveau de Hurley et elle comprit enfin ce qui la gênait dans les meurtres de Gordon et Borden.

– Mike, je ne suis pas certaine que ces meurtres soient liés aux affaires crapuleuses de Gordon.

Logan s'arrêta sur le pas de la porte et se retourna.

– Qu'est-ce que tu vas me sortir ? fit-il, pressé d'aller se doucher.

– Le tueur ne touche pas aux femmes. Il a laissé en vie la petite amie de Robert Gordon, et il recommence au motel avec Alysson Harper.

– Et alors ? demanda Logan d'un ton ironique. Je suppose qu'il n'était payé que pour éliminer les deux hommes.

Hurley secoua la tête.

– Ça ne colle pas avec le profil des tueurs à gages. Aucun ne prendrait le risque de laisser un témoin. Et surtout, souviens-toi, il y a des éléments qui, à toi aussi, t'ont paru très étranges dans le meurtre de Gordon.

Logan s'appuya contre le mur.

– Rappelle-moi ça ?

Hurley faisait les cent pas dans la chambre, essayant de suivre le fil de ses pensées.

– Le tueur a essayé de maquiller le crime de Gordon en accident domestique. Mais à l'évidence, il ne pouvait pas plus mal s'y prendre.

– Un amateur, et après ?

Logan ne voyait vraiment pas où elle voulait en venir.

– Tu crois réellement que des gens aussi importants que ceux impliqués dans l'affaire ne peuvent s'offrir que les services d'un simple amateur ? Ils ont assez d'argent pour se payer les meilleurs tueurs à gages du monde.

Ce n'était pas faux, mais qu'est-ce que ça changeait ? se dit Logan, néanmoins plus attentif.

– Et se déguiser avec un costume de la Mort ? Il y a un côté théâtral qui ne cadre pas avec le comportement d'un professionnel.

– Oui, mais si la décision de les faire abattre ne vient pas des personnalités impliquées dans les magouilles de Gordon, qui veux-tu que ce soit ? À moins d'avoir affaire à un serial killer qui ne supporte plus les riches de la ville, je ne vois pas d'autre mobile…

– Il y a aussi ce problème, ajouta Hurley. Si Leslie a pu révéler les affaires de Gordon et de ses pairs, c'est parce qu'il est mort, et que tu as ouvert son coffre. Sans cela, personne n'en aurait jamais rien su.

Logan sentit aussitôt qu'elle avait mis le doigt sur le véritable point névralgique de l'affaire.

– On a toujours considéré que quelqu'un s'était payé les services d'un tueur pour assassiner Gordon et mettre la police au courant de ces affaires. Dans ce cas, pourquoi faire également tuer Borden si le but était déjà atteint ? dit-il.

– Peut-être que Borden n'est pas du tout impliqué, justement. Leslie m'a assuré que ce nom n'était inscrit sur aucun document du dossier bleu de Gordon. Peut-être est-ce lui qui a commandité le meurtre de Gordon ? Mais n'étant pas introduit dans le milieu, il a eu recours à un minable des bas quartiers, pas à un professionnel, dit-elle, sentant qu'elle était proche du but. D'une manière ou d'une autre, Hilton et consorts ont appris que Borden les avait balancés et ont mis un contrat sur sa tête.

Ça tenait effectivement debout, mais Logan vit tout de suite le dernier problème.

– Ils auraient engagé le même tueur amateur pour le tuer ?

Le château de cartes de Hurley s'écroula. *Mince !* se dit-elle avant de rebondir aussitôt.

– C'est le tueur qui a tourné casaque. Il a accepté la proposition de Borden pour tuer Gordon, puis quand il a vu le ramdam que ça avait fait dans les journaux d'hier, il a dû proposer aussitôt ses services à Hilton, et a trahi son premier commanditaire. Il l'a assassiné. Ainsi, il gagne sur les deux tableaux.

Logan regarda Hurley droit dans les yeux et se dit qu'il avait la femme la plus intelligente du monde.

Tout concordait à présent.

– Je t'adore.

– C’est toi qui avais raison, le tueur est bien lié à l’affaire, répliqua Hurley, toujours gênée par les compliments.

Logan la serra contre lui et sentit sa virilité se dresser.

– Heureux de te l’entendre dire, fit-il, avant de lui souffler à l’oreille : Une petite douche en amoureux ?

36

Stuart n'était pas mécontent que le dernier cours du matin se termine. Il lui tardait de retourner dans sa chambre et de s'isoler. Il n'avait toujours pas digéré l'incident de la veille.

Il s'y était pris comme un manche.

Pauvre Shannon. Qu'est-ce qui lui avait pris ? Partir comme un voleur, sans explication ! Mais comment lui dire qu'il était puceau et honteux de l'être ? Qu'il n'y connaissait rien aux jeux de l'amour ? Que c'était la première fois de sa vie qu'il sentait les lèvres d'une fille sur les siennes ?

Il venait de sortir de l'amphithéâtre, perdu dans ses pensées, quand une main virile se posa sur son épaule. Il sursauta et poussa un cri de fausset ridicule.

– Cool, Stuart ! fit Joey.

Stuart se ressaisit. Ce n'était pas le moment de flancher. Il n'avait pas reparlé à Joey depuis qu'il l'avait surpris avec Judith dans le bureau de la résidence Delta. Les deux garçons s'évitaient, aussi mal à l'aise l'un que l'autre.

– Salut, Joey, tu vas bien ?

Les étudiants défilaient dans les couloirs sans tenir compte de leur présence. Il était midi, l'heure de se rendre au réfectoire pour le premier service du déjeuner.

– Oui, répondit-il d'un ton morne avant d'ajouter : J'ai appris la nouvelle, je suis désolé.

Stuart ne put s'empêcher de rougir et baissa les yeux. Shannon avait tout raconté. Il n'avait plus qu'à creuser une tombe et s'y jeter. Tout le monde n'allait pas tarder à apprendre les mésaventures de Stuart, le plus gros puceau de la terre.

– Je comprends que c'est difficile, mais tu dois être courageux. Je suis avec toi. Tu peux compter sur moi, si tu veux en parler.

Stuart trouva l'attention délicate. Joey n'allait pas répandre la nouvelle. Shannon avait dû tout raconter à sa sœur, qui l'avait répété à Joey. Pourvu que la diffusion de la nouvelle s'arrête là !

– Merci, mais qu'est-ce qu'il y a à dire ? dit-il en haussant les épaules.

Joey eut un petit mouvement de tête approbateur.

– Judith m'a dit que tu pouvais passer la voir à l'hôpital aujourd'hui, si tu veux.

– Quoi ? sursauta Stuart, pas certain d'avoir tout saisi.

– Tu peux aller la voir. Tu sais, il y a pas mal de médecins qui pensent que même dans le coma, les malades nous entendent.

Stuart sentit une boule grossir dans son ventre et dans sa gorge.

– Mais de quoi tu parles ?

– De Shannon, répondit Joey, agacé. De quoi tu croyais que je parlais ?

Stuart sentit son cœur exploser dans sa poitrine, le souffle lui manqua.

– Qu'est-ce qu'il s'est passé ? l'implora-t-il en haussant la voix.

Des étudiants qui passaient le regardèrent avec un certain dégoût. Joey observa Stuart. N'était-il vraiment pas au courant ?

– La sœur de Judith a tenté de se suicider.

Stuart sentit ses jambes vaciller sous lui. Le sang quitta son visage. Il s'assit à même le sol. Joey s'accroupit à côté de lui.

– Non, non, dit-il en se mettant à pleurer.

Joey lui passa un bras autour des épaules.

– J'étais avec elle hier soir, on s'est disputés. Je n'aurais jamais cru…, réussit-il à articuler avant qu'un sanglot l'empêche de poursuivre.

Joey y voyait plus clair à présent. Il était malheureux pour Stuart. Il était évident que le petit gros n'avait pas eu la vie facile.

– Garde ça pour toi. En revanche, va la voir. Je suis sûr que ça lui fera du bien, le rassura-t-il. Elle a pris des médicaments. Les médecins ne se prononcent pas sur son état, mais moi je suis persuadé que Shannon attend que tu lui dises ce que tu as sur le cœur.

Stuart s'essuya les yeux du revers de sa manche et remercia Joey d'un regard fraternel.

– Dis-moi où elle est, il faut que je la voie.

– Bien sûr, allez viens, je vais t'y conduire.

Malgré le beau temps, l'ambiance avait été morose durant l'entraînement.

Tout le monde avait appris ce qui était arrivé à Steven : quelqu'un avait profité de la soirée pour le tabasser. Il était à l'hôpital pour une fracture du maxillaire inférieur, plus une côte fêlée. La famille voulait porter plainte, mais personne n'avait rien vu, rien entendu.

Quand Flynn siffla la fin de l'entraînement, les membres de l'équipe regagnèrent les vestiaires, le moral dans les baskets. Outre le fait qu'ils étaient choqués pour Steven, ils venaient de perdre leur quaterback vedette. Ils n'avaient aucune chance de gagner leur premier match la semaine suivante si Steven n'était pas de retour. Ce qui était à craindre.

Le visage fermé, Kyle paraissait partager l'abattement de ses camarades. Il avait poussé l'imposture jusqu'à mal jouer pour montrer qu'il était lui aussi sous le choc.

– Kyle, je peux te dire deux mots ? fit Flynn.

Campé sur ses deux jambes, Flynn le regarda d'un air accusateur. Kyle soutint son regard. Surtout ne pas paraître coupable.

– Ouais, dit-il et, se tournant vers ses camarades : J'arrive, gardez-moi une place à table.

Flynn attendit que les étudiants aient quitté la pelouse du stade universitaire pour s'expliquer.

– Je suis allé voir Steven à l'hôpital ce matin. Il est dans un sale état.

Kyle ne cilla pas et prit un air compatissant.

– Il m'a tout raconté, continua Flynn.

Kyle en doutait beaucoup. Un coup de bluff de l'entraîneur ?

– Je n'ai rien à dire.

Flynn s'approcha de lui. Kyle pouvait sentir son souffle sur son visage.

– Écoute-moi bien. Je veux savoir de quoi il retourne exactement entre vous deux. Il m'a dit que tu l'avais cherché et pris par surprise. Tu as de la chance, il ne veut pas porter plainte.

Kyle décida de s'en tenir à sa position.

– Je ne vois pas de quoi il parle.

Flynn lui posa une main ferme sur l'épaule et la lui serra douloureusement.

– Joue pas au con avec moi, petit, le prévint-il avant de reprendre. Steven m'a demandé de te virer de l'équipe, sinon il donnera ton nom aux flics.

– C'est vous le coach.

Kyle eut du mal à se maîtriser. Une haine sourde coulait dans ses veines.

– C'est tout ce que ça te fait ? Je suis prêt à te virer de l'équipe et tu as l'air de t'en cogner totalement !

Kyle ne baissa pas les yeux et continua à fixer son entraîneur.

– Pourquoi tu l'as frappé ? Je te connais, Kyle. Tu es comme moi. Tu n'es pas né avec une cuiller en argent dans la bouche. Tu es un battant, un fonceur, pas un minable qui baisse les bras à la première épreuve.

Kyle sentit son pouls s'accélérer. Les paroles de Flynn résonnaient fort en lui. Il avait touché en plein dans le mille. Effectivement, il s'était battu pour arriver là où il en était. Et un petit connard de fils à papa lui barrerait le chemin des stades ?

Flynn vit qu'il avait ouvert une brèche.

– Je ne crois pas un mot de ce que m'a dit Steven. Tu ne l'as pas agressé sans raison. Dis-moi ce qu'il a fait.

Kyle aurait voulu pouvoir le lui dire, mais il devait tenir sa langue. Il devait protéger Cheryl de la honte.

– Je suis de ton côté, Kyle, fit Flynn qui lui appuya encore un peu plus fort sur l'épaule. Si Steven a fait quelque chose de grave, tu dois me le dire.

Kyle sentit ses yeux le brûler. Parce qu'il ne cillait pas ou simplement parce que l'émotion le submergeait ?

– Si tu ne parles pas aujourd'hui, tu le regretteras toute ta vie. Dis-moi ce qui s'est passé ! l'intima Flynn, sentant qu'il le perdait.

– Laissez-moi ! grogna Kyle en se dégageant d'un mouvement brusque.

L'entraîneur n'insista pas et regarda son jeune receveur se détourner de lui. Il ne pouvait plus rien faire. Il allait le virer de l'équipe. Il ne laisserait pas Steven porter plainte. Sans argent, buté dans son silence, il devrait payer des dommages et intérêts faramineux, s'il n'allait pas en prison pour plusieurs années.

Flynn serra les poings et se promit qu'il ne laisserait pas passer une telle injustice.

37

Jack Mitchell était aux anges.

La matinée avec Howard Thuner s'était déroulée à merveille. Il venait tout juste de le raccompagner jusqu'à l'ascenseur et avait conclu un accord qui, derrière une construction ingénieuse montée par les financiers de la BBM, lui était largement favorable.

Thuner avait décidé de signer sans passer par son avocat. L'idiot !

Le plus drôle, c'était que si pour une raison quelconque, Thuner voulait revenir sur le contrat, il se verrait dans l'obligation de débourser vingt pour cent de la somme que lui, Jack Mitchell, lui prêtait. Un comble !

Il se rassit à son bureau et mit la chaîne en marche. Un peu de Verdi pour savourer cette négociation.

Il l'avait joué façon « meilleurs amis du monde », utilisant le langage familier voire vulgaire de Thuner. L'imbécile ne s'était rendu compte de rien. Surtout avec une telle descente ! Il avait ingurgité six verres de bourbon.

Mitchell fit pivoter son fauteuil pour profiter de la vue. Il était vraiment le roi du monde. Consciencieux, calculateur et méthodique. Une machine à gagner. Il s'apprêtait à appeler son directeur des ressources humaines pour lui proposer de déjeuner avec lui quand le téléphone sonna. C'était sa secrétaire.

– Oui ?

– Monsieur Mitchell, un certain Daniel Johnson souhaiterait vous parler.

La bonne humeur de Mitchell s'effondra aussitôt.

– Dites-lui que je suis en rendez-vous, répondit-il avant de raccrocher sèchement.

Ses coudes sur le bureau, il posa le menton sur ses deux mains jointes.

Que lui voulait ce fantôme du passé ? Daniel Johnson, dit « le Raté » ! Le pauvre idiot avait dilapidé la fortune de son défunt père dans un projet de centre commercial qui n'avait jamais abouti. Il s'était fait escroquer en beauté et n'avait eu aucun recours pour retrouver sa mise. Mitchell ne s'était jamais soucié de savoir ce qu'il était devenu. Un vagabond faisant la manche ? Idée fort amusante.

Il attendit ainsi cinq minutes pour être certain d'être débarrassé de ce rebut.

Abandonnant son idée de déjeuner avec son DRH, il décida d'aller au Soleil de France, un restaurant français de haute réputation. Il avait envie de rester seul.

Il récupéra sa Ford Mustang au parking, roula jusqu'à la sortie et déclencha la porte, qui s'ouvrit lentement sur la rue. Là, une silhouette apparut qui se rua sur sa voiture.

– Jack, c'est moi ! Daniel ! dit Johnson, les mains plaquées sur le capot. Il faut qu'on parle.

Mitchell l'aurait bien écrasé, mais ça ne se faisait pas… Il faut parfois s'avouer vaincu pour gagner plus tard. Il baissa la vitre.

– Qu'est-ce que tu me veux ? J'ai un rendez-vous, je n'ai pas le temps de t'écouter.

L'air complètement affolé, Johnson se posta près de la portière. Mitchell jeta un coup d'œil sur sa boîte à gants. Un pistolet y était rangé, prêt à servir.

– Tu as appris pour Gary ?

– Oui, et alors ? Tu m'ennuies, laisse-moi maintenant.

– Robert, puis Gary, qui sera le prochain ? Toi ou moi ? questionna Johnson d'un ton paniqué.

Après Thuner, c'était la seconde fois qu'on lui prédisait sa mort prochaine. Ça commençait à bien faire.

– Nous n'avons aucune raison de mourir. Tu ne magouillais pas avec eux ?

Johnson fit non de la tête.

– Moi non plus, alors tout va bien ! dit-il sans cacher son agacement.

– Jack, tu ne comprends pas. Tu n'as pas pu oublier. Ne me dis pas que tu as oublié.

Mitchell commençait à être vraiment énervé – mais cela l'amena à se poser des questions.

– Donne-moi ta carte. Je t'appelle ce soir, et surtout tu ne parles de rien à personne. Tu me le promets ?

– Oui, Jack. Il faut qu'on fasse quelque chose.

– Daniel, laisse-moi réfléchir. Je t'appelle ce soir et on avisera, d'accord ? Tu peux attendre jusque-là ?

Johnson sortit une carte de son portefeuille et la lui tendit. Il semblait apaisé. Mitchell était décidément quelqu'un de très persuasif.

– D'accord, je ne dis rien, mais tu promets de m'appeler ?

– Je te le jure au nom de notre amitié, Daniel, répondit Mitchell sur un ton solennel. Maintenant laisse-moi passer, je vais être en retard.

Johnson s'éloigna de la portière. Mitchell enclencha de nouveau la première et sortit à l'air libre.

Cet imbécile lui avait définitivement gâché la journée.

« Dis-moi que tu n'as pas oublié ! » lui avait-il crié.

Comment l'aurait-il pu…

Heather avait passé la matinée à faire du shopping dans le grand centre commercial à l'extérieur de River Falls avec Jennifer et Melody. Une journée agréable durant laquelle elles avaient beaucoup ri.

Les trois filles avaient ensuite déjeuné dans un des plus beaux restaurants de la ville et s'étaient amusées à mettre un nom sur certaines personnes qui, de leur côté, n'avaient manifestement pas l'intention de les reconnaître. Puis elles avaient passé l'après-midi à flâner dans Garden Park. En cette fin d'été, le soleil était délicieusement chaud. Elles n'étaient pas les seules à en profiter.

Il était près de 18 heures quand elles se décidèrent enfin à rentrer.

Elles prirent un taxi et quand elles indiquèrent l'adresse, l'attitude du chauffeur changea subitement. Mais elles s'en moquaient. Il y avait longtemps que le regard des hommes ne les gênait plus.

Évitant les bouchons, le taxi prit la rocade nord, puis la direction de North Peak. Hormis quelques vieilles personnes indéracinables, plus grand monde n'habitait dans le coin. Les fortunes vont et viennent. Cela faisait déjà longtemps que Golden Hill était le lieu de résidence des privilégiés de ce monde.

Le chauffeur de taxi resta muet durant tout le trajet. Il ne leur demanda jamais le chemin. Très vite, il s'enfonça dans la forêt épaisse sur la dernière route en bon état. La bâtisse jaillit devant elles après un dernier tournant. Sa façade avait été repeinte dans des tons audacieux. Des guirlandes électriques entouraient les fenêtres.

Le taxi passa sur le pont qui enjambait la rivière et arriva dans la cour du Pretty Follies. La maison close la plus réputée de la région. À en croire la rumeur, c'était là que se trouvaient les plus belles prostituées de River Falls. En catholique convaincu, tenant à ses principes, le taxi méprisait toutes ces personnes qui se vautraient dans la luxure. Ces filles ne se rendaient pas compte qu'elles étaient sous l'emprise du démon. Combien d'hommes avaient-elles pervertis ?

Il préférait ne pas y songer. Le monde allait de mal en pis et ce n'était pas la toute récente élection de Bill Clinton qui allait arranger les choses. Il déposa les filles devant l'entrée, empocha le montant de sa course et repartit en priant pour leur âme.

Leurs sacs d'emplettes à la main, les trois filles montèrent les marches du perron et passèrent devant Mme Georgia, la tenancière des lieux.

– Bonsoir, demoiselles, dit-elle avec un prétendu accent français.

Âgée de soixante-trois ans, Mme Georgia avait longtemps exercé le métier de ses filles, avant que l'âge ne mette un frein à sa carrière. Mais ses clients fortunés lui avaient permis de reprendre l'affaire quand Edward Dayton, le précédent propriétaire, avait été arrêté pour pédophilie. Il avait hurlé au complot, mais n'avait jamais réussi à prouver son innocence. Il finit grillé sur la chaise électrique.

Georgia avait parfois des remords, mais après tout, était-ce normal qu'un homme gagne sa vie sur le dos des femmes ?

– Donnez-moi vos tickets.

Georgia protégeait ses filles comme la prunelle de ses yeux : elles étaient sa source de revenus, mais au-delà, elle tenait à ce qu'elles aient une vie de princesse. Au début des années 50, Georgia avait survécu en louant son corps dans les bas-fonds de River Falls, la période la plus sombre de sa vie. Elle ne permettrait pas que ses filles subissent ce qu'elle avait vécu.

Chacune à son tour lui remit ses tickets de caisse, que Georgia ne prit pas la peine de vérifier.

Les filles montèrent à l'étage. Aussitôt, les autres pensionnaires, les entendant rentrer, se ruèrent vers elles.

– Faites voir ! dit la nuée impatiente.

Durant l'heure qui suivit, elles déballèrent les sacs, s'amusant à faire des essayages des vêtements amoncelés sur les lits, savourant pleinement ce moment de détente.

Quand l'heure du repas sonna, Heather éprouva le besoin de rester seule. Elle était fatiguée. Elle aurait aimé prendre sa soirée, mais si Georgia était la plus charmante des femmes pour satisfaire leurs besoins, elle était intraitable en ce qui concernait le travail. Le client avant tout !

Heather s'enferma dans sa chambre du troisième étage. La vue donnait sur la rivière. En cette période de l'année, le cours en était calme. Cette vision la reposa. Elle était si pressée que cette journée se termine. Demain, elle allait enfin pouvoir retourner à Seattle !

Ce court moment de répit passa plus vite qu'elle ne l'aurait souhaité. Les voitures de ces messieurs commençaient à arriver – de belles voitures uniquement. Le Pretty Follies était une maison dont les tarifs élevés permettaient de sélectionner une clientèle huppée, discrète et qui payait sans rechigner.

Heather sentit la nervosité l'envahir. Cela faisait deux ans qu'elle avait intégré cet établissement. Elle avait tout juste dix-neuf ans, mais sa fausse carte d'identité lui en donnait deux de plus.

Jamais elle ne se ferait à sa condition. La prostitution était la pire des professions pour les femmes, qui touchait à ce qu'elles avaient de plus cher en elles : le berceau de la maternité. Les hommes ne savaient que souiller ce qu'il y avait de plus sacré au monde. Elle ne supportait pas non plus les discours de ces faux libres penseurs qui vantaient les mérites de la prostitution au nom de la liberté de la femme !

Savaient-ils seulement de quoi ils parlaient ? Se faire pénétrer une dizaine de fois par jour par des hommes libidineux, le plus souvent âgés, rarement attrayants, qui ne voyaient en elles que des poupées prêtes à satisfaire tous leurs fantasmes, dont certains étaient particulièrement insupportables. Mais ils payaient. Ils avaient tous les droits. Certains clients s'imaginaient même qu'ils leur donnaient du plaisir. Dans la tête de Heather résonnaient les petites phrases de ses « habitués ».

Elle sentit son cœur se serrer. En cette veille de départ pour Seattle, elle n'avait aucune envie de se faire violer pour de l'argent ! Quand est-ce que la prostitution serait appelée par son nom véritable : un viol commercialisé, fondé sur le désespoir ou l'aliénation des femmes ?

On frappa à sa porte.

Heather s'efforça de mettre de côté ces terribles pensées. De toute façon, cela faisait bien longtemps qu'elle n'avait plus d'illusion sur rien. Elle alla ouvrir et un sourire factice accueillit son premier client.

– Je vous ai apporté des roses, j'espère qu'elles vous plairont.

Barthélemy Candle. Un homme de cinquante-cinq ans. Il tenait toujours à se montrer gentil à son égard.

Ne pouvait-il pas comprendre que ce qu'il faisait était tout simplement immonde ?

– Comme c'est gentil, vous êtes un amour, répondit-elle néanmoins.

Georgia ne lui pardonnerait pas de mal le traiter. C'était un des meilleurs clients du bordel.

– C'est normal, Romance, vous êtes une perle, fit-il en utilisant son pseudonyme.

Il s'avança, déposa ses lèvres d'un autre âge sur les siennes et s'invita de sa langue…

Heather avait fini sa troisième passe de la soirée quand Georgia entra dans sa chambre.

– Qu'est-ce qu'il y a ? Il n'est pas content ? s'inquiéta Heather en parlant de son dernier client.

– Non, c'est seulement que j'ai quelque chose de spécial à te proposer.

Heather vit bien que Georgia était gênée. Qu'entendait-elle par « spécial » ?

– Deux mille dollars pour toi.

La somme était énorme. Et Dieu sait qu'elle avait besoin de cet argent. Mais à quel prix ?

– C'est quoi ?

– Quatre garçons en même temps. Des petits jeunes qui veulent se déniaiser avant leur entrée à l'université.

Quatre fils à papa pleins aux as qui voulaient assouvir un fantasme, traduisit Heather. Cela ne faisait pas partie des règles de bonne conduite de la maison. Ici, les filles ne satisfaisaient qu'un client à la fois. Pour qu'il y ait une dérogation, il fallait que ces jeunes hommes soient vraiment importants.

– D'accord.

– Dans ce cas, ils t'attendent en bas, tu pars avec eux.

Heather fronça les sourcils. Jamais Georgia n'autorisait les filles à découcher.

– Ce sont les fils de très très bonnes familles de la ville. Je ne peux pas refuser, sauf si tu n'es pas d'accord. Je ne t'y obligerai pas.

– Non, laissez tomber, j'y vais. Ils sont mignons, au moins ?

– Des sportifs, répondit Georgia, qui savait que pour Heather ça n'avait aucune importance.

Les deux femmes descendirent au rez-de-chaussée. Heather sentit ses jambes trembler dès qu'elle les vit. Le problème n'était pas tant leur regard que leur air juvénile. Dix-huit ans maximum. Ils paraissaient tellement plus jeunes qu'elle !

Cela la dégoûtait.

Avec les hommes plus âgés, c'était différent. Bien souvent ils étaient pathétiques. Mais là, elle sentait qu'ils allaient abuser d'elle pour s'amuser, pour l'humilier ! Avec leurs belles gueules et leur argent, ils pouvaient avoir toutes les filles qu'ils voulaient. Mais ça ne leur suffisait pas, ils en voulaient plus : une fille qui serait prête à accomplir tous leurs fantasmes sans rechigner.

– Salut, Romance, dit Daniel Johnson. Moi c'est Dany.

C'était lui qui avait eu l'idée de cette petite soirée pour finir l'été en beauté. Il lui tendit la main et Heather la serra en s'efforçant de sourire.

– Jack, dit Jack Mitchell d'un air hautain.

– Bob, la salua Robert Gordon à son tour.

– Moi, c'est Gary, fit Gary Borden visiblement gêné.

– Vous me la ramenez avant 8 heures. Promis, dit Georgia d'un ton péremptoire.

Daniel s'avança vers elle.

– Il n'y aura pas de problème, je vous assure, madame.

Heather alla chercher un long manteau en fourrure et rejoignit les garçons sur le parking du manoir, près d'une Lamborghini. Gary lui ouvrit la porte et la fit monter à l'arrière, avant de s'asseoir à son côté. Jack la coinça de l'autre, tandis que Daniel s'installait au volant et Robert sur le siège passager.

Il était près de minuit.

La voiture italienne démarra dans un violent vrombissement et s'enfuit dans la nuit noire sous le couvert des arbres de la forêt.

– Où va-t-on ? demanda Heather d'une voix égale.

Elle ne leur montrerait pas son mépris. Ils n'en valaient pas la peine.

– Ne t'inquiète pas. C'est une surprise, tu vas adorer.

Une main se posa sur sa jambe. C'était celle de Jack. Elle se laissa faire. La main remonta sur sa cuisse.

– Hé, tu ne peux pas attendre ? C'est bon, tu ne vas pas faire ça dans la voiture ! intervint Gary.

Il se sentait de plus en plus mal à l'aise. Les effets de l'alcool qu'ils avaient absorbé durant toute la soirée commençaient à s'estomper. Qu'est-ce qu'ils foutaient là avec une pute ? Ils n'avaient vraiment pas besoin de ça !

Jack lui renvoya un regard sardonique et retira sa main. Heather détesta cette impression de ne pas exister. Elle n'était qu'un objet à leurs yeux. Maudits enfants gâtés !

La voiture quitta North Peak, prit la rocade qui allait vers l'ouest et très vite, la Lamborghini remonta sur Golden Hill. Les parents de Daniel Johnson étaient partis pour tout le mois. Il avait la villa rien que pour lui. Ils allaient passer une soirée d'enfer.

La voiture s'arrêta devant le portail de la villa. Insomniaque depuis la mort de son mari, Jane Korgan, qui promenait son chien au milieu de la nuit, reconnut la voiture du fils Johnson. Lui et ses trois copains avaient écouté la musique à fond toute la journée. En les voyant quitter la villa en début de soirée, elle avait cru avoir enfin la paix. À présent elle en doutait.

La Lamborghini franchit le portail, qui se referma sur elle. Jane Korgan s'en approcha sans se faire remarquer et les épia. La voiture s'était arrêtée devant la villa, à une dizaine de mètres de là. À la lumière des lampes extérieures, Jane Korgan reconnut les quatre petits morveux quand ils descendirent de leur voiture. Une jeune femme était avec eux !

Si elle avait été plus jeune, Jane Korgan n'aurait pas hésité à les interpeller et à leur expliquer la vie. Mais à presque soixante-dix ans, elle savait qu'elle ne récolterait qu'un flot d'insultes. Dans cette Amérique décrépite, les jeunes ne respectaient plus leurs aînés. Quelle honte !

La jeune femme jeta un œil derrière elle, comme si elle voulait s'enfuir. Son regard croisa celui de Jane Korgan, qui se sentit troublée et recula vers le muret.

– Qu'est-ce que tu regardes ? dit Jack Mitchell en se retournant, aux aguets.

– Rien, répondit Heather en oubliant aussitôt la vieille dame et son chien.

Ils entrèrent dans la maison, et cet étalage de luxe heurta Heather.

– Profites-en bien, ce n'est pas tous les jours que tu auras la chance d'y revenir ! claironna Daniel Johnson, fier de sa richesse.

– C'est bon, arrête, dit Gary Borden.

Ce n'était pas la peine d'humilier cette pauvre fille. Même si elle faisait tout pour n'en rien laisser paraître, il voyait bien qu'elle était mal à l'aise. Ils auraient dû laisser tomber. C'était une mauvaise idée.

Ils passèrent dans le grand salon. Daniel appuya sur l'interrupteur. Tout de suite, l'éclairage créa une ambiance intime très agréable. Il alluma la chaîne et mit WKFM. « Two Princes » des Spin Doctors.

Robert avait sorti des coupes et une bouteille de champagne. Il fit sauter le bouchon et remplit les verres qu'il tendit à chacun. Heather ne buvait que très rarement, mais elle accepta volontiers, en espérant que cela réussirait à la détendre totalement.

– Je propose que nous portions un toast à notre invitée d'honneur, dit Daniel.

Les trois autres garçons approuvèrent, Gary avec une certaine réticence.

– À Romance ! cria Daniel en levant son verre.

– À Romance, firent les autres en écho.

Ils vidèrent leur coupe d'un trait et s'en resservirent une autre. Heather but la sienne et apprécia la chaleur qui se diffusa aussitôt dans son corps.

– Bon, et si on commençait ? proposa Daniel qui se rapprocha de Heather en dansant.

Il adorait ce morceau des Spin Doctors. C'était trop cool !

Heather s'approcha de lui et posa la main sur sa chemise. Daniel se dégagea lentement.

– Fais-nous un strip-tease, un truc comme dans Flashdance*, tu vois le genre ?*

Heather avait vu le film mais ne se souvenait pas d'un strip-tease. Néanmoins, ils auraient ce qu'ils voulaient.

« Mmm Mmm Mmm Mmm » des Crash Test Dummies. Les quatre garçons, installés sur les

fauteuils et canapés, firent un cercle autour de leur invitée. Heather se mit en mode Romance et oublia toute pudeur. Lentement, avec langueur, elle se défit de tous ses vêtements, ne gardant sur elle que ses dessous suggestifs. Les quatre jeunes gens étaient au comble de l'excitation. Même Gary retrouva un certain enthousiasme. La fille savait vraiment y faire. Et ces petits sourires qu'elle lui adressait…

Nom de Dieu qu'elle est belle ! *pensa-t-il en dégustant le whisky que Daniel leur avait servi.*

Heather, continuant sa chorégraphie sensuelle, se rapprocha du fauteuil de Daniel et, en bonne professionnelle qu'elle était, entama son show. Elle fit voler son soutien-gorge, libérant ses seins et les faisant osciller au rythme de la musique. Dans un va-et-vient languissant elle en effleurait le visage de Daniel, puis les éloignait légèrement avant de recommencer sa danse lascive. Enfin, elle s'assit à genoux devant lui et avec un regard coquin, elle posa la main sur sa ceinture et fit glisser la fermeture Éclair de son pantalon. Avec un savoir-faire évident, elle prit les choses en main.

Jack posa son verre et se dévêtit complètement, sans se soucier du regard de ses camarades. Il était ivre mais bandait comme un buffle. Il s'approcha de la pute et sans prévenir lui baissa sa petite culotte. La fille continuait à s'occuper de Daniel. Une belle garce ! *se dit-il en la pénétrant lentement.*

Gary jeta un regard vers Robert. Les deux garçons étaient visiblement aussi gênés qu'excités. Robert se leva et monta le son de la sono avant de baisser légèrement l'éclairage. Gary sortit un joint pour se donner du courage. À tour de rôle avec Robert, ils le fumèrent en totalité. Ensuite ils se déshabillèrent et rejoignirent leurs deux camarades.

Au petit matin, un hurlement réveilla la petite bande. Jack, Gary et Robert se ruèrent vers la chambre d'où provenait le cri. Une vision d'horreur les saisit.

– Mais qu'est-ce que t'as fait, Daniel ! s'exclama Gary effondré en s'approchant de Heather.

La tête de la jeune fille faisait un angle impossible avec son corps.

– Qu'est-ce qui se passe dans ton crâne ! rugit Jack en secouant Daniel vigoureusement.

– Ce n'est pas moi, je viens de la trouver comme ça, je vous jure, j'y suis pour rien.

Malgré une longue discussion, aucun d'entre eux n'avoua. Il était pourtant clair qu'un des garçons était retourné s'amuser avec la pute et que les choses avaient dérapé. Des traces de coups sur le corps et du sang autour du sexe ne laissaient aucune place au doute.

– OK, on va la jeter à la rivière, et puis on ferme notre gueule, proposa Daniel.

– On devrait aller voir les flics, dit Gary. C'est un accident.

– Un accident ! rugit Jack en désignant le cadavre. On va tous finir en taule, oui !

Au bout d'une demi-heure de discussion, tout le monde reconnut qu'il était préférable de garder le silence. Daniel rentra la Lamborghini dans le garage. Ils enroulèrent Heather dans un drap et, à l'abri des regards, la déposèrent dans le coffre de la voiture. Ils avaient décidé de la jeter à North Peak. Il n'y avait plus grand monde qui habitait là, et Jack connaissait le coin par cœur.

Ce fut Robert qui fut chargé d'expliquer à Georgia que Heather avait décidé de ne pas rentrer au bordel. La tenancière n'y crut pas une seule seconde, mais se garda bien de poser la moindre question. On ne s'attaquait pas impunément aux puissants. Elle inventa une histoire assez crédible pour les jeunes pensionnaires, et on ne parla plus de Heather.

Les quatre garçons se pensaient sortis d'affaire quand un promeneur trouva le corps une dizaine de jours plus tard, sur une des rives de la rivière, plus à l'est de l'endroit où ils l'avaient déposé.

Un portrait-robot de la jeune femme fut diffusé dans la presse pour l'identifier, et Jane Korgan se fit un plaisir d'apporter son témoignage à la police.

Mais la simple déposition d'une vieille femme ne suffit pas. Au cours du procès, l'avocat de la défense sut retourner son témoignage, prouvant, avec expertise à l'appui, sa vue défectueuse. Les quatre jeunes gens furent acquittés et lavés de tout soupçon. Personne ne demanda à Georgia de venir témoigner à la barre. De toute façon, le chèque qu'elle avait reçu lui liait la langue à tout jamais. Sans compter que le shérif Wesley, grand ami des parents des jeunes garçons, mit tout en œuvre pour que la mort d'une petite pute soit vite oubliée…

Assis au volant de sa Ford Mustang, Jack Mitchell n'avait rien oublié. Tout lui revenait comme si c'était la veille.

Abruti ! se dit-il en repensant à la mise en garde de Daniel Johnson.

Il avait réussi à lui communiquer son stress. Mais qui pourrait bien leur en vouloir quinze ans plus tard ? C'était du grand n'importe quoi ! Robert et Gary étaient morts à cause de leur implication dans de sales affaires immobilières. Rien à voir avec leur nuit avec la petite pute !

Et pourtant, se pourrait-il qu'il y ait un lien ?

Il s'efforça de se calmer, prit son téléphone et appela sa secrétaire pour lui dire qu'il ne rentrerait pas de la journée. Il devait faire le point.

Qui pourrait bien vouloir venger la mort de cette fille ? Elle n'avait ni parent ni mari… Soudain, un souvenir lui revint. Comment avait-il pu négliger ce détail ? Lui, Jack Mitchell, si méticuleux, si précautionneux. Au procès, il avait été fait mention de jumeaux de trois ans, laissés en garde chez une nourrice à Seattle.

Était-il concevable que ces enfants devenus adultes aient voulu venger leur mère ? Était-il envisageable qu'ils n'aient pas fini comme leur pute de mère : dans le caniveau ?

Il prit la direction de son manoir avec la ferme intention d'apprendre le fin mot de l'histoire.

38

Stuart grimpa les marches de l'hôpital aussi vite qu'il le put. Jamais de sa vie, il ne s'était senti aussi désespéré – et sa vie n'avait pas été facile. À la mort de sa mère, leur nourrice les avait rendus à la justice, qui les avait placés dans un orphelinat. Comme Heather avant eux, ils allèrent de familles d'accueil en pensionnats, plusieurs fois de suite. Inadaptables, décida finalement un collège d'experts.

Cependant, à la différence de leur mère qui n'avait pas eu cette chance, ils furent soutenus tout au long de leur adolescence par un surveillant bienveillant, M. Flanagan. Il leur apportait son aide dans les moments difficiles, les persuadant de poursuivre leurs études avec pugnacité. Quand psychologues ou experts psychiatriques s'accordaient à reconnaître ouvertement ou de façon plus insidieuse leur croyance en l'inné, une disposition héréditaire due à de mauvais gènes, ce surveillant, cet homme bon qui avait lu des études faites sur la résilience, voulait leur prouver que rien n'était inéluctable.

Donnez sa chance à n'importe quel enfant et il trouvera sa voie.

Si Stuart se montra doué en de nombreuses matières dites nobles, Kyle avait du mal à se concentrer très longtemps. En revanche, il avait de réelles dispositions pour le sport. Et tout le monde savait que le sport était la voie royale pour l'université.

M. Flanagan était mort d'une crise cardiaque l'année précédente, mais il avait quitté ce monde la conscience tranquille. Il avait passé sa vie à sortir de leur destinée tragique des centaines d'enfants. Nombreux n'avaient sans doute pas décroché une place dans la bonne société, mais aucun n'oublierait jamais ce qu'il avait fait pour lui.

Se ruant vers la chambre de Shannon, Stuart ne cessait de penser à cet homme. M. Flanagan lui avait toujours appris à respecter son prochain, à pardonner, à ne jamais blesser autrui. « Le monde est suffisamment dur pour ne pas en rajouter », disait-il souvent. L'idée que Shannon ait tenté de se suicider à cause de lui était tout bonnement insupportable. Si elle mourait, il ne pourrait jamais vivre avec cette culpabilité.

Monsieur Flanagan, je vous en conjure, faites qu'elle vive ! n'avait-il cessé de prier.

Stuart ne croyait pas en Dieu, mais aux anges. Il était sûr que Flanagan était dans les cieux à veiller sur l'humanité entière en compagnie des bonnes âmes qui avaient séjourné sur terre, comme sa maman qu'il n'avait jamais connue.

À bout de souffle, il arriva au quatrième étage, Joey sur ses talons. Dans un large couloir, il croisa un vieux monsieur qui marchait avec un déambulateur, ce qui l'obligea à ralentir le pas.

Dès qu'il eut trouvé la porte 425, il s'arrêta et reprit son souffle.

Le doute le saisit. Était-il vraiment attendu ? Il regarda par la vitre de la chambre. Il reconnut Shannon, une perfusion dans son bras décharné.

– Tu n'entres pas ? demanda Joey.

– Je ne sais plus, répondit Stuart le cœur serré.

Joey lui posa une main réconfortante sur l'épaule et ouvrit la porte. Stuart se décida et s'avança dans la chambre.

Elle semblait comme morte. Son visage n'exprimait aucun sentiment. Elle était inerte. Seule sa cage thoracique se soulevait au rythme de la respiration.

Il s'approcha doucement du lit, l'observa attentivement et réalisa qu'il ne la trouvait pas laide du tout. Elle avait des traits très délicats, une peau diaphane. Elle était magnifique. Elle ne pouvait pas mourir, elle ne devait pas mourir !

– Shannon, je suis sûr que tu m'entends, dit-il d'une voix éraillée. Je suis désolé, je suis tellement désolé.

Les larmes coulèrent de ses yeux, mais il parvint à contrôler sa voix.

– Je regrette tant, si tu savais.

Il prit avec tendresse sa main dans la sienne. Elle était douce et chaude. Ce contact était si fort ! Il avait l'impression que sa timidité maladive s'en était allée. Peu importait la présence de Joey, il ne vivrait plus dans la peur et la honte.

– Shannon, je veux que tu vives, tu dois t'accrocher, je t'aime, je t'aime, lui murmura-t-il.

C'était la première fois de sa vie qu'il prononçait ces mots. Il n'avait plus de doute désormais. Elle était la femme de sa vie. Si elle mourait, il en mourrait aussi.

– Ne me laisse pas tomber. J'ai besoin de toi. Tu vas t'en sortir.

– Qui êtes-vous ? Qu'est-ce que vous faites là ! s'indigna une voix féminine.

Stuart sursauta et découvrit Judith en compagnie d'une dame qui le regardait comme un monstre de foire.

– C'est Stuart, maman, un ami, dit Judith. Et lui, c'est Joey, je t'en ai déjà parlé.

– Vous n'avez rien à faire ici. Sortez tout de suite ou j'appelle la sécurité !

Manifestement, elle trouvait insupportable qu'un garçon tel que Stuart ait la prétention de se croire un intime de sa fille. Tout en elle révélait cette suffisance propre aux femmes de son monde. Elle s'habillait chez les grands couturiers, fréquentait quotidiennement le coiffeur et l'esthéticienne, qui n'était pas parvenue à adoucir son visage sévère et ses yeux inquisiteurs. Aussi riches soient-elles, les trois filles de cette femme n'avaient pas dû avoir une vie si agréable qu'il avait pu le croire.

– Excusez-moi, madame, dit Stuart qui tenta de lâcher la main de Shannon, mais une pression sur ses doigts l'en empêcha.

– Approche ton oreille, souffla Shannon d'une voix presque inaudible.

Il y eut un instant de silence.

Judith, la main devant sa bouche, pleurait sans bruit. Sa mère resta figée sans comprendre. Ému, Joey tenta en vain de n'en rien laisser paraître et prit Judith dans ses bras.

Stuart se pencha vers Shannon, les larmes coulant toujours de ses yeux rougis.

– Approche encore.

Sa voix était si faible…

Il colla son oreille près de ses lèvres et entendit la plus belle des phrases :

– Moi aussi je t'aime, dit-elle dans un murmure.

Oubliant le reste du monde, il tourna doucement la tête et déposa le plus tendre des baisers sur ses lèvres.

Kyle avait sauté les cours de l'après-midi. Il était dans la salle de sport à frapper le mur avec une balle de base-ball qu'il rattrapait dans son gant.

Il avait besoin de réfléchir. Il ne faisait plus partie de l'équipe de football. Il venait de ruiner toutes les espérances que M. Flanagan avait mises en lui, et tout cela pour le cœur d'une fille qui le quitterait un jour !

Au fond, tout cela n'avait guère d'importance. Il s'était inscrit à River Falls pour une seule et unique raison : éliminer les meurtriers de sa mère. Pourtant, il n'arrivait pas à se défaire d'un terrible sentiment d'échec.

Il n'aurait jamais cru qu'en arrivant à River Falls, il trouverait une fille aussi bien que Cheryl. Elle était tout ce qu'il recherchait. Il était si bien avec elle. Et le football ? C'était bien plus qu'un défouloir, il adorait ça. L'exercice physique, la compétition, faire partie d'une équipe universitaire était une immense satisfaction. Il avait beau essayer de relativiser, il n'y parvenait pas.

Des bruits de pas sur le revêtement de la salle de sport lui firent tourner la tête. Flynn arrivait vers lui d'un pas décidé. Kyle resta assis et continua à faire rebondir sa balle contre le mur.

– Tu peux arrêter deux secondes ?

Kyle lança une dernière fois sa balle, mais avant qu'elle ne lui revienne dans la main, Flynn l'avait attrapée. Il s'accroupit sur la pointe des pieds en face de Kyle.

– Je ne vais pas te virer de l'équipe.

Kyle le regarda sans comprendre.

– Si je faisais ça, tout le monde ferait le rapport avec l'agression de Steven. Tu vas juste être remplaçant toute l'année, et faire exprès de ne pas trop bien jouer.

– C'est vous le coach.

Dès lors qu'il n'était plus titulaire, être viré ou devenir remplaçant lui importait peu.

– Ce qu'il faut que tu comprennes, c'est que ta carrière n'est pas finie à cause de cet incident. L'an prochain, tu quitteras River Falls et tu t'inscriras dans une autre université.

Kyle poussa un rire rempli de dérision.

– Qui voudra d'un receveur qui n'a pas joué un seul match de sa première saison en équipe universitaire !

– Ne t'en fais pas pour ça, le rassura Flynn d'une voix ferme. Ne me sous-estime pas. J'ai un réseau sur lequel je peux compter. Si je te promets que tu seras pris dans une autre université, il faut me croire.

Kyle aurait dû le remercier, mais ce n'était pas dans ses habitudes.

– Tu es un dur, Kyle. Je l'ai su dès la première fois où je t'ai vu. Je ne sais pas par où tu es passé, mais je me suis renseigné sur toi et je sais que tu viens d'un pensionnat pour enfants inadaptés.

– En quoi ça vous regarde ?

Flynn hocha lentement la tête.

– Écoute, moi aussi j'ai eu une enfance difficile et c'est le sport qui m'a sauvé. J'aurais pu devenir un petit loubard, un dealer et finir ma vie toxico ou en prison. Mais je m'en suis sorti. Dis-moi ce qui te hante ?

Kyle n'était pas d'humeur à parler. Pourtant, Flynn avait vraiment l'air sincère. Peut-être pourrait-il l'aider et le comprendre ?

– Kyle, je te laisse mon numéro de téléphone personnel. Si un jour tu veux parler en toute confidentialité, je serai là. Quoi que tu aies pu faire qui te trouble, je ne te jugerai pas. Tout le monde peut faire des erreurs. Ne baisse pas les bras, Kyle.

– D'accord, coach, j'y penserai.

Flynn prit son stylo et son calepin dans la poche intérieure de son survêtement, nota son numéro, déchira la page et la tendit à Kyle.

– Tu peux tout me dire, même si je me suis rangé, j'ai gardé un certain code d'honneur. Je ne trahis pas les miens, d'accord ?

Kyle hocha la tête et prit le morceau de papier.

Flynn se releva et le laissa seul.

Kyle renvoya la balle contre le mur, et réussit à se focaliser sur la seule pensée qui importait vraiment : il lui restait deux ordures à éliminer.

Plus que deux et il serait enfin libéré de ses démons.

39

Jack Mitchell s'enfonça dans son fauteuil et sentit un étrange sentiment s'insinuer en lui. La peur ? Peut-être pas, mais c'était tellement troublant de savoir que quelqu'un était prêt à tout pour vous tuer.

Cela ne lui avait pas pris plus d'une heure pour collecter toutes les informations dont il avait besoin. Quelques coups de fil à droite et à gauche, et à sa grande stupeur, il avait appris que Kyle et Stuart Simmons, les jumeaux, étaient inscrits à l'université de River Falls depuis le début de l'année.

Cet imbécile de Johnson avait raison.

Mitchell ne croyait pas aux coïncidences. Dans la vie, rien n'arrive par hasard, tout est le fruit d'un enchaînement des actes conscients et inconscients que nous commettons. Mitchell avait passé sa vie à analyser chacune de ses actions, à tout mettre en œuvre pour réussir ce qu'il entreprenait. Il y avait bien eu quelques rares fois où il avait failli faire capoter ses projets. Personne n'est parfait en ce bas monde. Mais l'étude de risques étant son métier, son but était justement de les éliminer au maximum.

La présence de Stuart et Kyle était véritablement un risque majeur.

Il hésita un long moment sur la conduite à tenir. Le plus simple aurait été de prévenir la police. Mais qu'en penserait-elle ? Il n'avait reçu aucune menace de la part des jeunes gens. Il ne pourrait pas faire inculper les jumeaux pour tentative de meurtre. Même en admettant qu'ils aient eu la stupidité de laisser des traces d'ADN sur les lieux des deux premiers crimes, aucun juge ne délivrerait de mandat pour l'identification. Il manquait le mobile qui aurait poussé Kyle et Stuart à tuer Robert Gordon et Gary Borden : l'un d'entre eux avait tué leur mère !

Impossible de rappeler ce souvenir à la police. Quinze années étaient passées, et personne n'avait fait le lien. Mitchell n'avait pas envie que cette affaire resurgisse – ce n'était pas bon du tout pour les affaires. Il ne restait donc qu'une seule solution.

Mitchell prit son portable, récupéra la carte de Johnson dans la poche de sa veste et composa son numéro. Johnson lui répondit. Sa voix transpirait la peur.

– Daniel, j'ai fait les vérifications nécessaires. Tu as raison, quelqu'un en veut à nos vies, lâcha-t-il d'un ton assuré.

Il entendit Daniel soupirer puis pleurnicher. Il fallait qu'il se reprenne. La peur est mauvaise conseillère.

– Daniel, calme-toi, calme-toi bon sang ! assena-t-il d'un ton péremptoire.

Cela sembla faire son effet.

– Excuse-moi, Jack, mais qu'est-ce qu'on va faire ? Il faut aller voir la police.

– Non, lui intima Mitchell qui reprit d'un ton radouci : Daniel, je sais qui a fait ça, et j'ai un plan pour qu'il nous foute la paix.

– Mais il faut aller voir la police ! Donne-leur son nom.

– J'ai mieux que ça, mais il faut à tout prix que tu te calmes et que tu m'écoutes.

– Je t'écoute, Jack, je t'écoute.

Mitchell commença à tapoter son bureau du bout des doigts. Il perdait rarement le contrôle de ses nerfs, mais Johnson était un élément imprévisible. Il n'aimait pas ça du tout.

– Je vais tout t'expliquer, mais pas par téléphone. Je t'attends chez moi pour 19 heures. Surtout tu n'en parles à personne, et assure-toi de ne pas être suivi.

– Je te le promets, mais tu crois vraiment que je suis surveillé ?

Imbécile ! Tu ne peux pas essayer de te calmer ! avait envie de lui hurler Mitchell.

– Daniel, ne craque pas maintenant. Notre tueur tue une fois par mois. Robert début octobre. Gary hier. L'un de nous doit mourir dans un mois. Mais avec ce que j'ai prévu, nous aurons conclu cette affaire bien avant.

– Tu vas faire quoi, le tuer ? s'enquit Daniel, pas du tout rassuré.

Mitchell se força à rire.

– Daniel, est-ce que j'ai le profil d'un tueur ? ironisa-t-il. Non, je te dis que j'ai un plan qui nous assurera la tranquillité, et qui satisfera le tueur. Je connais ses motivations. Laisse-moi tout gérer. Tu ne risques rien si tu fais ce que je te dis.

– D'accord, je suis avec toi.

Mitchell se souvint d'un détail qui avait son importance.

– Daniel, tu ne dis surtout pas à ta mère que tu viens me voir ce soir.

– Pourquoi, tu crois qu'elle est impliquée ?

Mais quel idiot ! Mitchell se rappela pourquoi il ne le voyait plus depuis des années.

– Non, mais elle parle trop, tu le sais bien. Alors pour une fois dans ta vie, tu évites de tout lui raconter, et tu fais comme je t'ai dit.

– Je te le promets, Jack, mais jure-moi que ton plan va marcher.

– Est-ce que j'ai pour habitude de ne pas réussir ce que j'entreprends ?

Johnson ne put que confirmer.

– Allez, tâche de te calmer et à tout à l'heure.

Mitchell raccrocha. Il se sentait vidé. Il n'y avait rien de pire que de traiter avec des incapables, dotés d'une stupidité rare.

Johnson était un raté sur toute la ligne. Des quatre, il était le seul à avoir gâché sa vie. À la mort de son père près de dix ans auparavant, il avait hérité de la fortune familiale et repris les affaires en main. Il ne lui avait pas fallu plus de cinq ans pour être ruiné. Il était à présent gérant d'un magasin de sport dans le centre commercial, et habitait avec sa mère dans un F3 modeste d'un quartier populaire de River Falls.

Mitchell s'était renseigné sur lui avant d'enquêter sur Kyle et Stuart.

Il n'y avait plus qu'à attendre maintenant, et à espérer que cet idiot agirait comme il le lui avait recommandé.

Quand il entendit le moteur d'une voiture qui remontait le chemin venant au manoir, Mitchell se détendit enfin. Il se posta à la fenêtre et, dans l'obscurité, observa le faisceau lumineux des phares.

Il descendit le large escalier, traversa le hall central jusqu'à la double porte de l'entrée et alla à la rencontre de son visiteur. Johnson sortit de sa Maserati, et d'un pas vif se dirigea vers son ancien ami. Mitchell nota qu'il avait l'air bien moins paniqué que ce midi, quand il avait déboulé comme un fou dans le parking.

– Bonsoir, Jack, il fait un froid de canard.

– L'hiver va être rigoureux cette année, répondit machinalement Mitchell. Allez, entre.

Le ton était très cordial. Comme deux amis qui se retrouvaient après une longue absence.

– Ça n'a pas changé, constata Johnson, ébahi par la beauté des lieux.

– J'y fais très attention.

Ils gravirent l'escalier et empruntèrent le couloir où étaient exposés les portraits de famille.

– Il y a tant de souvenirs qui me reviennent. Tu te rappelles comme on a pu faire les quatre cents coups avec Gary et Robert ? demanda Johnson.

À l'évocation de leurs deux camarades assassinés, l'ambiance se refroidit d'un coup.

– Oui, c'était une belle époque. Les années 80, toute notre jeunesse, reprit Mitchell.

C'est vrai qu'il y avait eu de bons moments. Quel dommage que la vie fasse que les destins se séparent ! Mais rien n'est éternel.

– Tu t'en es bien sorti, à l'inverse de moi, dit Johnson.

Il n'y avait pas de rancœur dans sa voix, simplement l'expression d'une réalité.

– J'ai vraiment déconné. J'ai été le roi des cons.

Il essayait de ne jamais repenser au passé et à sa jeunesse dorée, mais revoir ce manoir lui rappelait trop de souvenirs.

– Daniel, tout va changer pour toi. Tu n'auras plus à travailler dans ton magasin de sport. Je vais m'occuper de toi.

– C'est vrai ? Tu ferais ça pour moi ? s'étonna Johnson.

Il n'en revenait pas. À l'époque de sa faillite, aucun de ses amis n'avait voulu l'aider.

– Oui, je te dois bien ça. Sans toi, je n'aurais jamais su que quelqu'un voulait ma peau.

Ils entrèrent dans le grand salon de style classique. Le piano à queue était toujours à la même place, sur le tapis persan. Johnson s'en approcha.

– Je peux ?

– Vas-y.

Avec un cérémonial presque religieux, Johnson souleva le couvercle et posa un doigt sur les touches d'ivoire. Quelle agréable sensation. Cela faisait des années qu'il n'avait plus joué. Mais ses doigts n'avaient pas oublié. Les *Gymnopédies* de Satie s'égrenèrent en notes cristallines dans le salon à l'acoustique exceptionnelle. Mitchell se souvint des soirées où ils écoutaient leur ami jouer jusque tard dans la nuit. Daniel était très doué. Dommage qu'il fût un tel idiot !

– Je te sers un cognac ?

– Avec plaisir, dit Johnson.

Il avait l'impression d'être dans une bulle, hors du temps. Plus rien n'avait d'importance. La mort qui planait sur sa tête. Sa misérable vie. Sa mère…

Il était serein. Seul avec Satie.

Mitchell posa son verre à l'extrême bord du clavier et alla s'installer dans un fauteuil, son cognac à la main. Il appréciait le moment.

– Il arrache ! dit Johnson qui venait d'avaler une petite gorgée du cognac.

– Si tu veux, j'ai du jus d'orange.

– Non, laisse tomber, c'est exactement ce dont j'ai besoin.

Johnson se laissa complètement aller. Il ne savait pas quand il aurait l'occasion de jouer à nouveau et il avait décidé d'en profiter. Les morceaux s'enchaînaient les uns après les autres, l'artiste ne s'interrompant que le temps de se désaltérer.

Johnson était en transe, il commençait à suer, presque à délirer.

Mitchell le regarda, ému. Il y avait quelque chose de mystique dans ce moment. De fascinant.

Mais comme tout a une fin, Johnson s'arrêta de jouer et regarda Mitchell d'un œil bizarre.

– Jack, je ne me sens pas bien, j'ai des picotements dans les yeux.

Mitchell posa son verre sur une table basse qui était à proximité et s'approcha de son ancien ami.

– Ce n'est rien, c'est juste que tu vas mourir. Ne t'en fais pas, tu ne souffriras pas.

– Quoi ? essaya de dire Johnson, qui tomba du tabouret du piano et s'effondra de tout son long sur le tapis.

Mitchell se baissa près de lui et le prit dans ses bras avec une sorte de tendresse.

– Je n'ai jamais eu l'intention de te faire du mal. Mais tu ne m'as pas laissé le choix. Il ne faut jamais réveiller les vieux démons.

– Tu m'avais promis de m'aider ! réussit à articuler Johnson.

– C'est ce que je fais. Tu as raté ta vie, au moins tu auras réussi ton départ. Je te souhaite un bon voyage, mon ami.

Johnson n'arrivait plus à parler. Il sentit son corps se paralyser. Il avait si froid, si peur.

– Ferme les yeux, ne pense plus à rien.

Et dans un soubresaut, Johnson expulsa son dernier souffle de vie.

Vendredi 2 novembre 2007

40

Logan avait la mine des grands jours. Il avait particulièrement bien dormi et se sentait en excellente forme. Il avait passé la majeure partie de la matinée au téléphone avec le FBI pour régler les détails de son désengagement dans l'affaire Gordon. Il leur cédait le dossier complet et il en était ravi. Le calme allait pouvoir revenir dans le commissariat, même s'il avait accepté de réserver deux bureaux entiers aux envoyés du FBI afin qu'ils mènent leurs investigations sur place.

Logan était même prêt à collaborer un minimum. Mais les enquêtes financières étaient loin d'être son domaine, et encore moins celui de ses subordonnés. Aucun n'était capable de lire un plan de financement d'investissement.

Il était près de midi, et il devait rejoindre Hurley au restaurant.

Il s'apprêtait à éteindre son ordinateur quand la silhouette de la lieutenant Blanchett apparut derrière la porte vitrée de son bureau. Avant qu'elle ne frappe, il lui fit signe d'entrer.

– Shérif, il y a une dame qui veut à tout prix vous parler.

– Qu'est-ce qu'elle veut ? demanda-t-il, l'esprit ailleurs.

Il referma ses tiroirs, se leva et fit le tour de son bureau.

– Son fils a disparu. Il n'est pas rentré dormir hier soir.

– Quoi ? fit Logan, étonné du calme de Blanchett.

Ça ne lui ressemblait pas. Il devait y avoir un hic quelque part.

– Le problème est que son fils a trente-cinq ans.

Logan ne put retenir un sourire.

– Vous n'avez qu'à la rassurer en lui disant qu'il a dû passer la nuit avec une amoureuse. Ce sont des choses qui arrivent après l'adolescence.

Logan attrapa son blouson. Une petite faim le tenaillait. Il n'avait pas de temps à perdre avec une mère possessive.

– On a essayé de la rassurer, mais elle n'en démord pas. Elle est persuadée qu'il lui est arrivé quelque chose.

– A-t-elle une preuve de ce qu'elle avance ? fit Logan, qui sentait qu'il n'allait pas s'en tirer aussi facilement.

– Elle dit qu'elle veut vous parler à vous et à vous seul. Elle sait des choses, répondit Blanchett, tout aussi peu convaincue.

Logan soupira mais enfila tout de même son blouson.

– OK, je m'en occupe. Avec un peu de chance, elle va nous donner la cachette de Ben Laden !

Blanchett secoua la tête et passa devant. Ils remontèrent le couloir et entrèrent dans une des pièces du fond.

Une dame d'une élégance un peu clinquante était assise devant une table, son sac sur les genoux.

– Bonjour, madame, je suis le shérif Logan. Que puis-je pour vous ?

Blanchett entra à son tour dans la pièce.

– J'ai déjà dit à cette Noire que mon fils avait disparu, mais elle ne veut rien entendre. Est-on obligé de parler à des nègres dans ce pays ?

Dans la tête de Logan, une corde poussa sur un arbre et le corps de la dame vint s'y suspendre.

– Vous allez immédiatement présenter vos excuses au lieutenant Blanchett ou je vous fais enfermer sur-le-champ pour insultes racistes et pour outrage à agent dans le service de ses fonctions, gronda-t-il en s'asseyant en face d'elle.

Mme Johnson sembla hésiter et, sans regarder Blanchett, elle lui fit de plates excuses, puis enchaîna :

– Shérif, il faut que vous le retrouviez. Je suis certaine qu'on lui a fait du mal.

– Qu'est-ce qui vous fait dire ça ? reprit Logan, dont la patience était émoussée.

– Mon fils est tout ce qui me reste. Nous vivons ensemble. Il me tient toujours au courant de son emploi du temps. Du reste, de temps en temps, il va dormir ailleurs, et c'est bien normal pour un beau garçon comme lui. Mais il me prévient toujours. Au pire il appelle le lendemain. Là, je n'arrive pas à le joindre. Son portable se met aussitôt sur messagerie automatique. Ce n'est pas normal, shérif, il faut que vous lanciez un avis de recherche !

Logan s'enfonça dans son siège.

– Écoutez, il est possible qu'il n'ait plus envie de vous voir, qu'il recherche une certaine indépendance, dit Logan, qui ajouta d'un ton méprisant : Vous pouvez entendre ça ?

– Pour qui me prenez-vous ? Je ne suis pas idiote. Je sais que j'ai raison, répondit-elle avant de jeter un coup d'œil vers Blanchett. Je suis obligée de parler devant elle ? Je sais des choses que je ne veux dire qu'à vous. Je n'ai pas confiance en elle.

Logan allait la rembarrer, mais Blanchett prit les devants. Elle ne répondait plus de rien si elle restait une seconde de plus avec cette femme.

– Je vais déjeuner, lança-t-elle sur un ton qui ne supportait pas la moindre réflexion.

Logan saisit le message.

– Bon appétit, je m'occupe d'elle.

Blanchett apprécia la façon dont il insista sur le mot « occupe ».

– Bien, maintenant que nous sommes seuls, dites-moi pourquoi je devrais m'inquiéter pour votre fils.

Mme Johnson se pencha vers lui et, d'un ton de comploteur, s'expliqua :

– Mon fils était l'un des meilleurs amis de l'avocat Robert Gordon et du promoteur Gary Borden. Ils étaient comme les cinq doigts de la main dans leur adolescence. J'ai l'impression que quelqu'un leur en veut.

– Ah, j'y vois nettement plus clair maintenant, dit-il sans cacher sa dérision.

Mais Mme Johnson ne prêta pas attention à la moquerie. Elle sortit une photographie de son sac. On y voyait quatre garçons vêtus de leur tenue de remise de diplôme de fin d'année universitaire.

– Regardez, c'est une photo de mon Daniel avec Robert et Gary.

– Et le quatrième ?

– Ça, c'est Jack, un banquier, je l'ai jamais aimé. Radin comme un Juif ! Si seulement il nous avait aidés, nous ne serions pas ruinés à présent !

Logan devait déployer des efforts surhumains pour ne pas la prendre par le col de son manteau et la mettre dehors, mais ce qu'elle venait de lui dire l'intrigua. La mort dans l'âme, il ravala ses principes et fit comme s'il n'avait rien entendu.

– Vous dites que vous êtes ruinés ?

– Pas tout à fait. Mais si vous saviez, à l'époque, les Johnson étaient une famille respectée. Mon mari s'était battu pour nous faire un nom, mais il est mort avant d'avoir pu former notre fils à la direction de notre entreprise familiale. Bref, nous avons tout perdu.

– Madame Johnson, vous pouvez me confier une photo récente de votre fils ?

La dame sortit une seconde photo.

– Tenez, regardez comme il est beau.

Ce visage ne disait rien du tout à Logan.

– Je vais la faire circuler dans tous les médias et aussi au FBI. Si votre fils a été kidnappé, il est bon de ne négliger aucune piste.

Mme Johnson sembla rassurée. Elle referma son sac et se leva.

– Je savais que vous étiez un type bien. On dira ce qu'on veut, mais les…

– Un mot de plus, et je change d'avis, la prévint Logan.

Mme Johnson se le tint pour dit, mais il était évident qu'elle n'en pensait pas moins.

– Vous me jurez que vous allez le retrouver ?

– Je vais mettre tout en œuvre pour cela, ne craignez rien, dit-il très sérieusement.

Et comment ! Elle n'imaginait pas à quel point il allait le lui retrouver, son fils ! Il raccompagna Mme Johnson jusqu'à la sortie, et fit exactement ce qu'il avait promis. Il lança un avis de recherche sur la personne de Daniel Johnson, puis appela le FBI et lui fit part de sa dernière théorie, avant de quitter enfin les lieux pour rejoindre Hurley dans un restaurant du centre-ville.

– Tu es en retard. J'espère que tu as une bonne excuse, dit-elle d'un ton badin.

Elle était assise à la table, un apéritif à la main.

– Tu ne vas pas croire ce que j'ai à te dire, rétorqua Logan en posant son blouson.

Il s'assit en face d'elle et prit ses aises. Il avait passé une très bonne nuit, puis une matinée agréable, et ce déjeuner s'annonçait tout aussi délicieux. Étrange comme tout peut changer en peu de temps. Il s'était fait une raison sur le fait que Hurley allait reprendre son travail au FBI. Le plus dur avait été d'accepter son départ, mais à présent, tout allait bien. Il irait la voir. Elle viendrait elle aussi le plus souvent possible.

Une bien belle journée, se redit-il en croquant Hurley du regard.

– Si tu pouvais m'expliquer plutôt que de me regarder comme ça !

Logan sourit.

– J'ai le nom de notre tueur. Je viens de mettre le FBI à ses trousses, et de faire passer son portrait à la presse.

Hurley en reposa son apéritif sur la table. Jamais elle n'aurait cru qu'il arriverait à avoir un nom. Les tueurs à gages faisaient partie de la frange de l'humanité la plus discrète au monde, avec les agents secrets.

– Et c'est qui ?

Logan se saisit du verre de Hurley et en but une gorgée, histoire de faire durer le plaisir.

– Daniel Johnson. Gérant du Sport & Fitness dans le centre commercial.

– Tu es sûr de ton information ?

– On ne peut plus sûr et certain. C'est sa mère qui me l'a dit, alors…

Il ne finit pas sa phrase. Hurley voyait bien qu'il s'amusait. Ne pouvait-il pas parler plus clairement ?

– Si tu pouvais m'expliquer, peut-être réussirais-je à te féliciter et à crier au génie, répondit Hurley du tac au tac, un sourire en coin.

Logan se tourna vers le serveur qui venait d'arriver. Ils passèrent commande et enfin Logan raconta ce que lui avait dit la mère de Daniel Johnson, puis lui exposa sa théorie.

– Tout ce qu'elle m'a dit est vrai, j'ai vérifié. Alors voilà ce que je pense. Quelqu'un qui connaissait ses anciens liens avec Gordon l'a payé pour le tuer.

– Et pourquoi pas les services d'un tueur à gages ? Bien plus simple d'utiliser un professionnel, le contre-carra Hurley, qui se faisait l'avocate du diable.

– Oui, sauf que nous savons que c'est un amateur qui a fait le coup.

Hurley hocha la tête, mais un autre élément ne cadrait pas.

– Si Johnson en voulait tant à Gordon, au point de le tuer, pourquoi ne l'a-t-il pas fait avant ?

– Non, justement, la rancœur suffit rarement à déclencher des envies de meurtre. Mais l'argent… Je crois d'ailleurs connaître le nom du commanditaire de l'assassinat de Gordon, tu vois qui je veux dire ?

Hurley ne le suivait pas du tout.

– Non.

Logan pensait qu'elle aurait compris. Tant pis.

– Gary Borden, lâcha-t-il et, ne laissant pas le temps à Hurley de formuler une objection, il continua : On en revient à ce que je t'avais dit le lendemain de la mort de ce pauvre bougre. Plus j'y pense, plus je suis certain qu'il n'est pas lié au scandale Gordon. Il n'a jamais mis un seul sou dans leurs affaires. En tout cas, c'est ce que le FBI pense pour le moment. En revanche, nombre de ses concurrents se sont laissé tenter.

Hurley termina le raisonnement dans sa tête, mais laissa néanmoins Logan aller jusqu'au bout de son exposé.

– Donc, il décide à la fois de se venger de son ami qui le trahit en truquant les appels d'offre de nombreux programmes immobiliers, et il compte sur la police pour tout découvrir lors de l'enquête sur le meurtre.

– Possible, mais j'ai quelques objections.

– Laisse-moi finir, fit Logan surexcité. Borden contacte donc Johnson. Lui promet une somme énorme, genre le million de dollars, pour éliminer Gordon. Puis, le meurtre exécuté, Johnson se rend compte de l'ampleur de ce qu'il vient de déclencher et décide de retourner sa veste en contactant Hilton et ses amis, se proposant pour une somme tout à fait rondelette d'éliminer Borden.

– Et maintenant, il court dans la nature avec ses millions, dit Hurley, pensive.

Malgré quelques trous dans cette hypothèse, cela pouvait se défendre. En tout cas, il y avait suffisamment de doutes pour lancer une recherche. Johnson n'était pas un tueur à gages professionnel et à n'en point douter, le FBI mettrait vite la main sur lui, à moins que…

– Tu ne crois pas qu'on devrait plutôt chercher son corps ? Pourquoi le payer et laisser un témoin gênant dans la nature ? Alors qu'avec les deux pieds dans le béton, on s'assure qu'il ne parlera jamais plus et on économise son argent.

Logan perdit de son assurance. Il n'avait pas vu les choses sous cet angle. Pourtant, cela coulait de source.

– D'autant que si on en croit sa mère, il était vraiment très attaché à elle, dit-il à haute voix.

– Laisse passer une journée. Si Johnson ne se présente pas de lui-même avec l'avis de recherche que tu viens de lancer, c'est soit qu'il est en fuite, soit qu'il est déjà mort. Dans ce cas, je crains bien qu'on ne retrouve jamais son cadavre.

Logan fit la moue. Cette fin lui plaisait bien moins que la sienne.

Le serveur revint avec leurs entrées et les déposa sur la table.

– Maintenant je pourrais t'expliquer par A + B tout ce qui ne tient pas dans ta théorie, reprit Hurley. Il existe une forte probabilité pour que cette femme ne soit qu'une mère possessive qui se fait du souci pour rien, et dès que son fils apprendra qu'il est recherché par toutes les polices, se présentera de lui-même pour dissiper tout malentendu.

Le moment d'excitation était retombé.

Logan réalisa qu'il avait peut-être tiré des conclusions trop hâtives. Lui aussi commençait à voir les faiblesses de sa théorie. En premier lieu, pourquoi déguiser le meurtre de Gordon en suicide, si le but était d'attirer l'attention de la police ?

– Bon, il ne nous reste plus qu'à attendre.

– Tu sais, il s'est peut-être tué dans un accident de voiture la nuit dernière.

– OK, je me suis peut-être emballé. On attend demain pour que tu m'immoles en public si Johnson réapparaît ?

– Avec grand plaisir, fit Hurley en piquant une feuille de salade avec sa fourchette dans un grand geste sacrificiel.

41

Allongé sur le lit de sa chambre, Kyle écoutait de la musique sur son iPod. Les cours de Cheryl finissaient à 18 heures. Plus qu'une heure et ils se retrouveraient pour passer le week-end ensemble.

Kyle crut entendre frapper à la porte. Il ôta son casque et alla ouvrir. C'était Stuart. Il avait une drôle de mine.

– Tout va bien ? s'inquiéta Kyle en le faisant entrer.

– Oui, je te raconterai, mais tu as vu les infos ?

– Non, j'aurais dû ?

– La police a lancé un avis de recherche sur Daniel Johnson. Il aurait disparu la nuit dernière.

Kyle identifia aussitôt le problème, et marcha jusqu'à la fenêtre. Johnson avait certainement compris ce qui l'attendait.

– Kyle, je commence à me demander si c'est une aussi bonne idée. Tu prends trop de risques. Tu m'avais promis que tu attendrais un mois chaque fois. J'ai si peur que la police comprenne !

Kyle s'adossa à la fenêtre et regarda son frère. Il était vraiment inquiet.

– Je n'ai pas tué Johnson, se défendit Kyle. Je crains plutôt qu'il n'ait fait le rapprochement. Si tout le monde dans cette ville a oublié le meurtre de maman, je suis certain que ce n'est le cas d'aucun de ces quatre types.

– Mais qu'est-ce qu'on va faire ? S'il va voir la police, on est foutus. Arrête tout, je t'en prie !

Il n'avait jamais été un ardent partisan de cette vengeance, à l'inverse de son frère pour qui c'était devenu une raison de vivre. Mais jamais il ne se serait désolidarisé de lui.

– Johnson n'appellera pas la police. Il doit seulement se demander qui peut bien vouloir se venger.

– Ben nous ! Il n'a qu'à lire la presse de l'époque et il saura que maman avait deux fils !

Kyle hocha gravement la tête. Stuart avait raison. Depuis le début, il était certain que la police ne ferait jamais le rapprochement entre le meurtre de Robert Gordon et celui de Gary Borden. Il avait lamentablement tenté de maquiller celui de Gordon en accident domestique. Or, son erreur s'était retournée à son avantage, révélant une affaire financière qui avait détourné la police du mobile réel.

Il avait ensuite tué Borden en espérant faire passer sa mort pour un crime passionnel, mais très vite les journaux locaux avaient supputé un lien avec l'imbroglio financier. C'était parfait. Tout le monde était sur cette fausse piste.

– Tu n'as rien à craindre, Stuart. Tu n'as absolument rien à te reprocher. On n'ira pas en prison. De toute façon, toi, tu n'as strictement rien fait. Je suis le seul responsable.

Kyle fit une moue désolée.

– Écoute, Stuart, on va s'en tenir au plan. Rien ne dit que Johnson n'a pas fui pour d'autres raisons. Rien ne dit qu'il préviendra la police. D'ailleurs, pourquoi aurait-il fui s'il comptait nous accuser ?

Ce n'était pas idiot. Peut-être que Johnson avait, comme Gordon, beaucoup de choses sur la conscience.

– Tu as raison. S'il savait que c'est nous qui avons tué ses amis, il nous aurait déjà dénoncés, non ?

– Oui, exactement, le rassura Kyle. Mais ne dis plus jamais « nous », tu n'as tué personne, Stuart.

La tension diminua quelque peu.

– On va attendre et voir ce qui se passe, reprit Kyle.

Il espérait que dans sa fuite, Johnson n'alerterait pas le dernier de la bande : Jack Mitchell. Le suivant sur sa liste. Le grand banquier de River Falls. Un homme discret qu'il venait à peine de commencer à espionner. Mais ce n'était pas facile. Stuart avait été incapable d'entrer dans ses ordinateurs ; l'homme devait être un redoutable paranoïaque.

Encore un qui n'avait pas dû oublier son forfait !

– Tu me promets de faire très attention ? demanda Stuart.

– Je te le promets, petit frère !

– Je ne suis pas ton petit frère ! se plaignit machinalement Stuart, qui détourna la conversation : Bon, il faut que je te raconte, maintenant.

Kyle était heureux de passer à autre chose. Il n'aimait pas trop discuter de son plan de vengeance avec Stuart.

Quand il avait commencé à l'élaborer, il savait que, malgré les précautions qu'il prendrait, le risque qu'il commette des erreurs était très élevé. Si jamais la police remontait jusqu'à eux, il ne supporterait pas que son frère soit inquiété. Stuart était la bonté même. Il ne survivrait pas un seul jour en prison.

– Je t'ai parlé de la sœur de Judith ?

– Oui, l'anorexique, fit Kyle.

Stuart eut envie de le reprendre, mais après tout c'était la vérité.

– Je sors avec elle ! annonça-t-il tout heureux.

Et il lui fit part de son baiser matinal.

Samedi 10 novembre 2007

42

Plus d'une semaine était passée depuis qu'il avait mis fin aux jours de Johnson. Jack Mitchell se sentait enfin rassuré. La décision d'éliminer son ancien camarade n'avait pas été simple à prendre. Lui qui prenait toujours le temps de tout analyser, de poser les problèmes, les risques et les conséquences de ses actions, il avait dû agir dans la précipitation. Il détestait cela.

C'est sans surprise qu'il avait vu l'avis de recherche de Johnson à la télévision dès le lendemain matin. Il avait craint un instant que cet idiot n'ait pu se retenir d'indiquer à sa mère où il se rendait, mais comme personne ne vint l'inquiéter le lendemain, il fut rassuré sur ce point.

Par ailleurs, il était évident que la disparition de Johnson avait alerté les enfants Simmons. Allaient-ils eux aussi précipiter leurs projets et tenter de le tuer plus tôt que prévu ?

Mitchell ne se sentait pas du tout à l'aise dans le rôle de la proie. C'était terriblement désagréable et à des lieues de l'image qu'il avait de lui-même : un vrai requin sans foi ni loi. Il avait dû prendre sur lui pour ne pas tenter quelque chose de plus radical encore que le meurtre de Johnson. Il devait patienter et attendre le bon moment.

Kyle et Stuart avaient probablement épié les faits et gestes de leurs premières victimes afin de les prendre par surprise. Mitchell prit donc grand soin d'éviter toute sortie impromptue en dehors des heures de travail. Il passa les dix jours suivants à travailler au siège de la banque du matin au soir. Il rentrait ensuite directement chez lui, ne s'arrêtant que pour faire une course ou le plein d'essence. Il devait avoir l'air d'un homme d'affaires pressé, mais surtout pas d'un homme aux abois.

Si les enfants Simmons commençaient à supposer qu'il craignait pour sa vie, il était évident qu'ils agiraient rapidement et Mitchell n'aimait pas qu'on le surprenne. C'était lui qui devait devenir le maître du jeu.

En ce début de week-end, il sut que c'était le grand jour. Il était temps de découvrir les cartes de ses adversaires.

Sans aucune difficulté, il se brancha sur le serveur de l'université. Son réseau informatique était une véritable passoire. N'importe quel hacker de bas étage pouvait s'y introduire sans difficulté. Mitchell arriva en un rien de temps sur les dossiers d'inscription de Kyle puis de Stuart Simmons.

La première chose qui le frappa fut leur différence physique. L'un était vraiment beau gosse, sûr de lui, tandis que l'autre avait le visage bouffi et un regard fuyant.

Mitchell n'eut plus besoin de se demander lequel des deux était le leader. Il étudia la fiche de Kyle, trouva son numéro de portable, le nota sur un fichier personnel et quitta le serveur de l'université.

Se levant de son bureau, il se dirigea vers la fenêtre. La forêt s'étendait à perte de vue. Il ne comprendrait jamais comment l'on pouvait préférer Golden Hill à

North Peak. La forêt protège alors que la colline expose.

Il sortit le téléphone à carte qu'il avait acheté dans la semaine et l'alluma. Il avait répété cent fois ce qu'il allait dire. Il était prêt à reprendre la main dans ce petit jeu du chat et de la souris.

D'un calme absolu, il maîtrisait parfaitement les palpitations de son cœur.

– Allô ?

– Kyle Simmons ? demanda Mitchell d'une voix affolée.

Il y eut une seconde de silence.

– Un instant, fit Kyle qui n'osait comprendre.

Il sauta du lit. Il était avec Cheryl à Seattle, dans une chambre d'un des hôtels les plus luxueux de la ville. Ils étaient rentrés de boîte de nuit vers 3 heures et avaient fait l'amour jusqu'à plus de 4 heures.

– Qui c'est ? demanda Cheryl en s'étirant sous les draps.

– Mon oncle, répondit-il en éloignant le téléphone de sa bouche.

– Tu as donc de la famille ? Je commençais à me poser des questions.

Kyle fit une grimace et reprit la communication.

– Écoute, je m'habille et je te rappelle, tu peux me redonner ton numéro ?

– Vous voulez me tuer, c'est ça ! reprit Mitchell qui avait entendu le garçon parler à sa copine.

Kyle accusa le coup. Sa première pensée était la bonne. Johnson ! L'avis de recherche avait été diffusé pendant toute la semaine aux informations. L'homme avait bel et bien disparu. Maintenant, Kyle savait pourquoi.

– Écoute, je peux te rappeler plus tard, fit-il comme si de rien n'était.

– À quoi vous jouez ? Je vous en prie, ne raccrochez pas. Il faut que je vous explique, répliqua Mitchell d'un ton affolé.

– Tonton, ce n'est pas le moment.

Il raccrocha aussitôt. Comment cet enfoiré avait-il réussi à obtenir son numéro ? Avait-il aussi celui de Stuart ?

– Ça ne va pas ? Tu en fais une tête ! fit Cheryl en s'asseyant dans le lit.

– Problème de famille. Je n'ai pas vraiment envie d'en parler, répliqua-t-il d'un ton plus sec qu'il ne l'aurait souhaité.

– Ce n'est pas la peine de m'agresser. Chacun sa vie.

Vexée, elle sortit du lit en tenue d'Ève et passa devant lui.

– Rappelle-le. Je vais sous la douche. Quand tu auras fini, si jamais ça te tente, rejoins-moi ! fit-elle en lui pinçant les fesses au passage.

Kyle lui effleura les siennes. Il la regarda passer alors qu'elle accentuait sa démarche de mannequin.

Le portable sonna de nouveau.

Kyle attendit que la porte de la salle de bains soit refermée pour répondre.

– Allô ?

– Je vous en prie, ne raccrochez pas, fit Mitchell. Je peux tout vous expliquer.

Debout devant une des fenêtres du salon du premier étage de son manoir, Mitchell n'avait pu maîtriser sa colère et avait renversé un vase centenaire quand Kyle lui avait raccroché au nez. Pour qui se prenait-il, ce petit morveux ? C'était lui, le maître du jeu !

Il avait fait appel à toutes ses ressources intérieures pour se calmer et se remettre dans la peau de Daniel Johnson avant de rappeler.

– Qui êtes-vous ? demanda Kyle, pour ne plus avoir le moindre doute.

L'eau de la douche commença à couler.

– Vous savez très bien qui je suis. Vous avez tué Robert et Gary, et je vous comprends. C'étaient des ordures. Mais moi, je n'ai rien fait. Je vous jure que je n'ai rien fait.

– Je sais, fit Kyle.

Mitchell s'attendait à tout sauf à une telle réponse : il avouait implicitement qu'il était coupable des meurtres, ce qui était une très bonne nouvelle. Mais que voulait-il dire par « je sais » ? Ce petit merdeux était loin d'être un imbécile. Mitchell allait devoir la jouer très fine.

– C'est vrai, vous me croyez ?

– Oui, Gary Borden m'a avoué le meurtre. Il m'a clairement expliqué que Robert Gordon, Jack Mitchell et vous-même n'y étiez pour rien, mentit Kyle.

S'il accusait Johnson d'être coupable comme les autres, jamais il n'accepterait de le rencontrer. L'homme paraissait complètement terrorisé. Il ne prendrait pas le risque de discuter de visu avec un homme le prenant pour le meurtrier de sa mère.

– C'est vrai ? s'étonna Mitchell, qui n'était pas dupe. Alors vous n'allez pas me tuer ?

– Je n'en ai aucunement l'intention, mais je crois que votre passivité mérite une punition.

Kyle entendit son interlocuteur frémir à l'autre bout du téléphone.

– Vingt mille dollars, et en liquide. Si vous tentez de prévenir les flics, vous êtes un homme mort, l'avertit Kyle.

– D'accord, mais vous me promettez de me laisser en paix après ?

– Vingt mille dollars, et il vous restera tous les jours de votre vie pour ruminer votre lâcheté, cracha Kyle.

S'il se montrait trop aimable, l'autre risquait de se méfier.

– D'accord, mais je veux que votre frère soit avec vous quand je vous donnerai l'argent et qu'il me promette lui aussi qu'il ne tentera pas de me tuer.

Merde ! se dit Kyle. Ainsi, cette ordure de Johnson avait remonté toute la piste, alors que personne à l'université n'avait fait le lien entre leurs deux noms – un patronyme des plus courants. Johnson avait bien fait ses recherches.

– Il sera là, bluffa-t-il.

Il était hors de question de convier Stuart à ce rendez-vous. Son frère l'avait suffisamment aidé en prenant part aux filatures des deux premières victimes, et à présent à celle de Mitchell.

– Je veux qu'il me le dise lui-même, insista Mitchell, persuadé que Kyle ne prendrait pas le risque d'emmener son frère avec lui.

– C'est à prendre ou à laisser, répondit Kyle qui sentait qu'il le perdait. Il faut me faire confiance.

Mitchell n'avait pas prévu que la conversation prendrait cette tournure. Jamais personne ne s'était permis de lui imposer quoi que ce soit. Même si la suite allait devenir beaucoup plus dangereuse, il raccrocha, jeta le portable à terre et l'écrasa de plusieurs coups de pied colériques.

– Tu as décidé de me chercher, alors tu vas le payer très très cher, fit Mitchell les poings serrés de rage.

À des kilomètres de là, Kyle se maudit de n'avoir pas su trouver les mots adéquats. Si Johnson ne le rappelait pas, il n'aurait plus l'occasion d'assouvir sa vengeance.

Mais pouvait-il vraiment prendre le risque d'emmener Stuart avec lui ? Johnson n'essaierait-il pas de les tuer ? Non, il avait fait le bon choix. Rien ne pourrait être pire que la mort de son frère.

Il reposa son portable et quand il comprit que Johnson n'appellerait plus, il se rendit dans la salle de bains. Cheryl était toujours sous la douche. Il ouvrit la cabine et se colla à sa belle.

43

Quand Logan franchit la porte de sa maison, une alléchante odeur de cuisine le fit saliver. Il ôta son blouson qu'il rangea dans le placard de l'entrée et, guidé par le fumet appétissant, retrouva Hurley qui préparait le repas du soir.

– Alors, je suppose que tu n'as toujours pas eu de nouvelles de Johnson, fit Hurley affairée devant les plaques électriques.

Logan s'étira et souffla avec force.

– S'il te plaît, j'en ai ma claque. C'est le week-end, je suis crevé !

Normalement, sa semaine de travail aurait déjà dû être terminée. Mais Blanchett n'ayant pu assurer la permanence du samedi, il l'avait remplacée au pied levé. La nuit était tombée depuis un bon moment. Il en avait plus qu'assez de cette journée interminable, bloqué sur son ordinateur à taper les rapports en retard de la semaine précédente. Il lui aurait fallu du renfort – or, il n'en aurait pas.

Il prit une bière dans le frigo, s'assit à table et apprécia comme un don du ciel sa première gorgée.

Ayant repris son souffle, il s'essuya les lèvres et daigna enfin répondre.

– On va laisser tomber. Je laisse le FBI le retrouver si ça leur chante, moi je dis stop.

Sans cesser de remuer sa sauce sur le feu, Hurley se tourna vers Logan.

– Tu baisses bien vite les bras. Johnson est certainement une des clés de notre affaire et toi tu abandonnes déjà. C'est du pain bénit pour quiconque voudrait prendre ta succession !

Elle ne cessait de penser à Daniel Johnson. Sa mère lui avait assuré que son fils chaussait du 42, or, les traces laissées sur les lieux des meurtres appartenaient à des chaussures de pointure 44 ; Hurley avait donc définitivement rayé Johnson de la liste des suspects des meurtres de Gordon et de Borden. Peut-être complice, mais pas tueur.

Leur précédente théorie comportait à son sens beaucoup trop d'éléments douteux. Borden faisant assassiner Gordon ? Les témoignages recueillis par les agents de Logan sur le terrain indiquaient que si les hommes n'étaient plus amis depuis des années, ils n'avaient jamais été vus s'invectivant l'un l'autre ou s'adressant des menaces par personne interposée. Idem pour Johnson.

On ne devenait pas, à plus de trente ans, tueur amateur du jour au lendemain. Cela ne collait pas.

– Grand bien lui fasse. Au moins, si je suis battu aux prochaines élections, je viendrai te rejoindre à Seattle et que tu le veuilles ou non, tu m'auras toute la semaine sur le dos, répondit Logan.

Hurley mima la terreur et se retourna vers ses fourneaux. Bière à la main, Logan s'approcha d'elle.

– Qu'est-ce que tu veux que je te dise ? J'ai passé la semaine à interroger tout le voisinage. Tu n'imagines pas le nombre de personnes certaines de l'avoir vu quelque part. L'un à Seattle en pleine rue, un autre dans un hôtel, etc., mais absolument rien de concret. Johnson est tout bonnement introuvable et à moins de faire venir Jack Malone de New York, je ne vois pas comment je pourrais réussir à le retrouver. Soit il est enterré je ne sais où, soit il est en fuite bien au-delà des frontières de l'État. Dans les deux cas, je ne peux rien faire.

– Et sa voiture ? Vous avez vraiment fait le tour de tous les garages, de toutes les casses ?

Non, mais il n'allait pas le lui dire. Une voiture, et après ? Si Johnson n'était pas à l'intérieur, à quoi cela servirait-il ? Il ne fallait pas oublier que jusqu'à preuve du contraire, Johnson n'était accusé de rien et avait le droit de disparaître du jour au lendemain sans laisser de trace.

– De toute façon, le FBI reprend l'affaire. Ils pensent aussi que sa disparition est mêlée au meurtre de Gordon et Borden. Ils m'ont assuré qu'ils me tiendraient au courant de l'avancement de l'enquête.

– Si tu le dis ! fit-elle en défaisant le nœud de son tablier. C'est prêt.

Elle sortit l'entrée du frigo et ils passèrent à table. Il y avait une autre info qu'il n'avait pas transmise à Hurley, mais que pourrait-elle en tirer ? S'il lui en parlait, elle allait repartir dans toutes les directions et c'était bien la dernière chose qu'il souhaitait.

– Passe-moi ton assiette, je vais te servir, dit-elle. Au fait, j'ai eu Blake, il m'a appris quelque chose de très intéressant.

– S'il te plaît, on peut arrêter d'en parler ? dit-il en reposant son assiette remplie de salade composée.

– Oui, mais c'est juste pour te dire que Daniel Johnson a été soupçonné il y a plus de quinze ans dans une histoire de meurtre.

Et mince ! Cet idiot de Blake le lui avait raconté. Il aurait dû s'en douter. Les reproches n'allaient pas tarder, et Hurley allait échafauder des théories du complot à la Oliver Stone !

– Oui, je sais. Il a été accusé par une vieille folle à moitié aveugle, tout comme Gary Borden et Robert Gordon, il me l'a dit aussi.

– Quand est-ce que tu comptais m'en parler ? fit-elle en se servant à son tour.

Logan souffla avec véhémence.

– Jessica, arrête avec ça. Tu n'es pas sur l'enquête. Je te rappelle que tu es toujours en congé. Alors que je sois un mauvais flic, ça ne regarde que moi et mes concitoyens.

Hurley prit son air le plus méprisant.

– La vérité, après tout, on s'en moque. Ce n'est bon que pour les empêcheurs de tourner en rond comme moi !

– Ne le prends pas comme ça. Je suis fatigué, Jessica. Je t'en prie, je te demande pardon, fit-il sincèrement désolé. Mais j'avais seulement envie de passer une soirée tranquille avec toi. On est samedi soir, et j'aimerais qu'on fasse semblant d'être un couple normal.

Hurley trouva sa réplique touchante et décida de passer l'éponge. Cet idiot avait de la chance d'avoir un charme si puissant.

– OK, on arrête, mais je veux que tu me promettes de m'emmener avec toi, lundi, pour interroger Jack Mitchell.

– Mais qu'est-ce qu'il vient faire là-dedans, celui-là ? s'étonna Logan.

– Il faisait partie des quatre accusés, il y a quinze ans. Peut-être pourra-t-il nous donner des renseignements intéressants. N'oublie pas que je suis « la meilleure profileuse du monde », alors si ce type a des choses à cacher, je le saurai au premier regard.

– Si tu aimes perdre ton temps, moi pas ! Je mettrai Blanchett sur le coup. Tu t'entends bien avec elle, je crois.

– C'est elle qui devrait être shérif, soupira Hurley ravie d'avoir gagné la partie. Ah j'oubliais, tu as toujours la photo que t'a donnée la mère de Johnson ?

– Je crois que je l'ai mise dans mon portefeuille. Tu fais bien de me le dire, je l'appellerai lundi pour qu'elle vienne la chercher.

– Je peux la regarder de nouveau ?

– Je croyais qu'on avait commencé à manger.

– Pardon, rien ne presse, s'excusa Hurley.

En vérité, depuis qu'il la lui avait montrée en début de semaine, elle ne cessait d'y repenser. Il y avait eu comme une résonance fugace quand elle l'avait vue. Mais elle avait beau creuser sa mémoire, rien ne venait. Et cela l'agaçait au plus haut point !

– C'est bon, je vais ranger la vaisselle. Mon portefeuille est dans la poche intérieure de mon blouson, fit Logan quand ils eurent terminé le dessert.

Hurley lui déposa un baiser sur la joue et d'un pas rapide alla chercher la photo. Quatre beaux garçons dans la fleur de l'âge. Tous issus de bonnes familles, avec un avenir brillant devant eux. Ils avaient l'air si heureux et si fiers dans leur tenue de jeunes diplômés ! Pourtant, un sentiment de malaise s'imposa à elle.

Elle passa au salon et resta de longues minutes à observer ces visages sans arriver à déterminer ce qui la dérangeait.

– Si tu cherches un nouvel amoureux, je te conseille de te dépêcher. Il n'y en a plus qu'un seul en vie ! se moqua Logan en la rejoignant.

– Très drôle !

– Bon, si on se regardait un film, une comédie sentimentale, genre Hugh Grant, tu vois ?

– D'accord, d'accord.

Elle savait que le déclic se ferait à un moment ou à un autre. Il ne servait à rien de trop se triturer les méninges.

– *Grand Canyon*, avec Steve Martin et Danny Glover. Je ne l'ai jamais vu. Ça te tente ? demanda Logan en feuilletant le magazine télé.

– Déjà vu, mais il est très bien, fit Hurley qui déposa la photo sur la table basse.

Logan éteignit la lumière et alluma la télévision avant de se rasseoir dans le canapé.

Hurley se lova contre lui, pas mécontente d'avoir évité une crise.

Lundi 12 novembre 2007

44

Cheryl n'avait pas du tout envie de retourner à l'université. Kyle et elle étaient rentrés la veille au soir à River Falls. Ils avaient passé un week-end de rêve à Seattle, et même si par moments Kyle semblait ailleurs, Cheryl avait la tête pleine de souvenirs plus romantiques les uns que les autres.

– Cheryl, lève-toi, tu vas être en retard ! lui cria sa mère à travers la porte de sa chambre.

– Oui, maman, répondit-elle d'une voix ensommeillée, s'obligeant à quitter son lit si douillet.

Elle aurait tant aimé se réveiller avec Kyle à ses côtés. Elle trouvait ses parents vieux jeu. Malgré ses dix-huit ans, c'est tout juste s'ils ne la croyaient pas encore vierge ! Elle avait dû prétexter une virée entre copines pour avoir le droit de découcher et aller à Seattle.

Cheryl se leva et ouvrit les stores de sa chambre. Le temps était maussade. Elle fit la moue et, vêtue de sa chemise de nuit, se rendit dans la salle de bains. Plus d'une demi-heure plus tard, elle en ressortait totalement réveillée et maquillée.

Regardant l'heure, elle sut qu'elle allait être en retard. Tant pis, elle manquerait le cours d'histoire. À quoi ça servait de toute façon ? Seuls le présent et l'avenir lui importaient. Le passé devait rester là où il était, derrière soi !

Elle prit le temps de bien choisir sa tenue, puis descendit à la cuisine.

– Tu vas être en retard, dépêche-toi, dit sa mère qui lui avait préparé un jus d'orange et des tartines grillées.

– Maman, je suis majeure, arrête de me traiter comme un enfant, fit-elle en s'asseyant sur le tabouret près de la table haute.

Sa mère secoua la tête et quitta la cuisine.

Cheryl alluma MTV et la petite frimousse de Britney Spears apparut. « Gimme more ». La jeune fille se déhanchait en tenue légère telle une gogo danseuse autour d'un poteau métallique. Incroyable comme cette fille arrivait à perdre autant de poids en si peu de temps. La hantise de Cheryl était de grossir en vieillissant, et ce n'était pas la silhouette aux formes généreuses de sa mère qui pouvait la rassurer.

Elle termina son petit déjeuner devant le dernier clip de Nelly Furtado. Trop de bimbo tue la bimbo ! se dit-elle en éteignant la télé. Elle sortit de la pièce, attrapa son sac et mit son manteau.

– J'y vais ! fit-elle.

Sans attendre la réponse de sa mère, elle sortit de la villa.

La circulation n'était jamais intense sur Golden Hill en début de matinée. 8 h 50. L'heure idéale pour aller en cours : les hommes d'affaires partaient bien plus tôt et les femmes au foyer bien plus tard !

Elle démarra sa voiture et s'engagea sur la route. Quelques instants plus tard, une Maserati, moteur à fond, la rattrapa et la doubla dangereusement. Cheryl dut donner un coup de frein pour la laisser passer.

– Connard ! hurla-t-elle en faisant de grands gestes.

Le type était au téléphone.

– Tu ne peux pas faire attention ? Abruti !

Cheryl aurait continué son flot d'insultes, mais son portable se mit à sonner. Elle ralentit et de sa main droite chercha son téléphone dans son sac posé sur le fauteuil passager. Sans aucune raison, la voiture de devant freina brusquement. L'esprit préoccupé par son portable, Cheryl n'eut que le temps de freiner à son tour en catastrophe et évita le contact d'un cheveu. Elle partit en avant, mais sa ceinture la retint.

– Ah le con ! fit-elle sous le coup de l'émotion.

Elle défit sa ceinture et descendit de voiture. L'homme était toujours au volant. Elle allait lui dire ce qu'elle pensait de sa conduite.

Une autre voiture arrivait par-derrière et les dépassa au ralenti sans s'arrêter.

Cheryl se posta près de la portière du conducteur. L'homme se tourna vers elle d'un air navré.

– Je suis désolé, s'excusa-t-il.

Il sortit de son véhicule et jeta un regard aux alentours.

– Qu'est-ce que vous cherchez ?

Frappée d'un coup de matraque électrique, Cheryl s'effondra dans les bras de Jack Mitchell qui la plaça rapidement à l'arrière de sa voiture avant de reprendre la route.

Toute la scène n'avait duré que deux petites minutes.

Il roula pendant une centaine de mètres avant de s'arrêter sur un chemin privé qu'il avait repéré un peu plus tôt. Sa matraque trafiquée était capable d'envoyer un voltage suffisamment important pour assommer n'importe quel individu. Mais il avait déjà pris trop de risques.

À l'aide d'une corde, il prit soin d'attacher les mains et les pieds de la jeune fille et lui colla du Chatterton sur la bouche, avant de l'enfermer dans le coffre de la Maserati de Daniel Johnson.

Il était temps de repartir. On allait rapidement s'inquiéter de la voiture de Cheryl restant au milieu de la route. Il reprit le volant et, suant à grosses gouttes, s'efforça de ne pas trop accélérer. Surtout ne pas se faire remarquer.

En bas de Golden Hill, il prit la grande route qui menait à la rocade est de River Falls. La circulation était bien plus dense à présent. Il se détendit un peu. Il contourna la ville par le nord, et sortit à l'embranchement qui conduisait vers North Peak. Toujours pas d'hélicoptère dans le ciel, ni de sirène de police en action. Encore une vingtaine de minutes et ce serait gagné. Il remonta durant quelques kilomètres à l'intérieur de la forêt, puis quitta la voie principale pour prendre la route vétuste qui conduisait à son manoir. Il était définitivement sorti d'affaire.

Il tenait enfin sa revanche.

Il avait détesté la façon dont Kyle l'avait traité. Pour qui se prenait-il ? Dès lors, il avait oublié tout principe de précaution et avait fait le guet devant l'entrée principale de l'université.

Toute la journée du samedi et toute celle du dimanche, il avait attendu de le voir sortir. Il avait été obligé de changer plusieurs fois d'emplacement pour ne pas attirer l'attention, mais sans quitter des yeux l'immense portail qui donnait sur le campus. Il croyait passer une deuxième journée improductive quand vers 22 heures, il avait repéré une Mercedes qui avait déposé Kyle devant l'entrée. La jeune conductrice était sortie et les deux jeunes gens s'étaient embrassés avec passion avant de se quitter.

Mitchell sut qu'il tenait enfin sa revanche.

Éliminer Kyle Simmons n'était pas suffisant. Une balle avec son silencieux et c'en serait fini. Non, il voulait le faire souffrir, lui montrer qui était le maître.

Il attendit que la Mercedes redémarre et entreprit de la suivre. La filature n'était pas sa spécialité, mais la jeune fille conduisait avec prudence et n'avait aucune raison de se méfier. Cela lui avait été très facile de la pister jusqu'à la villa de ses parents.

Ensuite, il avait eu toute la nuit pour préparer le kidnapping du matin – très risqué, mais ô combien jouissif à présent. Personne ne remonterait jusqu'à lui. Il avait joué comme un dieu.

Il aurait tout donné pour voir la tête de Kyle quand il apprendrait que sa petite amie avait été enlevée.

Si jamais l'idée lui venait d'appeler les flics, ce crétin jurerait qu'il avait eu Johnson au téléphone. Et comme il avait pris soin d'utiliser la voiture de Johnson, si quelqu'un l'avait remarquée, c'est vers celui-ci que se tourneraient les soupçons.

Jack, tu es le meilleur ! se dit-il en entrant dans sa propriété.

Des coups résonnèrent dans l'habitacle. Il sursauta, puis se mit à rire. La fille avait dû reprendre connaissance et frappait comme elle pouvait à l'intérieur du coffre.

– Ne sois pas si pressée de sortir, ma belle, tu vas vite le regretter.

45

De retour dans son bureau, Logan se rassit tranquillement. Il venait d'ordonner à la lieutenant Blanchett de satisfaire la lubie de Hurley : aller interroger Jack Mitchell. Ils avaient appelé la banque qu'il dirigeait et une secrétaire leur avait assuré que Mitchell n'allait pas tarder à arriver.

Il était 9 heures passées de quelques minutes.

Logan s'enfonça dans son fauteuil et se massa les tempes. Il avait très mal dormi et un résidu de migraine ne parvenait pas à se dissiper malgré son médicament. Il aurait aimé allumer une cigarette, mais dans ces conditions ce n'était pas recommandé.

Le téléphone sonna et Logan maugréa avant de décrocher.

– Oui… OK… Je suis sûr que ce n'est rien… Vous n'avez qu'à me la passer, répondit-il à un de ses sergents à l'autre bout du fil.

Il attendit que la ligne soit basculée, et s'efforça de trouver un ton plus agréable.

– Shérif Logan, j'écoute.

Le ton était sec. C'était plus fort que lui.

– Ma fille a disparu ! fit une femme affolée.

– Calmez-vous, je vous en prie, dites-moi tout.

– Ma fille a disparu, répéta la femme. Un voisin vient de retrouver sa voiture abandonnée en plein milieu de la route. Son sac et son téléphone sont toujours à l'intérieur !

Elle était hystérique. Logan eut l'impression qu'une enclume lui tombait sur la tête.

– Votre voisin est certain qu'elle n'est pas allée satisfaire un besoin pressant ?

Il n'y croyait pas vraiment, mais cela demandait tout de même vérification.

– Évidemment. Il a attendu une dizaine de minutes. Il a même cherché aux abords de la route pour voir si elle n'était pas sortie prendre l'air à cause d'un malaise. Mais il ne l'a pas trouvée !

Personne ne laisserait sa voiture au milieu de la route, avec ses affaires à l'intérieur. Ça sentait très mauvais.

– Donnez-moi votre adresse et celle où se trouve la voiture de votre fille. Je vous envoie une équipe. Et si vous pouviez me faire parvenir par Internet une photo récente de votre fille pour que je la fasse diffuser à la télévision…

Mme Norman lui fournit les renseignements demandés. Logan la pria de ne pas paniquer, et l'assura que ses services allaient arriver très rapidement.

Il raccrocha et fonça dans le vaste open space où travaillaient la plupart de ses agents.

– Portnoy, Vance, Heldfield et Stanley, dans mon bureau.

Aucun des agents ne pipa mot. Ils se levèrent sous le regard interrogatif de leurs collègues et suivirent le shérif.

– Nous avons affaire à un enlèvement. Une jeune fille de dix-huit ans du nom de Cheryl Norman.

Le visage des quatre agents s'assombrit.

– Stanley et Heldfield, vous allez à cette adresse m'interroger le témoin qui a retrouvé la voiture abandonnée. Vance et Portnoy, vous allez voir la famille de la disparue pour tout savoir sur cette jeune fille : si elle avait un amant, des ennemis. Se pourrait-il qu'il y ait une grossesse à cacher ? Bref, la totale, fit-il d'un ton professionnel en les regardant l'un après l'autre, droit dans les yeux. Je ne vous rappellerai pas que dans les cas d'enlèvement, le temps est notre pire ennemi. Si nous voulons retrouver Cheryl en vie, il n'y a pas une seconde à perdre et pas une idée à mettre de côté, d'accord ?

– Oui, shérif, fit un chœur unanime.

– Foncez, je me charge du FBI et de la télévision.

Les quatre agents partirent l'angoisse chevillée au corps.

Logan se rassit à son bureau et chercha parmi ses mails celui envoyé par Mme Norman. Il découvrit une jolie jeune fille souriante, sur une photo scolaire à n'en point douter.

Il serra les poings et repensa à la terrible tuerie qui avait sévi à River Falls quelques mois plus tôt. Pourquoi fallait-il qu'il y ait des tordus qui s'en prennent à ce qu'il y a de plus pur dans l'humanité ?

Taraudé par cette question récurrente, il attrapa son téléphone et se mit en contact avec la télévision locale.

Quand Blanchett gara la voiture de police, une fine pluie commençait à tomber.

– On a eu un très beau week-end, c'est déjà ça, estima Hurley.

Les deux femmes sortirent du véhicule et remontèrent la rue jusqu'à l'entrée de la Bank of the Big Mountain. Les passants pressaient le pas, surpris par le revirement soudain du temps. Blanchett appuya sur l'interphone et les portes en verre coulissèrent. Elles traversèrent le hall majestueux recouvert de marbre, jusqu'à la réception.

– Bonjour, nous voudrions parler à Jack Mitchell, fit Blanchett.

Si d'ordinaire la réceptionniste refoulait toute personne arrivant sans rendez-vous, l'uniforme de Blanchett l'incita à accéder aussitôt à sa demande.

– Je préviens sa secrétaire, répondit-elle avec un sourire professionnel.

Hurley s'écarta du comptoir et alla contempler les tableaux décorant les murs. Des paysages de la région à l'époque du Far West. Elle était loin d'être une experte en peinture, mais elle trouva les toiles à son goût. Elle leva les yeux et sourit devant les dimensions de ce hall dont le plafond se perdait à des hauteurs qu'elle était bien en peine de calculer.

– D'accord, je les fais monter.

La réceptionniste raccrocha et reporta son attention sur les deux jeunes femmes.

– M. Mitchell ne va pas tarder. Si vous voulez bien l'attendre dans ses bureaux.

Elle leur donna un pass et leur indiqua l'ascenseur. Septième étage.

À leur arrivée, la secrétaire particulière de Mitchell les accueillit et les invita à se rendre à la Forest Room. Elle leur proposa un rafraîchissement ou une boisson chaude.

– Café, répondirent-elles.

La secrétaire sortit, les priant de se mettre à l'aise.

– Les banquiers ! fit Blanchett en inspectant le salon. Ils sont toujours là à se plaindre que les affaires vont mal et regardez où passe notre argent.

Hurley ne connaissait pas ce milieu et n'avait aucune envie de le connaître. Elle savait seulement que la finance était un monde à part où des milliards étaient brassés chaque jour sur les places boursières et des fortunes colossales se faisaient en un rien de temps.

La secrétaire revint avec un plateau chargé des cafés accompagnés de petits gâteaux tout à fait alléchants.

– Je vous laisse vous servir en sucre, fit-elle en posant le plateau sur la table basse centrale.

– Merci.

La secrétaire se redressa et dit avec hésitation :

– Je peux vous poser une question ?

– Bien sûr, fit Blanchett.

– Vous pensez que la police a une chance de la retrouver vivante ?

Les deux agents se regardèrent, manifestant leur totale incompréhension.

– De quoi parlez-vous ?

La secrétaire sembla réellement gênée. Il ne lui était pas venu à l'idée qu'elles n'en étaient pas informées.

– Ils viennent d'annoncer l'enlèvement d'une jeune fille sur Golden Hill.

– Vous êtes sûre ? fit Blanchett.

– Oui, affirma la secrétaire avec un air désolé.

– Est-il possible d'allumer la télévision ? demanda Hurley en désignant l'écran plasma accroché au mur.

La secrétaire prit la télécommande et se brancha sur River's TV.

Une journaliste parlait en direct du studio d'informations.

– *... pensez avoir vu quoi que ce soit qui vous paraisse suspect, n'hésitez pas à appeler ce numéro.*

Le portrait de la jeune disparue était affiché en permanence dans le coin droit de l'écran. Son visage ne disait rien à Hurley, mais elle était très jolie et avait de quoi appâter les maniaques sexuels.

– Dites à M. Mitchell que nous repasserons, décida Hurley.

Cheryl n'avait guère plus de vingt-quatre heures à vivre, selon les statistiques du Bureau fédéral. Tous les moyens devaient être déployés pour la retrouver au plus vite.

– Je lui dirai, mais peut-être pourriez-vous m'indiquer la raison de votre présence ?

– Rien de grave, une broutille, éluda Blanchett.

Les deux agents sortirent du salon et reprirent l'ascenseur.

– Je ne m'y ferai jamais, fit Blanchett. Si seulement le monde pouvait n'être peuplé que de femmes !

Hurley fit une mimique dubitative.

46

Ce fut à l'interclasse de 10 heures que la nouvelle arriva aux oreilles de Kyle. La rumeur s'était répandue comme une traînée de poudre. Tout le monde ne parlait plus que de ça. Cheryl Norman avait été enlevée ce matin même alors qu'elle se rendait à l'université.

Sous le choc, Kyle fut incapable de réfléchir. La haine avait submergé son esprit.

– Ils vont la retrouver.

– Ne t'inquiète pas, elle n'est pas du genre à se laisser faire.

– Tu sais pas où elle est, toi ?

Ses amis d'Alpha s'étaient regroupés autour de lui pour tenter de le réconforter.

– Laissez-moi, fit-il.

– Surtout pas, on est avec toi, tu as besoin…

– Laissez-moi ! hurla-t-il en bousculant l'un d'eux.

Il franchit le barrage qu'ils formaient autour de lui et partit en courant le long du grand couloir central du deuxième étage.

Il se rua dans l'escalier et dévala les marches quatre à quatre. Arrivé au rez-de-chaussée, il jaillit sur le campus avec une rage qui ne cessait d'enfler. Sous une petite pluie fine, il fonça sans savoir où aller.

Il avait besoin de s'isoler. La douleur était atroce. Jamais il n'aurait cru que cela pouvait faire aussi mal.

Pourtant, il connaissait la souffrance de perdre un être aimé. Mais là c'était bien pire. Cheryl n'était pas juste une image sur une photo. Il l'avait connue, il l'avait aimée, senti son corps contre le sien, son odeur…

Il s'arrêta sous un des grands arbres du parc et, serrant les poings de rage, hurla sa haine vers le ciel.

– Non ! cria-t-il les yeux pleins de larmes.

Si tu touches à un seul de ses cheveux, je te jure que tu connaîtras la mort la plus horrible qui soit, promit-il intérieurement à Johnson. Kyle ne doutait pas un seul instant de l'identité du kidnappeur. Une des pourritures qui avaient tué sa mère quinze ans auparavant. Si seulement il avait essayé de négocier avec lui ! Il s'en voulait d'avoir si mal manœuvré.

Effondré, il s'assit au pied de l'arbre et, une main sur le visage, sanglota sans retenue.

Du fond du parc, un garçon arrivait aussi vite qu'il le pouvait. Essoufflé, Stuart s'assit près de son frère.

– Kyle, reprends-toi. Je t'en supplie, je ne veux pas te voir dans cet état !

C'était un supplice de le voir ainsi. Pour Stuart, Kyle représentait le courage, la force, la détermination. Jamais il ne l'avait vu faiblir. Il ne devait pas se laisser aller. Surtout pas maintenant.

– Laisse-moi tranquille, le rembarra Kyle.

Il n'avait pas envie de parler. Il n'y avait rien à dire. Sa souffrance était insupportable.

– Non, Kyle ! Relève-toi, Cheryl a besoin de toi, tu es le plus fort, tu es…

D'un geste soudain, Kyle repoussa violemment son frère et le fit basculer sur le côté.

Stuart le regarda comme s'il voyait un inconnu. Kyle croisa son regard et prit soudain conscience de ce qu'il venait de faire.

– Stuart, pardonne-moi, fit-il en se rapprochant de lui. Jamais je ne te ferai du mal. Excuse-moi, tu es tout ce qu'il me reste.

Sa voix était pleine d'émotion. Il n'allait réellement pas bien. Stuart se redressa et, pour la première fois de sa vie, inversa les rôles.

– Kyle, Cheryl n'est pas encore morte. Tu ne dois pas perdre espoir. Si tu sais quelque chose sur celui qui l'a enlevée, appelle la police. Dis-leur ce que tu sais.

Oui, Stuart avait raison, mais à quoi cela servirait-il ?

– Daniel Johnson m'a téléphoné samedi matin. Il voulait nous voir, toi et moi, pour discuter. Il a juré n'être pour rien dans la mort de maman. Je lui ai dit que j'acceptais de le voir, mais sans toi. Il m'a raccroché au nez et depuis, plus de nouvelles, fit-il d'une voix éteinte.

Stuart n'en revenait pas. Johnson l'avait appelé ?

– Pourquoi ne m'as-tu rien dit ? Tu aurais dû m'en parler !

– Au contraire, je voulais te protéger et j'ai bien fait. Regarde ce qu'il vient de faire. Ce type est une pourriture, je savais que je ne pouvais pas lui faire confiance.

Stuart dut avouer que ce n'était pas faux. Mais pour autant, il ne fallait pas baisser les bras.

– Il faut que tu appelles la police et que tu leur dises que c'est Daniel Johnson qui l'a kidnappée.

– Il est déjà l'objet d'un avis de recherche. En quoi ça va les aider ?

Stuart l'ignorait, mais il avait lu suffisamment de comics pour savoir que les héros ne laissaient rien au hasard. Ils tenaient un élément que la police devait connaître.

– Je n'en sais rien, mais on doit le faire. Pense à Cheryl.

Je ne fais que ça, eut-il envie de lui crier, mais il parvint à se maîtriser et à répondre calmement :

– D'accord, accepta-t-il, persuadé que cela ne servirait à rien.

47

Les appels pleuvaient de toutes parts, dont une bonne moitié pour demander des nouvelles de l'enquête, se désolait Logan. Il comprenait que toutes les mères de la ville se sentent concernées par cette histoire, mais ne pouvaient-elles pas imaginer qu'elles ne faisaient que ralentir leur travail en occupant les lignes téléphoniques alors que quelqu'un avait certainement un véritable indice à donner ?

Assis dans l'open space en compagnie de tous ses subordonnés, il avait déployé les grands moyens. Le FBI avait décidé d'envoyer sur place ses meilleurs agents et des barrages étaient mis en place aux abords de la ville. Cela n'avait évidemment pas pour but de retrouver leur homme. L'individu ne serait pas assez stupide pour tenter de quitter la ville. Mais cette débauche de moyens servirait à faire douter le coupable, à lui montrer qu'il était devenu l'ennemi public n° 1 et que rien n'arrêterait la police.

Et cette migraine qui ne voulait pas passer ! Logan se passa une main sur le front.

– Mike, ça va ? s'inquiéta Hurley.

Elle venait de rentrer de la banque. Blanchett et elle avaient fait le trajet du retour branchées sur la fréquence de la police. Tous les shérifs de la région avaient proposé leur aide.

Le FBI n'allait pas tarder à arriver et les radios locales avaient suspendu leurs programmations pour prendre des auditeurs en direct à l'antenne. La population de River Falls était encore sous le choc du massacre du printemps dernier. Personne ne voulait revivre cette horreur. Il fallait que Cheryl soit retrouvée vivante.

« On ne peut pas laisser tuer nos enfants sans rien faire ! »

« À quoi sert la police ? »

« Pitié, mon Dieu, aidez-la ! »

Hurley supportait difficilement ce déballage compassionnel. Si l'homme qui avait kidnappé Cheryl appartenait à la catégorie pervers sadique, il devait jouir à l'écoute de tels débordements de bons sentiments et de colère. Il fallait souhaiter qu'il n'ait ni radio ni télé, ce qui était peu probable.

– J'ai une migraine terrible, fit-il en sentant la douleur refluer légèrement.

– Tu as pris tes cachets ?

– À ton avis ? ! répondit-il en pestant. Qu'est-ce que tu fais là ?

Hurley prit une chaise et s'assit près de lui.

– Passer tes nerfs sur moi n'aidera Cheryl en aucune façon, fit-elle en restant maîtresse de ses émotions.

Logan souffla et s'avachit dans son siège.

– Je donnerais tout pour ne pas être à ma place. Tu connais les probabilités..., dit-il sans terminer sa phrase.

Hurley les connaissait mais ne voulait pas y penser.

– Shérif, j'ai un témoin qui assure avoir vu le coupable ! cria l'agent Martinez en se levant d'un bond.

Les autres se turent. Le silence était total.

– Il jure que c'est Daniel Johnson.

Après un instant d'excitation, le doute s'abattit sur eux. Cela n'avait aucun sens. Encore un abruti qui perdait les pédales.

– Passe-le-moi, fit Logan en se levant.

La migraine lui barrait la moitié du crâne. Il faillit trébucher tant ça cognait.

– Il a raccroché, dit Martinez la mine déconfite.

– Tu as au moins pris son nom pour qu'on puisse le rappeler ?

– Il a raccroché quand je lui ai posé la question, répondit Martinez, qui réalisa qu'elle s'était emballée un peu vite.

– On va essayer de remonter l'appel, mais je te parie ce que tu veux que ça provient d'une cabine.

Logan appela le sergent Polasky et lui demanda d'effectuer la recherche. Chacun reprit son poste derrière son téléphone.

Logan se rassit.

– N'importe quoi… Je ne comprendrai jamais comment on peut s'amuser avec un enlèvement, grogna-t-il.

– Je crois que c'est plus complexe que ça. Cette personne est certainement persuadée avoir vu Johnson avec Cheryl. Les gens ont tellement envie de devenir des héros dans ce pays, que leur inconscient est prêt à inventer n'importe quoi pour leur en donner l'occasion.

Vrai, se dit Logan. Mais complètement débile !

Deux minutes plus tard, Polasky revenait avec le numéro : celui d'un bar près du campus universitaire.

– Bande de petits cons !

Logan décida tout de même d'envoyer une voiture de police interroger le patron du bar. S'il chopait le gamin qui avait fait ça, il allait passer un très mauvais quart d'heure.

– Shérif ! J'ai un témoin qui a vu la voiture : une Maserati Quattroporte noire. La même que celle de Johnson, fit le sergent Morris en se levant.

Le front de Logan se plissa de colère. Encore ce petit merdeux.

– Il a raccroché, bien sûr, fit-il en se levant.

– Non, il veut venir témoigner. Il a vu l'homme et est prêt à nous aider à faire son portrait-robot.

– Passe-le-moi, fit Logan en évitant de se lever d'un coup.

Il traversa l'open space et prit le combiné des mains de Morris.

– Ici le shérif Logan, à qui ai-je l'honneur ? fit-il crayon à la main.

– Je m'appelle Kevin Hamilton. J'habite Golden Hill, répondit l'homme d'une voix vibrante d'émotion. Je partais au travail ce matin, j'étais en retard. Quand j'ai vu la voiture de Cheryl arrêtée derrière une Maserati, j'ai cru à un petit accrochage. Je ne me suis pas arrêté.

L'homme cessa brusquement de parler et c'est avec des trémolos dans la voix qu'il reprit :

– Elle était en vie. Quand j'ai dépassé la Maserati, j'ai jeté un coup d'œil et j'ai bien vu la tête du type : dans la quarantaine, avec de grosses lunettes et une barbe. Si vous avez des spécialistes, je suis certain de pouvoir vous aider à faire son portrait-robot.

– OK, on vous attend au commissariat le plus rapidement possible. Vous connaissez l'adresse ?

– Oui, je suis déjà en route. Je sais qu'il n'y a pas une minute à perdre dans les cas d'enlèvement, n'est-ce pas ?

– Oui, vous avez très bien fait. À tout de suite, monsieur Hamilton.

Il raccrocha et décida de retourner dans son bureau où se trouvaient les photos que la mère Johnson lui avait laissées. Hurley le suivit, prise d'un terrible pressentiment. Elle s'obligea à ne pas y penser. Elle allait vite être fixée. Logan prit son portefeuille et les deux photos. Il garda le portrait le plus récent, en fit une photocopie et crayonna dessus une barbe et de grosses lunettes.

Hurley le regarda faire, mais cela ne concordait pas avec sa nouvelle théorie. Plutôt que d'en faire part à Logan, elle se mit en état de concentration extrême et reprit la seconde photo, celle où Daniel, encore étudiant, prenait la pose avec ses trois amis de promotion. Il y avait quelque chose sur cette photo, un détail capital qu'elle n'arrivait pas à déceler.

– Je vais prévenir le FBI que Johnson est notre suspect n° 1, fit Logan.

– Très bien, fit Hurley sans l'écouter.

Elle était dans une sorte de transe. Il fallait qu'elle comprenne ce qui n'allait pas. La vie d'une adolescente était en jeu. Elle ne pouvait se permettre d'attendre que la solution arrive toute seule. Elle devait forcer la chance. Et soudain l'inspiration jaillit.

D'une main fébrile, elle griffonna une barbe et des lunettes…

– Qu'est-ce qui se passe ? fit Logan qui attendait qu'on lui passe son contact au FBI.

Le visage de Hurley affichait une expression terrible.

Il lui prit la photo des mains et vit qu'elle avait dessiné sur le portrait de Mitchell.

– Tu t'es trompée, Johnson, c'est celui à gauche.

– Regarde bien, et ajoute une quinzaine d'années à Mitchell.

Logan l'imagina vieilli de quinze ans et eut la même terrible révélation.

– Ça alors ! C'est le portrait-robot qu'avait fait Tom !

Hurley confirma d'un hochement de tête et, saisissant le téléphone que Logan avait en main, raccrocha au moment où l'agent du FBI prenait la communication.

48

Heather était dans un état second, incapable de penser. Elle avait subi les pires humiliations sans rechigner. Les quatre garçons avaient abusé d'elle de façon immonde. Plus ils buvaient, plus ils se rabaissaient au rang de porcs lubriques l'obligeant à prendre des positions avilissantes et à assouvir tous leurs fantasmes.

Gary fut le dernier à se satisfaire en elle. Après un orgasme inoubliable, il décida de porter Heather dans ses bras et de la conduire dans une chambre, sous les huées de ses camarades de beuverie.

– C'est qu'une pute, pas une princesse ! se moqua Daniel Johnson hilare.

Il avait pris son pied comme jamais. Aucune fille de sa promotion n'aurait supporté le quart de ce qu'elle avait accepté de faire.

– La ferme ! répliqua Gary en la montant à l'étage.

Heather était au-delà de toute émotion. Incapable de pleurer ou de hurler, elle s'était résignée. Quand Gary la déposa sur un lit soyeux, Heather se recroquevilla sur elle-même. Gêné, Gary ressortit de la chambre sans dire un mot.

Désormais seule, elle se laissa aller à pleurer. Jamais elle ne s'était sentie aussi sale. L'idée qu'un jour, Kyle et Stuart puissent prendre le même chemin que ces garçons la torturait encore plus. Mais épuisée et apathique, elle s'endormit en peu de temps.

Une poigne virile la réveilla en plein milieu de la nuit.

– Ma petite salope, tu es prête à repartir pour un tour ? fit Jack Mitchell en se couchant auprès d'elle.

– S'il vous plaît, laissez-moi, gémit Heather.

Une terrible claque lui remit les idées en place.

– Tu fermes ta gueule, petite pute ! Pour qui tu te prends ?

Jamais il ne s'était senti aussi puissant. Il voyait bien que la fille avait peur de lui. Une sensation exaltante, enivrante !

– Tu crois que tu es...

Il s'interrompit au milieu de sa phrase quand Heather lui tordit le sexe en pleine érection.

Elle n'en pouvait plus. Elle n'était pas prête à subir à nouveau une telle humiliation, et Mitchell avait été le plus pervers de tous.

– Espèce de putain, reviens ici, aboya-t-il en la rattrapant avant qu'elle ne sorte de la chambre.

Mitchell sentit la peur de la pute. C'était si bon ! Il lui avait plaqué une main sur la bouche et la tenait fermement dans ses bras. La fille essaya de se débattre, mais Mitchell était bien plus fort, d'une force animale.

Il prit la tête de Heather, la coinça sous son bras et la fit tourner comme pour la dévisser. Avec des craquements effroyables, les vertèbres se rompirent. Son corps devint flasque entre ses bras.

Mitchell savoura ce moment et ne put retenir une éjaculation. Il venait enfin de comprendre qui il était. Jusque-là, il avait essayé de tempérer les pensées bizarres qui le tenaillaient depuis sa tendre enfance.

À présent, il savait qu'il était temps de libérer l'homme qu'il devait devenir.

Les fantasmes étaient une chose, mais la réalité était autrement supérieure !

Mitchell n'oublierait jamais ce jour où il avait pris conscience de sa destinée.

Tout heureux de s'être remémoré ce moment, il prit son nouveau téléphone à carte et appela Kyle. Le garçon répondit sans attendre.

– Allô ?

Mitchell s'était préparé à endosser à nouveau le rôle de Daniel Johnson. C'est d'une voix paniquée qu'il prit la parole.

– Je ne lui veux pas de mal, dit-il. Je vous le jure. Je voulais seulement discuter de vous avec votre petite amie. Elle m'a traité de cinglé. J'ai paniqué !

– Ne lui faites pas de mal, je vous en prie. Ne lui faites pas de mal.

Kyle zonait en ville. Il marchait dans les rues depuis plus d'une heure sous une pluie qui ne cessait de tomber. Il s'était bien rendu compte que les policiers ne l'avaient pas pris au sérieux. Ce coup de téléphone était son ultime chance de se rattraper.

– Je ne suis pas un tueur. Je vous ai déjà dit que je n'ai pas tué votre mère. Je veux seulement que vous veniez avec votre frère et que nous passions un accord écrit où je vous fais la promesse de ne jamais dire que c'est vous qui avez assassiné Gordon et Borden. De votre côté, vous me promettez de me laisser en vie et de convaincre votre amie de ne pas porter plainte ! finit-il avec une voix de fausset proche de l'hystérie.

Kyle en aurait pleuré de soulagement. Cet abruti de Johnson avait simplement paniqué. Il n'avait jamais eu l'intention de faire de mal à Cheryl. Il s'était fourré dans un terrible guêpier et ne savait plus comment en sortir. Se rendait-il compte de la débilité de sa proposition ?

– D'accord, je vous crois. Si vous aviez assassiné ma mère, je ne vois effectivement pas pourquoi vous auriez laissé Cheryl en vie.

Il devait à tout prix lui montrer qu'il le croyait. Si Johnson suspectait une roublardise, qui sait de quoi il serait capable dans l'état de panique qui était le sien…

– Merci, fit Mitchell en prenant un ton soulagé. Je vous jure que je ne lui veux aucun mal, et que je n'ai pas tué votre mère.

Kyle était à deux doigts de le croire. Mais qu'il l'ait tuée ou qu'il n'ait rien fait pour la sauver revenait au même : il devait payer !

– Je vais vous dire où je me trouve, reprit Mitchell. Mais qu'il soit clair que si vous appelez les flics ou le FBI, je serai dans l'obligation de la tuer, vous me comprenez ?

– Vous savez aussi bien que moi que je n'ai pas envie d'avoir affaire à eux. Il n'y aura pas d'embrouilles, du moins si vous ne touchez pas à Cheryl, le prévint Kyle.

À l'encontre de toutes ses règles de prudence, Mitchell prit un risque insensé et expliqua à Kyle comment le rejoindre. Il suffisait que celui-ci appelle les flics et c'en était fini de lui.

Mais le jeu en valait vraiment la chandelle. Après la mère, tuer les fils. Magnifique tragédie !

Que la partie commence, se dit Mitchell quand il eut raccroché.

De son côté, Kyle téléphona à son frère. Il allait trahir tous ses principes, mais la vie de Cheryl méritait qu'il fasse ce sacrifice.

– Kyle, c'est toi ? fit Stuart en répondant dès la première sonnerie.

– Oui, petit frère, j'ai besoin de toi.

Il lui fit part de sa conversation avec Daniel Johnson et lui demanda, la mort dans l'âme, s'il était prêt à risquer sa vie pour sauver celle de Cheryl. La trouille au ventre, Stuart n'hésita pas et répondit par l'affirmative.

Désormais, il ne restait plus à Kyle qu'à louer une voiture, et à prier pour que Johnson s'en tienne à ce qu'il avait dit.

49

– Qu'est-ce que ça veut dire ? demanda Logan abasourdi.

Il n'y comprenait plus rien. Que venait faire Mitchell dans cette histoire ? Cela ne cadrait avec aucune des théories concernant les meurtres, et encore moins avec l'enlèvement. Il ouvrit un tiroir de son bureau et sortit une flasque de whisky dont il but une gorgée.

– Ça veut dire qu'on a tout faux depuis le début, répondit Hurley.

Le problème est qu'elle n'avait que très peu de temps pour remettre tous les éléments en place. Il suffisait de se calmer et de les reprendre un par un. Chaque minute qui passait diminuait les chances de retrouver Cheryl vivante. Ils n'avaient pas droit à l'erreur. Une seule mauvaise piste et la jeune fille mourrait.

– Je ne comprends rien. Déjà que je me demandais pourquoi un homme en fuite avait kidnappé une simple étudiante, maintenant j'apprends que ce n'est pas Johnson, mais Jack Mitchell dans la voiture de Johnson, et qu'il se fait passer pour le tueur de John Doe ! C'est du grand n'importe quoi !

Il reprit sa flasque et la porta à ses lèvres, mais la main de Hurley la lui fit reposer. Un regard, et il n'insista pas.

– C’est un puzzle, il suffit de remettre les différentes pièces dans l’ordre, fit Hurley assise à ses côtés.

Elle tira une feuille de l’imprimante et avec son stylo commença à noter les divers éléments.

– Commençons par ordre chronologique. Que savons-nous de prime abord ?

– Robert Gordon est mort, fit Logan pas sûr d’être sur la bonne voie.

– Non, le reprit Hurley en suivant son instinct. Tout commence il y a quinze ans. Jack Mitchell, Robert Gordon, Gary Borden et Daniel Johnson sont accusés du meurtre d’une prostituée et innocentés faute de preuves.

Logan approuva et prit une cigarette qu’il alluma sans tarder.

– Supposons maintenant qu’ils soient réellement coupables, et que le fait qu’ils soient innocentés ait créé un désir de vengeance chez quelqu’un, fit-elle.

Le problème était : qui, et pourquoi attendre quinze longues années ? Elle savait bien que la vengeance est un plat qui se mange froid, mais tout de même pas congelé !

– Des gens qui l’aimaient. Forcément. Qui n’ont appris que récemment ce qu’est devenue leur fille, fit Logan le cerveau en ébullition. De nombreuses filles rêvent d’indépendance, parce qu’elles vivent dans une famille où elles se sentent à l’étroit, et tentent l’aventure sur les routes. Comment s’appelait-elle, déjà ?

– Heather. Heather Simmons, fit Hurley qui sentait que le chemin était bon, mais pas la direction.

– Donc notre jeune Heather est réduite à vendre son corps pour survivre, trop fière pour retourner chez elle, reprit Logan.

Une idée jaillit dans l'esprit de Hurley et elle sut que c'était la bonne. Un sourire victorieux s'afficha sur son visage.

– J'ai compris !

Elle continuait de chercher si quelque chose clochait dans ce nouveau raisonnement. Mais non. Tout fonctionnait à la perfection, se rassura-t-elle avant de se lancer :

– Ce ne sont pas ses parents qui se vengent, mais sa fille, dit-elle en pensant à Cheryl. Une fille qui a dû être adoptée en bas âge. Quinze ans plus tard, elle apprend, je ne sais pas encore comment, qu'elle est la fille de Heather Simmons, une prostituée retrouvée morte et dont les principaux suspects ont été innocentés.

– Elle décide alors de se venger, enchaîna Logan, admiratif devant tant de perspicacité.

Hurley était la femme la plus géniale de toute la terre !

– Elle décide de tuer Robert Gordon en premier. Elle maquille cela en suicide pour ne pas éveiller les soupçons des trois autres.

– Mais elle est loin d'être une tueuse experte. Elle commet trop d'erreurs qui nous conduisent à comprendre qu'il s'agit d'un meurtre. Coup de bol pour elle, Gordon est impliqué dans de sales affaires et nous partons sur une mauvaise piste, poursuivit Logan.

Malgré la gravité du moment, il ne put s'empêcher de sourire. C'était le moment préféré de tout flic : celui de la résolution d'une affaire, quand toutes les pièces s'imbriquaient à la perfection.

Il aperçut Blanchett qui remontait le couloir en direction de son bureau. Logan lui fit signe de ne pas entrer, mais Blanchett continua son chemin et frappa à la porte vitrée.

– Entre, fit-il en priant le ciel pour qu'ils ne perdent pas le fil de leurs pensées.

– Le petit copain de Cheryl est introuvable. Sa mère pense que c'est un petit voyou.

Logan se leva de son fauteuil et vint poser deux mains vigoureuses sur ses épaules.

– Lieutenant Blanchett, je vous adore !

Cheryl n'avait pas agi seule. Il lui fallait un complice. Extrêmement rares sont les filles chaussant du 44…

Blanchett le regarda bizarrement.

– Vous pouvez m'expliquer ?

– Dans deux minutes. Allez me faire une recherche sur le passé de ce garçon. On arrive tout de suite, fit-il en la poussant dehors.

Il referma la porte et resta debout.

– Notre tueur, conclut Hurley, sur la même longueur d'onde.

Logan opina.

– Son complice, rectifia-t-il.

Tout coulait de source, pourvu que la suite tienne.

– Donc, ensuite ils tuent Gary Borden, et une fois de plus ils essaient de brouiller les pistes. Une vengeance d'épouse ou d'époux cocufié, reprit Hurley.

– Et c'est là que Daniel Johnson fait le lien entre ces deux meurtres. Quinze ans qu'il vit avec la mort d'une jeune fille sur la conscience, et, à moins d'être psychopathe, il doit y penser tous les jours ou presque. Sa culpabilité a fait tout le travail que nous venons de faire. Il a compris que quelqu'un voulait se venger. Comme nous, il a enquêté. Il découvre que notre prostituée avait une fille, enchaîna Logan.

– Et pourtant non, fit Hurley déconcertée. C'est Mitchell déguisé en Johnson qui l'a enlevée.

Ça ne collait plus, mais elle était certaine qu'ils étaient proches du but.

– Attends. Oublions un instant cette affaire et reprenons celle de John Doe, reprit-elle.

Il y avait encore un élément à trouver.

– Cheryl a également fait tuer Johnson, Mitchell étant le dernier…, supputa Logan pour lui-même.

Lui aussi sentait que la solution était à portée de main.

– Reprenons sur John Doe, s'il te plaît.

– Non, d'abord, j'appelle le FBI et leur demande de lancer immédiatement un avis de recherche sur Mitchell.

– Attends ! Je t'ai dit qu'il n'était pas à son travail ?

Logan resta la main posée sur le combiné du téléphone. Il avait complètement oublié de lui demander comment s'était passée son entrevue à la banque.

– Non, mais cela confirme nos doutes. Je lance un avis de recherche, rétorqua Logan d'un ton définitif.

Hurley se leva et se posta face à lui.

– On n'est pas à deux minutes près. Je t'en prie, laisse-moi finir, je sens que je vais trouver. Je ne saurais pas dire pourquoi, mais je suis certaine qu'il ne faut pas affoler Mitchell. Fais-moi confiance, je t'en prie.

Face à son regard implorant, de mauvaise grâce, Logan accepta. Il savait au fond de lui qu'il ne fallait jamais interrompre une profileuse en pleine action.

– Merci, fit Hurley qui se rassit et repartit sur l'affaire John Doe : Mitchell déguisé avec sa barbe et ses grosses lunettes est surpris sur un pont en train de balancer le cadavre de John Doe à l'eau. On peut donc supposer qu'il l'a tué. Tout comme on peut supposer maintenant que Tom ne s'est pas suicidé, mais que se sachant reconnu, Mitchell a tué le seul témoin qui pouvait le relier au meurtre de John Doe.

– C'est tiré par les cheveux, ça, par contre, intervint Logan sans cacher son impatience.

Hurley était d'accord. À moins de prendre en compte un nouvel élément qu'ils avaient totalement négligé, faute d'y croire.

Oh non ! Était-il possible que ce qu'ils avaient pris pour de la paranoïa relevât d'une triste réalité ?

– C'est tiré par les cheveux, sauf si Jacob avait raison, lâcha-t-elle en sentant un frisson lui glacer le corps.

– De quoi tu parles ? fit Logan qui n'y était pas du tout.

– Souviens-toi de ce que nous a dit Jacob quand nous sommes partis à la recherche de Tom. Il a accusé la police de n'avoir jamais cherché à savoir qui s'en prenait à leur communauté depuis des années, répondit Hurley qui n'osait croire à une telle horreur.

– Tu plaisantes ? Les clochards ne restent jamais au même endroit bien longtemps. Tout le monde sait ça. Ils n'ont pas d'attache et disparaissent du jour au lendemain. C'est une terrible réalité, mais ça n'a rien d'anormal.

– Non, le contra Hurley. Quelqu'un s'en prend à des clochards, aux oubliés de notre société pour satisfaire ses pulsions meurtrières en toute impunité, et cela depuis des années.

Elle était certaine d'avoir raison. Son sixième sens de profileuse le lui soufflait.

– Jack Mitchell serait un serial killer ? s'étonna Logan.

Ce coup-ci, il reprit sa flasque et avala une large rasade de whisky.

– Je sais que c'est tordu, mais pas impossible. Il faut le retrouver le plus vite possible. Il ne laissera jamais Cheryl en vie. Il ne faut surtout pas qu'il sache qu'on est à ses trousses ou il la tuera sur-le-champ !

Étonnamment, la migraine de Logan s'était évanouie. Le whisky était décidément la meilleure arme contre les maux de tête.

– Qu'est-ce que tu veux qu'on fasse ? Et au fait, cela ne nous explique pas la disparition de Johnson.

– Non, à moins que Johnson et Mitchell ne soient de mèche depuis des années, fit Hurley.

Logan détesta cette réponse.

– Deux tueurs en série sur les bras ! J'appelle le FBI, leur demande de ne rien dire aux médias et on fonce chez Mitchell, ça te va comme plan d'action ?

Il n'était pas du tout certain que Mitchell commette ses forfaits chez lui, mais où chercher ?

– Attends, tu peux vérifier d'abord si Heather Simmons avait bien une fille. Si ce n'est pas le cas, il faudra tout reprendre depuis le début, fit Hurley qui ne voulait pas y croire.

Logan acquiesça. Il espérait presque que ce fût le cas. Le dossier datait de 1993. Tous les commissariats n'étaient pas encore informatisés à cette époque, mais quand il tapa le nom de Heather Simmons dans sa base de données, sa fiche apparut. Elle datait de 1991. Elle était fichée pour racolage sur la voie publique. Cela devait dater d'avant son entrée au Pretty Follies.

L'agent qui avait rempli la fiche était du genre méticuleux. Il y avait non seulement toutes les informations habituelles : date et lieu de naissance, taille, couleur des yeux, numéro d'assurance, mais le plus important de tout :

– Heather n'a pas eu de fille, fit-il laconiquement, mais des jumeaux. Elle a indiqué qu'ils étaient de père inconnu mais que son petit ami s'en occupait très bien.

– Son mac d'alors ! corrigea Hurley en laissant Logan continuer.

– Si je te dis que je pense que le petit ami de Cheryl est l'un des deux jumeaux, tu me dis quoi ?

– Je te dis que je pense comme toi.

50

– Tu es sûr que tu veux venir ? demanda Kyle, au volant d'une voiture de location.

– Je ne suis pas un froussard. À la vie, à la mort, petit frère ! répondit Stuart.

En réalité, il avait rarement été aussi terrifié. Il se sentait dans la peau d'un GI envoyé sur le front pour combattre les forces du mal ! Peu importait la peur. C'était leur devoir de défendre ce en quoi ils croyaient.

Ils s'enfonçaient de plus en plus dans la forêt et quittèrent la route principale pour prendre un chemin de terre qui longeait la rivière. Kyle avait suivi les panneaux comme le lui avait indiqué Johnson, quand, enfin, ils arrivèrent non loin d'un pont de bois. Il n'y avait pas de voiture, ni personne en vue. Kyle pria pour que Johnson n'ait pas changé d'avis.

Son portable sonna ; gardant une main sur le volant, il répondit.

– Allô ?

– Je vous vois, fit Mitchell. Arrêtez votre voiture et venez à pied jusqu'au pont. J'arrive.

La voix n'avait plus rien de paniqué. Alors qu'il aurait dû s'en réjouir, Kyle eut comme un mauvais pressentiment.

– Il y a un problème ? fit Stuart.

– Non, tout va bien, le rassura Kyle en le regardant dans les yeux.

Il était encore temps de faire demi-tour et de laisser Cheryl à son destin, pour le bien de son frère.

– Tant mieux, on va devenir les héros de la ville, plaisanta Stuart.

Kyle n'arriva pas à esquisser un sourire.

– Il nous attend sur le pont, fit Kyle en coupant le contact.

Avant de sortir, il ajouta :

– Tu parles le moins possible et tu dis « oui » à tout ce qu'il demandera. On aura tout le temps de s'occuper de lui faire payer le moment venu.

Ce n'était pas ce qu'avait prévu Kyle, mais il était certain que s'il lui faisait part du véritable plan qu'il avait en tête, Stuart ne saurait pas cacher sa nervosité. Il devait tout ignorer jusqu'à la dernière seconde…

Les deux frères sortirent du véhicule sous une faible pluie.

– Tu le vois ? demanda Stuart.

Kyle allait répondre « non », quand il distingua une silhouette qui sortait des fourrés de l'autre côté de la berge. L'homme avançait d'un pas décidé. Il s'arrêta au milieu du pont. Il portait un chapeau à large bord qui cachait en partie son visage.

Ils n'étaient plus très loin du pont quand Stuart fut saisi d'un doute.

– Il ne ressemble pas à Johnson, il est plus petit, non ?

Kyle ralentit le pas, prêt à passer à l'acte, dans l'instant s'il le fallait.

– En effet, je crois que c'est Jack Mitchell.

– Qu'est-ce qu'il fait là ? Où est Johnson ?

– On va vite le savoir, mais ne pose pas de question, et laisse-moi parler, fit Kyle d'une voix ferme.

Il n'aimait pas ça du tout. C'était quoi, ce bordel ? Où était cet enfoiré de Johnson ? C'était pourtant bien lui qu'il avait eu au téléphone…

– Bonjour, Kyle, bonjour, Stuart, fit Mitchell d'une voix amicale. Sale temps, n'est-ce pas ? fit-il en levant les yeux au ciel.

– Où est Johnson ?

– Il est auprès de Cheryl. Si je ne reviens pas d'ici une demi-heure, il la tuera sans hésitation. Vous pouvez lui faire confiance.

– Cela ne faisait pas partie du marché, répondit Kyle sur la défensive.

Mitchell s'avança vers eux d'un pas tranquille.

– Les règles du jeu ont changé, mon jeune ami.

– Pourquoi ?

– Parce que nous ne vous faisons pas confiance.

Kyle sentit son cœur s'emballer. Ça n'allait pas du tout. À quoi jouait-il ? Mais il était trop tard pour discuter. Il allait devoir agir comme il avait prévu. D'un mouvement vif, il écarta le pan de son blouson, sortit son pistolet et braqua Mitchell.

– Vous allez nous conduire tout de suite auprès d'eux ou je vous jure que je vous tue !

– Ne fais pas ça, petit. Si tu me tues, ta fiancée mourra. C'est ça que tu veux ?

Mitchell ne manifestait aucune peur. N'importe qui aurait été terrorisé avec une arme braquée sur lui, surtout si celui qui la tenait avait les meilleures raisons du monde de tirer.

– Vous avez tué ma mère, espèce d'enfoiré ! lâcha-t-il la rage au ventre.

Il était à deux doigts d'appuyer sur la détente. Partagé entre l'envie de le faire et celle d'épargner Cheryl.

– C'est toi qui vois, mais crois-tu que ma mort te rendra ta mère, alors que tu peux encore sauver Cheryl ?

– La ferme ! cria Kyle.

Pourquoi cette ordure le traitait-elle avec autant de mépris ? Il devrait être mort de trouille à l'idée de se prendre une balle !

– OK, j'abdique, je prends ma voiture et vous me suivez ? fit Mitchell.

– Non, retournez-vous et mettez vos mains dans le dos.

Mitchell s'exécuta sans rien ajouter.

– Stuart, prends mon arme, fit Kyle en la lui donnant. S'il tente quoi que ce soit, tu lui tires une balle dans la tête.

– Pas de problème, fit Stuart, qui n'avait jamais tiré de sa vie.

Il avait beau détester Mitchell, il n'était pas sûr de pouvoir tirer et encore moins de bien viser. Mais il n'était pas nécessaire que Mitchell le sache. Kyle prit la corde qu'il avait préparée et s'approcha avec méfiance de Mitchell. L'homme ne bougeait pas, il attendait patiemment. Il aurait pu en finir tout de suite. Rien ne disait que Johnson aurait le courage de tuer Cheryl. Il était bien plus risqué de tuer une fille de bonne famille qu'une prostituée venue de nulle part.

Mais tandis qu'il posait ses mains sur celles de Mitchell, il sut qu'il ne prendrait pas le risque de perdre Cheryl.

Il commençait à passer la corde quand les événements se précipitèrent.

Avec une rapidité stupéfiante, Mitchell se retourna et d'une prise de judo, il renversa Kyle et le bloqua au sol en lui ceinturant la gorge de son bras. Il avait sorti un long couteau de chasse qu'il posa sur le torse du jeune homme.

Stuart poussa un cri de stupeur, sans parvenir à tirer. Ses bras tremblaient, il craignait trop de tuer son frère. Mitchell vit la peur dans ses yeux et sut qu'il avait eu raison. Le petit gros n'était pas l'instigateur. Il ne risquait rien.

– Pose ton arme ou je lui plante ce couteau en plein cœur, fit-il tout en resserrant son étreinte sur la gorge de Kyle.

Ce dernier se débattait, mais rien n'y faisait. Les forces de Mitchell semblaient décuplées. *Comment ai-je pu faire une pareille erreur ?* se morfondit Kyle à moitié étranglé. C'était foutu. Ils allaient mourir. Lui, mais aussi Stuart et Cheryl. Mitchell et Johnson n'avaient jamais eu l'intention de marchander quoi que ce soit. C'étaient de véritables assassins. Jamais il n'aurait dû emmener Stuart.

– Tire ! réussit-il à balbutier.

La clé se referma un peu plus. Il n'arrivait presque plus à respirer.

Stuart ne pouvait s'empêcher de trembler. Les larmes qui coulaient sur son visage l'empêchaient d'y voir clair. Il avait vu assez de films pour savoir qu'il ne pouvait pas faire confiance à Mitchell. S'il posait son arme, ils mourraient tous les deux.

Il essaya de se maîtriser et tira une première balle, qui passa bien au-dessus de Mitchell. Celui-ci resserra encore sa prise et Kyle perdit connaissance. Stuart tira une deuxième fois. Encore trop loin.

Débordant d'adrénaline, Mitchell envoya son couteau sur Stuart, qui tira une troisième fois.

La balle pénétra dans l'épaule droite de Mitchell, au moment où son couteau s'enfonçait dans le ventre du petit gros. Sous l'effet de l'adrénaline, il n'éprouva aucune douleur et se rua sur Stuart.

Stuart, sous le choc, ne ressentit rien lui non plus. Kyle venait de mourir. Son frère était mort ! Et ce Mitchell fonçait sur lui ! Son instinct de survie prit le dessus. Sans en avoir réellement conscience, il courut près de la rambarde et sauta par-dessus le pont, au moment où une main tentait de l'agripper par son blouson.

Les doigts de Mitchell glissèrent sur le tissu sans arriver à le retenir. Stuart plongea dans les eaux de la rivière, grossie par la pluie.

– Merde ! jura Mitchell.

Il vit le petit gros s'évertuer à nager. Il regarda les traînées de sang qu'il avait laissées sur le pont. Avec le trou qu'il lui avait fait dans le bide, il ne lui restait pas longtemps à vivre.

Il retourna près du corps de Kyle, le ligota avant de le porter sur son épaule valide jusqu'à sa Ford Mustang. Tout s'était finalement bien passé. Il venait de reprendre les choses en mains, et avec quel brio !

Il se mit à rire tout seul. Quelle vibrante émotion ! Il prit alors conscience de sa douleur à l'épaule, mais n'en eut cure. Dorénavant il serait un autre genre de prédateur. Fini de faire le charognard et de ne s'en prendre qu'à de faibles proies. Non, il allait s'attaquer désormais à du gros gibier. C'était tellement plus jouissif ! Tuer des clochards et des putes et maquiller les crimes en disparitions, ça n'avait rien d'aussi exaltant que ce qu'il venait de vivre.

Après Heather Simmons, qui lui avait révélé son goût de tuer, ses fils venaient de lui faire réaliser que la meilleure des chasses est celle où la proie a une chance de s'en tirer. Tout en mettant Kyle dans le coffre, il comprit qu'il s'était fourvoyé durant toutes ces années. Le risque faisait partie du jeu. Quel plaisir que cette victoire ! Un nouveau Mitchell venait de naître.

Jamais il ne remercierait assez la famille Simmons pour cela !

51

– C'est bon. On y va, fit Logan.

Il avait briefé ses lieutenants et ses sergents sur la conduite à tenir : n'entreprendre aucune action qui risquerait de mettre en péril la vie de Cheryl.

Les policiers montèrent dans les quatre voitures banalisées. Seize personnes contre un seul homme. Cela pouvait paraître démesuré, mais l'échec n'était pas permis pour cette mission de sauvetage.

Logan espérait vraiment que Mitchell et Johnson commettaient leurs crimes dans la demeure du premier. Quand il avait appris que l'homme possédait un manoir, ses espoirs avaient grimpé en flèche. Rien de tel qu'un manoir isolé pour se livrer à toutes sortes d'ignominies.

Il mit le contact et démarra en trombe.

Ils avaient prévenu le FBI, dont les agents ne seraient pas là avant une demi-heure. Malgré l'insistance de Hurley, Logan n'avait pas voulu attendre. Il ne supporterait pas de découvrir que Cheryl était morte quelques minutes plus tôt.

Les voitures quittèrent le cœur de River Falls en direction du nord. Assise au côté de Logan, Hurley était en contact permanent avec le FBI. Un hélicoptère parti de Seattle devait arriver en renfort au moment où ils atteindraient le manoir. Et même avant, espérait

Hurley. Elle craignait une fusillade incontrôlée. Aussi respectables soient-ils, les policiers de River Falls n'étaient pas entraînés à traiter avec des psychopathes tels que Mitchell et Johnson. Si ces hommes se savaient encerclés, nul doute qu'ils ne se rendraient pas facilement.

– Vous pensez qu'ils en ont tué combien ? fit Heldfield assis sur la banquette arrière avec Blanchett.

Qui pouvait le savoir ? C'était terrible à dire, mais personne n'avait jamais pris la peine de s'intéresser aux disparitions dénoncées par Jacob, pensa Hurley. L'égalité était un mot tombé depuis bien longtemps en désuétude en Amérique.

– Je ne sais pas. Beaucoup trop, répondit-elle.

– Ce qui est dingue, c'est que personne ne s'en soit jamais rendu compte ! grogna Logan.

Il ne pouvait s'empêcher d'en vouloir à ses agents, autant qu'à lui-même. Cela faisait peut-être près de quinze ans que deux serial killers sévissaient en ville et personne n'avait suspecté leur existence ne serait-ce qu'un instant. Personne pour mener la moindre investigation. Même lui n'avait pas pris en considération les paroles de Jacob. Même Hurley !

– Si seulement nous avions écouté Jacob, grogna-t-il. Peut-être aurions-nous pu empêcher cela.

– J'ai été stupide, confessa Hurley.

Comment avait-elle pu se laisser aveugler par des préjugés de classes ? Pourquoi n'avait-elle pas pris au sérieux les accusations de Jacob ? Pourquoi ?

– Vous n'y êtes pour rien. Qui aurait pu deviner ? essaya de la réconforter Blanchett. Nous sommes tous responsables. Personne n'aurait pu imaginer quelque chose d'aussi terrible.

– Vous parlez comme si c'était une certitude, mais rien ne prouve que Mitchell et Johnson soient des serial killers, intervint Heldfield.

Il n'aimait pas la tournure que prenait la conversation. Ce n'était pas le moment de s'autoflageller.

– Tu as raison. Rien ne le prouve, fit Logan alors qu'il prenait la bretelle allant vers North Peak.

Mais il n'en pensait pas moins.

52

Kyle se réveilla en sursaut, et sentit un froid glacial lui saisir les tripes.

– De retour parmi nous ? fit Mitchell en souriant.

Il reposa le seau d'eau qu'il venait de jeter au visage de son prisonnier, prit une chaise et s'assit en face de lui. Sa douleur à l'épaule était insignifiante. La blessure était superficielle. Rien qui nécessitât une intervention d'urgence.

Trempé et glacé, Kyle comprit que l'enfer avait une antichambre sur terre. Entièrement dévêtu, il était enfermé dans une cage, suspendu par les bras à des cordes reliées aux arêtes supérieures, tandis que d'autres cordes reliées aux arêtes inférieures lui bloquaient les jambes. Écartelé et en suspension. Il ne sentait presque plus ses poignets.

– Tu veux que je te raconte une petite histoire ? Je suis certain que tu vas l'apprécier, fit Mitchell en savourant ce moment.

C'était la plus belle proie qu'il ait jamais eue. Il se réjouissait par avance de ses futures séances de torture.

– Où est Cheryl ? Vous m'aviez promis, fit Kyle.

Il n'espérait qu'une chose : qu'elle soit déjà morte !

– Ne t'inquiète pas, tu vas la voir. Une très belle jeune fille. Tu as du goût. Si mes souvenirs sont bons, elle est même encore plus belle que ta mère, fit Mitchell.

Comme prévu, Kyle réagit en hurlant de colère, de frustration et de douleur. Mitchell sut que le paradis était sur terre. Quel bonheur ! Il avait bien conscience que ce qu'il ressentait pouvait paraître terrifiant, mais que pouvait-il faire contre sa nature ? Demandait-on au lion d'avoir pitié des petites gazelles, ou au requin blanc des pauvres poissons ? Non, les prédateurs n'avaient pas à s'excuser d'être ce qu'ils étaient. S'il y avait un coupable, c'était le Créateur lui-même, qui avait permis que des êtres comme lui existent. Mitchell n'avait rien à se reprocher.

Kyle laissa éclater sa douleur par de longs cris et des tentatives infructueuses pour se débarrasser de ses liens. En pure perte. Très vite, il se résolut à accepter son sort.

Il avait joué et avait tout perdu.

– Tu commences à comprendre, fit Mitchell. Tu sais que si je n'avais pas eu la chance de rencontrer ta mère, je ne serais jamais devenu l'homme que je suis ?

Puis, face au silence et aux regards emplis de haine de Kyle, il lui raconta comment il avait découvert sa vraie nature ce soir-là. Comment, depuis des années, à la barbe de la police et des habitants de River Falls, il avait éliminé de pauvres hères malmenés par la vie.

– Ne crois pas que j'aie un quelconque dégoût envers ces misérables, ni que j'éprouve le besoin de nettoyer l'Amérique de ces déchets de l'humanité. Non, détrompe-toi. C'est uniquement parce qu'ils sont plus stupides que les gens éduqués et surtout bien plus faciles à faire disparaître.

Des dizaines de visages de suppliciés lui revinrent en mémoire. Il était aux anges. Enfin il pouvait parler avec quelqu'un qui comprenait ses mots. Oui, dorénavant ses victimes seraient d'un autre calibre. Des étudiants, des maîtresses de maison.

Cela serait bien plus difficile, mais le jeu en valait la chandelle.

– Tu te rends compte, reprit-il, jamais la police n'a fait le moindre lien entre toutes les disparitions de SDF. Je me demande même s'ils s'en sont rendu compte. Pourtant, il m'est arrivé de ne pas pouvoir garder un corps pour diverses raisons, alors je le jetais à la rivière. Chaque fois j'ai surveillé le journal et quelque temps après je lisais qu'un pauvre clochard s'était noyé dans la rivière !

– Pauvre malade ! cracha Kyle. Vous n'êtes qu'un lâche, un minable ! Vous vous croyez puissant, mais regardez-vous : vous êtes pathétique !

Mitchell était un cinglé de la pire espèce. Un tueur pathologique. Il n'y avait aucune compassion à attendre de lui. La seule chose que souhaitait Kyle était la mort. Ne plus penser à Cheryl ni à Stuart. Ne plus imaginer leurs souffrances.

– Peut-être, et après ? C'est toi qui es dans la cage, pas moi ! rétorqua Mitchell avec un grand sourire.

Mais il n'avait pas apprécié les remarques. Cet impertinent méritait d'être remis à sa place.

– Bon, je crains que tu ne saches pas apprécier les histoires, alors on va passer à un autre spectacle. Ce coup-ci, je suis sûr que tu vas aimer, dit-il en se dirigeant vers la porte.

Avant de sortir, il se retourna vers Kyle :

– Surtout tu ne bouges pas, lança-t-il avant de rire à sa propre plaisanterie. Au fait, sache que c'est moi qui ai réglé son compte à Johnson. Le pauvre n'a jamais kidnappé ta copine, ne t'a jamais appelé et encore moins tué ta pute de mère, finit-il en contrefaisant la voix qu'il avait eue au téléphone.

Kyle cracha un épais jet de salive qui n'atteignit malheureusement pas son but. Suspendu par les bras, il ne sentait plus ses mains. Il crevait de froid. L'eau glacée que lui avait jetée Mitchell n'arrivait pas à sécher.

S'il continue à parler autant, il va me faire crever d'une pneumonie avant de se décider à mettre fin à mes jours ! se dit-il avec dérision.

Des raclements. Un meuble qu'on traînait sur le sol. Kyle ne chercha pas à savoir ce que c'était. Il savait que la réponse ne lui plairait pas. Le bruit se rapprocha et la porte se rouvrit. Mitchell tirait un immense chevalet sur lequel Cheryl était crucifiée.

Elle aussi était nue. Elle avait des clous plantés dans les paumes des mains et dans les pieds. Sa bouche était scellée par un ruban adhésif, mais son regard s'accrocha à celui de Kyle. Un regard d'ultime terreur !

Kyle eut un haut-le-cœur et vomit tout ce qu'il avait dans l'estomac.

– Je savais que cela ne te laisserait pas indifférent, fit Mitchell en plaçant le chevalet face à la cage. J'appelle ça « La crucifixion de l'innocence ». Regarde.

Malgré sa douleur à l'épaule qui s'était réveillée, Mitchell garda son flegme, sortit des photos de sa poche et les fit défiler devant les yeux horrifiés de Kyle. Différentes jeunes femmes, crucifiées à ce même chevalet, avec toutes les étapes des tortures qu'il infligeait à ses victimes.

– Vous êtes un malade, je vous hais, je vous hais ! hurla Kyle avant de sangloter.

Il avait vu ce qu'il allait advenir de Cheryl. Combien de temps allait-elle endurer ces tortures ? Ne pouvait-il pas les tuer une bonne fois pour toutes ?

– Je vois que tu apprécies, ta petite amie aussi a beaucoup aimé, n'est-ce pas ? fit-il en se retournant vers Cheryl.

Celle-ci n'avait plus de larmes et le regarda avec ce qu'il lui restait de haine.

– Tu vois où mène la vengeance, mon cher Kyle ? Tu aurais dû oublier, faire comme tout le monde. Mais non, il a fallu que tu rumines ta haine durant toutes ces années, et tout cela pour que toi et ta petite copine finissiez ici entre mes mains… Franchement, n'est-ce pas stupide de ta part ?

Kyle ne répondit pas. Il ne parlerait plus. L'homme jouissait de chacune de ses colères. Il ne lui apporterait plus aucune satisfaction. Un frisson le saisit, il se mit à tousser.

– Tu as froid, je suis désolé, mais avec l'envolée des cours du brut, j'essaie de faire des économies.

Kyle évita son regard et, prenant sur lui, le reposa sur Cheryl qui le fixait avec horreur.

– Je lui ai tout raconté. Je crois qu'elle t'en veut un petit peu.

Il s'approcha du chevalet et posa sa main sur le ventre de sa captive qui, essayant de bouger, raviva les blessures qui trouaient ses poignets et ses pieds.

– Petite chochotte ! se moqua-t-il.

Il retira sa main et enleva d'un coup sec l'adhésif collé sur la bouche de Cheryl.

De la bave en sortit que Mitchell essuya d'un mouchoir.

– Bien, je vais vous laisser discuter un instant. Je reviens vite pour la suite.

Mitchell sortit et referma la porte derrière lui.

– Pourquoi ? ! gémit Cheryl. Pourquoi ?

– Cheryl, si tu savais à quel point je me déteste. Je donnerais tout pour revenir en arrière.

– Salaud ! Tu es un salaud ! Je te déteste, fit-elle avant de fondre en larmes.

Kyle serra les dents. Que pouvait-il répondre, si ce n'est qu'elle avait entièrement raison ?

– Je ne veux pas mourir ! Je ne veux pas mourir ! hurla-t-elle.

Kyle ferma les yeux. C'en était trop pour lui.

De l'autre côté de la porte, Mitchell jouissait. Pauvres petits chérubins ! C'en était presque touchant. Allez, il était temps de s'amuser un peu. Il retourna dans la pièce et attrapa un pistolet sur une étagère.

– Tu sais, Cheryl, que tu vas avoir beaucoup de chance ?

– Laissez-moi en vie, je ferai tout ce que vous voulez, je vous en supplie, fit Cheryl la voix tremblante de peur.

– Malheureusement, je n'ai plus le choix. Mais regarde le bon côté des choses, je vais te faire l'immense privilège d'abréger tes souffrances. Tu vois, une seule balle dans la tête et c'est fini.

Les yeux fixés sur le pistolet, Cheryl crut perdre la raison. Ce n'était pas possible, cela ne pouvait pas être !

– Allez, sois forte, à ton enterrement, je veux pouvoir dire à tes parents que tu étais certainement une fille pleine de courage.

Il lui plaça l'arme sur la tempe.

Kyle pria pour que Mitchell ne change pas d'avis. Même si la pensée était affreuse, il préférait qu'elle meure maintenant plutôt qu'après avoir subi les effroyables sévices qu'il lui avait montrés.

– À trois, Cheryl, d'accord ? fit-il en se positionnant de façon à ce que Kyle puisse profiter du spectacle. Un, deux et… trois !

Cheryl poussa un hurlement déchirant. Kyle avait fermé les yeux, mais quand il entendit le déclic caractéristique du chien qui frappait la balle, il hurla à son tour son désespoir.

– Arrêtez ! fit Logan.

Mais tout le monde avait entendu les hurlements. Faiblement, mais il n'y avait pas de doute.

Ils venaient d'arriver à proximité du manoir et s'étaient garés à une centaine de mètres, moteur au ralenti. Si possible, ils devaient prendre Mitchell et Johnson par surprise.

– Plus de doute maintenant, fit Blanchett, qui en avait encore des frissons.

Le cri était si désespéré !

– Qu'est-ce qu'on fait ? demanda Heldfield en s'approchant du shérif.

Comme tout le monde, il était sous le choc de ce hurlement terrifiant.

Les policiers se regroupèrent devant l'entrée, l'objectif étant de repérer toutes les façons de s'introduire sans se faire remarquer des occupants du manoir.

Mais ne valait-il pas mieux lancer l'assaut sans perdre de temps ?

Il repensa à son sauvetage du printemps précédent. Si Sarah était encore en vie, c'est qu'à l'époque il avait eu la patience de gérer son approche, aussi pénible que cela ait pu lui paraître.

– Il ne faut pas l'affoler. On va essayer de rentrer en toute discrétion et…

– NON ! NON ! NON !

Cette supplique déchirante jaillit des profondeurs du manoir.

– On ne va pas attendre qu'il continue à la violer ! rugit le sergent Collen.

Et sans demander l'aval de quiconque, il brisa la vitre près de laquelle il se trouvait. Une alarme se déclencha. Logan bondit vers le sergent, mais le mal était fait.

– Petit connard de merde ! fit-il en le prenant par le col.

Hurley, qui les avait suivis, lui attrapa le bras.

– Lâche-le !

Logan le relâcha et sauta par l'ouverture de la fenêtre. Il ne servait plus à rien de prendre des gants. Les secondes étaient comptées. Ses sergents le suivirent sans hésiter.

Hurley aurait voulu les en empêcher. Leur zèle ne sauverait pas Cheryl. Peut-être même le manoir était-il piégé… Elle se mit en contact avec le FBI, et leur expliqua que leur infiltration discrète avait échoué. Il fallait qu'ils arrivent le plus vite possible. L'hélicoptère devait se rapprocher, se poser dans la cour et tâcher d'éviter un bain de sang.

Quand le clic retentit, Kyle crut que son cœur allait exploser dans sa poitrine. Alors que son cri s'expulsait de sa gorge, il prit conscience qu'il n'y avait pas eu de détonation.

Il rouvrit les yeux et vit Cheryl qui hoquetait, le visage collé sur sa poitrine. Durant quelques instants, personne ne parla. Kyle n'arrivait pas à croire qu'on pût être aussi pervers.

– Non, non, NON ! hurla-t-il dans un crescendo.

– Tu ne croyais tout de même pas que j'allais en finir si vite ? Une si belle jeune femme. Je me demande ce qu'elle donne au pieu. Hein ? Entre mecs, tu peux me dire ce qui la fait vibrer, et…

L'alarme se déclencha. Mitchell se figea. Kyle partit d'un rire sardonique, tel un dément revenu de l'enfer.

– Ris mon petit, tu ne riras pas longtemps.

Inquiet, Mitchell sortit de la cave et remonta l'escalier qui menait au rez-de-chaussée. Il s'arrêta devant la porte. Des bruits de course résonnaient de toutes parts. La police avait investi la maison.

Impossible ! Comment avaient-ils su ?

Le petit gros ! se dit-il alors. Sa putain de graisse l'avait sauvé !

Il serra les poings de rage. Ainsi, il avait perdu cette partie. Jack Mitchell devait disparaître. Il en aurait pleuré de rage s'il en avait eu le temps, mais il devait se reprendre et surtout garder son sang-froid.

OK, je vais disparaître, mais pas tout seul ! se promit-il.

Il redescendit l'escalier et se trouva devant un choix cornélien. À gauche, la cave avec ses deux captifs, à droite, la sortie vers la grotte qui menait à la falaise.

Il entendit la porte qui donnait accès au sous-sol s'ouvrir.

Il jura en lui-même. Il n'avait pas de temps à perdre. Il décida de sauver sa peau avant tout.

Un jour ou l'autre, il reviendrait se venger. Cheryl et Kyle ne perdaient rien pour attendre.

Pistolet braqué devant lui, Logan s'engagea dans l'escalier. La sueur coulait de son front. Il entendit appeler au secours. Sans perdre plus de temps, il dévala l'escalier. La voix ne cessait d'appeler à l'aide.

Logan atteignit le bas des marches et se rua vers la gauche, là d'où provenaient les cris.

– Tu me couvres, demanda-t-il à Heldfield qui se tenait derrière lui.

Logan posa la main sur la poignée et d'un coup de pied ouvrit la porte en grand, prêt à faire feu. Mais il ne vit qu'un jeune homme écartelé entre des cordes, enfermé dans une cage. Il s'avança et, sans perdre une seconde, ouvrit la porte de la cage. Alors qu'il se retournait à la recherche d'un couteau, il découvrit Cheryl crucifiée sur un chevalet. Un pur sentiment de haine le traversa.

Heldfield, accompagné de trois sergents, entrait à son tour. Devant l'horreur de la situation, ils laissèrent échapper une exclamation épouvantée.

– Détachez-la, et faites attention à ses blessures, fit Logan en voyant les pieux plantés dans ses paumes et dans ses pieds.

Heldfield et un sergent déposèrent avec le maximum de précautions le chevalet à plat sur le sol. Puis ils hésitèrent sur la conduite à tenir. Comment retirer les pieux ?

Logan secoua la tête, attrapa un couteau, entra dans la cage et entreprit de couper les liens reliant les jambes de Kyle à la cage. Puis, avec l'aide de deux sergents qui soutenaient le corps de Kyle, Logan cisailla ceux qui lui entravaient les poignets.

– Tout va bien, tout est fini, fit un des sergents.

Logan sortit de la cage.

Hurley était auprès de Cheryl. Elle lui parlait doucement, d'une voix rassurante. De son côté, Heldfield, embarrassé, cherchait comment la dégager de cet effroyable instrument de torture.

– On va la transférer à l'hôpital. Ils sauront exactement ce qu'il faut faire, dit Hurley, en pensant qu'une anesthésie serait nécessaire.

Logan ne s'attarda pas. Mitchell et Johnson ne devaient pas être loin.

– Shérif, par là ! hurla le sergent Collen.

Il partit à sa rescousse, remonta le corridor vers la seconde porte du sous-sol et entra dans une pièce. Un trou béant dans le mur. Une armoire poussée sur le côté avait dû en dissimuler la vue.

Collen ne l'avait pas attendu et s'était introduit dans l'ouverture avec d'autres policiers. Logan s'engagea à leur suite et découvrit tout un réseau de galeries souterraines. North Peak était connu pour ses grottes que de nombreux spéléologues passaient leurs week-ends à explorer.

– Il nous faut des lampes, dit Collen en revenant sur ses pas.

Logan retourna dans la première pièce, mais il n'y avait rien pour éclairer – seulement une panoplie effroyable d'instruments de torture. Il remonta à l'étage, maudissant le temps qu'ils perdaient.

À ce moment-là, la porte d'entrée principale du manoir s'ouvrit, laissant le passage aux membres du SWAT. Leurs armes étaient munies de torches.

– Shérif Logan, se présenta-t-il. Mitchell et Johnson se sont enfuis dans un réseau de grottes souterraines.

Sans attendre, il les conduisit au sous-sol et la traque commença.

Des vêtements chauds et des chaussures avaient été trouvés à l'étage. Frigorifié, Kyle laissa son pull-over et son blouson au sergent Palmer et enfila ceux de Mitchell.

– Ça va aller, maintenant, fit Blanchett en passant une main affectueuse sur le front du jeune homme. Tout est fini.

Cela faisait au moins dix fois qu'il entendait cette phrase, mais non, tout n'était pas fini. Mitchell était en fuite, et il ne connaîtrait jamais le repos tant qu'il le saurait en vie. Et Stuart ? Qu'était-il arrivé à Stuart ? Il se doutait que Mitchell l'avait tué. Il n'avait pas osé poser la question durant sa captivité, de crainte de la réponse.

D'ailleurs, curieusement, Mitchell n'en avait pas parlé de lui-même. Se pouvait-il qu'il s'en soit sorti ? Il se raccrochait à ce faible espoir, c'est pourquoi il n'avait pas interrogé les policiers.

Il regarda Cheryl. On avait recouvert son corps de plusieurs couvertures. Une femme était auprès d'elle et était apparemment parvenue à la rassurer. Son visage était un peu apaisé.

– Je t'aime, Cheryl, lui dit-il.

– Pas maintenant, Kyle, pas maintenant, répondit-elle avant de se remettre à pleurer.

– Laissez-nous, je vous en prie, fit Hurley d'une voix ferme mais sans animosité.

– Venez, dit Blanchett en le prenant par le bras.

Elle appela un sergent et à deux, ils l'aidèrent à remonter au rez-de-chaussée. Il y avait là une grande effervescence. De nombreux hommes et femmes affairés à inspecter chaque recoin du manoir.

– Je peux prendre l'air ? demanda-t-il.

– Bien sûr, venez avec moi, répondit Blanchett.

Durant le trajet en voiture, Logan lui avait expliqué toute la tragédie. Mais elle n'arrivait pas à se sentir en danger en compagnie du jeune homme. Pour elle, ce n'était pas un tueur, seulement un pauvre garçon qui avait voulu venger sa mère. Pas un monstre comme Mitchell et Johnson, se dit-elle alors qu'elle était prise d'un frisson d'horreur au souvenir de Cheryl crucifiée.

– Vous savez, tout est de ma faute, dit Kyle en descendant les marches du perron avec difficulté.

Il n'y avait presque personne dehors. Un hélicoptère des SWAT était posé dans la cour.

– La vengeance n'est pas la solution, fit Blanchett.

Kyle, qui retrouvait peu à peu une meilleure motricité, marchait d'un pas lent, s'écartant du tumulte du manoir.

– Je sais, si seulement je pouvais tout recommencer…

Il était sincère.

– Vous savez où se trouve votre frère ? demanda-t-elle.

Kyle secoua la tête.

– J'espérais que vous me l'apprendriez, répondit-il.

– Que s'est-il passé ? Dites-moi tout.

Sans cesser de déambuler dans le parc d'un pas de promenade, Kyle lui raconta les derniers événements et lui expliqua brièvement que s'il avait effectivement tué Gordon et Borden, il n'était en rien responsable de la disparition de Johnson : ce dernier avait été tué par Mitchell.

– Johnson n'était pas son complice ? demanda Blanchett.

– Je ne sais pas, Mitchell m'a juste dit qu'il lui avait réglé son compte.

Puis Kyle ajouta que son frère n'était pour rien dans toute cette histoire. C'était juste une vendetta personnelle, mais il avait dû impliquer Stuart sur la fin.

– Mitchell nous voulait tous les deux. Nous sommes allés à son rendez-vous, près d'un ancien pont, je peux vous y conduire, fit-il en sachant qu'il y trouverait certainement le cadavre de son frère.

Blanchett voyait tout à fait de quel pont il s'agissait. Ne dit-on pas que les criminels reviennent toujours sur les lieux de leurs forfaits ?

– J'ai sorti une arme. Je l'ai donnée à Stuart pour qu'il braque Mitchell pendant que je lui ligotais les mains. Malheureusement, Mitchell m'a surpris et m'a étouffé, jusqu'à ce que je perde connaissance. Le dernier souvenir que j'ai, c'est mon frère qui tire sur Mitchell. Sans succès, de toute évidence.

C'était une information de première importance. Pourquoi n'en avait-il pas parlé plus tôt ? De peur qu'on arrête son frère ? Blanchett ne chercha pas plus longtemps la réponse. Il fallait de toute urgence lancer une battue du côté de l'ancien pont.

– Venez avec moi…

Elle ne l'avait pas quitté des yeux plus de quelques secondes que Kyle partait en courant vers le couvert des arbres. Blanchett lui courut après, arme au poing.

– Arrêtez-vous ou je tire !

Kyle fonçait comme un dératé vers la forêt.

– Je ne plaisante pas ! hurla Blanchett qui espérait que d'autres sergents, plus rapides qu'elle, l'entendraient.

Mais Kyle trouva l'énergie pour accélérer encore sa course. Il n'avait pas peur de mourir. Il voulait seulement être libre pour retrouver la trace de Mitchell. Il savait qu'il ne supporterait pas la prison en sachant celui-ci en liberté.

Blanchett tira un coup en l'air. Kyle ne ralentit pas pour autant. Il arrivait dans des fourrés. Blanchett était épuisée, à bout de souffle. Elle était incapable de suivre le rythme du jeune homme. Elle n'avait que trente ans, mais le sport n'était pas son loisir favori.

Elle s'arrêta. Deux policiers arrivaient vers elle en courant.

– Qu'est-ce qui s'est passé ?

– Kyle Simmons s'est enfui, fit-elle le souffle court. Je le veux vivant, vous comprenez ? Il n'est pas armé, et si l'un de vous le tue, je vous promets que vous en subirez de graves conséquences.

Elle savait qu'elle leur faisait perdre un temps primordial, mais elle craignait trop la bavure. Ce jeune avait suffisamment souffert dans la vie pour être abattu comme un chien.

La justice saurait le punir comme il le méritait.

Les deux sergents repartirent en courant dans la forêt, sans être certains d'emprunter la bonne direction.

Sa lampe torche dans la main gauche, son épaule droite qui le lançait douloureusement, Mitchell s'enfonçait de plus en plus profondément dans la grotte.

Il arriva devant un puits naturel. C'était là qu'il abandonnait la plupart des cadavres avant de les recouvrir d'une couche de ciment pour éviter d'attirer d'éventuels charognards.

Il le contourna et se retrouva sous une voûte qui allait en se rétrécissant. Mitchell connaissait l'endroit par cœur. Il savait qu'à l'extrémité d'un circuit de galeries, il retrouverait la liberté. Il se courba en avant et continua sa progression dans les profondeurs.

L'humidité suintait de la roche. Il faisait froid. Si seulement il avait eu le temps de prendre des vêtements chauds ! Il avait péché par orgueil. Plus jamais il n'oublierait ses principes de base.

En attendant, il allait en payer le prix.

Maintenant qu'il se frayait un chemin dans le sous-sol de la forêt, il regrettait amèrement cette folie. Il n'y avait rien de jouissif à fuir comme un animal blessé.

Même s'il avait placé de l'argent sous de faux noms, il savait qu'il allait devoir vivre pour un long moment tels ces immigrés clandestins qu'il méprisait, avec la trouille permanente de se faire prendre au moindre croisement de rue. Le FBI ne le lâcherait pas comme ça. Où qu'il aille, il serait en danger.

Il se retrouva devant un boyau qui l'obligea à se mettre à plat ventre et à ramper. Sa douleur à l'épaule se raviva. Il serra les dents pour ne pas crier.

Nul doute que la police était déjà en train de ratisser le méandre labyrinthique de ces tunnels.

Au bout d'une dizaine de mètres, il put se redresser et reprendre une marche normale. Son épaule le faisait toujours souffrir. Il se retrouva devant une intersection et le doute le prit. Il essaya de se souvenir du chemin. Mais cela faisait des années qu'il n'avait pas vérifié si un quelconque spéléologue amateur avait emprunté ces passages.

Il crut entendre du bruit derrière lui. Il n'avait plus de temps à perdre. Il se décida pour la percée de gauche. Mais au bout de quelques minutes, il se rendit compte qu'il avait emprunté le mauvais chemin.

Il aurait dû revenir en arrière, mais il craignait de tomber sur la police. Tant pis, va pour le grand plongeon. Il continua d'avancer et finalement distingua un point lumineux au loin. Enfin ce point s'agrandit jusqu'à devenir un trou béant sur l'extérieur.

Mitchell accéléra le pas et soudain hésita sur la conduite à suivre. Il se posta à l'extrémité du boyau et observa les alentours. Il se trouvait à mi-hauteur d'une falaise surplombant la rivière qui s'écoulait quinze mètres plus bas.

Il ne se rappelait pas que ce fût si haut. Il leva la tête. Le sommet était à une dizaine de mètres. Aucune aspérité apparente. Avec son épaule blessée, il était impensable de grimper. Il ne restait plus qu'à sauter.

Il entendit du bruit derrière lui et vit un léger faisceau de lumière osciller dans le fond. Il n'avait plus le choix. Il aspira un grand bol d'air et sauta dans le vide.

Il eut juste le temps de réaliser qu'il allait tomber trop près de la rive, que son crâne se fracassait contre la paroi rocheuse.

Un agent des SWAT émergea deux minutes plus tard du boyau. Il ajusta la lunette de son fusil pour s'assurer que l'homme disloqué en bas de la falaise était bien mort.

– La cible est éliminée. Je répète, la cible est éliminée.

Kyle ignora la douleur. Ses poumons avaient beau lui sembler remplis de flammes, ses jambes aussi lourdes que si elles étaient de plomb, il ne cessait de courir. Sa course éperdue lui faisait un bien fou. Cela lui évitait de penser. La douleur physique lui faisait oublier celle de l'âme.

À bout de forces, il jeta un regard derrière lui. Personne en vue. Il s'autorisa à ralentir un peu le rythme.

Il commençait à croire qu'il avait une chance de s'en sortir, quand il vit une silhouette plus loin devant lui. Se pouvait-il que cela soit celle de Mitchell ? Mais très vite, il en découvrit d'autres. Une battue, très certainement. Il était fini.

À bout de souffle, il se courba en avant et, posant ses mains à plat sur ses cuisses, reprit sa respiration.

Tant pis, il aurait au moins essayé.

Ils arrivaient. Il se redressa, les mains en l'air, mais comprit très vite sa méprise. Drôle de tenue pour des flics.

– Vous êtes qui ? fit Jacob en le braquant d'un fusil.

– Kyle Simmons.

À sa surprise, les visages des nouveaux venus se détendirent, et même, un large sourire s'épanouit sur celui de l'homme qui l'avait interpellé.

– Heureux de ne pas être arrivés trop tard. Nous avons retrouvé ton frère, il devrait s'en sortir. Allez viens. Faut pas que les flics te trouvent. Suis-moi.

Kyle ne posa pas de question.

Il sentait qu'il pouvait faire confiance à cette bande de loqueteux, sortis tout droit d'un film postapocalyptique, avec leurs haillons pouilleux et leurs visages d'une saleté repoussante, mais ne montrant aucune agressivité.

Ils se mirent à courir vers le sud. Kyle fut étonné de la facilité avec laquelle ils trouvaient des sentiers naturels dans l'enchevêtrement de la forêt.

Qui étaient ces gens ? D'où sortaient-ils ? Et surtout…

– Qu'est-il arrivé à mon frère ? demanda-t-il sans s'arrêter de courir.

– Je ne parle pas en courant, je suis plus aussi jeune que toi ! fit Jacob.

Kyle sourit et n'insista pas. L'essentiel était de savoir Stuart en vie.

Ils débouchèrent au bout d'un quart d'heure dans une carrière abandonnée.

– À une époque, il y avait une mine par ici. North Peak est un véritable gruyère. On va te cacher dans un des puits pendant quelques jours. Je ne crois pas que la police s'amusera à fouiller les kilomètres de galeries souterraines.

L'idée de passer plusieurs jours dans l'obscurité, à des dizaines de mètres sous terre, n'était guère réjouissante. Mais il n'avait pas le choix.

– Et mon frère ? demanda-t-il de nouveau alors que les hommes faisaient le guet.

– Une chance pour lui qu'on était en train de chasser quand on a entendu des coups de feu au loin. Personne ne doit chasser sur notre territoire ! fit Jacob avec un sourire qui révéla ses dents jaunies par le tabac. Nous avions presque atteint le pont Gander quand on a entendu des gémissements et des appels au secours. Ton frère gisait tout près de là, sur la berge de la rivière. Trempé, couvert de sang. On a cru qu'il n'en avait plus pour longtemps. Mais en fait, la lame ne s'était pas enfoncée bien profondément.

– Comment va-t-il ?

– On a appelé les urgences. Une ambulance doit être en train de l'emmener à l'hôpital à l'heure qu'il est.

Kyle rit de soulagement. Désormais, il ne craignait plus de se faire prendre.

Cheryl et Stuart étaient en vie. C'était tout ce qui lui importait.

– Ton frère nous a tout raconté. Disons, les grandes lignes. Nous, on n'aime pas les enfoirés par ici, fit Jacob d'un ton viril. Ton frère pensait que Mitchell t'avait emmené dans son manoir. On le connaît bien. Un type bizarre qui vit tout seul dans ce trou perdu. Bref, on a décidé de venir te sauver.

– Je ne saurai jamais comment vous remercier.

– Si tu veux nous faire plaisir, tu essaies de rester en vie. Les flics sont tous des pourris. On a entendu aux informations qu'ils avaient déployé les grands moyens pour retrouver une jeune étudiante, ta copine. Ne le prends pas mal, mais si elle n'était pas une petite bourgeoise, rien n'aurait été déclenché. Nous, ça fait des années qu'on dit que certains des nôtres disparaissent, et tout le monde s'en fout.

Kyle comprit alors qui étaient les filles sur les photos que Mitchell lui avait montrées. Il n'eut pas le cœur de le leur dire. Ils l'apprendraient bien assez tôt.

– Ma mère était une prostituée.

– Je sais, et toi et ton frère vous êtes de sacrés fils de pute ! lança Jacob histoire de faire un bon mot.

Le ton était tout sauf méchant. Kyle sourit et lui tendit la main.

– Merci.

– Entre gens de la plèbe, faut bien se serrer les coudes.

Ils entendirent les pales d'un hélicoptère qui se rapprochait.

– Tous à couvert, allez, vite ! cria Jacob.

L'hélicoptère passa quelques secondes plus tard au-dessus de la carrière abandonnée et n'eut rien à signaler.

53

– Vous devriez rentrer, fit Blake.

L'expert médico-légal du FBI était arrivé trois heures auparavant en compagnie de Freeman, Moore et d'autres renforts. Il était près de 20 heures. La nuit était tombée sur le manoir, qui grouillait d'agents du FBI.

– Ouais, répondit Logan.

Ils se trouvaient dans un vaste salon qui servait désormais de morgue provisoire.

Plus tôt dans l'après-midi, un des agents du SWAT s'était étonné que le puits soit rempli de ciment relativement récent. Intrigué, il en avait étudié sa surface et quand il avait découvert l'extrémité d'une main qui en dépassait, il avait compris que l'horreur ne faisait que commencer.

Quelques heures plus tard, cinq corps avaient été extraits de la fosse. Tels des paléontologistes, ils avaient procédé avec soin afin de ne pas endommager les corps pris dans le ciment.

Le premier découvert était celui de Daniel Johnson. Complice trahi ou simple victime de Mitchell ? Ce dernier avait emporté la vérité avec lui.

Logan pensa aux autres cadavres. Combien en restait-il ? Combien d'autres puits semblables à celui-ci ?

La main de Hurley se glissa dans la sienne.

– On y va ? fit-elle les yeux rivés sur les corps posés à même le sol, sur un simple drap.

Logan hocha la tête. Ils traversèrent un grand couloir qui débouchait dans le hall. Une si magnifique bâtisse qui avait été le théâtre des pires horreurs.

Ils ressortirent à l'air libre. La pluie n'avait pas cessé. Logan posa son chapeau de shérif sur sa tête et rejoignit sa Cherokee. Les agents du FBI les saluèrent. Ses propres agents étaient déjà rentrés chez eux. Tout cela dépassait largement le cadre du crime banal. Ils avaient affaire à l'un des pires serial killers que l'Amérique ait jamais connus. Quinze ans de meurtres en toute impunité ! Combien de victimes restait-il à trouver ?

Logan monta dans son véhicule, mit le contact, alluma les phares et s'éloigna du périmètre du manoir.

Hurley, assise à côté de lui, était restée silencieuse jusque-là.

– J'ai eu des nouvelles de Cheryl. Tout s'est bien passé, dit-elle.

Logan attrapa son paquet de cigarettes dans la poche intérieure de son blouson et le tendit à Hurley.

– Ses mains, ses pieds ?

Hurley sortit une cigarette, la lui glissa entre les lèvres avant de lui présenter la flamme d'un briquet.

– Beaucoup de broches, surtout aux pieds, mais les médecins sont optimistes. Elle pourra remarcher d'ici quelques semaines. Quant à ses mains, elle risque de perdre un peu de mobilité de la gauche, mais ce n'est même pas sûr.

Logan aspira une large bouffée. Il n'arrivait pas à être satisfait d'avoir bouclé cette affaire. Le coupable était hors d'état de nuire, et Cheryl était sauvée. Néanmoins, il n'arrivait pas à oublier que des dizaines de corps reposaient sous terre. Des dizaines de femmes et d'hommes qui avaient souffert un martyre effroyable durant des jours sans que personne ne se soucie de leur sort.

Par-delà les corps suppliciés des premiers cadavres déterrés, Logan avait parcouru d'un œil horrifié les collections de photos et de vidéos de Mitchell. Il savait qu'il ne pourrait jamais oublier.

Cet être pervers se plaisait à immortaliser ses séances de torture. Durant le bref visionnage, Logan avait pris soin d'éteindre le son. Les cris des suppliciés étaient tout simplement insoutenables. L'horreur était marquée au fer rouge dans son cerveau.

Et dire qu'un type allait être contraint de regarder ces bandes pendant des heures pour essayer d'identifier toutes les personnes sacrifiées au délire d'un psychopathe !

– J'espère qu'il a un bon psy ! dit-il à voix haute en s'efforçant de se concentrer sur le chemin cabossé.

– Quoi ? fit Hurley.

Logan lui expliqua ses cheminements intérieurs. Hurley s'apitoya avec lui sur les personnes qui seraient assignées à cette terrible tâche.

– Je ne comprendrai jamais, fit Logan en frappant le volant du plat de la main.

Ils en avaient discuté des heures avec Hurley. Logan n'ignorait pas les thèses formulées par d'éminents spécialistes. Problèmes génétiques ou purement physiologiques dus à des dérèglements hormonaux, mais le plus souvent problèmes psychologiques avec toute leur panoplie de psychopathies.

Pour Logan, le seul remède était la balle dans la tête. Une solution pour le moins expéditive, mais qui marchait à tous les coups. Pas de risque de récidive et surtout, à son sens, la seule façon pour les proches des victimes de faire leur deuil. Savoir l'assassin de votre enfant encore en vie alors que la chair de votre chair pourrissait dans un cercueil…

– Si tu pouvais éviter de blâmer la lieutenant Blanchett, fit Hurley qui voyait la détresse de Logan.

Elle n'aimait pas ses longs silences. Elle savait ce qu'il pensait et ça lui plaisait encore moins. Même si tous les deux étaient de fervents démocrates, jamais ils ne seraient d'accord sur la peine de mort. On ne tue pas des êtres humains. Fin de la discussion.

Chaque citoyen américain est un enfant de la mère-nation. Qu'est-ce qu'une mère capable d'assassiner ses propres enfants ? Aussi terribles soient les crimes qu'ils aient commis.

– Tu plaisantes ? ! fit Logan en répondant à la question de Hurley. Je vais même demander qu'on lui remette une médaille de la ville.

– Peut-être pas jusque-là, répondit Hurley, satisfaite de détourner la conversation sur un sujet moins pénible.

Logan ralentit et, prudemment, s'inséra dans la grande route qui descendait de North Peak en direction de River Falls.

– Si ça ne tenait qu'à moi, j'arrêterais les recherches de Kyle Simmons. Ce pauvre gamin n'a fait que notre boulot, fit-il en tirant avec conviction sur sa cigarette. Tu sais, j'espère sincèrement qu'il est assez malin pour se faire la malle. En tout cas, que le FBI ne compte pas sur moi pour sortir les gros moyens. D'ailleurs, si tu pouvais appeler ta copine, la journaliste, et lui dire de faire de ce petit et de son frère des héros, je te promets que je lui ferais envoyer des fleurs pour la remercier.

Hurley se demanda un instant s'il plaisantait ou non. Elle préféra l'ignorer.

– Kyle Simmons est tout sauf un héros, dit-elle. Si seulement il était venu voir la police au lieu de se venger tout seul, une chose est certaine, Cheryl Norman n'aurait jamais été kidnappée et n'aurait pas subi de telles violences.

Logan fit la moue. Coup bas, mais juste. Il savait que Hurley n'allait pas le rater, mais cela lui faisait du bien de formuler des phrases qui sortaient des tripes plutôt que des méninges !

– En plus, il me paraît clair que seul Mitchell est responsable de la mort de sa mère. Kyle Simmons est un meurtrier qui a abattu froidement Robert Gordon et Gary Borden alors qu'ils n'y étaient pour rien.

– C'est toi qui le dis, rétorqua-t-il avec la plus totale mauvaise foi.

Il ne doutait pas un seul instant de leur innocence… Un regard dédaigneux lui répondit.

– OK, je pense comme toi. Mais tu ne me feras pas cracher sur le petit. Ce n'est pas un tueur, juste un gamin qui voulait se venger. S'il s'est trompé de cible, c'est que la justice n'a pas fait son boulot il y a quinze ans.

Logan freina brusquement quand un chevreuil traversa la route en bondissant. Un petit malin qui avait eu l'intelligence de ne pas se laisser hypnotiser par les phares de la Cherokee.

– Si tu pouvais faire attention, le tança Hurley.

– Tu voulais que je l'écrase ? répondit-il avant que le sourire de sa belle lui fasse comprendre qu'elle se moquait de lui.

Il haussa les épaules et écrasa sa cigarette dans le cendrier.

– Ne crois pas que j'en veuille particulièrement à Kyle Simmons. Je suis certaine qu'il a de nombreuses circonstances atténuantes. Je n'ai pas plus envie que toi qu'il passe le restant de ses jours en prison. Mais cela n'excuse pas tout. La vengeance est le fléau des sociétés barbares. Pourquoi crois-tu que les sociétés civilisées ont créé des systèmes judiciaires pour régler les conflits entre personnes ?

– S'il te plaît, ne me fais pas un cours, je ne suis pas ton élève.

– Alors cesse de penser comme un stupide collégien !

Logan garda le silence. Il était vexé. Hurley eut presque envie de rire.

C'est un vrai gamin ! pensa-t-elle, touchée par sa réaction puérile. Elle lui caressa la joue.

– Si je pensais une seule seconde que tu n'es pas un honnête flic avec des principes qui vont dans le bon sens, tu crois vraiment que je serais avec toi ?

Logan préférait ça. Elle lui faisait si peu de compliments. Tous les hommes, aussi virils fussent-ils, avaient besoin d'être complimentés par leur femme !

– Tu me repasses une cigarette ? Tu as presque réussi à m'énerver, répliqua-t-il sur un ton faussement fâché.

Il bifurqua sur la voie de droite et prit la bretelle qui rejoignait la rocade nord. De nombreuses voitures roulaient dans les deux sens. Logan sentit la pression de la journée s'amenuiser.

Essaie d'oublier cette journée, au moins pour la soirée, se dit-il, sans trop y croire.

– Tu dors ?

– Non, fit Logan.

Il était 2 heures. Presque une heure qu'ils étaient couchés, mais aucun des deux n'était parvenu à trouver le sommeil. Ils se tournaient et se retournaient dans le lit, espérant que la fatigue les rattrape. Mais leurs esprits étaient trop encombrés de pensées plus terribles les unes que les autres.

Hurley se pencha vers la table de chevet et alluma la lampe.

– Je pensais à quelque chose, fit-elle en s'adossant au mur, son oreiller dans le dos.

– Ouais ? fit Logan qui tourna juste la tête.

– Tu m'avais promis de me dire pourquoi tu m'avais quittée.

Logan fit un drôle de sourire. Il s'attendait à tout sauf à ça.

– Eh bien, comment dire..., répondit-il en sortant un bras de sous les couvertures. Il me semble que ma réponse devait t'aider à réfléchir sur ta décision de rester ici ou pas ?

– Possible, et alors ? fit Hurley.

– Alors vu que tu as décidé de reprendre ton boulot en janvier, je ne vois pas l'intérêt de réveiller de vieux démons.

Hurley en resta sans voix. L'abominable mufle !

– Tu avais promis ! fit-elle en croisant les bras d'un air renfrogné.

Logan posa sa main sur le haut du pyjama de Hurley et lentement ses doigts caressèrent la cicatrice de son sein droit qui montait sur sept centimètres.

– Je sais. Mais vois-tu, j'ai accepté sans sourciller que tu repartes vivre à Seattle. Je n'ai pas essayé de t'en dissuader, alors respecte ma position et si tu es très gentille, peut-être qu'un jour je te dirai pourquoi.

Hurley repoussa sa main.

– Tu trouveras toujours une excuse, soupira-t-elle en se levant. Je vais me faire une tisane, tu en veux ?

– OK, j'arrive, fit-il en s'étirant de tout son long.

Il repensait à Ray Snider, cet autre serial killer qu'il avait arrêté quand il était encore à Seattle. Une arrestation qui l'avait rendu célèbre et avait attiré sur lui l'attention du maire de River Falls. Un coup d'éclat qui lui avait coûté la femme de sa vie. Il avait dû promettre à Snider de se séparer de Hurley.

La pire des promesses qu'il eût jamais à faire.

Il espérait seulement que de l'avoir rompue n'allait pas déclencher un terrible retour de flammes…

ÉPILOGUE

Mardi 13 novembre 2007

– Tu sais, il y avait d'autres moyens pour te rapprocher de moi, fit Shannon.

Allongé sur son lit d'hôpital, Stuart se redressa et la douleur au ventre lui tira une grimace. Shannon, qui avait été autorisée à lui rendre visite, s'avança vivement vers lui et prit sa main entre les siennes.

– Ça va aller ? lui demanda-t-elle réellement inquiète.

Stuart cligna des yeux et attendit que la douleur s'estompe.

– Est-ce qu'on a des nouvelles de mon frère ?

– Non, il court toujours.

Les journaux télévisés continuaient de s'étendre sur cette tragédie.

Deux frères venus venger la mort de leur mère qui étaient tombés sur un serial killer – Jack Mitchell, l'honorable directeur de la Bank of the Big Mountain. Plus d'une trentaine de cadavres identifiés. Au moins autant à découvrir.

– Tu sais, je suis innocent, dit Stuart.

C'est ce qu'il avait affirmé aux enquêteurs du FBI. Pour l'heure, il était toujours suspecté de meurtres et deux flics gardaient sa porte.

– Tu crois que j'en doute ? répondit Shannon.

Elle se pencha vers lui et, prise d'une légère anxiété, posa ses lèvres sur les siennes.

Aussi maladroit que fut le baiser de Stuart, Shannon trouva que c'était le plus fabuleux du monde. Elle n'aurait jamais cru tomber amoureuse d'un petit gros !

Il était la première personne depuis bien longtemps à ne pas l'avoir considérée comme une folle. Il était si gentil, et ma foi pas laid du tout à bien y regarder. Un petit nounours qui la protégerait et lui tiendrait chaud la nuit.

– Je t'aime, Shannon, dit Stuart.

– Moi aussi, fit-elle, se sentant une vraie femme sous son regard.

Si seulement elle n'avait pas cette maladie ! Peut-être que son nouvel état d'esprit allait l'aider à guérir.

– Ma mère est furieuse contre moi. Je suis amoureuse d'un mauvais garçon ! L'idiote ! Ne sait-elle pas que c'est le fantasme de bien des femmes ?

Un mauvais garçon ? C'était bien là une image qu'il ne se serait jamais appliquée, mais après tout pourquoi pas ! Il lui serra les mains et la regarda avec une tendresse absolue.

– Dis-moi juste que tout va bien se passer.

– J'ai encore mieux, répondit-elle en lui murmurant à l'oreille un message que lui avait confié un homme d'une cinquantaine d'années.

Stuart ne put retenir des larmes de soulagement.

Kyle était réveillé, il regardait les informations locales. Il était devenu l'ennemi public nº 1. Quoique, cela dépendait des points de vue… De nombreux citoyens prenaient ouvertement sa défense et comprenaient tout à fait sa réaction.

– *S'ils avaient tué ma mère, j'aurais fait exactement la même chose ! Cache-toi bien, p'tit gars, et si tu as besoin d'aide, les Hell's Angels sont là pour toi !* répondit une espèce de grande brute dotée d'une longue barbe à un journaliste qui faisait des micro-trottoirs.

– *J'ai honte pour ce pays. Ce jeune homme est innocent. C'est le shérif qu'il faut mettre en prison. Pendant quinze ans, Mitchell a tué et torturé et personne pour s'en plaindre !* hurla une vieille femme réellement ulcérée.

Ces soutiens apportèrent un grand réconfort moral à Kyle, et Dieu sait s'il en avait besoin. Il n'avait plus aucune nouvelle de Cheryl. Il savait seulement qu'elle allait s'en sortir sans séquelles majeures – du moins physiques.

– *Seul Dieu a le pouvoir de vie et de mort. Quelles que soient les raisons qui ont poussé ce jeune homme à se venger, le Seigneur ne peut lui pardonner*, intervint une autre vieille femme.

– *Faut pas déconner, ce gamin est un monstre. Tuer froidement, même par vengeance : qui pourrait le faire ?* s'étonna un homme encore jeune.

On frappa à la porte. Kyle éteignit aussitôt la télévision. Il n'était pas loin d'être d'accord avec la dernière intervention. Il savait néanmoins qu'il aurait tout le temps pour réfléchir à ses actes.

– Entrez, fit-il en priant pour ne pas être découvert.

Mais ce n'était que Flynn.

– Tu as bien dormi ?

– Une heure, deux peut-être.

Flynn posa le plateau-repas sur la table basse de la cave.

– Mange et essaie de te recoucher. Tu dois te reposer…

Quand Jacob lui avait téléphoné pour lui demander de venir le retrouver aux anciennes scieries, Flynn n'avait pas hésité une seconde. Il se souvenait parfaitement de l'histoire de cette prostituée et des quatre fils de bourgeois inculpés puis relâchés. Cela avait fait grand bruit à l'époque, puis tout le monde avait oublié.

Désormais, Flynn se sentait encore plus proche de Kyle. Effectivement, sa vie avait dû être bien difficile, bien plus qu'il ne l'avait soupçonné. Il avait été très attentif à ne pas être suivi, mais qui aurait pu imaginer que Kyle et lui avaient partagé une réelle complicité ? Ils ne s'étaient jamais vraiment parlé, sauf quand il lui avait annoncé qu'il serait mis sur la touche pour toute la saison de football. Une seule et unique vraie discussion, mais qui avait scellé définitivement une confiance mutuelle. Ce jour-là, Flynn lui avait donné sa parole de l'aider, quelles que soient les circonstances. Même si la gravité des actes reprochés à Kyle était nettement supérieure à tout ce qu'il aurait pu imaginer, il n'avait jamais douté de son bon droit.

On ne revient jamais sur sa parole.

Flynn avait retrouvé Kyle grâce aux SDF. Ces derniers s'étant assurés que Flynn était venu seul, ils l'avaient accompagné jusqu'à une vieille carrière désaffectée où il avait retrouvé Kyle. Celui-ci avait joué son va-tout sur sa confiance en l'homme.

Après un bref échange chargé d'émotion, Kyle comprit qu'il ne s'était pas trompé sur Flynn et monta dans le coffre de sa voiture. Il n'en sortit qu'arrivé à destination : la modeste villa de Flynn, située dans un quartier pavillonnaire de River Falls…

– J'ai appelé d'anciennes connaissances. Je devrais t'avoir de faux papiers d'ici peu. Mais bon, il va falloir être patient. Le FBI est sur les dents. Il vaut mieux que tu ne sortes pas avant une bonne semaine, voire plus. Le temps qu'ils pensent que tu as quitté la ville et même l'État.

Kyle le remercia d'un regard et demanda :

– Vous avez porté le message à Shannon ?

Flynn hocha la tête.

– Ne me demande plus jamais ça. C'était très risqué de faire confiance à une gamine. Enfin, elle a réussi à me persuader qu'elle était amoureuse de ton frère et que jamais elle ne vous trahirait. La pauvre gamine faisait peine à voir. Elle est squelettique.

Kyle ne put se retenir de sourire en imaginant son frère avec elle, mais il était vraiment heureux pour lui. C'était exactement le genre de fille qu'il lui fallait.

– Merci, coach. J'aurais une nouvelle faveur à vous demander.

– Ne me demande pas l'impossible, répondit Flynn, qui savait cependant que tel serait le cas.

– Je voudrais seulement que vous fassiez passer ce mot à Cheryl Norman quand je serai déjà loin.

Flynn ne cacha pas son soulagement. Il s'attendait au pire.

– Aucun problème, répondit-il avant d'ajouter : Au fait, tu es bon en espagnol, monsieur Alvaro Garcia ?

Kyle trouvait ce pseudonyme ridicule, mais il avait l'avantage d'être extrêmement courant.

Après tout, une fois en Argentine, il aurait tout le temps d'en changer.

En avant-première, découvrez le prologue

du nouveau roman de

ALEXIS AUBENQUE

UN NOËL À RIVER FALLS

à paraître en octobre 2010 aux éditions

CALMANN-LÉVY

PROLOGUE

Lundi 8 décembre 2008

– À la prochaine, lança Virginia.

Le sourire aux lèvres, Harry McCoy referma la portière de son camion, un imposant Coronado qui faisait sa fierté.

Sous l'éclairage de la zone de stationnement réservée aux poids lourds, Harry regarda sa belle retourner vers le snack-bar, et sentit son sexe, tout juste dégorgé, se rappeler à lui.

Il hésita à klaxonner pour une nouvelle partie de jambes en l'air, mais, voyant l'heure, il écarta cette éventualité. Il devait être au port de Seattle dans quatre heures et n'avait plus de temps à perdre s'il ne voulait pas se faire remonter les bretelles par le boss.

Il mit le contact. Le ronronnement du moteur de son monstre de métal lui procura une intense satisfaction. Malgré le peu de sommeil, Harry se sentait débordant d'une fougue matinale. Le ciel était encore noir. Il était près de six heures du matin. Le plus beau moment de la journée.

Harry adorait rouler de nuit et voir l'aube se lever entre les frondaisons des forêts des Rocheuses. Cette pâle lumière avant l'embrasement de l'aurore faisait remonter quantité de souvenirs d'enfance.

À cinquante-six ans, il avait usé la vie par tous les bouts, et se moquait éperdument de sa future pension de retraite.

« Je crèverai avant d'en toucher le moindre cent ! » disait-il toujours à ses amis de beuveries.

Le Coronado quitta la zone de repos. Jetant un dernier coup d'œil en direction de Virginia, Harry la vit rentrer dans le snack, emmitouflée dans son manteau de fausse fourrure.

Selon le calendrier, l'hiver n'était pas encore arrivé, mais, la nuit, les températures avoisinaient régulièrement le zéro.

Harry alluma une cigarette et en apprécia l'odeur au son de WKFM, la seule radio qu'il écoutait dans le secteur.

Second Chance de Shinedown résonnait dans l'habitacle molletonné du camion. Des petits gars pleins de talent pour qui Woodstock était un mythe et non « un putain de bon souvenir » ! Ah, jeunesse envolée…

Mais Harry ne regrettait rien. Marié trois fois, autant d'enfants, il admettait n'avoir été ni un bon mari ni un bon père et n'en voulait pas à ses anciennes compagnes de l'avoir quitté pour des hommes guère meilleurs que lui. Il n'en voulait pas davantage à ses deux filles ni à son garçon qui daignaient le voir une fois l'an. « Peut-être me rattraperai-je avec mes petits-enfants », ruminait-il quand il avait l'alcool chagrin.

Mais la lucidité revenue, il savait bien qu'il n'en serait rien. Sa vie, c'était la route. Sa véritable compagne. Un amour exclusif et non négociable.

« Dans une autre vie peut-être », songea-t-il en jetant sa cigarette consumée par la vitre entrouverte avant de la remonter.

Il venait de passer un col. Le paysage fit naître sur ses lèvres un large sourire. La vallée de River Falls s'étalait devant lui. Combien de fois, gamin, s'était-il retrouvé au poste pour des larcins en tout genre !

La ville était magnifique, de ses quartiers populaires jusqu'aux somptueuses bâtisses de Golden Hill où résidaient ceux de la haute.

Il se revit, avec ses deux frères, dans l'appartement de quarante mètres carrés. Ça avait été de dures années, mais sa mère était là pour faire oublier tous leurs problèmes d'argent. Elle les aimait d'un amour viscéral et protecteur. Si seulement, elle n'avait pas rencontré Bob Stempleton…

Une vive émotion monta en lui. Ses yeux s'embuèrent.

– Merde, t'es trop vieux pour ça ! grogna-t-il en s'essuyant le coin de l'œil.

Cela lui faisait toujours le même effet à l'approche des fêtes de fin d'année.

À la radio, *Not meant to be* de Theory of a Deadman enchaîna.

« Maudites ballades », pensa Harry pour qui la musique et l'alcool étaient le talon d'Achille.

Il reprit une cigarette et alors qu'il la glissait entre ses lèvres, une forme jaillit des fourrés et se planta au milieu de la route.

D'un réflexe, il freina et dévia le volant sur la gauche. Mais le poids de la remorque empêcha les freins de s'exercer à plein et, bien qu'il ait effectué la bonne manœuvre, il ne put empêcher la collision. Une vingtaine de mètres plus loin, il s'arrêta, remerciant les cieux que la remorque ne soit pas partie en travers de la route.

Il attrapa sa lampe torche, rangée dans la boîte à gants et, après une légère hésitation, il prit aussi sa carabine, avant de retirer les clés du contact.

Le truck-jacking était plutôt rare dans le Nord des États-Unis, mais il n'avait pas envie de prendre le moindre risque. Il n'était pas certain que son assurance le rembourserait en intégralité en cas de vol.

Il descendit de son camion et verrouilla les portières. Il n'avait pas eu le temps de bien voir, mais il était certain que c'était un homme qui s'était jeté devant lui. Même s'il avait beaucoup ralenti, l'impact lui avait semblé d'une terrible violence.

« Si tu comptais me prendre mon camion, c'est raté », se dit-il sans vraiment réussir à sourire.

Outre le fait qu'un complice pouvait rôder tout près, Harry craignait surtout d'avoir écrasé un pauvre bougre.

Il remonta la route. Il aurait bien aimé qu'une voiture s'arrête pour l'aider à chercher. Mais à cette heure très matinale, il n'y avait personne.

D'un pas peu assuré, il avançait prudemment, éclairant la route de sa lampe. Pas de gémissements, ni d'appels à l'aide. Ça ne sentait pas bon du tout.

Mais où d'autres seraient partis sans demander leur reste, Harry avait sa conscience pour lui. Il ne pourrait pas vivre un jour de plus s'il apprenait par le journal qu'un type était mort écrasé alors qu'il aurait pu être sauvé si le conducteur n'avait pas pris la fuite.

Malgré son blouson, le froid le saisit. Un léger voile de buée sortait de sa bouche.

Soudain un bruit de moteur parvint de la forêt toute proche. Peu de temps après, les phares d'une voiture percèrent les ténèbres.

Harry s'arrêta sur le bas-côté en faisant des signes avec sa lampe torche. Les phares l'aveuglèrent, mais au son du moteur il comprit que la voiture ralentissait. Cependant, à quelques mètres de lui, le conducteur accéléra et le dépassa à toute vitesse.

– Espèce de connard ! jura Harry, en brandissant son fusil de sa main droite.

De fait, quelle piètre image il avait dû donner de lui ! Un red-neck dans la nuit, un fusil à la main. Le type avait dû se croire dans la suite de *Délivrance* !

Il écarta cette image de son esprit et se remit en marche. Quelques instants plus tard, il découvrait la forme d'un corps.

Son cœur s'emballa. Puis il se ressaisit et se précipita auprès de lui.

Il posa lampe et fusil et se pencha vers sa victime.

Un gamin. Quatorze, quinze ans tout au plus. Le visage imberbe. Du sang coulait de son cuir chevelu.

– Sainte merde ! laissa échapper Harry, sentant le poids de la culpabilité s'abattre sur ses épaules.

Quand il perçut les faibles pulsations de la carotide du garçon, il remercia le Seigneur.

L'espace d'un instant, il eut l'idée de le ramener à River Falls, à l'hôpital central. Mais une autre plus pertinente la chassa aussitôt.

– Urgences de l'hôpital Georges Washington. Pamela Surgates. Que puis-je pour vous ?

– Il y a eu un accident. Il s'est jeté sous mes roues. Qu'est-ce que je dois faire ? balbutia Harry.

– Surtout, gardez votre calme. Vous me comprenez ? répondit Pamela.

La règle d'or étant de le calmer afin d'éviter qu'il ne fasse une bêtise par ignorance ou par affolement.

– Oui, dit Harry en se reprenant.

– Dites-nous où vous vous trouvez. Nous vous envoyons tout de suite une ambulance, et surtout restez près de lui. Ne le bougez pas. Il a peut-être une hémorragie interne. Tout mouvement pourrait accentuer la gravité de la blessure. Vous me comprenez ?

Toujours faire valider ses conseils par l'interlocuteur.

– Oui. Mais ne perdez pas de temps, je vous en supplie.

Puis il indiqua sa position qu'il estimait être à trois kilomètres de la périphérie de River Falls sur Old Oak Road.

La standardiste le pria une nouvelle fois de garder son calme et le mit en attente pendant qu'elle contactait une équipe médicale.

Elle le reprit très vite, et lui prodigua encore quelques recommandations avant de raccrocher.

Harry rangea le portable dans sa poche.

Les mains tremblantes, il défit le premier bouton du manteau du garçon.

Une voiture arrivait par l'est. Comme la première, elle accéléra en arrivant à leur hauteur.

– Espèce de fumier, jura Harry.

Il continua de le déboutonner et remarqua enfin la matière poisseuse qui lui collait les doigts.

Il attrapa la lampe posée sur la route et cibla le torse. Des taches suspectes maculaient le vêtement. Il déplaça le faisceau lumineux sur ses mains. Pas de doute : c'était du sang.

« Tu parles d'une hémorragie interne ! » se dit Harry qui finit d'ouvrir le manteau.

Avec précaution, il releva le pull-over et le sous-pull du garçon. Cherchant la source de cette effusion de sang, il le palpa doucement. Aucune plaie ouverte. Une unique option s'imposa alors : ce sang n'était pas le sien !

Alexis Aubenque
dans Le Livre de Poche

Sept jours à River Falls n° 31411

Sarah Kent, issue d'une famille modeste, est une étudiante modèle qui mène une vie paisible, parmi l'élite de l'université de River Falls, une petite ville des Rocheuses. Pourtant tout va changer, un matin de printemps, quand Amy Paich et Lucy Barton, ses deux meilleures amies des années de lycée, sont retrouvées atrocement mutilées dans la forêt toute proche. Or, deux jours auparavant, Sarah avait reçu une lettre, plutôt étrange, de Lucy et Amy… Le monde de Sarah bascule dans l'horreur. Sera-t-elle la prochaine victime du tueur ? Le shérif Mike Logan, aidé de Jessica Hurley, son ex-petite amie, une profileuse réputée, est chargé de l'enquête. Tous deux croient très vite être sur la bonne piste. Mais ils ignorent que leur adversaire les manipule avec une redoutable perversité…

Du même auteur
chez Calmann-Lévy :

SEPT JOURS À RIVER FALLS, 2008.

UN AUTOMNE À RIVER FALLS, 2009.

Composition réalisée par FACOMPO (Lisieux)

Achevé d'imprimer en janvier 2011 en Allemagne par
GGP Media GmbH
Pößneck
Dépôt légal 1re publication : juin 2010
Édition 06 : janvier 2011
LIBRAIRIE GÉNÉRALE FRANÇAISE
31, rue de Fleurus – 75278 Paris Cedex 06

31/2881/6